AF139390

Herstellung und Verlag:
BoD-Books on Demand, Norderstedt
ISBN: 978-3-7357-3698-7

Diana E. Grant

Hallo, Fräulein!

Sommerträume

Es war einmal…

… eine 29-jährige Prinzessin namens Amelie, die ihre Brötchen in der Coffee-Shop-Abteilung eines renommierten Salzburger Hotels verdiente. Sie teilte dabei kameradschaftlich ihr erhabenes Schloss mit ihrer Freundin Nike.

Nike unterhielt seit vielen Jahren eine durchaus funktionierende Wochenendbeziehung, während Amelie immer mehr zur überzeugten Single-Prinzessin mutierte. Amelie pflegte ihren geschätzten Freundeskreis, bestehend aus den beiden Burschen Raffael und Riccardo - die zugleich ihre Nachbarn waren -, Alex – die zugleich ihre Ex-Arbeitskollegin war -, Elvira – die Alex als Arbeitskollegin abgelöst hatte -, und Caro – die zugleich ihre beste Freundin war. Prinzessin Amelie galt am Arbeitsplatz als äußerst umsichtig und kam mit jedermann gut aus (diese Angabe konnten zumindest ihre unmittelbaren Arbeitskollegen bestätigen, für die oftmals nörgelnde Kundschaft galt dies nicht immer). Sie überlebte die stressige Weihnachtszeit tapfer und unverletzt, hätte zwischenzeitlich beinahe einen One-Night-Stand mit dem Personalchef des Hotels gehabt (aber nur, weil die meist sehr willensstarke Frau durch zuviel Alkohol von dem Ober-Macho gefügig gemacht und somit praktisch dazu genötigt worden wäre![1]), lernte dann unverhofft einen überaus charmanten italienischen Prinzen namens Francesco kennen und verliebte sich Hals über Kopf in ihn. Prinzessin Amelie verbrachte mit dem hochgradigen Charmeur und Kavalier zu Beginn des Jahres einen Skitag in Kitzbühel, und darauf folgte ein Wochenende im tief verschneiten und sehr romantischen Seefeld. Prinzessin Amelie wurde jedoch langsam etwas misstrauisch und wunderte sich, dass ihr angepeiltes Lustobjekt jede Gelegenheit zum ersten Beischlaf geschickt umging, bis sie den wahren Hintergrund für die noble Abstinenz des Prinzen erfuhr:

---

[1] Es war einmal: Eine pädagogisch wertvolle Märchenstunde für alle Altersklassen ab 18 Jahren.

Ihre Hoheit litt an seh- und spürbarer Impotenz!
Besser gesagt: *Die königliche Flagge wehte meist kläglich auf Halbmast!*
Noch präziser ausgedrückt: *Der kleine Prinz machte dem großen Prinz zu schaffen, in dem er sich partout weigerte, seine Pflichten zu erfüllen!*

Mit dieser Prognose konnte die Prinzessin vorübergehend gut leben, da ihr Gentleman im Bett durchaus Fantasie bewies und sie auf fast nichts verzichten musste. Aber dann kam der Zeitpunkt, als Principe Francesco das Fass zum Überschwappen brachte, indem er mit einer selbsternannten *„Ärztin mit heilenden und inspirierenden Hände"* heimliche Doktorspielchen veranstaltete! Und wie so oft im Leben, kam Prinzessin Amelie hierbei der Zufall zu Gute (*unverhofft, kommt noch immer oft*) und sie entdeckte schließlich die sittenwidrige Liebelei (oder wie auch immer man dieses intime Geplänkel nennen mochte) ihres Herzbuben.

Sie stürmte daraufhin erzürnt die Bastion, in der sich ihr Liebhaber herumtrieb, setzte ihm das Schwert an die Brust und ...[2] hörte sich vorerst seine klägliche Erklärung an.

Es war einmal eine unglückliche junge Prinzessin, die den Gang des Hotel Maindling entlang eilte. Sie ging so schnell wie sie ihre Beine tragen konnten, und glaubte, aus dem Schlund der Hölle fliehen zu müssen. Aber irgendwie schien der Flur mit diesem endlos flauschigen Teppichläufer nicht enden zu wollen. Dann begann sie, wie von Panik getrieben, zu laufen. Sie war für die ruhige und wohlige Atmosphäre, die sie knapp zuvor noch wahrgenommen hatte, unempfänglich. Der Hotelgang war ihr bei der ersten Begehung noch nicht dermaßen bedrückend vorgekommen. Mit einem Mal schien er aber im Sekundentakt schmäler und schmäler zu werden.

---

[2] Nein, nein, nein ... Sie rammte ihm die Spitze des Schwertes nicht in seine Brust (obwohl er es durchaus verdient hätte!). Prinzessin Amelie konnte nicht einmal verbal zum Gegenschlag ausholen, geschweige denn ein Blutbad anrichten. Sie stand nach der Attacke einfach vor dem Bettgestell, bereitete ihrem Prinzen eine Dusche mit Rosenblätter und ...

***

Ich konnte meine chaotischen Gedanken nicht ordnen und wusste momentan nur eines: Ich musste auf dem schnellsten Weg raus aus diesem Hotel, und zwar bevor meine Nerven mit mir durchgingen. Ich musste weg von Francesco und seinen eigenwilligen, grotesken Behandlungsmethoden.

Einige Zeit später war ich zu Hause angelangt, ohne zu wissen, wie ich den Weg bewältigt hatte. Mein Körper und mein Geist hatten mich wie in Trance hierher gebeamt. Mein Kopf war leer, leer, und nochmals leer! Genaugenommen wollte ich auch gar nicht denken. Die Erinnerungen an das gerade Erlebte waren einfach zu schmerzhaft, ja, das Szenarium erschien mir vielmehr geradezu unwirklich. Ein böser Traum musste es sein, nichts weiter! Es sollte mich nur endlich jemand wachrütteln. Ja, das wäre es: Einfach aus dem Albtraum aufwachen und an dem Punkt weitermachen, wo die Welt noch in Ordnung schien.

Nun, seit geraumer Zeit war meine kleine heile Welt sowieso ein wenig aus der Norm geraten. Die überraschenden Schwangerschaften von Nike und Alex machten dabei den Anfang der Serie, und mein Gehirn bemühte sich sehr, diese unwiderruflichen Tatsachen langsam zu akzeptieren.

In den letzten Monaten war einfach zu viel Neues über mich hereingebrochen, dabei war mein Leben jahrelang relativ unkompliziert verlaufen. Meine WG mit Nike funktionierte bislang äußerst gut, meine Nachbarschaft mit den beiden Jungs war vorbildlich und mein Freundeskreis galt als erlaucht. Mein Job – nun ja, der war nicht immer so schlimm, wie es manchmal den Anschein erweckte, zumindest nicht, wenn man in einer erfüllten Partnerschaft lebte und sich stets einzureden versuchte, dass sich gewisse Kundschaften gegenüber allen und jeden (und nicht nur meiner Wenigkeit gegenüber) unmöglich verhielten.

Mein klingelndes Handy machte sich an dieser Stelle unwillkürlich bemerkbar und riss mich flugs aus meinen Tagträumen! Francesco sollte sich ja bloß hüten und es auf gar keinen Fall wagen, auch nur einen einzigen Gedanken daran zu verschwenden, mich jetzt anzurufen! Diesbezüglich hatte ich mich doch wohl deutlich ausgedrückt! Ein giftiger Blick auf das Display ... oh, es war Caro. Hoffentlich fiel sie von meinem Blick getroffen nicht tot um. Ich hatte sie in der Hitze der Offenbarungen vollkommen vergessen. Dies sollte mir eigentlich nicht passieren, denn gute Freunde wie sie fand man nicht so leicht.

Nachdem ich Caro Bericht erstattet und sie mir zugesagt hatte, sofort bei mir vorbeizukommen, wanderte ich in die Küche, um eine Flasche Prosecco zu köpfen[3].

Caro traf eine Viertelstunde später ein und fand mich bereits bei meinem zweiten Glas Sprudelwasser vor. Ich saß wie angewurzelt auf der Couch und plapperte für sie nochmals emotionslos mein erlebtes Schauspiel herunter. Sie hörte mir aufmerksam zu und unterbrach mich nicht. Nachdem ich ihr alle Einzelheiten geschildert hatte, erwartete ich von ihr ein unvoreingenommenes Statement.

»Und, was soll ich jetzt bloß machen, Caro?«, wollte ich von meiner Ratgeberin wissen. »Er hat gesagt, dass er mich liebt!«, warf ich noch hoffnungsvoll ein, da ich zugeben musste, in Francesco schon meinen Traummann erkannt zu haben. »Meinst du, es ist Zeitverschwendung?«

»Ganz ehrlich, Amelie? Ja, wenn du mich so fragst, schon! Es kommt darauf an, wie du Treue definierst. Ich glaube allerdings, deinen Standpunkt zu kennen, es sei denn, er hätte sich drastisch verändert.«

Bums, das hatte gesessen. Die vermeintliche Wahrheit genau platziert!

»Ach Caro, du hast ja vermutlich recht!«, bemerkte ich resignierend an. »Wo soll man hier auch den Riegel zwischen gerade noch legitim und komplett tabu vorschieben!«, sagte ich. »Auf der einen Seite wollen wir Frauen einen Mann, der nicht immer nur an das eine denkt, und auf der anderen Seite wollen wir, falls er es nicht tut, doch wieder, dass er es tut.

---

[3] Muss an dieser Stelle gestehen, dass mich dieses Wortspiel auf einen äußerst begehrenswerten Gedanken brachte! Würde man das als ein klein wenig bösartig bezeichnen oder war das die klassische Reaktion auf dieses, dieses ... ach, ich finde ja noch immer keine Worte für dieses unbeschreibliche Techtelmechtel von Francesco! Ich stehe offensichtlich noch immer unter Schock und kann deshalb für etwaige unflätige Ausdrücke von keinem Gericht der Welt zur Verantwortung gezogen werden – ja, ich meine dich, Texas!

Das ist ein absoluter Widerspruch in sich, oder?«

»Nun ja, natürlich unterhalten wir uns auch gerne. Aber das eine muss doch nicht immer zwangsweise zu dem anderen führen und umgekehrt!«, gab Caro bedenkenlos zu. »Obwohl nach einer gepflegten Konversation ein bisschen Sex auch nicht schlecht ist!«, hakte sie gleich nach. »Und, du hast ihm gesagt, dass du dich meldest?«

»Ja, aber ich lasse ihn richtig schmoren. Zumindest ein paar Tage, Wochen oder Monate. Nun, vielleicht sogar Jahre, Jahrzehnte - das hat er redlich verdient.«

»Hör mal zu, Amelie! Ich weiß, was du für Francesco empfindest und ich bedaure es sehr, dass er dir das angetan hat, wirklich«, sagte Caro und machte dabei einen besorgten Gesichtsausdruck. »Daher wird dir die bevorstehende Aussprache, egal zu welchem Zeitpunkt sie dir ins Haus steht, extrem schwer fallen. Ich will damit nur eines sagen: Wenn du mich brauchst, dann lass es mich wissen, ja?«

»Danke, Caro. Ich weiß, auf dich ist immer Verlass!«

Nachdem Nike und Alex das Wochenende in einer Therme verweilten und der Abend rasend schnell vergangen war, schlug Caro kurzerhand vor, in Nikes Schlafgemach zu nächtigen. Aber da ich noch in Ruhe nachgrübeln wollte, und ich am darauffolgenden Tag, dem Ostersonntag, um acht Uhr aufstehen musste, um in die geliebte Arbeit zu hetzen, redete ich meiner herzensguten Freundin diesen Vorschlag wieder aus. So würde wenigstens sie ausschlafen können.

Wenig später lag ich aufgewühlt und ein bisschen betrunken in meinem Bett. Francescos Schnappschuss (jener, wo er so unglaublich charmant in die Linse des beneidenswerten Fotografen lächelte) war schnurstracks in meiner *S.B.-Schublade*[4] verschwunden. So sehr ich mich auch abzulenken versuchte, es wollte mir partout nicht gelingen. Immer wieder ließ ich den unerfreulichen Abend Revue passieren. Meine Nase fing plötzlich wieder an zu schniefen und meine Augen tränten. Dieser elende Scheißkerl! Von wegen Liebe, der wusste ja gar nicht, wovon er sprach! Und dann diese

---

[4] Ironischerweise darf er sich jetzt meine *Guti-Lade* von innen ansehen!

aufgebrezelte Ziege, die sich ihren Doktortitel bestimmt irgendwo billig angeschafft[5] hatte. Tja, Frau Doktor! *„Nicht jeder, der Doktorspiele beherrscht, sollte sich Doktor nennen dürfen!"*

An Schlaf war in der Nacht bedauerlicherweise nicht zu denken. Umso schwerer fiel dann auch das Aufstehen, nachdem der Wecker herrisch geklingelt hatte.

Trancezustand

> *Warum nur, warum – muss alles vergehen?*
> *Warum nur, warum - bleibt gar nichts bestehen!*
> *Ich gehe von Dir ... schau' mich nicht um.*
> *Ein Traum entflieht ... die Stunden sind um.*
> *Bitte gib mir die Antwort,*
> *warum nur, warum?*
> *(Udo Jürgens)*

Ich bin in melancholischer Hochstimmung. Dieses Jahr verläuft bislang wirklich nicht nach Wunsch. Dabei hatte es vor wenigen Monaten äußerst vielversprechend begonnen - sogar die Prognosen meines Jahreshoroskops schienen sich vorübergehend an meine Zukunftshoffnungen gekoppelt zu haben, und dann, vor ein paar Wochen, dieses entsetzliche Eklat mit Francesco!

In meinem kleinen, feinen, geordneten Kosmos scheint eine Filmrolle abzulaufen, und zwar mit rekordverdächtiger Lichtgeschwindigkeit!

Glücklicherweise war zum Zeitpunkt meiner Ernüchterungsphase das Arbeitsleben ziemlich chaotisch, sodass ich wenigstens ein paar Stunden des Tages im Tumult von Bestellungen, sinnlosen Diskussionen um irgendwelche getätigten und eben nicht getätigten, sondern offenbar herbeifantasierten Tischreservierungen, Überbuchungen der Tische, Ent-

---

[5] Ist „angeschafft" schon wieder ein verdecktes Wortspiel meiner schmutzigen Gedanken, die eigentlich nur um Hilfe rufen? ... Bestimmt!

schuldigungen für nicht in meinem Wirkungsbereich fallende Probleme und ein paar diskussionswürdigen und weniger akzeptablen Reklamationen, unterging. Das Wetter hatte eine rasante Richtungsänderung vollzogen und die Sonne strahlte mir und meiner geschundenen Seele schon frühmorgens neckisch entgegen. Dabei hätte ich, zu meiner Gefühlskonstruktion passend, einen wochenlangen Monsunregen bevorzugt. Aber auch in diesem Punkt stand ich scheinbar auf Kriegsfuß mit den Göttern.

Der einzige Lichtpunkt in meinem monotonen Leben war (wenn mir das jemand vor zwei Monaten gesagt hätte, wäre ich hoffnungslos in meinem eigenen Gelächter erstickt) der Selbstverteidigungskurs für Frauen bei meinem „*Freund*" (nun ja, ich sollte hier nicht übertreiben, aber immerhin streiten wir jetzt nicht mehr so hinlänglich miteinander - wir haben uns aus dem pubertären Frühstadium verabschiedet und tragen unsere hitzigen Diskussionen nur mehr über der fiktiven Gürtellinie aus), „*Helfer*" und „*Sklaventreiber*" Kommandante Markus Handler. Am Donnerstagabend kann ich mir sicher sein, dass ich todmüde ins Bett falle und keinen einzigen Gedanken mehr an diesen heuchlerischen „*Francescanischen Trugprinzen*" vergeude. Kommandante Handlers Verhalten (ausschließlich mir gegenüber, das ist mir schon bei unserer ersten offiziellen Begegnung im Polizeirevier aufgefallen, und er macht keinerlei Hehl daraus) ist trotzdem noch immer überaus kühl und distanziert[6], obwohl ich ihm mindestens einmal pro Woche erkläre[7], dass die Entführungsgeschichte mit Garfield wirklich nicht von mir beabsichtigt war. Und so haben wir beide nach dem bisherigen fünfwöchigen Training

---

[6] Er hat bislang nur eine einzige Kurseinheit verpasst (von fünf!), und das, obwohl er anscheinend durchschnittlich immer nur an zwei bis drei Stunden des achtwöchigen Kurses teilnimmt – das behaupten zumindest seine mittlerweile etwas misstrauisch gewordenen Kollegen hinter vorgehaltener Hand!

[7] ... und zwar kurz bevor er mich hinterlistig angrinst und mich schelmisch nach meinem Wohlbefinden nach seinem eigens für mich ausgearbeiteten Trainingsprogramm der vergangenen Woche befragt ... zumeist habe ich mir zwar einen saftigen Muskelkater eingehandelt, aber ich würde das - ihm gegenüber – niemals zugeben, denn eingeheimster Muskelkater verschwindet ohnehin drei, vier Tage später (schlimmstenfalls ist er bis zum nächsten Kursus passé)!

schon unser eigenes rituelles Prozedere entwickelt: Zuerst werde ich von Kommandante Handler ausgiebig gequält und gefoltert, und danach – wenn ich kaum mehr die wenigen Stufen bis zum Torbogen des Polizeireviers erklimmen kann – pirscht er mitsamt seines Fahrzeugs an meinen geschundenen Körper heran und fragt beinahe unschuldig, ob er denn meine müden Knochen mitnehmen dürfe. Natürlich fragt er mich das nicht aus Höflichkeit (ich glaube, die Vokabeln Charme, Taktgefühl und Kinderstube kommen im Wortschatz dieses Sadisten überhaupt nicht vor!), sondern nur, weil mein trautes Heim auf seinem Weg liegt und ich immerzu, kurz bevor ich aus seinem fahrbaren Untersatz heraus krieche, brav und artig *„Vielen Dank fürs nach Hause bringen"* in mich hineinmurmle. Aber unser werter Kommandante hat - dem ungeachtet - ein Gedächtnis wie ein Rhinozeros.

Ich glaube mich erinnern zu können, dass ich ihn gleich nach unserer ersten sehr unerquicklichen Begegnung in Seefeld genau als dieses bezeichnet habe – nun gut, daran kann man sehen, wie unglaublich feinfühlend ich bin und wie viel Menschenkenntnis ich besitze!

Ich behaupte nach wie vor, dass unser gutes *Handerle* zu viele weibliche Hormone produziert und/oder in sich trägt, denn dieses Verhalten wird von der wahrhaft anbetungswürdigen Mannsriege immer als rein feminin eingeordnet (letzteres entspricht natürlich überhaupt nicht der Wahrheit und trifft auch keineswegs zu!).

Tja, Frauen sind von der Venus und Männer eben vom Mars. Ab und an treffen wir einander in den endlosen Weiten des Firmaments und erleben dann einen oftmals heftigen Planetenzusammenstoß, bis sich die Wege (zumeist ist einer der beiden Himmelskörper in Folge dessen etwas desolat und desorientiert) wieder unweigerlich trennen. Aber kann die Erklärung wirklich so simpel sein? Immerhin streifen auf dem Erdball vereinzelte Ehepaare umher, die sich wirklich ergänzen, die sich sprichwörtlich gesucht und gefunden haben, die auch nach vielen Jahren noch liebevoll und höflich miteinander umzugehen wissen, die allzeit mit herzlichen Geschenken und romantischen Gesten ihren Alltag beiseiteschieben, und die ihre Liebe und die Aufmerksamkeit ihres Partners immer wieder neu entfachen und sich auch bezüglich ihrer Treue und Hingabe gewiss sein können. Ist alles im Leben ein Glücksspiel, eine Glücksspirale? Hängt alles vom ewigen Schicksal ab oder kann man diesem vielleicht doch ein Schnippchen schlagen und etwas nachhelfen?

Muttertag

Die Vergangenheit und die Erinnerung
haben eine unendliche Kraft,
und wenn auch schmerzliche Sehnsucht daraus quillt,
sich ihnen hinzugeben,
so liegt darin doch ein unaussprechlich süßer Genuss.
(Wilhelm von Humboldt)

Der Muttertag könnte schöner nicht sein – zumindest wetterbedingt! Der Himmel ist kitschig azurblau eingefärbt und die vereinzelten Flugzeuge durchziehen willkürlich das Firmament und drücken diesem für wenige Minuten ihren Stempel auf. Elvira, Sandra, Iris und meine Wenigkeit teilen uns die Terrassenlandschaft des Coffee-Shops gerecht. Die Hektik nimmt am sonst noch einigermaßen friedlichen Vormittag eine erschreckende Dimension an: Viele aufgeregte, schlipstragende Männer schießen verzagt in der Gegend umher und an ihren Rockzipfeln hängen zumeist herausgeputzte Kinder. Ein paar Daddys waren offensichtlich etwas unvernünftig und sind mit ihren Youngstars zum nahegelegenen Stadtspielplatz marschiert. Ein möglicherweise schwerer Fehler, denn durch die verunstalteten Kleidchen und schmutzbesudelten Patschhändchen könnte nun die geheuchelte Familienidylle gehörig ins Wanken geraten!

Ich habe, nachträglich betrachtet, an diesem sonnigen Muttertag wieder jede Menge gelernt! Zum einen sollte ich das nächste Mal, wenn es heißt, dass eine neu gestaltete Eiskarte die Runde macht, ruhig einen Blick in ihr Innerstes werfen. Eine *Happy Family* (herausgeputzter Papa, freudestrahlende Mama, umsichtige Omama und zwei wohlerzogene Kinder) platzte in meine Station hinein, und nachdem die Essenszeremonie ihrem Ende entgegeneilte, durften sich die beiden artigen Kinder noch jeweils einen Eisbecher aus unserem reichhaltigen Sortiment aussuchen. Die Kleinen blätterten die jungfräulichen Karten vor und zurück, und Papa zählte ihnen geduldig alle Eisvarianten, auf denen die dicken Wurstfingerchen innehielten, auf.

»Haben Sie sich schon entschieden oder soll ich etwas später wiederkommen?«, fragte ich, nachdem ich beobachten konnte, dass die kurzen Beinchen der Kinder schon nervös unter der Tischdecke herumzappelten. »Oh, wir sind so weit!«, gab Papa zurück. »Also, Dominik, du willst dieses hier, nicht wahr?«, fragte er den kleinen Jungen und dieser lugte mit riesigen Augen auf das appetitanregende Bild und nickte erwartungsvoll. »Und für dich soll es der Schubkarren sein, ja?« Auch an dieser Stelle setzte eine heftig fordernde Bestätigung ein. »Wir nehmen einmal die *Heiße Liebe*, aber bitte mit Zitroneneis anstatt Vanille und einmal den *Schubkarren voll Eis.*«

»Na, da muss ich aber erst mal sehen, ob unser Hausmeister seine Scheibtruhe herausrückt!«, warf ich belustigt ein. Dieser Ulk schien wirklich amüsant zu sein, denn die Erwachsenen schmunzelten mich verschwörerisch an, obwohl ich nicht genau wusste, warum! Ich gab mich aber nicht geschlagen und wollte ihnen dann doch die ernst gemeinte Bestellung abringen. »Also eine *Heiße Liebe* für den jungen Gentleman und für die Lady ... ?«

»Ich mag bitte den Schubkarren!«, antwortete mir die Kleine prompt.

»Sie hören es, der Schubkarren scheint hoch im Kurs zu liegen!«, pflichtete Omama ihrer Enkelin bei.

»Na, dann will ich mal sehen, was sich machen lässt, aber bitte erhoffen Sie sich keinerlei Wunder!«, entgegnete ich und war dabei schon von dieser etwas merkwürdigen Tischgesellschaft abgebogen. *Der Gast ist schließlich König* – aber wo zum Teufel sollte ich jetzt einen Schubkarren herzaubern? Ich hätte nachsehen können, ob der Bautrupp, der sich noch vor wenigen Tagen an der Fassade des Hotels zu schaffen gemacht hatte, zufällig ein zerbeultes Exemplar vergessen hatte, oder aber ich hätte Elvira davon erzählen können und sie hätte mir dann bestimmt mit Rat zur Seite gestanden ... oh, Shit ...

»Wo steht denn der verflixte Eisbecher? Oh… peinlich!«, entfuhr es mir, als ich einen Blick in die Eiskarte riskierte. Ich hatte mich scheinbar zum Gespött der Leute gemacht, aber denen war das zum Glück nicht aufgefallen. Aber… das alleine wäre ja nicht so ärgerlich gewesen, richtig in die Nessel hatte ich mich erst mit dem Zitroneneis gesetzt. (Obwohl … es war ausnahmsweise wirklich nicht meine Schuld. Ich hatte in der Patisserie ausdrücklich auf Zitroneneis bestanden, aber nachdem mit dem kleinen Dominik irgendetwas nicht zu stimmen schien und mich der aufgeregte Papi zu sich zitierte, um mein Fachwissen hinsichtlich des Eises zu überprüfen, und der eisschlemmende Erdenbürger nun Fragliches daher plapperte und etwas müde wirkte und seine Mattigkeit durch anhaltendes Gähnen untermauerte, nahm ich den Becher an mich und bugsierte die kläglichen Reste des Eises in die Küche.)

»Die Kundschaft lässt fragen, ob mit dem Zitroneneis etwas nicht stimmt«, wollte ich ungeduldig wissen und schob den beinahe leeren Becher jenem Lehrling hin, der ihn zubereitet hatte.

»Was soll nicht stimmen?«

Ach, welch Glück! Chanette war zur rechten Zeit aufgetaucht und nahm den Becher eilends entgegen, um daran zu schnuppern. »Wo hast du dieses Eis her?«, wollte sie ungeduldig von ihrem Untergebenen wissen.

Nun, es hatte sich schließlich herausgestellt, dass das Zitroneneis getarnt war und sich schlussendlich als reines Wodka-Eis deklarierte. Dominik war nach beinahe zwei Kugeln Eis sturzbesoffen (Glück im Unglück war, dass der Schubkarren mit Vanille-, Schoko- und Erdbeereis aufgefüllt war, also bestand wenigstens für die Kleine keine potenzielle Beschwipsungsgefahr). Die heißen Himbeeren und das Schlagobers hatten anscheinend den Wodka-Geschmack weitgehend neutralisiert, deswegen hatte der kleine Knirps den Unterschied nicht schon früher bemerkt!

Schlussendlich wurde die aufgebrachte Familie mit einer beglaubigten Entschuldigung und einer kostenlosen „Torte to go" beschwichtigt. Frau Rottmayer versicherte dem geschockten Papa mehrmals, dass die als Zeichen der Aussöhnung präsentierte Schokomousse-Torte zweifellos keinerlei Alkohol beinhaltete.

Am Abend schlüpfe ich fix und foxi unter die Dusche und gönne mir danach ein Gläschen Welschriesling. Den angebrochenen Abend beschließe ich alleine. Nike kommt erst morgen vom Besuch bei ihren Eltern zurück, und so kann ich mich ganz entspannt dem Radioprogramm widmen und ein bisschen in einem Buch blättern. Es ist keine halbe Stunde vergangen, als es an der Tür läutet. Da ich hinter dem energischen „Schell the Bell" entweder Riccardo oder Raffael vermute[8], mache ich mir nicht die Mühe, mein Äußeres nochmals im Flurspiegel zu überprüfen. Hätte ich es getan, dann hätte ich festgestellt, dass meine luftgetrockneten Haare in alle erdenklichen Richtungen von meiner Denkerstirn zu fliehen und Albert Einsteins Frisur zu imitieren versuchten!

»Ja! Ich komm' ja schon!«, brülle ich Richtung Türe, als das Pochen immer fordernder wird.[9] »Ich hab' euch gestern schon erklärt, dass ich keine Tiefkühlpizza zu Hause habe!«, plaudere ich weiter und reiße schließlich die Türe auf[10], um danach wie ein Vollidiot (in einer alten ausgeleierten Leggings, einem viel zu großen und gänzlich verwaschenen T-Shirt und fransigen Socken) vor dem adrett gestylten Francesco zu stehen![11]

Immer wieder habe ich mir in den letzten Wochen vorgestellt, dass wir uns einmal irgendwo wiedertreffen, zufällig oder absichtlich. Ich habe mir alle erdenklichen Gegenden und Orte vor Augen geführt. Ich sah in diesen Tagträumen immer ungemein gut aus, trat hohen Hauptes an ihn

---

[8] Konnte theoretisch nur einer meiner Nachbarn sein, da die untere Eingangstüre immerzu verschlossen ist. Ein weiteres Indiz für die Richtigkeit meiner Vermutung ist, das nun verhaltene Klopfzeichen an der Wohnungstüre.

[9] Hier ein grundsätzlicher Tipp für alle Frauen, die in der Stadt ihr Dasein fristen: Bevor FRAU die Türe öffnet, sollte sie immer fragen (aus sicherheitstechnischen Gründen, da die meisten Frauen keinen Selbstverteidigungskurs absolviert haben – was ich jedoch nur einer jeden raten kann!), wer denn Einlass begehrt!

[10] Ich habe doch schon erwähnt, dass ich
   a)   nicht durch den Türspion gesehen habe
   b)   nicht nachgefragt habe, wer vor der Türe steht und dass ich
   c)   den Spiegel nicht gewürdigt habe ... oder?

[11] ... aber ansonsten sieht er ziemlich jämmerlich aus. Am liebsten würde ich ihm vertraut auf die Schultern klopfen, ihn tröstlich in den Arm nehmen und ihm versichern, dass es schon wieder werden würde!

heran, verströmte dabei irrsinniges Selbstbewusstsein, Sexappeal und Intelligenz, und war sehr gut gekleidet! So ein Mist! Ich sehe nicht nur dämlich und zerlumpt aus, sondern bringe auch kein einziges Wort über meine Lippen. Ich wirkte auf ihn wahrscheinlich wie ein armes, vereinsamtes Würstchen, dem der Liebhaber abhandengekommen war, und das sich nun dermaßen hängen ließ, dass es irgendwann zwangsweise auf der Straße landete. Dazu würde es als Sozialfall gelten, und am Rande hatte es noch ein gewaltiges Alkohol- und/oder Drogenproblem und ... weiß der Kuckuck was mit ihm noch geschehen würde! Ich hatte ohnedies keine Lust, derlei düstere Prognosen am eigenen Leibe zu erfüllen.

»Du hast noch nicht angerufen und da dachte ich mir, ich komme einfach mal persönlich bei dir vorbei«, startet er das Gespräch. »Ich habe Licht gesehen, die Haustüre war offen und, nun ja, jetzt stehe ich hier ... darf ich eventuell eintreten oder ist der Augenblick ungünstig?«, fragt er unverblümt.

»Ach ... also, ich bin überhaupt nicht auf Besuch eingestellt und irgendwie trifft es mich jetzt komplett unvorbereitet!«, stottere ich, währenddessen meine Beine nervös herumschlottern und versuchen, sich selbstständig zu machen, indem sie ihr baldiges Versagen ankündigen!

»Wir sollten dennoch reden. Meinst du nicht, dass es allmählich Zeit wird?«

»Ich habe dir doch gesagt, dass ich mich bei dir melde!«, entgegne ich stur und starre verlegen zu Boden.

»Ich bin sicherlich ein geduldiger Mensch und ich habe dir jetzt einige Wochen Zeit gelassen, aber ...«

»Komm rein!«, befehle ich ihm, da diese Unterhaltung wirklich nicht im Treppenhaus weitergeführt werden sollte und die Zeit ohnehin reif für dieses Gespräch war. Ich habe es schon viel zu lange aufgeschoben und immer wieder verdrängt, aber nun gilt es, Nägel mit Köpfen zu machen. Verdammt, wieso sieht dieser elende Mistkerl auch in diesem erbärmlichen Zustand so unglaublich gut aus! Und er riecht noch dazu sooo enorm lecker! Es ist zwar nicht sehr stilvoll (und zeugt wahrscheinlich von immenser Unreife), aber in diesem Fall wäre für meine Wenigkeit eine

Aussprache per Telefon sinnvoller und nicht so brandgefährlich (für mein verwirrtes Seelenleben, meinen Rückhalt und meinen absolut unwiderruflichen und steinharten Willen) gewesen. Zum Glück habe ich noch nicht allzu viel Alkohol getrunken, denn dieser löst nicht nur die Zunge, er fördert auch das Zwischenmenschliche und bewirkt manchmal ein Verlangen, das es ohne ihn nicht gegeben hätte!

»Auch ein Glas Wein?« Ich bin schließlich eine galante Gastgeberin (aber er bekommt nur eines ab. Nicht, dass er am Ende noch denkt, ich wolle ihn betrunken und somit willenlos machen und ich selbst trinke nichts mehr – siehe vorherigen Gedankengang!).

»Ja, bitte!«, entgegnet er dankbar und nimmt einstweilen auf der Wohnzimmercouch Platz, während ich leicht irritiert in die Küche schlurfe. Nachdem ich ihm ein Glas Wein und mir ein zusätzliches Glas Wasser besorgt habe, und alles auf dem Tisch positioniert ist, werfe ich meine cholerischen Glieder in das Fauteuil, welches dem Sofa gegenübersteht. So ist es gut. Der Tisch bildet nun eine Pufferzone! Gut, gut! Die ersten Minuten verlaufen äußerst zäh und reserviert. Wir beäugen uns gegenseitig, lauschen der Musik aus dem Radio und warten vorerst ab. Ein Knistern ist zu spüren, aber niemand will den ersten Schritt machen, als hätten wir zu viel Angst vor dem Endergebnis. Mein Pulsschlag nimmt kontinuierlich zu. Ein beklemmendes Gefühl stellt sich ein, so als ob etliche Ping-Pong-Bälle versuchen würden, aus der Beengtheit meiner Halsschlagader zu fliehen! Verdammt, mir scheint, dieser Oberlump hat noch nie besser ausgesehen als gerade in diesem Augenblick! Verdammt, verdammt! Mein Wille ist stark, meine Nerven liegen blank! Ich wünschte nun, dass Caro anstatt meiner hier wäre, und mit Francesco sachbezogen und realistisch sprechen würde, aber da musste ich wohl oder übel alleine durch.

»Was denkst du jetzt, Amelie?«, will Francesco schließlich von mir wissen und durchdringt damit das friedvolle Schweigen. »Ich möchte endlich Klarheit haben, egal wie diese aussieht, aber so geht das nicht weiter. Ich bin sehr traurig darüber, dass ich so … so wenig Vertrauen hatte, das bedaure ich sehr, glaubst du mir das? Und jetzt habe ich uns in diese merkwürdige Situation hineinmanövriert.«

»Ich will nicht lange um den heißen Brei herumreden«, würge ich leise hervor und riskiere dabei einen Blick in diese wunderbaren braunen Augen. ... Oh, jetzt nur nicht schwach werden, Amelie! Konzentriere dich einfach auf einen unbedeutenden Punkt in der Nähe seines Antlitzes und kommuniziere geradewegs nur mit dieser auserkorenen Stelle! Je schneller du diese unangenehme Situation hinter dich bringen kannst, desto besser! Das CD-Regal direkt hinter Francesco scheint mir ideal für mein Vorhaben!

»Das finde ich nur fair.«

»Ich habe in der letzten Zeit viel über uns beide nachgedacht.« Das war nicht gelogen, ja vielleicht sogar untertrieben.

»Ich weiß, dass an deinem Entschluss, wie immer er aussehen mag, nicht mehr zu rütteln ist. Aber ich möchte dir nochmals versichern, dass mir die Geschichte im Hotel Maindling unendlich leid tut und dass ich dich damit bestimmt nicht kränken wollte. Im Nachhinein betrachtet würde ich vieles anders handhaben, doch was geschehen ist, kann ich leider, so sehr ich mich auch darum bemühen würde, nicht mehr rückgängig machen. Meine Gefühle für dich sind aufrichtig und ich liebe dich nach wie vor, aber ich habe mir alles selbst zuzuschreiben und ich respektiere deine Entscheidung in jedem Fall, egal wie sie aussehen mag.«

»Ach, Francesco!«, seufze ich schwerfällig. »Ich habe mich noch nie in meinem Leben in der Gegenwart eines Mannes so wohl und geborgen gefühlt. Aber ich fürchte, ich kann mit dem, was geschehen ist, nicht umgehen, und ich werde es wahrscheinlich nie vergessen und dir nie verzeihen. Ich glaube an die partnerschaftliche Treue und an die wahre Liebe, und deswegen sollten du und ich in aller Freundschaft auseinander gehen. Dieses Gespräch fällt mir extrem schwer, da ich bei dir das Gefühl hatte, den Mann meines Lebens kennengelernt zu haben, aber es hat nicht sollen sein. Es tut mir leid! Ich liebe dich, Francesco, aber ich liebe mich mehr! Bitte geh jetzt, ich möchte alleine sein!« (Diesen Text habe ich vorausschauend schon vor Wochen einstudiert. Zum Glück. Er besagt alles und ist kurz, bündig und ehrlich!)

»Ich wusste deine Antwort an der Türe schon, aber ich habe gehofft, dass du mir noch eine Chance gibst!«

»Ich halte nichts von aufgewärmten Beziehungen. Ich fürchte - nur der Objektivität wegen -, dass wenn ich mit dir einen nochmaligen Versuch wagen würde, es für mich ein Balanceakt in schwindelerregenden Höhen wäre. Ich würde dir wahrscheinlich nie mehr vollkommen vertrauen, und ich würde mich immerzu, wenn ich dich aus irgendeinem zumeist völlig belanglosen Grund nicht erreichen könnte, fragen, mit wem du gerade zusammen bist und was du so treibst, und ich würde dabei vermutlich komplett wahnsinnig werden und das möchte ich dir und mir ersparen. Ich möchte einen Partner an meiner Seite, dem ich bedenkenlos vertrauen kann. Ich weiß, das wird in der heutigen Zeit nicht mehr als sehr erstrebenswert angesehen, aber diesbezüglich kannst du mich ruhig als altmodisch bezeichnen, das stört mich nicht. Ich möchte einen zuverlässigen Partner und einen, dem Treue genauso wichtig ist wie mir. Ich will - genau betrachtet - so vieles mehr, als du mir gegeben hast.«

»Nun, das waren klare Worte, Amelie. Ich danke dir für die Aufrichtigkeit«, bemerkt er verdutzt und fixiert dabei sein Weinglas, um wenige Augenblicke später schelmisch hineinzugrinsen.

»Was amüsiert dich denn nun so?«, frage ich einigermaßen verdattert.

»Wenigstens hast du mich nicht wegen meiner *Schwachstelle* verlassen, sondern nur, weil ich etwas dagegen unternommen habe. Das ist doch originell, oder? Ich war so derart auf mein Problem fixiert, dass ich gar nicht bemerkt habe, dass du eigentlich ständig darauf eingegangen bist, und nun verliere ich die einzige Frau seit langem, mit der ich offen darüber sprechen konnte und mit der ich meine Impotenz zu kurieren hoffte. Tja, c'est la vie!« Er leert daraufhin sein Glas in einem Zug, stellt es ab und erhebt sich, um in Richtung Tür zu marschieren. Ich blicke ihm schweren Herzens hinterher und bevor er auf den Flur tritt, dreht er sich nochmals zu mir um. »Ich weiß, es ist noch zu früh, aber können wir eventuell gelegentlich telefonieren, oder wäre dir das sehr unangenehm?«

»Nein, das können wir machen! Das wäre in Ordnung für mich!«

»Ich danke dir! Man hört sich also vielleicht irgendwann?«

»Ja!«

Nachdem die Tür geräuschlos in die Angel gefallen ist, kippe ich mein Glas Wein ebenso hastig hinunter wie es Francesco getan hatte. Noch nie in meinem Leben ist mir ein Gespräch so unendlich schwer gefallen. Tief in meinem Innersten liebe ich diesen Menschen abgöttisch, und es schmerzt mich sehr, ihn gehen zu lassen, aber es war bestimmt die richtige Entscheidung. *„Nein, danke"* zu sagen, wenn man *„Ja, bitte, ich will mehr!"* meint, ist denkbar schwierig. Ich will diesen Mann noch immer. Am liebsten wäre ich ihm bei seinem überraschenden Besuch schon an der Tür um den Hals gefallen. Ich wollte ihn küssen, ihn umarmen und ihn nie wieder los-lassen, ich wollte ihn ... nein, Schluss damit! Selbstgeißelung ist nicht gut für Körper und Seele. Ich habe *Nägel mit Köpfen* gemacht und mich durch diese Unterhaltung weitgehend von dem ganzen chaotischen Gefühlsballast befreit (aber wieso fühle ich mich gerade eben so hundeelend, wenn ich doch singend und tanzend durch die Gassen ziehen und meine neu erlangte Freiheit ausgiebig feiern sollte?).

Überlebensstrategien

Von Freundschaft zur Liebe – ein Schritt,
von Liebe zur Freundschaft – ein Ozean!
(Salomon Baer-Oberdorf)

Am darauffolgenden Mittwoch, unserem offiziellen *Sex and the City-* und Weiberabend, zeichnete sich im Leben unserer lieben Alex eine aufregende Wende ab. Stefan hatte still und heimlich, gleich nachdem ihn Alex mit der ungeplanten Schwangerschaft konfrontiert hatte, die Scheidung von seiner *nur-noch-am-Papier-Ehefrau* eingereicht. Alex hatte von seinem Vorhaben absolut keine Ahnung, denn sie behauptete stets, dass sie Stefan ohnehin nicht heiraten wollte. Aber vielleicht hatte sie nun situationsbezogen eine andere Auffassung zu diesem Thema.

Stefans Scheidung ging durch den Umstand, dass beide Ehepartner schon seit Jahren einen getrennten Hausstand unterhielten, ratzfatz und unbürokratisch vonstatten. Mit den Scheidungspapieren in Händen überraschte er Alex am Nachmittag mit ihrer absoluten Lieblingstorte, der sie noch nie hatte widerstehen können. Als sie die überzuckerte Delikatesse in der Mitte jedoch anzuschneiden versuchte, blockierte das Messer unerwartet. Stefan hatte nämlich in die Torte einen Ring einbacken lassen, aber Alex war so begierig auf die Süßigkeit (der allgegenwärtige Heißhunger – ein unleidliches Nebenprodukt der Schwangerschaft, gleich der morgendlichen Übelkeit), dass ihr dies anfänglich gar nicht aufgefallen war. Stefan musste sie quasi mit der Kuchengabel auf den Ring aufmerksam machen. Sie hatte überhaupt nicht mit einem derartigen Geschenk gerechnet, geschweige denn mit einem Verlobungsring, welcher genau betrachtet ja als Eheversprechen auf ein Jahr angesehen werden konnte. Nachdem Stefan den Ring weitgehend gereinigt und vor ihr Aufstellung bezogen hatte, fragte er sie die Frage aller Fragen: *„Könntest du, liebe Alex, vielleicht in Erwägung ziehen, mit einem geschiedenen Mann, der* *welterfahren, ausgeglichen und tolerant ist, zusammenzuziehen? Aufrich-tigkeitshalber will ich hier noch anmerken, dass seine Freundin in ande-ren Umständen ist, aber das sollte dich nicht abschrecken!"*

Fakt ist nun, dass Stefan und Alex auf der Suche nach einer neuen ge-meinsamen Bleibe sind! Tja, *Diamonds are a Girl's Best Friend!* Neben-bei bemerkt: Der „Wohnungsvereinigungs-Ring" (so nennt ihn Alex - sie behauptet, diese Wortwahl würde eher zu ihr passen und sie nicht derart beunruhigen wie das Wort *Verlobungsring*!) sieht beinahe so gut aus wie jener, den mir Riccardo damals zugedacht hatte!

Nun habe ich in meinem Freundeskreis gleich zwei Pärchen, die eine neue Bleibe suchen, denn Elvira und Klaus haben ebenfalls beschlossen, die zukünftigen Freuden und Leiden zusammen zu durchleben.

Nike ist – den Umständen entsprechend - gut drauf, aber im Gegensatz zu mir hat sie ihre Aussprache noch vor sich. Sie weiß, dass daran kein Weg vorbei führt, aber sie fühlte sich bislang noch nicht in der Lage für ein Treffen, geschweige denn für ein klärendes Gespräch mit Bernie, ihrem vermaledeiten, untreuen Ex-Lover. Dadurch hatte er das Nachse-hen, aber wen kümmerte dies schon! Nike und ich hatten indessen einen Wohnungsplan ausgearbeitet, wobei auf den Neuankömmling bestmög-lich Rücksicht genommen wurde. Im Wintergarten stand schon eine hy-pomoderne, blitzblaue Wippe (Nike hatte sie im Ausverkauf erspäht und konnte nicht umhin, sie zu erstehen!) und eine knallige Wickelauflage (ebenso bei der Räumung gekrallt, wobei sie diese kampflustig einer Hochschwangeren eiskalt vor der Nase weggeschnappt hat!). Der Spröss-ling würde demnach – egal welchen Geschlechtes – so und so ein wahrer Sonnenschein werden!

Caro unterhielt seit neuestem eine rein platonische Beziehung mit Ro-land, einem der Trainer des Selbstverteidigungskurses. Sie zieht solche Härtefälle wohl immer an! Ihr Nachbar und ehemaliger Bettkamerad Kurt (und man erinnere sich, auch ihn hatte sie als ihre platonische Liebe be-zeichnet) war schlussendlich das junge Häschen doch noch losgeworden. Es schien jedoch eine schwierigere Trennung gewesen zu sein, denn es machte den Anschein, als hätte Kurt sein geschädigtes Verhältnis zum weiblichen Geschlecht ausgebaut. Ich glaube nicht, dass er so schnell wieder neue Brücken bauen wird!

Caro pirschte sich nun an Roland heran. An unseren Kursabenden suchte sie im Turnsaal immer die Nähe zu ihm und wenn man ihn beobachten konnte, dann versuchte er ständig Caro zu mustern, aber das machte er natürlich weitgehend unauffällig. Die Spiele sind demnach wieder eröffnet! Er will - er will nicht? Er hat Probleme - er hat keine Probleme? Er ist verliebt, verlobt, verheiratet – er ist nichts von all dem? Er ist impotent – er ist nicht impotent (diese Frage habe ich erstmalig aufgenommen, denn meine neue Lebenserfahrung hat sich prägend in mein Unterbewusstsein eingeschlichen!)?

»Wir könnten doch morgen nach dem Training gemeinsam auf einen Drink gehen?«, schlug mir Caro dann kurzerhand vor.

»Wir trinken doch ohnehin immer etwas im Clubraum«, konterte ich. »Außerdem schafft mich mein *Handerle*[12] jedes Mal. Ich bin morgen bestimmt wieder wie gerädert, falls ich sein Trainingsprogramm überhaupt durchhalte! Vielleicht holt er jetzt, in der Schlussphase unseres Kurses, noch mal richtig zum Gegenschlag aus! Ihr beide könnt doch auch ohne mich ausgehen!«, sagte ich und blickte Richtung Elvira.

»Ich glaube, Caro hat das anders gemeint!«, entgegnete diese.

»Ach, wie hast du es denn gemeint?«

Ich war dann doch einigermaßen interessiert an diesem Gespräch.

»Ich dachte da eher an dich, Roland und dein Handerle. Nur wir vier, sozusagen!«

»Sag mal, bist du jetzt völlig übergeschnappt! Ich bin heilfroh, wenn ich meinem Peiniger nicht zufällig irgendwo außerhalb des Polizeireviers über den Weg laufe und ich die zweistündige Trainingseinheit mit ihm irgendwie überlebe, und dann soll ich mich privat mit diesem ... diesem ...

---

[12] Nenne Kommandante Handler jetzt immer liebevoll *Handerle*. Das hört sich drolliger an. Außerdem verschafft er mir, noch immer unter dem Vorbehalt, dass ich ja seine Nachbarin bin und er sich dadurch verpflichtet fühle, mich bestmöglich auf einen Gewaltverbrecher vorzubereiten, immer eine exklusive Gratistrainingseinheit mit ihm. Indem ich das intime *Handerle*-Geplänkel aufrecht erhalte, verschaffe ich mir wenigstens ein bisschen Genugtuung!

Sklaventreiber treffen! Das kannst du getrost vergessen!«

»Aber er ist doch nett!«

Caro gab nicht auf. Ärgerlich!

»Ja, er ist nett. Er ist nett zu dir, er ist nett zu Elvira, er ist nett zu allen anderen Kursteilnehmerinnen, er ist nett zu seinen Kollegen, ja, er ist sogar nett zu seinem Hund, aber er ist definitiv nicht nett zu mir!«

»Ihr hattet lediglich Anfangsschwierigkeiten! Aber er mag dich, tief in seinem Inneren!«

»So tief will ich gar nicht graben!«, erklärte ich ihr geduldig. »Hör mal, du bist meine Freundin und ich weiß, dass du eigentlich nur mit Roland ausgehen willst. Also frag ihn doch einfach, ihr braucht dafür bestimmt keine Aufseher, die sich vermutlich neben euch verbal oder sogar körperlich zerfetzen! Nein, Moment einmal, körperlich kann eigentlich nicht sein, diese Aussage muss ich revidieren, da mich mein *Handerle* bestimmt wieder an die Grenzen meiner körperlichen Leistungsfähigkeit bringt.«

»Du siehst das völlig falsch!«

Sie gab und gab wirklich nicht auf.

»Noch was anderes! Vielleicht ist unser *Handerle* bereits in festen Händen[13] und kann dadurch gar nicht mit uns ausgehen!«

»Ich will in der *Roland-Angelegenheit* möglichst bald weiter kommen, und wenn ich alleine mit ihm ausgehe, dann können wir nicht so leger miteinander plaudern. Aber wenn uns ein paar gute Freunde begleiten würden, dann sähe ich hier gute Chancen!«

»Ist platonisch doch nicht dein Ding, was?«, fragte ich amüsiert.

»Lass den Unsinn und das Gespött! Platonisch ist nett, solange man nicht mehr will!«, entgegnete Caro angriffslustig. »Und ich will eindeutig mehr! Außerdem finde ich, dass unser Vorspiel schon lange genug dau-

---

[13] Eine völlig absurde Fiktion ... ich muss dabei unwillkürlich lächeln! Ich weiß über sein Privatleben selbstverständlich überhaupt nichts und vermute dies nur. Aber ich bin mir sicher, dass ich mit diesem Leitgedanken vollkommen richtig liege. <u>P.S.:</u> Hoffentlich fällt Caro nicht auf, dass ich nun sämtliche Register ziehe, ansonsten sitze ich noch tiefer in der „Ich-will-nicht-mit-diesem-Scheusal-ausgehen" – Patsche!

ert! Es wird Zeit, die nächste Stufe zu erklimmen!«

»Da fällt mir noch was ein: Weißt du eigentlich, ob die beiden überhaupt miteinander befreundet sind? Höchstwahrscheinlich handelt es sich dabei nur um zwei Arbeitskollegen, deren Wege sich nach Dienstschluss unweigerlich trennen.«[14]

»Guter Einwand, aber wenn ich herausfinde, dass sich die beiden auch privat vertragen, dann würdest du wohl mitkommen, oder?«

»Wenn *Handerle* erfährt, dass ich seine Begleitung darstelle, dann ist deine ganze Zeit und Mühe, die du auf ein solches Treffen verwendest, ohnehin vergeblich!«[15]

»Deine Antwort lautet also: Ja!«

»Nur wenn ich noch krabbeln kann, ansonsten nicht!«[16]

»Das klingt fair! Außerdem tu' ich dir damit ohnedies einen Gefallen!«

»Na, da bin ich jetzt aber gespannt!«, entfuhr es mir. »Wie sieht dieser Gefallen denn bitte aus?«, fragte ich verblüfft.

»Du solltest wieder mal ausgehen und ein paar Leute kennen lernen. Es wird Zeit, sonst versauerst du uns noch zu Hause, und du weißt doch, verschrumpelte alte Jungfern mag niemand!«

»Na, dann bin ich dir für deine edelmütige Hilfe selbstverständlich überaus dankbar!«, gab ich spöttisch zurück.

»Was tut man nicht alles für eine gute Freundin!«, sagte sie daraufhin,

---

[14] Oh, diese Hürde habe ich brillant gemeistert. Darauf hat sie keine Antwort parat und ich kann mich geschickt aus der Affäre ziehen!

[15] Ich glaube nicht, dass Roland sein bester Freund ist, und wenn doch, dass zumindest der ansonsten so hartnäckige *Handerle* nicht auf die hoffnungsvollen Blicke des besten Freundes hereinfällt. Nicht, das wir beiden „Kontrahenten" uns gegenseitig das Leben schwer machen und jeder vom anderen eine negative Reaktion auf die Frage seines Freundes erwartet. Nach diesem Gedankengang hätten wir uns beide in die Brennnesseln gesetzt! – Auf der anderen Seite brauche ich mir deswegen nicht ins Höschen zu machen, denn ein Mensch wie Handler hat bestimmt keine Freunde (außer Garfield, und der zählt in diesem Fall nicht!).

[16] Das ist meine zweite Sicherheit, denn nach der Ertüchtigung bin ich garantiert nicht mehr fähig, aufrecht zu stehen oder zu gehen, also habe ich mich damit doppelt abgesichert!

zuckte gleichgültig mit den Schultern und atmete dabei hörbar aus.

Unsere Fünfergesellschaft beschloss den informativen Weiberabend dann um kurz nach Mitternacht und ich vertschüßte mich gleich im Anschluss in mein Bettchen.

Unser trainingsuntermauerter Donnerstag, auch zu benennen als *„Nur die harten und sportlichen kommen durch, und da auch nur magere fünf Prozent"–Wochentag* ist bald darauf eingeläutet.

Also, ich weiß ja nicht, mit welchen Raffinessen Caro gearbeitet hat (nun, sie ist eine Frau und hat immense Durchsetzungskraft, und sie ist sehr hartnäckig, wenn sie ein Ziel anvisiert hat), aber ich habe kommendes *WOCHENENDE* doch tatsächlich ein Date! Dies sollte wohl eine Überraschung sein, denn Caro hat im Kurs nicht ein Wort darüber verloren.[17] (Ich möchte ja zu gerne wissen, wann sie sich die Zeit für ein *Anmachgespräch* mit Roland genommen hat? Wahrscheinlich als ich eine extra Trainingseinheit mit meinem *Handerle* in Turnsaal II genießen durfte!)

Mein *Handerle* hat also folglich …

... am Wochenende Zeit.
Anmerkung: Er ist doch Hauptkommissar, da müsste er doch wenigsten so viel Anstand besitzen und die Wochenendschichten übernehmen, damit jederzeit die Sicherheit der Bevölkerung gewährleistet ist; erschwerend kommt hinzu, dass immer eine kompetente Person Anwesenheitsdienst versehen sollte und dieses Individuum dafür Sorge trägt, dass alle polizeilichen Einsätze, wie Verfolgungen, Verhaftungen usw. penibel koordiniert werden! Und was passiert, wenn eine Frau ausgerechnet am Wo-

---

[17] Tja, da hat sie mich aber gewaltig ausgetrickst, das kleine Biest (ich darf sie so bezeichnen, denn sie ist beziehungsweise war meine Freundin! Bei Letzterem bin ich mir noch nicht ganz sicher!). Sie hat unsere Vereinbarung einfach zu ihren Gunsten abgeändert und dann klammheimlich ein Treffen am Samstag organisiert! Das war so nicht abgemacht! Jetzt muss ich zusehen, wie ich noch elegant die Kurve kratzen kann!

chenende von einem Straßenräuber um ihren Schmuck erleichtert wird und kein Handerle zugegen ist, der dem fiesen Übeltäter Saures gibt? Zumindest mir passiert nichts, da er ja in meiner Nähe ist und mich beschützt. In diesem Fall ist sich jeder selbst der Nächste!

… keine anderen Verpflichtungen.

Anmerkung: Keine nörgelnde Ehefrau, die zu Hause wartet; keine nervenden Scheidungskinder, die darauf warten, von ihrem Papi im Park spazieren geführt zu werden; kein Kegel-, Fecht- oder Golfclub, wo Handerle Stammgast ist und wo er immer am gleichen Tag zur gleichen Zeit auftaucht ... nichts von alledem?

… in Roland tatsächlich mehr als einen netten Arbeitskollegen gefunden.

Anmerkung: Diese Tatsache ist mir völlig unbegreiflich!

… wissentlich zugesagt, und das, obwohl ihm Caro mitgeteilt hat, dass ich seine Begleitung für den Abend darstelle!

Anmerkung: Nun, wahrscheinlich hat er in Roland seinen einzigen Freund gefunden und um diesen einen Gefallen zu erweisen und um sich weiterhin als Kamerad bezeichnen zu dürfen, hat er – obwohl sich jedes Haar seines Körpers aufgerichtet hat, um gegen diesen Beschluss zu rebellieren – eine Absage einfach nicht über die Lippen gebracht.

… nicht damit gerechnet, dass ich sein Training überlebe und dass ich somit bis zum Samstagabend nie und nimmer fit genug sein würde, um meine Wohnung zu verlassen.

Letzteres ist sein Plan ... logisch!

Wie schon erwähnt, hat es Caro als unbedeutend empfunden, mich gleich nach dem Training über meinen bevorstehenden schicksalhaften Abend zu informieren. Unsere Gruppe hat sich wie immer am Donnerstag nach der Plagerei noch einen durstlöschenden *Saft* in den Clubräumlichkeiten des Polizeireviers gegönnt. An dieser Stelle falle ich schon in die obligatorische Pflichtkür der *Parker/Handler-Verbindung* ein. Anschließend habe ich ja immer Schwierigkeiten, meinen Hintern von der ausgeleierten Couch hochzustemmen. Dann folgt noch der schmerzliche Gang über ein paar Stufen hinaus ins Freie, danach verabschiede ich mich von den Mädels, und nach diesem ganzen Prozedere schlürfe ich Richtung Heimat. Genau dann kommt immer mein *Handerle* ins Spiel. Er lenkt seinen Kombi mit dem aufgeregt bellenden Garfield im Kofferraum neben meine geschundenen Knochen, lässt salopp die Seitenscheibe herunter, fragt mich – nach gebellter Zustimmung seines Hundes -, ob ich denn die Mitfahrgelegenheit beim Schopf packen möchte, und daraufhin willige ich immer missmutig ein. Aber nur unter dem Vorwand, dabei ausschließlich Garfield einen Gefallen tun zu wollen. Und der letzten eingeübten Manier zufolge, besteige ich dann die dargebotene Benzinkutsche! Um der ganzen Sache den letzten Schliff zu verpassen, sitzen wir schweigend und friedvoll nebeneinander und bekriegen uns nicht mehr, was mir an diesem Arrangement besonders gut gefällt. Er lässt mir meine wohlverdiente Ruhe.

Es ist eigentlich merkwürdig: Meine Körperschaft sollte sich doch langsam an die sportive Extrembetätigung gewöhnt haben, oder? Caro und ich nehmen selbstverständlich noch immer an den Kursen der Spieltanzschule teil, aber so dermaßen matt fühle ich mich eigentlich am Dienstagabend nie! (Nicht mal nach der langen Sommerpause, wenn wir die erste Stunde absolviert haben!)

Handerle weiß genau, dass ich - wie immer am Donnerstagabend - meine körperlichen Grenzen erreicht habe. Aber heute könnte ich sogar während der kurzweiligen Autofahrt ein Nickerchen abhalten, so derart erschlagen bin ich und so sehr sehne ich mich nach meinem Bett. Könnte - auch wenn ich tatsächlich wollte - heute nicht mehr ausgehen, bin schachmatt. Tja, Schweinchen gehabt, bis ...

»Wann darf ich Sie denn am Samstag abholen?«, will Kommandante Handler plötzlich, in die Stille meiner Seligkeit hinein, wissen. Bin plötzlich hellwach! Was hat er mich gefragt?

»Wie bitte?«, murmle ich hervor.

»Nun, am Samstag ... wann möchten Sie von mir abgeholt werden?«

Oh ... ich habe mich scheinbar nicht verhört.»Ihre Freundin ist der Meinung, dass Sie mich besser kennenlernen möchten, und da ich ...«

»Also ... nein, ich meine … äh … nein ... das stimmt so ganz und gar nicht!«, werfe ich ein. (Wenn ich Caro in die Hände bekomme, dann würge ich sie ohne Rücksicht auf Verluste! Dass dieser arrogante Typ mit einem dermaßen billigen Trick rumzukriegen ist, hätte ich mir denken können. Aber dass Caro dieses Register zieht, nein ... das verzeihe ich ihr nicht! Da kann sie schön alleine mit den Beiden ausgehen! »Ich ... ach, da mir fällt gerade ein, dass ich am Samstag schon ein Date habe!«

»Sie haben kein Rendezvous! Mit wem denn auch!«

»Das geht Sie nun wirklich nichts an!«, fauche ich ihn an.

»Hören Sie: Ihre Freundin hat mir verraten, dass Sie sich in mich verguckt haben, das ist wirklich nicht schlimm, aber Sie sind nicht mein Typ und ...«

»Ich … ich habe nicht die geringste Ahnung, von was Sie da faseln! Ihre Fantasie geht ja vollkommen mit Ihnen durch!«, zische ich ihn an. Ich bin aufgebracht und klinge nicht mehr sehr beherrscht. »Hören Sie gut zu: Ich hatte nie das Bedürfnis, Sie näher kennen zu lernen, und ich werde diese Möglichkeit niemals auch nur in Betracht ziehen!« Anders als der Wagen bin ich jetzt so was von auf Hundertachtzig!

»Kriegen Sie sich wieder ein! Das war nur ein neckischer Scherz, um das Eis zu brechen! Mein Freund hat mich gebeten, ihn und eine andere Kursteilnehmerin, ich glaube es handelt sich dabei um Ihre Freundin, am Samstagabend zu begleiten, und da ich Einwände angemeldet hatte und ich nicht als fünftes Rad am Wagen gelten wollte, hat er mich schlichtweg überfahren und gemeint, dass mir diese Ausrede nicht durchgehen würde, da er selbstverständlich für mich auch schon eine Begleitung ins Auge gefasst habe. Ich hatte wirklich keine Ahnung, dass es sich dabei um Sie handeln würde, sonst hätte ich zweifelsohne abgesagt!«, erklärt er mir und grinst mir dabei spöttisch ins Gesicht.

»Schauen Sie gefälligst auf die Straße!«

»Roland, mein Freund, ist der Ansicht, da ich Sie jeden Kursabend ein Stündchen extern unterrichte, dass wir uns blendend verstehen und wir uns am Samstag bestimmt wunderbare Gesellschaft leisten werden!«, entgegnet er, während er vor einer roten Ampel anhält und mir nochmals einen verheißungsvollen Blick zuwirft, indem er zusätzlich seine Augenbrauen auf- und abtanzen lässt. »Wenn es Ihnen wirklich so unangenehm ist, ein paar Stunden mit mir zu verbringen, dann sagen wir dieses Vorhaben einfach ab. Uns fällt sicherlich eine gute und plausible Ausrede ein!«

»Nun … wir könnten ja, da es für einen guten Zweck zu sein scheint, und mit Rücksicht auf unserer beiden turtelnden Freunde, dort gemeinsam aufkreuzen, und wenn wir uns zu sehr auf den Geist gehen, dann kratzen wir schleunigst die Kurve!«

»Guter Vorschlag!«

»Und ich will nichts von Ihnen! Es gibt keinen Willkommens- und auch keinen Abschiedskuss, kein unbedeutendes Händchenhalten unter der Tischdecke, kein Befummeln irgendwelcher Körperpartien, und es gibt keinen Sex, das wollte ich auch noch unmissverständlich erwähnt haben!« Ha, das hat gesessen, denke ich zumindest einen Augenblick lang mit übertriebenem Selbstbewusstsein.

»Na, das schockiert mich jetzt aber!«, posaunt er belustigt hervor. »Wir beide stehen nicht sonderlich aufeinander, aber ein paar Minuten lang im gleichen Raum sollten uns nicht umbringen!«, bemerkt er. »Für den guten Zweck!«

»Ganz genau!«

»Also, wann darf ich Sie abholen?«

»Moment mal, wohin gehen wir eigentlich?«

»Ich denke wir gehen ins Pier 13, zumindest wenn's mit der Reservierung um 20 Uhr noch klappt. Roland wollte sich noch mit mir in Verbindung setzen und mir Bescheid geben, und ich nehme mal an, das gleiche gilt für Ihre Freundin!«

»Wenn's also dabei bleibt, dann holen Sie mich bitte eine halbe Stunde vorher ab und wenn nicht ...«

»Ich gebe Ihnen, wenn Sie erlauben und wenn Sie es nicht als Anmache verstehen«, hier folgt schon wieder ein spitzbübischer Blick in meine

Richtung, »meine Telefonnummer, nur aus Sicherheitsgründen, versteht sich!«

»Gut, dann sind wir uns einig! Das ist kein Date, dieser Abend ist praktisch für die Wohlfahrt gedacht. Wir mögen einander zwar nicht, aber wir werden versuchen, zumindest die paar Stunden wie zivilisierte Menschen miteinander umzugehen!«

»Sollten wir das noch schriftlich aufsetzen oder ...«

»Heute sind wir aber sehr spaßig unterwegs, was, Herr Kommissar?«

»Ach, eine Bitte hätte ich noch!«

»Und, die wäre?«

»Nicht, dass das ein Weg in eine innige Freundschaft werden sollte, aber – da wir schon ein Date haben«, und schon wieder ein Schmunzeln, »bitte nennen Sie mich Markus.«

»Aber das mache ich nur, um die Wogen ein wenig zu glätten!«, erwidere ich streng. *Handerle* biegt derweilen in meine Gasse ein und hält vor meinem Wohnhaus an. Ich setze zum Absprung an und habe schon meine Dankeshymne auf den Lippen, als mich was am Ellenbogen zupft.

»Das ist aber ganz und gar nicht so abgemacht!«, sagt er griesgrämig und ich muss hierbei gestehen, dass ich momentan nur Bahnhof verstehe.

»Was?«

»Dieses Verhalten steht nicht im Lehrbuch *Frauen verstehen lernen*. Wenn Frauen ja sagen, meinen sie nein! Wenn man Frauen das Du-Wort anbietet, dann sollte Mann erwarten können, dass Madame so wohlerzogen ist, dass sie dies im Gegenzug auch macht!«, entgegnet er ärgerlich.

»Ach, um das geht's! Ja, ja, ist schon gut, ich kenne die Höflichkeitsfloskeln. Ich heiße Amelie!«, bemerke ich amüsiert und reiche ihm das erste Mal die Hand zum Gruß. »Aber wir Duzen uns nur, weil wir an das Wohl unserer Freunde denken und an nichts anderes! Was soll jetzt die lästige Zeitverzögerung?«, bedeute ich und strecke ihm meine Hand demonstrativ schon bis vors Gesicht, um ihn darauf aufmerksam zu machen. »Im Lehrbuch *Männer und ihre Manieren!* ist genau dieses Szenario beschrieben!«

»Ich habe Angst!«, gibt er ernsthaft zu.

»Wovor?« Oh, *Handerle* entwickelt Gefühle und möchte gerade jetzt, da ich sooo hundemüde bin, darüber sprechen (nun, so gut befreundet sind wir auch wieder nicht, er kann sich ja später mit Garfield, so ganz von Mann zu Hund, unterhalten!).

»Dass du mir den Arm abreißt, und ich hänge nun mal schrecklich an ihm! Zwei sind doch erheblich besser als einer! Man denke nur an das Gleichgewicht!«

»Sehr witzig, Herr Handler!«, antworte ich ihm auf diese Unver-schämtheit und funkle ihn noch böse an. Als ich die Autotür hinter mir zuknalle, höre ich ihn nur noch trällern: *„Bis Samstag, halb acht, und sei pünktlich!"*

Ich wollte ihm eigentlich noch ein sehr unschönes Wort hinterher rufen, aber sein fahrbarer Untersatz hatte sich schon in Bewegung gesetzt und meine Schrei-Eskapade wäre nur noch meiner Nachbarschaft, nicht aber dem Betroffenen selbst, aufgefallen!

Ich bin noch gar nicht richtig zur Tür hineinmarschiert, als sich schon mein Handy bemerkbar macht. Mein Display zeigt Caros Namen an!

Caro hat sich bei mir schließlich noch lang und breit für ihren Überfall, was den Samstagabend betrifft, entschuldigt, und so sehr ich auch darum bemüht war, ihr im missmutigen Tonfall ein schlechtes Gewissen einzu-reden - lange konnte man dieser kleinen Hexe leider nicht böse sein!

Blind Date ... ohne blind

Sexappeal ist die Kunst,
die Männer auf das neugierig zu machen,
was sie ohnehin kennen.
(Zsa Zsa Gábor)

Die Frage „*Was ich bloß anziehen soll*" beschäftigt mich am Samstagabend schon seit zwanzig Minuten. Da ich mein *Handerle* ja nicht anmachen will und er gefälligst die Hände von mir zu lassen hat (darüber sind wir uns bereits seit dem ersten unerfreulichen Zusammenprall und seit diesen nicht enden wollenden Disputen einig!), führt mich mein Verstand stets in die gleiche Zielrichtung. Meine Überlegungen reichen vom schlichten Rollkragenpullover, der mit einer Bundfaltenhose kombiniert werden soll, und gehen über zum dunkelblauen Hosenanzug, welcher mich mit einer hochgeschlossenen Bluse noch unnahbarer erscheinen lässt. Was immer ich tragen werde, es sollte nicht aufreizend wirken. Aber bei dieser Auswahl kann ich eigentlich gar nichts falsch machen.

Um halb acht macht sich die Klingel bemerkbar (wenigstens in diesem Punkt ist er zuverlässig!), und da ich mich im letzten Augenblick für eine andere Garderobe entschieden habe, müssen noch die dazu passenden Schuhe gefunden werden. Nike – meine Freundin, nicht die Schuhmarke - ist so freundlich und öffnet meinem Begleiter einstweilen die Türe. Die beiden begrüßen sich und Nike bietet mein *Handerle* - oh, hier fällt mir ein, dass ich ihn heute Markus nennen sollte, höflichkeitshalber - kurz in das Wohnzimmer. Sie schlendern an meinem Zimmer vorbei und scheinen sich ausgesprochen nett und freundschaftlich zu unterhalten. Wie stellt Nike das nur an? Mit diesem Menschen kann man nicht auf Anhieb warm werden, er ist doch wirklich nicht gerade ein charmanter Adonis, und ich bin mir sicher, dass ich mit dieser Anschauung nicht alleine dastehe! So, geschafft! Ein Blick in den Spiegel! Oh, ich bin zufrieden!

Werde jetzt ganz genau auf die Reaktion meines Gentlemans achten, wenn er mich zu Gesicht bekommt!

»Ich bin fertig! Können wir?«, posaune ich ins Wohnzimmer und marschiere daraufhin schon zielstrebig Richtung Eingangstüre. »Na los, etwas mehr Tempo, mein Herr!«

»Entschuldigen Sie mich, Nike, ich werde bereits ungeduldig erwartet!«, höre ich Markus trällern. »So ist das mit meinen Frauen. Sie können es kaum erwarten, von mir ausgeführt zu werden! Es hat mich gefreut, Sie kennengelernt zu haben!«

»Ich wünsch' euch einen netten Abend!«, ruft uns Nike hinterher und da, genau in diesem Moment, taucht er endlich in meinem Blickwinkel auf. Er schäkert weiter mit Nike, hat mir dabei den Rücken zugekehrt und mich demnach noch nicht gesehen.

»Wünschen Sie uns nur, dass wir diesen Abend heil überstehen, ohne Auseinandersetzungen und ohne äußerliche Anzeichen eines Kampfes!«

»Sehr witzig, Herr Handler«, schalte ich mich in ihre offenbar lustige Konversation ein. »Nike, würdest du mir noch meine Baldriantabletten aus der Kommode bringen? Ich glaube, die werde ich brauchen!«

»Hey!«, stößt er offensiv hervor und wendet sich mir zu, um seinen Kontraspruch abzufeuern. Aber mir scheint, als ob er kurzfristig die Sprache verloren hätte. Gut, gut, oder besser gesagt: hervorragend! Er ist baff ... nun, dann ist meine Garderobe wohl perfekt.[18] »Wow! ... Sind Sie die jüngere Schwester von Amelie? Ich bin Markus!«, bemerkt er und

---

[18] Ich habe meinen Plan bezüglich meiner Kleiderwahl nun doch über den Haufen geworfen. Ich bin schließlich eine herzeigbare Frau und kann mich getrost auch danach kleiden – wieso sollte ich nur wegen diesem Klosterbruder in einem Kartoffelsack herumlaufen (außerdem trage ich ohnehin tagein, tagaus eine einigermaßen vergleichbar aufreizende Kutte!). Natürlich ist mir noch ein weiterer Gedanke gekommen. Das folgende Verhalten ist wissenschaftlich erwiesen: Wenn man einem Kind etwas, was es unbedingt haben will, energisch verbietet, dann reizt dieses NEIN nur zusätzlich! Mal sehen, wie lange mein Begleiter die offensichtlichen Signale ignorieren kann! Ich will ihn nur ein wenig anmachen, ihn ein wenig reizen, da er immer so anmaßend und überheblich ist! In diesen Klamotten kann er mir nicht widerstehen, zumindest nicht, wenn er zur Riege der Männer zählt! Guter Plan! Die Rache ist süß und sie ist heute mein, mein, mein!

kommt raschen Schrittes auf mich zu, um mir galant einen Kuss auf den Handrücken zu verpassen. »Schade, dass ich heute mit ihrer Schwester verabredet bin. Aber hätten Sie eventuell morgen Abend Zeit?«

»Charmant wie immer, was?«, entgegne ich kühl und distanziert. »Also ich glaube nicht, dass ich diesen Abend ohne irgendeinen Gefühlsausbruch durchstehen werde, das sollte dir klar sein!«

»Bist du es wirklich, Amelie?«, fragt er und beäugt mich skeptisch.

»Oh, ihr werdet euch doch wohl nicht wirklich die Nasen blutig schlagen, oder soll ich schon mal den Notarzt ins Pier 13 schicken?«, will Nike wissen, nachdem sie unsere Unterhaltung verfolgt hat.

»Nein, nein, Nike! Wir sprechen immer in diesem Stil miteinander. Wir befinden uns momentan in unserer Aufwärmphase. Das gibt sich bestimmt im Laufe des Abends! Das hoffe ich zumindest.«

»Wir sollten unsere Freunde nicht unnötig warten lassen. Die kennen uns und unsere Meinungsverschiedenheiten nur zu gut! Wenn wir uns verspäten ohne bei ihnen durchzuklingeln, dann gehen die beiden davon aus, dass wir uns gegenseitig etwas angetan haben und wahrscheinlich hetzen sie uns dann die Bullen auf den Hals«, erklärt er. »Das sollten wir keinesfalls riskieren! Los, gehen wir. Auf Wiedersehen, Nike, und machen Sie sich um Ihre Freundin keine Sorgen, ich bringe Sie wohlbehalten ...«

»Und jungfräulich«, werfe ich hier kurz ein und fange mir dabei einen giftigen Handler-Blick ein.

»... wieder zurück! Wer wollte Sie, ich meine dich, schon haben?«

»Frechdachs!«, schimpfe ich hinter ihm her, während wir zum Auto marschieren[19], einsteigen und davonbrausen.

---

[19] Anmerkung: Er öffnet mit dem Schlüssel die Zentralverriegelung des Kombis und nimmt unbekümmert darin Platz, ohne seiner Begleiterin die Türe zu öffnen! Nicht, dass er mich schon mal damit verwöhnt und gentlemanlike die Türe geöffnet hätte. Aber heute, wo wir doch der Öffentlichkeit eine heile Welt vorgaukeln sollen, hätte er zumindest vorgeben können, ein Kavalier zu sein. Er hat einfach keinerlei Manieren. Ich hab's ja schon immer gewusst und das hier ist lediglich eine weitere Bestätigung meiner bisherigen Erkenntnisse! Die Kontra-Liste des Kommandante Handler wird demnach länger und länger.

»Du hättest dich wegen mir nicht so herausputzen müssen!«, entgegnet er. »Wir wollen nichts voneinander und das sollte man auch optisch nicht fördern, sondern eher kaschieren!«

»Ich habe mich doch nicht deinetwegen schick gemacht! Du bist wirklich unverbesserlich! Du glaubst doch tatsächlich, dass sich die ganze Welt nur um dich dreht, was? Aber da habe ich schlechte Neuigkeiten für dich und dein Ego: Die Welt dreht auch ohne dich ihre Bahn!«, fauche ich ihn an. Ich bin dermaßen in Rage über die Indiskretion dieses Idioten, dass ich meinen Redefluss kaum bremsen kann. »Du bist einer der wenigen Menschen, die mich ständig zur Höchstform auflaufen lassen! Ich brauche dich scheinbar nur zu sehen oder zu hören, und schon fangen meine labilen Nervenzonen zu rumoren und zu zucken an. Dabei bin ich von Haus aus nicht unbedingt ein streitsüchtiger Mensch. Aber du und dein niederträchtiger Charakter verleiten mich ständig zu verbalen und manchmal sogar zu taktlosen Äußerungen. Du bringst mich ständig auf die Palme, weißt du das überhaupt? Schaffst du das bei anderen auch, oder sind ich und mein Nervenkostüm deine Lieblingsangriffsziele?«

»Ich … ich entschuldige mich in aller Form für meine Unhöflichkeit«, würgt er hervor. »Du hast eben etwas an dir, das mich ständig in ein gewisses Schema zurückfallen lässt.«

»Ich passe doch in kein Schema! Du kannst mich doch nicht in irgendeine Schublade stecken!«

»Also! Bitte erklär' mir jetzt mal, wieso du dich für den heutigen A-bend so schick gemacht hast«, will er wissen. »Ich meine, sieh dich an. Du siehst verdammt sexy aus![20] Ich bekomme unweigerlich den Eindruck, als ob du mich ein kleines bisschen verführen wolltest?«

»So ein unverfrorener Blödsinn! Wenn ich ausgehe, dann mache ich mich immer zurecht!«

»Vergiss nicht: Ich arbeite bei der Polizei! Ich kann hinter die Fassade

---

[20] Ich nehme das als Kompliment, werde mich aber hüten und ihm keinen derartigen Honig ums Maul schmieren. Nach meiner nicht vorhandenen Reaktion auf seine Galanterie schlägt er bestimmt gleich wieder im Buch „Frauen verstehen lernen" nach!

jedes Menschen blicken. Ich habe den Röntgenblick!«, erklärt er mir ernsthaft.»Mal sehen, was haben wir denn da: Knielanger, figurbetonter Rock[21], seitlich geschlitzt; schwarze Netzstrümpfe, vermutlich Selbsthalter und keine mit erotischem Strapsverschluss.«[22]

»Ha, du Naseweiß! Ich trage weder die eine Variante, noch die andere![23]«, unterbreche ich ihn brüsk.»Außerdem, was gehen dich meine Strümpfe an? An der Aussage kann man wieder einmal sehen, an was ihr Männer die ganze Zeit, jede Minute und jede Sekunde des Tages denkt!«

»Ich bin mit meiner Ausführung noch nicht fertig!«, bemerkt er angriffslustig.»Also, zur Abrundung deiner Aufmöbelung hätten wir da noch hochhackige Schuhe, einen schulterfreien Pullover, das Haar trägst du offen und nicht spießbürgerlich zu einem Knoten zusammengebunden, die Augen und Wimpern hast du verführerisch betont und die Lippen sind dezent geschminkt! Also, auf was lassen all diese reizvollen Eindrücke schließen?«

»Das ist schnell erklärt«, beginne ich meine aufrichtige Erläuterung. »Falls du im Laufe des folgenden Abends dein heuchlerisches Interesse an mir verlierst und du mich dann nicht mehr mit deiner Liebenswürdigkeit behelligst, dann könnte ich mich doch ein bisschen umsehen und wer weiß, vielleicht taucht auf meinem Radar ein netter Mann auf! So simpel ist die Erklärung! Man braucht ja nur zu fragen, nicht wahr?«[24]

---

[21] Zusatztext: Figurbetonter, *elastischer* Rock – kann demnach meinen kleinen Rettungsring im Bauchbereich mit Rockbund und Pullover kaschieren!

[22] Shit! Woher weiß dieser Klugscheißer, dass ich mich für halterlose Strümpfe entschieden habe! Vielleicht ist ja doch was dran am Röntgenblick! Hat die Forschung eigentlich schon derartige funktionelle Brillengläser entwickelt? Ist Markus Kontaktlinsenträger? Keine Ahnung. Shit!

[23] Mein Motto lautet: Sich bloß keiner Blöße hingeben und Coolness beweisen!

[24] Ich mach' ihn offensichtlich mehr an, als ich anfänglich zu hoffen gewagt hatte! Er hat bereits verloren, dieser *Mister Obergescheit*! Ich arbeite zwar *nur* als Bedienung, aber auch dafür braucht man heutzutage ein abgeschlossenes Psychologie-Studium bzw. nach wenigen Jahren in diesem Job verbirgt sich hinter jeder Servicekraft automatisch ein Psychiater. Außerdem besitze ich weibliche Raffinesse und meine vielgerühmte Intuition meldet sich an dieser Stelle auch wieder gehörig zu Wort.

»Du bist schlagfertig, das muss ich dir lassen, und ich bin über diese Antwort einigermaßen erleichtert.«

»Nun, gut! Dann wäre das geklärt, nicht wahr?[25]«, gebe ich zurück.

Nur fürs Protokoll: Er trägt heute gutsitzende Jeans (ich hatte ja nur einmal kurz die Gelegenheit, ihn beim Umziehen zu erwischen. Aber ich konnte damals, da ich ihn durch meinen Auftritt dermaßen überrascht und er dadurch sein Leinenhöschen zu schnell empor gerissen hatte, nicht erkennen, ob er nun ein Boxershorts- oder Slipträger war. Aber ich tippe bei ihm und seinem Schamgefühl auf Slip), ein dunkelblaues Hemd (die beiden oberen Knöpfe lässig offenherzig) und darüber einen schwarzen Pullover mit V-Ausschnitt. Er ist geduscht, gekämmt (sein schulterlanges Haar ist brav und sittsam zusammengebunden), geschniegelt und gestriegelt (sein Rotzbremser ist gottlob auch nicht mehr aufgetaucht), und sein Rasierwasser verströmt einen dezenten und nicht allzu aufdringlichen Duft. Zugegeben: Er sieht nicht schlecht aus, aber er ist nicht mein Typ – zum Glück! Wahrscheinlich würde jede andere Frau auf ihn abfahren, wenn er nur nicht den Fehler begehen und zu plappern anfangen würde (aber ein großes, breites Pflaster sollte hier garantiert Abhilfe schaffen können).

Die vielgerühmte Fischplatte für vier Personen ist ein wahres Gedicht, das Ambiente des Pier 13 ist gemütlich und lädt zum Verweilen ein, die Musik ist südländisch mit einem Flair Urlaub, Strand und Meer, und der Chablis, ist passend gewählt. Caro und ich werden quasi dazu genötigt, alleine eine Flasche zu trinken, da unsere beiden Begleiter als Chauffeure fungieren und, als brave Bürger mit Vorbildfunktion, genehmigen sie sich nur eine große Flasche Mineralwasser. Die Helden der Stunde gehen aber dennoch ein Wagnis ein, denn sie bestellen ihr Wasser mit Kohlensäure! Das kann oftmals in gewissen Situationen ungewollt ein Bäuerchen ver-

---

[25] Ich darf heute Abend nicht zu viel trinken, denn ich möchte ihm meine Hartnäckigkeit deutlich vor Augen führen!
(Hilfreiche Gleichung: Ein Glas Wein = ein großes Glas Wasser ohne Blubb!)

ursachen. Aber ich bin davon ja nicht betroffen und denke hier ausschließlich an Caro!

Wir haben außerordentlich viel Spaß, obwohl wir von unseren Begleitern ganz schön auf die Schaufel genommen werden (wahrscheinlich sehen wir den Tatsachen nicht ganz ins nüchterne Auge, sondern sprechen einfach auf den guten Tropfen an).

Ich habe mir den Verlauf des Abends viel furchtbarer vorgestellt und bin schlussendlich positiv überrascht.[26] Anscheinend habe ich mir das Dinner mit dermaßen apokalyptischen Prophezeiungen ausgemalt, dass es eigentlich nur mehr besser werden konnte. Kann man daraus eine Art Hilferuf folgern, da ich ja zu dem Treffen mit diesem unmöglichen Menschen beschwatzt worden bin, oder kann man das als banalen Ausflug meiner Seele in die Welt der Wünsche sehen?[27]

Nachdem der Abend noch jung ist, Caro und ich die Flasche Wein intus haben und dadurch überhaupt nicht müde, sondern ganz im Gegenteil, sehr aufgedreht sind, können wir unsere Begleiter noch dazu animieren, uns in eine gepflegte Bar auszuführen. Im gut besuchten *Planters Beach Club* sind vorderhand kubanische Rhythmen, aber auch Jazz und Reggae zu hören. Am Freitag und Samstag treten hier vorzugsweise Livebands auf, die sich auf diesen Sound spezialisiert haben. Die Clubanlage selbst

---

[26] Markus und ich haben sogar ein Gesprächthema gefunden: Klassische Musik! Aber während er Richard Wagner und ähnlich schwere Musik bevorzugt, liebäugle ich mit Mozart und Vivaldi, und so haben wir schon wieder etwas, worüber wir uns uneinig sind und worüber wir uns niveauvoll *diskutieren* können!
[27] Kurze, unwichtige Beobachtung: *Handerle* spricht nicht mit vollem Mund, er ist gegenüber der kompetenten und flotten Bedienung nicht muffig und hält sich an das Motto:
„Vor dem Trinken, nach dem Essen,
Mund abwischen nicht vergessen!“
Wenigstens habe ich nun ein paar Eigenschaften an ihm entdeckt, die ich auf meine Pro-Liste setzen kann. (Mache das nur, um mir hinterher plausibel einreden zu können, dass ich keinen Neandertaler gedatet habe ... nein, nein, falscher Spruch: Dass ich nicht mit einem Neandertaler ausgegangen worden bin! Ja, das ist viel besser getroffen!)

beinhaltet eine ausladende Bartheke, die im Kolonialstil gehalten ist und an deren dezent beleuchteter Rückwand allerlei Bouteillen drapiert sind. Die attraktiven Barkeeper versorgen die Kundschaft mit lockeren Sprüchen, mit akrobatischen Fang- und Wurftechniken von Pullen, sowie mit perfekten Mischverhältnissen für einen wohlschmeckenden Cocktail! In der Mitte des Raumes befindet sich eine separate Tanzfläche, wo sich viele fröhliche Partytiger tummeln und wo man so richtig schön abtanzen kann. Das bunte Parkett wird zu drei Seiten von Lümmeltischen gesäumt und weiter rückwärts findet man gemütliche Ecken für innige Gespräche vor. Aber dort qualmt es leider viel zu sehr, denn anscheinend darf man sich dort nur mit einer schönen, dicken, fetten *Havanna* niederlassen. Der erste Stock mit seinen mannigfachen VIP-Logen (= **V**ery **I**nkognito **P**laces) ist rammelvoll. Anscheinend wollen hier viele Gäste im verborgenen Separee platzen ... tja, warum wohl?

Wir finden einen passablen Platz in unmittelbarer Nähe der Liveband und haben somit freien Blick auf die vier tobenden Musiker auf dem Podium. Mit der Unterhaltung wird es fortan etwas schwieriger, da wir nun nicht mehr in einer legeren Vierergesellschaft plaudern, sondern uns nur noch in einer intimeren Pärchenvereinigung verstehen können. Ich erkenne die Situation sofort und werfe mich instinktiv und schmachtend an Rolands Seite, denn man sollte das Schicksal nicht unnötig herausfordern! Ups ... fange mir einen sehr, sehr giftigen Blick von Caro ein. Aber da muss sie durch, immerhin halte ich ihr zuliebe schon einige Stunden durch! Also, ich bin entsetzt! Caro hat sich augenblicklich Roland gekrallt und ist mit ihm im Gewühl der dichtbesetzten Tanzfläche untergetaucht. Ich bin fassungslos!

»Toller Laden, was?«, brüllt mir Kommandante Handler generalstabsmäßig ins Ohr. »Super Musik!«

Ich möchte ihm nicht zu nahe treten, deswegen mache ich einfach das Okay-Zeichen mit dem Daumen. Wir lehnen am Lümmeltisch (ich bin dabei einigermaßen verspannt) und beobachten schweigend die fröhlich hüpfende Gesellschaft vor unserer Nase. Nach zwei weiteren poppigen Songs schwenkt die Band ruhigere Gefilde an und verliert sich in einer romantischen Reggae-Version von Bob Marley. Anscheinend ist jetzt kuscheln angesagt, na toll! Ideal für Caros Vorhaben, aber absolut bescheuert für mein gegenwärtiges Distanzierungskonzept! Klammere mich am Strohhalm meines Drinks fest und schlürfe die köstliche Flüssigkeit genießerisch vor mich hin.

»Tanzen?«

»Wie bitte?«, frage ich nach, da ich Markus scheinbar missverstanden habe.

»Möchtest du tanzen?«

Er ist mir jetzt ziemlich auf die Pelle gerückt, was muss ich Idiot auch nachfragen.

»Nein, nein! Ist schon gut. Zusehen ist auch ganz nett!«, antworte ich ihm hastig.

»Hast du was dagegen, wenn ich dich kurz alleine lasse, nur diesen einen Song?«, brüllt er mir in die Ohrmuschel.

»Nein, geh schon!«

Wenn man ein dringendes Bedürfnis hat, dann sollte man sich gleich erleichtern! Ich will schließlich nicht verantworten müssen, dass er hier ein kleines Pfützchen hinterlässt. Ich beobachte geistesabwesend seinen Abgang. Aber, aber, aber ... was macht er denn da! Zur Toilette geht's rechts weg. Wieso fragt er mich nicht nach dem Weg! Schließlich ist das heute sein Debüt im *Planters Beach Club* und folglich kennt er den Weg zum stillen Örtchen noch nicht. Nein, nein, nein ... ich kann's nicht fassen: Er geht zielstrebig zu einer Frau, die es sich an der Bar gemütlich gemacht hat. Schnurstracks geht er auf sie zu und flüstert ihr offenbar etwas Amüsantes ins Ohr, denn sie lächelt ihn freundlich an und hält dabei den Kopf etwas zur Seite geneigt. Ja, sie flirtet ganz offensichtlich mit ihm! Oh, was geschieht jetzt? Sie erhebt sich, hängt sich bei ihm unter, und gemeinsam schlendern sie zur Tanzfläche! Dieser Scheißer! Das war eigentlich mein Plan! Ich wollte ihn hier stehen lassen und ein nettes Objekt in Augenschein nehmen. Wie galant er mit ihr umgeht. Die Arme! Sie hat keine Ahnung, mit welch' einem Scheusal sie gerade eng umschlungen tanzt (dieses Faktum stört mich natürlich nicht, er kann machen was und mit wem er will, aber doch nicht vor meiner Nase, das gehört sich nun wirklich nicht!).

Ich bleibe aber auch nicht lange ein Mädchen von Traurigkeit. Ein *Hobbit* namens Fred hat mich dazu erkoren, ihm diesen Tanz zu schenken. Er ist kleiner als ich es bin – nun, ich trage heute auch verdammt hohe Hacken (dieses Schuhwerk habe ich absichtlich gewählt, da Markus nicht besonders großgewachsen ist, und mit diesen Absätzen kann ich dem Zeitvertreib *„Auge um Auge!"* besser nachgehen, denn damit bin ich ihm auch bildlich ebenbürtig). Während ich also mit Fred tanze (er fungiert dabei hauptsächlich als meine Armstütze), ertappe ich mich, wie ich die Tanzfläche nebenbei nach bekannten Gesichtern abgrase. Fred scheint dies nicht zu bemerken. Er labbert mich mit sämtlichen Anmachsprüchen voll und ich lächle und nicke ihm allseits freundlich zu. Nach dem dritten Lovesong in Folge spähe ich wieder zu unserem Tischchen und muss feststellen, dass mich Kommandante Handler amüsiert beobachtet! Ich kuschle mich noch inniger an meinen eben gewonnenen und nun immer zudringlicher werdenden Freund Fred, und lache lauthals auf. Oh, Freds Hände machen sich selbstständig und rutschen dabei unbeirrbar in unerlaubte Gebiete ab! Ich löse sofort unsere Verbundenheit auf und stoße ihn von mir. Er blickt mich nur verdattert an und seine Lippen formen die Worte: *„Was soll denn das?"*. Ich schüttle energisch meinen Kopf und verlasse fluchtartig die Tanzfläche Richtung Toilette.

„Was hast du dir bloß dabei gedacht! Idiotin!", schimpfe ich leise vor mich hin! *„Zuerst machst du den Typ aus unerklärlichen Gründen an, und dann möchtest du ihm am liebsten in aller Öffentlichkeit eine knallen! Idiotin!"*

Nachdem ich meinem hochroten Gesicht eine eiskalte Wasserdusche verpasst habe, fühle ich mich noch beschämter als zuvor! Ich bin keineswegs betrunken, dafür war das Essen zu üppig. Ich bin nur etwas angeheitert – demnach kann ich mit dem konsumierten Wein meine Reaktion auch nicht glaubhaft erläutern. Als ich schließlich die Waschräume verlasse, erwartet mich Markus bereits vor der Türe und blickt mich einigermaßen besorgt an.

»Alles in Ordnung?«, fragt er vorsichtig.

»Ja, was sollte nicht stimmen?«

»Dir geht's also bestens?«

»Ja. Sag mal, weißt du zufällig, wo Caro abgeblieben ist?«

»Deswegen bin ich hier. Wir wollen eigentlich gleich aufbrechen.«

»Gute Idee«, antworte ich ihm erleichtert. Ich will nach Hause, ich habe genug vom heutigen Abend.

Am Parkplatz verabschieden wir uns von Caro und Roland, die beide ein lohendes Aufflackern (ich würde dieses Leuchten als lüstern deklarieren) in den Augen stehen haben. Ich bin schon neugierig, wie weit sie heute Nacht bei ihrem Auserwählten kommt! Nun, ich werde die Antwort darauf ohnehin in ein paar Stunden wissen, denn wir sind zum Brunch im Café Schabernack verabredet.

Wenige Minuten später hält der Kombi abrupt vor meinem Wohnhaus und reißt mich damit aus meinen Gedanken.

»War ein netter Abend – netter, als ich anfangs zu hoffen wagte!«, gibt Markus zu.

»Finde ich auch«, entgegne ich lasch und kurz angebunden, um mich daraufhin zum Abgang bereit zu machen. »Wir sind noch am Leben, wir haben uns nicht verletzt und wir haben uns im Verlauf des Abends nicht fortwährend gestritten! Wir sind demnach ausbaufähig!«

»Wir sehen uns dann erst in eineinhalb Wochen!«

In der kommenden Woche fällt der Donnerstag auf einen Feiertag! Da haben ich und meine geschundenen Knochen *Handler-frei*! Juhu!

»Ja, und danke fürs nach Hause bringen! Bis übernächsten Donnerstag also«, gebe ich noch zurück, bevor die Autotür geräuschvoll zufällt und der Kombi entschwindet.

Body Check

Alles hat seine Zeit!
Ein Spruch, dessen Bedeutung man bei längerem Leben
immer mehr anerkennen lernt;
Diesem nach gibt es eine Zeit zu schweigen,
eine andere zu sprechen.
(Johann Wolfgang von Goethe)

***

... und wieder eine andere, zu handeln.
(Amelie Parker)

»Und? Wie war's? War er gut? Auf unserer Skala, wo reiht er sich da ein? Sieben?«, will ich von Caro wissen, aber ich erhalte keine Antwort. »Unter Acht?« Keine Antwort. Der geführte Dialog läuft äußerst einseitig ab. Aber ich gebe nicht auf, meine Wissbegier wächst und wächst. »Er war eine neun? Hast du ein Glück!« Keine Reaktion. »Du willst mir durch dein beständiges Schweigen aber nicht glaubhaft machen, dass es sich bei Roland um eine lupenreine zehn handelt, oder etwa doch?« Stille. Stille. Stille. »Hast du die Sprache verloren? Du siehst irgendwie ...«, ich suche nach dem richtigen Wort, um Caros düsteres Mienenspiel zu beschreiben, »... ganz schön sauer aus!«

»Ich sehe nicht nur ganz schön sauer aus, ich bin auch ganz schön sauer, und ich bin darüber hinaus auch ganz schön unbefriedigt!«, stößt sie plötzlich angriffslustig und nicht gerade flüsterleise hervor. Wir werden sofort von ein paar Kaffeetanten, die in unmittelbarer Nähe unseres Frühstückstisches platzen, ermahnend und entrüstet angesehen (wahrscheinlich handelt es sich bei den Damen der Gesellschaft um Caros sprichwörtliche Leidensgenossinnen, die ebenfalls unbefriedigt sind, es aber niemals offiziell zugeben würden). Nachdem sie ein paar Giftpfeile auf unsere

Antlitze abgeschossen haben, wenden sie sich wieder den obligatorischen und, ihrer Mimik und Meinung nach, angebrachten Gesprächsthemen für eine Cafeteria zu.

»Was ist passiert?«, will ich wissen und rutsche näher an Caro heran.

»Es hat gestern Abend den Anschein gemacht, als ob es prima zwischen euch beiden laufen würde, oder?«

»Wir haben uns auf dem Weg nach Hause fürchterlich gestritten!«

»Tja, damit kannst du mich nicht schockieren. Markus und ich streiten uns ständig, da musst du schon mit härteren Bandagen auffahren«, entgegne ich. »Warum habt ihr denn gezankt?«

»Es ging um was vollkommen Banales«, beginnt Caro ihren Erklärungsversuch. »Als er mich vor meiner Wohnung abgesetzt hat und abgezischt ist, wusste ich kurzfristig nicht einmal mehr den Grund für unsere Auseinandersetzung. Der ist mir erst nach einer gründlichen Ursachenforschung wieder eingefallen.«

»Und, was war der Grund?«

»Wir haben während der Fahrt die aktuellen Nachrichten gehört, und da haben sie gerade etwas über eine anscheinend vermasselte Polizeiaktion in Rom gebracht und ich habe mich darüber lustig gemacht. Es war belanglos, wirklich! Und dann hat ein Wort das andere ergeben und unsere Debatte ist dann irgendwann total außer Kontrolle geraten. Wir haben uns gegenseitig so angestachelt, dass wir sogar über das Wetter hätten streiten können.«

»Du hättest ihn doch noch zu einem Versöhnungsdrink mit ins stille Kämmerchen nehmen können«, versuche ich sie zu beruhigen und ihre Stimmung ein wenig aufzuhellen.

»Ja, was glaubst denn du, was ich wollte! Ich habe ihm gesagt, dass das ein sehr netter Abend war und dass er nicht so enden müsse und wir die letzten Minuten einfach vergessen sollten. Aber dieser Sturkopf wollte einfach nicht mitkommen.«

»Oh. Da hab' ich Roland wohl falsch eingeschätzt. Ich dachte nicht, dass er nachtragend wäre oder ein verklemmter Spießbürger sei. So kann man sich scheinbar irren! Tja, Männer!«

»Ich hab' ja geglaubt, es wäre nur Einbildung, aber jetzt, wo du es ansprichst ... ich hatte irgendwie das Gefühl, als ob er einen Vorwand finden wollte, um nicht mit mir in die Wohnung zu gehen! Ach, vielleicht ist das nur ein Hirngespinst von mir, aber ... er hat sich irgendwie merkwürdig verhalten. Ich kann mich natürlich auch täuschen, aber ...«

»In diesem Fall würde sich die Frage nach dem *Warum* aufdrängen, Caro«, unterbreche ich sie. »Ich meine, wieso den Abend mit einer heißen Braut verbringen und mit ihr auf Biegen oder Brechen flirten – und das hat er ganz offensichtlich gemacht -, wenn er hinterher, wenn's endlich so weit ist, dann doch kneift und das Weite sucht? Hm... klingt unlogisch! Außer ...«

»Außer was?«, will sie drängend wissen.

»Diese Aussage beruht auf meinem diesjährig erworbenen Knackpunkt«, verkünde ich vorneweg und beende meinen Leitgedanken, »Außer, sein kleiner Freund ist ... insolvent!«

»Es können doch nicht alle Männer, die wir kennenlernen, plötzlich an Impotenz leiden!« Caro ist entrüstet. »Ich meine, es wäre natürlich eine Möglichkeit, aber ... nein, das glaube ich nicht.«

»Tja, Caro, ich habe es bei Francesco auch lange ignoriert. Aber irgendwann kommt Frau sowieso hinter das dunkle Geheimnis. Ich verstehe die Männer, die mit diesem Problem zu kämpfen haben Sie sind frustriert und fürchten sich vor einer Demütigung. Aber irgendwann naht unweigerlich die Stunde der Wahrheit! Oder aber, sie blocken vor der ersten Tuchfüllung ab und melden sich nicht mehr bei einem.«

»Können sie nicht einfach mit der Sprache herausrücken, wenn sie was auszusetzen, oder was zu sagen, oder was zu bekritteln haben! Müssen sie immer hinter dem hohen Berg sitzen und darauf warten, bis wir ihre Gelüste erraten?«

»Und, was wirst du jetzt machen?«

»Nichts! Ich breche den Kontakt vorerst ab, nun ja, bis Donnerstag zumindest, da bin ich eisern!«

»Diesen Donnerstag ist kein Training«, mache ich sie aufmerksam.

»Auch gut! Dann eben bis zum Jüngsten Gericht! Es gibt vorläufig keine Anrufe, keine Mails und keine SMS mehr! Er soll sich mal beruhigen, und wenn er weiß was, und vor allem wen er will, dann kann er mir das sagen!«, behauptet sie beinahe überzeugend.

»Du lässt ihn ganze elf Tage schmoren?«, bemerke ich spöttisch. »Tja, da hat er wirklich was ausgefressen, wenn er mit einer derart langfristigen Strafe traktiert wird.«

»Ach, ich bin eine schöne Freundin, ich denke nur an mich und meine Problemchen«, bemerkt sie schließlich, sieht mich eindringlich an und ihre trübsinnige Mimik scheint sich dabei ein bisschen aufzuhellen, »dabei habe ich mich noch gar nicht bei dir bedankt.«

»Wofür?«

»Nun, für deine Zeit! Für dich war ja der gestrige Abend weniger amüsant, nicht wahr?«

»Tja, da hast du recht, aber was tut man nicht alles für das Glück der besten Freundin und für ihre nicht zustande gekommene Befriedigung«, flüstere ich ihr verschwörerisch zu.

»Der gute Wille zählt!«

»Ganz genau.«

Die kommende Woche verläuft fast schon beunruhigend ruhig, zumindest was die Telefonhotline von Caro betrifft. Roland hat sich bislang nicht bei ihr gemeldet, dieser Spinner.

Anmerkung: Markus hat sich ebenfalls nicht gemeldet. Aber in unserer *fiktiven „Nicht-Beziehung"* wird dieses Verhalten als vollkommen normal angesehen! (Ich wollte dieses Indiz nur anbringen)

Am Feiertag darf ich natürlich arbeiten und in der schnell wechselnden Gästeschicht untergehen. Am Abend bin ich hundemüde und total geschlaucht. Ich muss gestehen, dass mich Markus heute unweigerlich soweit hätte, gäbe es an diesem Abend ein Training! Heute würde ich alles machen, wirklich alles, um das Trainingsprozedere zu schwänzen. Alles, alles, alles! (Wie leicht man doch seine Seele an den Teufel verscherbeln würde. Ich kann nicht mehr klar denken! Ich halluziniere! Ob ich mich bereits in einem extremen Fieberstadium befinde? Muss wohl so sein, da ich ansonsten eine derart risikobehaftete Aussage vorneweg gar nicht erst machen würde!)

Die fingierte, selbstauferlegte sich Elf-Tage-nicht-melden-Frist ist schnell verstrichen. Gewinner beziehungsweise Verlierer gibt es bis zum herannahenden Stichtag keinen. Der Donnerstagabend ist trotzdem vielversprechend, denn unsere Frauengruppe darf die Grundlagen unserer bisher angeeigneten Kampftechnik das erste Mal an lebenden Objekten austesten. Die erste halbe Stunde ist als normale Trainingseinheit deklariert, ich bin hierfür mit Markus in Saal II zugange, und danach dürfen wir uns so richtig schön austoben. Wir können heute die angestaute Wut der letzten Tage, Wochen und Monate endlich an etwas Greifbarem, Realem auslassen (ich weiß seither, dass man so den Kopf am allerbesten frei bekommt und die dabei entstehende Adrenalinausschüttung ist gigantisch – der Glückshormonanteil ist auch extrem bemerkenswert).

Damit wir unsere Furcht vor dem Parieren abbauen, schlüpfen unsere Trainer (Markus, Roland, Gustav und Hannes) in rote, gut gepolsterte Kampfanzüge. Ihre wertvollen Häupter (vielmehr ihre Dickschädel) schützen sie mit einer weichen Schutzhaube. Sie wirken in den knalligen Ausrüstungen annähernd wie tollpatschige Michelin-Männchen und sie leiden in ihrem Handeln und Tut unter ihrer begrenzten Bewegungsfreiheit.

Nachdem ich wieder zu den Mädels gestoßen bin und unsere Trainer sich mit dem Anlegen der Kampfanzüge abplagen, haben wir ein paar Minuten Zeit zum Quatschen, wobei ich schnell über den aktuellen Stand der Dinge unterrichtet werde. Roland hat scheinbar ein Verhalten an den Tag gelegt, als ob Caro Luft wäre – laut ihren eigenen Angaben, die durch Elviras durchdringende Beobachtungen nur bestätigt werden. Ich habe im Laufe der nächsten Minuten die Gelegenheit, Roland und sein Benehmen genauer unter die Lupe zu nehmen und komme zu dem Schluss, dass er äußerst nervös und unkonzentriert wirkt.

»Das ist nur eine Übung, bei der Sie lernen sollen, dass Sie einen Gegenschlag auf einen Menschen durchaus bewältigen können. Es soll Ihnen die Furcht vorm eigentlichen Schlag nehmen. Bitte nehmen Sie in vier möglichst gleich langen Reihen Aufstellung!«, brüllt Kommandante Handler hervor und deutet uns an, seine Anweisung zu befolgen.

Ich brauche nicht lange zu überlegen, bei wem ich meine erlernten Schlagkünste testen möchte.

»Ich stelle mich bei Markus an! Jetzt kann ich meinen Frust endlich einmal abbauen«, erkläre ich Caro und Elvira.

Nachdem das Kick-Box-Schlag-Training endlich beginnen kann und wir in vier Reihen Aufstellung bezogen haben, meldet sich unser Ausbilder nochmals zu Wort.

»Und ich bitte Sie, meine Damen: Dieses Gefecht ist selbst für uns durchtrainierte Herren sehr anstrengend. Also bitte, nochmals zur Wiederholung!«, schreit Markus der aufgebrachten und angriffslustigen Horde wilder Frauen zu. »Nicht auf unsere Weichteile zielen, denn so widerstandsfähig diese Anzüge auch aussehen, sie parieren nicht alles! Also, nicht in die Weichteile[28], nicht ins Gesicht, und nicht mit voller Wucht! Wir beginnen mit der ersten Übung, dem Angriff von der Vorderseite und … wie pariert man den?«, will Kommandante Handler wissen. »Frau Parker! Bitte demonstrieren Sie mit mir dieses Manöver! Und bitte nochmals ... nicht in die -«

»In die Weichteile, ich weiß!«, ergänze ich seinen Satz und zwinkere ihm dabei verschwörerisch zu.

Ich muss schon sagen, diese sportliche Ertüchtigung gefällt mir überaus gut. Markus und die anderen drei Michelin-Männchen brauchen schon nach der ersten Runde eine Verschnaufpause. Caro wollte sich anfänglich bei Hannes anstellen, hat dann aber ihre Meinung, nachdem sie mich und meine Vergeltungsschläge beobachten konnte, revidiert. Tja, armer, armer Roland - den hat sie ganz schön bearbeitet und rangenommen! Markus hat ja eingangs, als wir unsere traute Trainingseinheit absolviert haben, kein Wort über Roland verloren (nicht, dass wir in dieser Stunde je

---

[28] Wie oft will er denn das noch wiederholen! Wo bleibt denn der Spaß, wenn man gerade dort nicht hinlangen bzw. -schlagen darf?

etwas besprochen hätten, die gegenseitigen Beschimpfungen ausgenommen). Aber nun kann ich feststellen, dass er immer wieder zu seinem Freund hinüber schielt. Er hat Caros Spurwechsel genau verfolgt, da bin ich mir sicher! Also haben die beiden verbündeten Genossen offensichtlich über sie gesprochen. Ach, hätte ich ihn bloß vorhin irgendetwas bezüglich unseres gemeinsamen Abends gefragt, dann hätte ich im Verlauf des Dialoges Rolands Marotten ansprechen können. Ob das was gebracht hätte, ist nicht wichtig – wichtig sind nur der gute Wille und meine total irritierte und momentan sehr stinkige Freundin, die sich jedoch reichlich an ihrem lebenden Sandsack austoben kann. Einmal hat Roland während einer Caro-Attacke ein etwas schmerzverzerrtes Gesicht gemacht. Ich glaube, sie ist dabei *unabsichtlich* bei einem ihrer harten Kickboxschläge abgerutscht und mit ihrem Schienbein in unmittelbarer Nähe seiner ach so schützenswerten Weichteile gelandet! Aber Roland hat sich keinerlei Blöße gegeben und hat seine *Beinahe-Entmannung* gut weggesteckt. Ach, das gefällt mir! Ich fühle mich heute mal richtig wohl und kann meine aufgestaute Wut so wundervoll an Markus auslassen! Dieser Abend ist ein wahrer Genuss! Unsere begeisterte Gruppe überzieht heute das Pensum gewaltig, denn die ganzen erlernten Fertigkeiten müssen doch sinngemäß veranschaulicht und gedrillt werden. Um kurz nach zehn Uhr (nach fast dreistündigen Marathonattacken) werden unsere Crash-Test-Dummys erschöpft aus den Diensten entlassen. Markus schwitzt unter seiner Kuschelhaube immens und auch die anderen drei sehen nicht viel besser aus.

Ich kann heute zum ersten Mal, seit ich dem Selbstverteidigungskurs beiwohne behaupten, *fit for fun* zu sein! Nach dem Kurs platzen wir gemütlich im Clubraum, gönnen uns ein wohlverdientes, kühles Bier und warten ungeduldig auf das Erscheinen der hoffentlich total abgekämpften, hundemüden und muskelkaterübersäten Trainer (zumindest Markus und Roland sollten in dieses Wunschschema passen). Zehn Minuten später quälen sich vier total abgekämpfte Individuen in die Clubräumlichkeiten vor. Anscheinend hat, zumindest den erschöpften Augen nach zu urteilen, auch die Dusche ihre verlorenen Lebensgeister nicht wieder wachgeküsst.

Gut so, gut so! Ach, welch ein wunderbarer, zauberhafter Abend dies doch ist! Ich hätte heute glatt noch Lust auf einen Drink außerhalb der heiligen Polizeimauern. Ob mich Markus dazu begleiten möchte? Ich sollte wohl nicht so unhöflich sein und ihn geradeheraus fragen. Ach, ist das Leben nicht schön und so gerecht. Man muss alles im Leben erwarten können. Geduld ist eine Tugend, von der ich glücklicherweise viel abbekommen habe! Ich klicke mich nun aber wieder ins aktuelle Geschehen ein. Roland kommt als letzter durch die Tür marschiert, krallt sich eine Megaflasche Mineralwasser, überblickt den Raum und die freien Sitzgelegenheiten und nimmt schließlich am von Caro entferntesten Punkt Platz. Dabei lässt er keine Rücksicht darauf erkennen, ob er ihren Blicken standhalten muss oder nicht. Nein, das habe ich falsch ausgelegt, denn er stiert sie jetzt sogar an. Nur der Sicherheitsabstand zwischen den beiden ist groß, größer, am Größten!

An diesem zauberhaften Abend geben eindeutig die Power-Frauen den Ton an. Von den Männern ist gegenwärtig nicht viel zu vernehmen – offensichtlich füllen sie erst einmal still und heimlich ihre Akkus auf.

Markus wirkt heute wirklich ziemlich schachmatt, und an diesem Zustand der körperlichen Erschöpfung verbessert sich auch nach einer Stunde entspannender Konversation nichts. Danach wird zum generellen Aufbruch geblasen. Ich schwinge mich leichtfüßig die Treppen hoch und mache mich bereit, mich am Torbogen von den Mädels zu verabschieden.

»Amelie! Ich weiß, es ist viel verlangt, aber könntest du nicht noch mit Markus auf einen Drink gehen?«, fragt mich Caro ein wenig verlegen. Um kein Risiko einzugehen und um mir gleich im Anschluss an ihre Bitte keine Gelegenheit für Ausflüchte zu geben, fährt sie schnell fort. »Es ist nämlich so: Ich weiß, es ist wirklich viel verlangt, aber wenn du nur noch dieses eine Mal mit ihm ausgehen würdest, dann könntet du ja eventuell etwas über Rolands Verhalten herausfinden!«

»Mensch, Caro, du magst ihn wirklich, nicht wahr?«

»Ich mag eigentlich keine Idioten!«, gibt sie lahm zurück. »Aber ich glaube nicht, dass er einer ist. Weibliche Intuition vielleicht, frag mich bitte nicht nach dem warum.«

»Du weiß aber auch, dass ich mit Markus im Dauerclinch liege, oder hast du das vergessen.«

»Es wäre das letzte Mal, dass ich dich um einen derartigen Gefallen bitten würde.«

»Bekomme ich das schriftlich?«

»Vielleicht ist Roland der Mann meines Lebens, vielleicht weiß er das nur noch nicht! Außerdem, sieh es mal von dieser Warte: Du hast die Chance, mich loszuwerden! Ich werde dir, sobald ich in festen Händen bin, nicht mehr so auf die Nerven gehen. Versprochen!«

»Möglicherweise schätze ich ja gerade diesen Charakterzug so an dir. Es ist ja denkbar, dass ich doch sadomasochistisch veranlagt bin!«

»Bitte, bitte, bitte!«, jammert sie mich an und zupft an meiner Jacke.

»Jetzt gib dir bitte einen Ruck, Amelie!«, unterbricht Elvira das nicht auszuhaltende Gejammer. »Das Risiko lohnt sich allemal! Bedenke: Wir könnten dieses elendige Nervenbündel neben uns eventuell loswerden! Diese Aussicht ist doch die Mühe beziehungsweise einen Drink allzeit wert, oder? Also, wieg' ab: Ein Drink mit Markus, dafür eine nervige Freundin weniger! Ein leckerer Drink, eine nervige Freundin weniger!«, sagt sie, und um ihre Gedanken auch optisch zum Ausdruck zu bringen, wiegt sie ihre Hände wie zwei Waagschalen auf und ab.

»Bitte, bitte, bitte!«, ruft Caro nachdrücklich.

»Okay! Ich sag dir was: Das ist der letzte Gefallen dieser Art! Elvira, du bist meine Zeugin, und wenn sie«, ich deute dabei auf Caro, »noch mal so einen Gefallen von jemanden verlangt, dann bist du an der Reihe!«

»Danke, danke, danke, Amelie, du bist die Beste! Und frag ihn nach Rolands beziehungstechnischer Vergangenheit. Und nach seiner letzten Freundin. Und nach … nach seiner Mutter. Die Mutter eines Mannes ist zumeist der Schlüssel zum ganzen verirrten, chaotischen Verhaltensmuster!«

»Stopp! Stopp! Stopp! Caro, also wirklich! Zuerst wäre da noch ein klitzekleines Problem«, unterbreche ich ihren Redeschwall.

»Und das wäre?«

»Markus!«, entgegne ich trocken. »Er sieht bedauerlicherweise gerade heute sehr mitgenommen aus.«

»Na, dann musst du ihm eben gut zureden und ihn ein bisschen aufpäppeln, sein Ego streicheln! Männer stehen auf so was«, versucht mir Elvira ernsthaft zu erklären. »Denk an die Waage: Ein Drink, eine nervtötende Freundin weniger.«

»Oh, Entschuldigung! Ich habe mich gleich nach den „*Streicheleinheiten*" ausgeklinkt! Was hast du danach noch so zum Besten gegeben?«

»Wir sollten eigentlich einen entsprechenden Spruch parat haben, einen wie: „*Alle für eine, und eine für alle!*"«, schlägt Caro vor. »Du ziehst für mich in die Schlacht und ich danke dir! Schmier' DEINEM Markus -«

»Also, jetzt gehst eindeutig du zu weit, Caro!«, fauche ich sie an. »Das gleicht eigentlich einer Beleidigung meines Egos und ist ein Galoppritt auf meinen Nerven!«

»'Tschuldigung!«, gesteht sie kleinlaut. »Also, schmier' Markus ein bisschen Honig um den Bart, tätschle sein Händchen und -«

»Ich überleg es mir gleich wieder anders, Caro, ich schwör's dir! Ach, was soll's! Er wird heute ohnehin einen weiteren Drink ausschlagen und schon gar mit mir!«

»Ich hab's! Noch ein besserer Vorschlag.«

»Noch besser als der Schwachsinn eben?«, frage ich verblüfft. »Da bin ich mal gespannt.«

»Wo ist die Atmosphäre vertrauter als im eigenen Heim? Dort könntest du ihm sicherlich alles entlocken, was wichtig für mich ist!«, schlägt Caro begeistert vor. »Biete ihm ein Glas Wein an!«

»Das ist eine absolute Schnapsidee!«, entschlüpft es mir. »Außerdem trinkt er nicht, wenn er fährt.«

»Umso besser! Dann schläft er vielleicht bei dir! Füll ihn schön ab und frag ihn dann nach allen Einzelheiten aus Rolands Leben!«

»Sag mal, spinnst du jetzt komplett!«

»Na, dann nicht. Dann biete ihm doch noch einen schönen kräftigen Kaffee an! Obwohl, wenn er etwas intus hätte, wäre er sicherlich gesprächiger und du bräuchtest dich nicht so abzumühen!«

»Diese Diskussion hier ist zu neunundneunzig Prozent ohnehin Zeitverschwendung, da er heute sicherlich nicht in Stimmung ist für -«

»Ach, du wartest wohl auf dein Taxi, was?«, will Markus, der sich heute mal anstatt meiner Wenigkeit die wenigen Stufen heraufschleppt, wissen. Roland ist scheinbar verschollen und leckt irgendwo in den unterirdischen Katakomben des Polizeireviers seine mentalen und physischen Wunden.

»Wir haben uns gerade gefragt, ob du heute noch in der Lage bist, deinen Kraftwagen zu steuern«, frage ich spöttisch.

»Natürlich!«, prustet er bösartig hervor. »Du musst nicht Garfield vorschieben, wenn du nicht mit mir mitfahren willst«, sagt er ärgerlich und ist schon bei unserer Gruppe vorbeimarschiert (irgendwie ist sein Gang heute nicht so beschwingt wie die anderen Tage! Juhu! Er ist völlig erledigt und will es nicht zugeben! Juhu!), um schnurstracks auf seinen Wagen zuzusteuern. Ich fange mir derweilen einen bitterbösen Blick von Caro und Elvira ein, aber was soll ich tun: *Die Katze lässt das Mausen eben doch nicht!* ... und mir war es ein wahres Bedürfnis, diesen Spruch an der richtigen Stelle zu platzieren und endlich bot sich die passende Gelegenheit dafür.

»Mach das wieder gut«, zischt mir Caro ins Ohr. »Sofort!«

»Ich wünsche den Damen noch einen schönen Abend!«, ruft uns Markus aus dem Cockpit seines Kombis zu und startet gerade los, als sich meine leichtfüßigen (habe ich das heute schon mal erwähnt, meine *leichtfüßigen* – ach, man kann es gar nicht oft genug sagen - nicht, dass ich angeberisch klingen möchte, aber Fakten bleiben Fakten) Beine in Bewegung setzen.

»Du bist mir was schuldig!« rufe ich Caro zu, um danach dem Heck des entschwindenden Kombis hinterher zu hechten und dabei wie wild mit den Armen zu fuchteln.

Kommandante Handler bemerkt befriedigt meine Reaktion und hält erst ein ganz schönes Stück weiter vorne an. Das macht er nur, um mich auslaufen zu lassen und mir, als ich bei ihm angelangt bin und dabei kurzfristig nach Luft ringe, rotzfrech ins Gesicht zu grinsen.

»Na, haben wir es uns anders überlegt, Fräulein?«

»Nur Garfield zuliebe!«, würge ich hervor und ringe mir ein Lächeln ab, obwohl ich ihm am liebsten an die Wäsche, will sagen, an den Kragen gegangen wäre.

»Oh … das tut mir leid! Garfield ist heute zu Hause geblieben. Dieser Vorwand gilt demnach nicht! Also, was hast du mir sonst noch anzubieten?«, will er wissen und schmunzelt mich dämlich an.

»Meine Gesellschaft«, erwidere ich kurz. »Sei froh, wenn dir überhaupt jemand seine Gesellschaft anbietet!«

»Na, hallo! Ich bin ein überaus liebenswerter Mann!«

»Und voreingenommen, ... und heuchlerisch, … und hinterlistig und nachtragend. Und du redest dir selbst Dinge und Charaktereigenschaften ein, die dir nie und nimmer gerecht werden!«, stoße ich zornig hervor. Diese Unterhaltung scheint aus dem Ruder zu laufen. Aber das ist mir jetzt auch egal. Soll er nur schwafeln und sich selbst in höhere Sphären beamen, dieser Vollidiot!

»Na, da spricht ja die Richtige! Unsere *Madam Hochmut* will MICH also belehren!«, schnaubt er verächtlich hervor. »Du bist eine oberflächliche Nervensäge, die man nicht mehr los wird, auch wenn man sich noch so sehr darum bemüht! Du bist eine derart selbstgefällige Person, dass ich gar nicht weiß, wen ich mit dir vergleichen könnte, da niemand diesem Vergleich standhalten würde! Du bist dermaßen unverschämt, dass ich keine Worte finde, und du zwingst jeden, der sich in deine Nähe wagt, dir irgendwann genau diese aufgelisteten Eigenschaften brühwarm ans Hirn zu tackern!«

Hier erfolgt eine kurze, peinigende Pause unseres lauten Disputs! Ich presse meine Lippen zusammen und bringe kein Wort heraus. Er stiert derweil auf sein Lenkrad und beißt nervös auf seiner Unterlippe herum.

»Entschuldigung!«, würgt er schließlich leise heraus. »Ich führe mich bestimmt nicht oft so aufbrausend und unkontrolliert auf. Alleine meine Berufswahl sollte mir eine solche Reaktion verbieten. Aber du bist oft anstrengender als ein schlimmer, schlimmer *Schwerenöter* im Verhör!«

»Fängst du schon wieder an!«, keife ich zurück.

»Oh, Entschuldigung!«, gibt er klein bei. »Ich wollte dir nur auf sehr ungeschickte Weise zu verstehen geben ... ach, du brauchst bei mir eben nur gewisse Knöpfe zu drücken und schon bringst du mich auf die Palme!«, untermalt er sein Bedauern. »Komm, steig ein, ich bring dich heim! Siehst du? Jetzt hast du mich sogar zum Reimen verleitet!«, merke er zart schmunzelnd an.

Nachdem ich wortlos am Beifahrersitz Platz genommen habe, hantiere ich tollpatschig mit dem Sicherheitsgurt. Er scheint sich verdreht zu haben, und so sehr ich auch an ihm zerre, so wenig gibt er nach. Dann bleibe ich eben unangeschnallt und blicke meinem Schicksal tapfer ins Auge. Schlimmer kann's nun auch nicht mehr werden. Markus, der gleich losgedonnert ist, bemerkt mein Sicherheitsproblem und hält bei der nächsten Ausbuchtung an.

»Du bist ein Sicherheitsrisiko!«

»Na, was bin ich denn noch alles! Lass alles raus, dann haben wir's hinter uns!«, fahre ich ihn an. »Was willst du noch loswerden und mir auf die Stirn tackern? Jetzt nur keine falsche Bescheidenheit oder gar Hemmungen!«

»Ich habe mich entschuldigt und das war aufrichtig gemeint! Und jetzt lass mal sehen«, sagt er, schnallt sich ab und krabbelt über mich hinweg Richtung verhedderter Gurt. Ich bin fassungslos. Wenn uns jetzt jemand sehen könnte, dann würde derjenige meinen, dass wir es hier treiben, so sehr ist er mir auf die Pelle gerückt. Eine wahrhaft prekäre Situation! Ich versuche vergeblich, einen Schlupfwinkel zu entdecken. Am besten, ich bewege mich nicht und bleibe ganz relaxed hier sitzen (was sollte ich auch sonst machen). Ich muss mich ablenken, bin jedoch augenblicklich sehr verspannt. Diese Situation ist äußerst unangenehm und zieht sich in die Länge. Sein Haar kitzelt mir einstweilen in der Nase und ich muss den Drang zu niesen verdrängen. Er wäscht sein Haar mit - ich sauge den Duft geräuschvoll wie Hannibal Lecter bei seiner ersten Begegnung mit Clarice Starling ein. Offenbar verfügen Serienkiller in Filmen über ein feineres Näschen als unsereins, denn ich kann abgesehen von Markus' Aftershave keinen vordergründigen Geruch ausmachen.

»Was soll's werden, wenn's fertig ist?«, will er wissen, da er meinen Schnupperversuch offensichtlich gehört hat.

»Nichts! Gar nichts! Soll ich aussteigen?«, frage ich, als er kraftvoll am Riemen zerrt.

»Nein, geht schon. So, jetzt sollte es wieder klappen«, gibt er zurück und nimmt seine Sitzposition wieder ein, während ich die Gürtelschnalle nehme und in die dafür vorgesehene Luke stecke.

Die Fahrt vom Polizeirevier bis zu meiner Wohnung ist mir noch nie so lange vorgekommen. Wir versinken zwar sonst auch für gewöhnlich im herrlichen, schon so sehr liebgewonnenen, wortlosen Frieden, aber heute ist diese peinigende Stille schier unerträglich. Noch dazu, da ich eigentlich einen Auftrag auszuführen hätte. Aber an diese Mission ist momentan gar nicht zu denken, obwohl ich jetzt einen Drink ganz gut gebrauchen könnte.

»Möchtest du noch mit auf ein Glas Wein kommen?«, fragt mich Markus unerwartet. »Das soll keine Anmache werden, das weißt du. Nur ... nun, ich dachte mir, damit ich auch ein Gläschen trinken kann und da ich ansonsten ja wieder mit dem Wagen fahren müsste und ... nun, ich würde dich selbstverständlich auch nach Hause geleiten. Aber ... eben zu Fuß. Ich habe das vorhin nicht so gemeint.«

»Du hast meine Schmerzgrenze erreicht, und die ist außergewöhnlich hoch. Sie liegt genaugenommen viel höher als bei sehr vielen anderen Menschen. Aber du hast diese Etappe mühelos erklommen!«

»Ich verstehe. Du bist hart im Nehmen!«

»Und manchmal auch im Geben«, gestehe ich leise ein.

»Und, was hältst du nun von einem Glas Wein, oder bist du zu müde dafür?«

»Dasselbe wollte ich dich gerade fragen.«

»Mir geht's gut.«

»Und ... du hast im Keller kein dunkles Verlies, das mit allerhand Foltergeräten gespickt ist, und wo du mich quälen könntest und wo niemand meine Schreie hören würde, da du ja sicherheitshalber alles schalldicht versiegelt hast?«

»Aha, du steht also auf so etwas! Ansonsten wärst du ja nicht darauf zu sprechen gekommen!«, sagt er und grinst mich verlegen an. »Frau Parker, Frau Parker! Nun, mit Handschellen und einem zackenförmigen Hundehalsband kann ich dienen.«

»Nein, nein, ist schon gut. Du kannst mich auch mit einem korkhaltigen Wein quälen«, gebe ich zurück und bin einigermaßen erleichtert, dass wir doch noch einen Weg gefunden haben, um erneut die Friedenspfeile zu paffen (zugegebenermaßen weniger wegen meinem Auftrag, als um meiner selbst willen. Eine Entschuldigung meinerseits hätte er wohl auch noch verdient).

»Ich werde in meinem Weindepot sicherlich noch irgendwo eine unfachgerecht gelagerte Flasche finden.«

»'Tschuldigung!«, nuschle ich ganz, ganz leise hervor.

»Wie bitte?«

»'Tschuldigung!«, wiederhole ich mit kräftigerer Stimme.

»Wofür denn?«

»Für mein Benehmen, für meinen Ausdruck, für meinen Ausbruch und für die Unverschämtheiten, die ich dir vorhin an den Kopf geworfen habe.«

»Gut. Angenommen, Frau Parker! Vergeben und vergessen. Jetzt lass uns diesen Abend nicht mehr davon anfangen, in Ordnung?«

»Ein äußerst vernünftiger Vorschlag! Da sind wir uns demnach einig.«

»Dass ich das noch erleben darf!«, spöttelt er lächelnd.

»Schluss damit!«, sage ich sanft bestimmend, um danach gleich durch ein flüchtiges Rütteln unterbrochen zu werden, da wir soeben in das Carport seines Wohnhauses eingefahren sind.

Fassadenabbau

Zur Sicherheit großer Erfolge gehört,
dass eine Seele den Plan entwerfe,
den Entschluss fasse
und diesen selbst ausführe.
(August Graf Neithardt von Gneisenau)

Also, Scotland Yard kann mich sofort und ohne Aufnahmeverfahren einstellen. Ich bin eine Agentin der Superlative, Chiffre 007, aber ich möchte dem weiteren Verlauf der Geschichte nicht vorgreifen.

Markus bewohnt das Erdgeschoss und die erste Etage des dreistöckigen Hauses, und ich muss sagen, seine Wohnung ist eindrucksvoll, sowohl was die Größe, als auch was die Einrichtung betrifft. Man würde ein so fabelhaftes Domizil hinter der schlichten Außenfassade nicht annähernd vermuten. Garfield hat uns bereits schwanzwedelnd an der Eingangstüre begrüßt und Markus hat ihn gleich im Anschluss in den rückwärtig gelegenen Garten geführt, wo er nun wie wild herumtobt. Nachdem der Vierbeiner versorgt ist, führt mich der Hausherr durch die Räumlichkeiten. Die Wohnung hat acht Zimmer, wobei die genannten Bereiche richtig großzügig angelegt sind. Im Handlerischen Hausstand gibt es zwei Gästezimmer (eines hat sogar einen Balkon mit Blick in den Garten) mit separaten Baderäumen, ein ausladendes Wohnzimmer und ein Esszimmer (zwischen diesen beiden Räumen vermittelt ein alter Kamin Wohlbefinden und Wärme), einen daran angekoppelten Wintergarten mit Unmengen an Grünzeugs[29], eine Kombination zwischen Bibliothek und Büro,

---

[29] Hier fällt mir der Spruch *„Böse Frauen haben schöne Blumen"* wieder ein – ob das auch für Männer mit grünem Daumen gilt?
P.S.: Zum Glück verreckt in unserem Haushalt gelegentlich ein Pflänzchen! Daran kann man mal sehen, wie liebevoll Nike und ich sind.

einen Fitnessraum[30]. An der Tür zu seinem privaten Schlafgemach schlendern wir nur rasch vorbei und eine geräumige Küche schließt die Besichtigung ab. Nachdem Markus eine Flasche Rotwein und zwei Gläser geholt hat[31], führt er mich in den Wintergarten und ich sinke wohlig in einen der gepolsterten Rattansessel ein. Ein paar Kerzen verpassen der begrünten Anlage den letzten Schliff.

Da wir unseren verbalen Schlagabtausch schon im Wagen hinter uns gebracht und uns damit schon weitgehend abreagiert haben, führen wir ein friedliches und sogar vergnügliches Gespräch. Er lässt mich ein wenig hinter seine Fassade blicken und ich gewähre ihm auch den einen oder anderen Einblick in mein Leben.

Was ich nun von ihm weiß:
Er ist 33. Dieses Haus hat ihm seine Mutter vererbt. Das zweite Stockwerk und die Mansarde bewohnt seine Schwester Selma, die jedoch in London lebt und arbeitet, und nur ab und an vorbeischaut. Sein Vater ist sehr früh verschieden, sodass er sich nur schemenhaft an ihn erinnern kann. Seine Mutter hat zwar noch ein weiteres Mal geheiratet, aber mit diesem Mann konnte er sich nie anfreunden (an dieser Stelle hat er merkwürdig reagiert und ist dann auf ein anderes Thema zu sprechen gekommen). Er selbst hat bislang keine Kinder gezeugt (zumindest wusste er nichts davon) und er war noch nie verheiratet. Aber er stand schon mal ganz knapp davor (auch hier hat er blitzschnell das Thema gewechselt). Seine letzte dauerhafte Freundschaft unterhielt er mit der besagten *„Braut, die sich nicht traut"*. Ich konnte ihm noch entlocken, dass das Scheitern dieser Beziehung schon über neun Jahre zurücklag. Über seine Arbeit wollte er nicht plaudern (nur so viel, dass es sich nach dem privaten Bruch voll und ganz auf seine berufliche Laufbahn konzentriert hatte). Ach, und seine Vorliebe für klassische Musik hat er nochmals unter-

---

[30] Nun, diesen würdige ich nur mit einem ganz schnellen Blick. Diese Foltergeräte haben mich noch nie sonderlich angemacht ... oder angelacht!
[31] Ich bin zwar nicht gerade ein Rotweinfan, aber ich will mich nicht beschweren, wo wir doch gerade erst wieder Frieden geschlossen haben.

malt! Obwohl im Hintergrund leise und angenehm Louis Armstrong seine Trompete auf unnachahmliche Weise spielt.

Was er nun von mir weiß:

Dass ich mit dem Mann, mit dem er mich in Seefeld gesehen hat, nicht mehr zusammen bin, und dass mich das Ganze ziemlich mitgenommen hat (bin natürlich nicht ins Detail gegangen, sondern habe ihm nur die groben Umrisse erzählt und muss hierbei gestehen, dass ich an dieser Stelle ebenfalls ein anderes Thema angeschnitten habe). Ich habe im Schnelldurchlauf über meine Familie geschwatzt (die Geschichte mit der lebendigen Krippe in unserem Garten hat es ihm besonders angetan. Ich konnte ihn nur unter Androhung, dass ich ihn heuer selbst als Schaf im Stall einstelle, wenn er nicht augenblicklich mit dem Gelächter aufhören würde, zu dessen Abbruch animieren). Danach habe ich ihm noch verraten, dass ich gerne ins Kino gehe, aber dass ich auch gegen einen Theater- oder Ballettbesuch nichts einzuwenden habe. Weiters habe ich ihm gesagt, dass ich auch einen geselligen Abend zu schätzen weiß, am Sonntag gerne vorm Radio sitze, mit Nike zusammenwohne (das wusste er schon) und wunderbare Freunde habe. Das war mein Stichwort!

»Und du? Ich meine, außer Roland?«, frage ich vorsichtig.

»Ich habe sehr viel Arbeit, da bleibt wenig Zeit. Aber ich habe natürlich auch Bekannte.«

»Bekannte Freunde oder was?«

»Im Laufe meiner Ausbildung haben sich die Prioritäten etwas verschoben. Ich musste viel auf mich nehmen und habe dann oft Bekannte kurzfristig versetzt. Da wird es schwer, die Freundschaften aufrecht zu erhalten. Aber dafür trennt man ja unweigerlich die Streu vom Weizen! Roland ist mein bester Freund, beinahe wie ein Bruder. Und dann gibt es noch Michael und Martin.«

»Hat Roland irgendwelche Probleme?«, frage ich vorsichtig.

»Du meinst Macken?«

»Probleme, Macken - ist doch das gleiche!«

»Hat nicht jeder von uns irgendwelche Marotten?«

Oh, eine Gegenfrage, so komme ich nicht weiter.

»Ich meine in Hinsicht auf Frauen.«

»Er hat einen Knackpunkt. Wieso fragst du danach?«

»Du bist Kommissar. Du weißt, warum ich dich das frage!«

»Ich weiß von dem Streit, falls du darauf ansprichst. Aber ich glaube, da sollten wir uns nicht einmischen. Das ist deren Angelegenheit, meinst du nicht auch?«

»Im Allgemeinen würde ich dir ja recht geben. Aber Caro ist meine beste Freundin und sie versteht sein Verhalten einfach nicht.«

»Findest du es richtig, über unsere nicht anwesenden besten Freunde zu sprechen?«

Oh, er lenkt schon wieder ab.

»Wenn's der Sache dienlich ist, ja!«

»Dann würde ich Caro den gutgemeinten Rat geben, Roland einfach noch ein bisschen Zeit zu lassen! Sie kennen sich ohnehin erst seit ein paar Wochen«, erklärt er freundlich.

»Du gefällst mir: Nächste Woche ist der Kurs zu Ende!«

»Ihr habt doch absolut ausbaufähiges Potenzial anzubieten«, bemerkt er und grinst mich an. »Ihr könnt doch den Fortsetzungskurs absolvieren. Ich mache die Frauen in der letzten Unterrichtseinheit immer auf diesen Lehrgang aufmerksam.«

»Ich glaube, wir reden hier aneinander vorbei«, werfe ich nachsichtig ein. »Roland hat es seit ihrem Streit nicht einmal als wichtig erachtet, Caro anzurufen. Er will demnach nichts von ihr, obwohl er sie immer wieder in unbeobachteten Momenten fixiert. Das ist mir gerade heute aufgefallen. Und sie soll nun, obwohl im Prinzip ja nichts dafür spricht, einen weiteren Kurs belegen, verstehe ich dich richtig?«

»Das ist selbstverständlich ihre Entscheidung! Die Frage ist: Was ist sie bereit für diese freundschaftliche Beziehung – oder wie immer man das augenblicklich nennen mag – zu investieren?«

»Also, du willst mir durch die Blume zu verstehen geben, dass Roland einfach noch nicht so weit ist, oder?«

»Wie ernst meint es Caro mit ihm?«

»Ich glaube, sie mag ihn.«

»Du glaubst es oder du weißt es?«

»Nein, ich weiß es!«, gebe ich energisch zurück. »Bitte sag mir die Wahrheit! Wenn er sie nicht mag, dann ist es besser, dass ich es ihr schonend beibringe! Es ist mir lieber sie weiß Bescheid, als dass sie die ganze Zeit im Ungewissen ist und dieses Heckmeck durchlaufen muss.«

»Wieso hat sie ihn eigentlich noch nicht angerufen?«, will er plötzlich wissen.

»Du liest ja so gerne Fachliteratur, nicht wahr? Was sagt das Buch *„Frauen verstehen lernen!"* denn dazu?«

»Dass solche Frauen Zeit brauchen!«

»Nicht unbedingt«, entgegne ich und warte auf die nächste Antwortmöglichkeit. »Im Übrigen hat Caro Roland gleich nach der blödsinnigen Debatte zu sich eingeladen. Sie hat ihm demnach eigentlich schon die Hand für Friedensgespräche hingehalten, oder irre ich mich?«

»Ich bin zwar generell noch immer der Meinung, dass die beiden das ohne unser Zutun hinbekommen, aber -«

»Du meinst, sie schaffen es in diesem Leben noch?«, unterbreche ich ihn neckisch und ziehe meine Stirn in Falten. »Oder sollte Caro möglicherweise aufs nächste warten?«, hake ich nach.

»Vielleicht sollte ich einmal ein objektives Gespräch mit meinem Freund führen. Aber es ist lediglich ein Gespräch und ich werde ihm dabei keine Ratschläge, wie er sein Leben zu leben hat, erteilen.«

»Na, mehr kann ich gar nicht verlangen.«

»Ich kann es nicht fassen!«, entfährt es ihm offenkundig überrascht.

»Was?«

»Dass wir beide doch tatsächlich ein geheimes Bündnis abgeschlossen haben und dabei als Vermittler agieren! Es ist doch fast schon bedenklich, dass gerade wir *Beziehungsfreaks* eingreifen! Das ist eventuell kein so gutes Omen, oder? Wir haben uns sozusagen im Auftrag der vorläufig imaginären Partnerschaft verschworen.«

»Ja, so kann man das durchaus betrachten und wir sollten diesen Top-secret-Auftrag keinesfalls vermasseln!«, weise ich ihn nachdrücklich darauf hin.

»Sie hat es ihm heute ganz schön gegeben, nicht wahr?«

»Sie ist frustriert!«

»In diesem Stadium bräuchte demnach eine Frau gar keinen Selbstverteidigungskurs zu absolvieren. Sie handelt dann rein instinktiv«, erklärt er lächelnd. »Ich dachte einen Moment lang sogar, dass Roland dem beharrlichen Bombardement nicht mehr lange standhielte.«

»Aber immerhin hat er die Attacken wie ein widerstandsfähiger und ungebrochener Sportler durchgehalten. Die Kombination aus Frust und Frauenpower wirkt sich eben auf diese Weise aus«, kommentiere ich seine Beobachtung. »Oje, ist es wirklich schon beinahe halb drei?«

»Ja.«

»Ich sollte allmählich aufbrechen.«

»Ich bring dich nach Hause!«

»Du siehst, ehrlich gesagt, ziemlich K.O. aus! Ich finde den Weg schon alleine«, entgegne ich, und bevor er Widerspruch einlegen kann, fahre ich fort: »Es ist doch nur eine Querstraße.«

»Versprochen ist versprochen, und wird auch nicht gebrochen, Frau Parker!«, lamentiert er erschöpft herunter.

»Oje, zu so fortgeschrittener Stunde wirst du auch noch theatralisch!«

»Ich debattiere jetzt nicht mehr mit dir, also los!«

Diplomauszeichnung

*Wenn Männer in Feuer geraten,
löschen Frauen am liebsten mit Benzin.
(Alberto Sordi)*

Ich bin um kurz nach drei Uhr morgens wohlbehalten zu Hause angekommen (Markus Handler sei Dank) und stelle erst beim Durchstöbern
meiner Sporttasche fest, dass sich mein auf lautlos gestelltes Handy indessen beinahe überschlagen hat: Neun Anrufe in Abwesenheit! Und
allesamt von Caro, wie könnte es auch anders sein! Ihren letzten Versuch
hat sie erst vor fünfzehn Minuten gestartet. ... Nun, Demzufolge kann ich
sie ohne Gewissensbisse noch kurz zurückrufen.
»Caro? Bist du noch wach?«, frage ich so vorsichtig, als würde es mich
tatsächlich kümmern.
»Klar. Kann nicht schlafen! Und, wie ist es gelaufen? Es muss ziemlich
nett gewesen sein, da du dich erst jetzt meldest! Wo zum Teufel hast du
Markus nur hingeschleppt? Also bei dir zu Hause wart ihr offensichtlich
nicht, denn ich habe Nike vorhin leider aus dem Schlaf gerissen und mich
nach dir und deinem Verbleiben erkundigt.«

Wenige Minuten später hat Caro ihr Verhör beendet. Wir sind zum
Schluss gekommen, dass die Weltordnung gewaltig aus den Fugen gera-
ten ist, da anscheinend alle auserkorenen Männer noch und nöcher um
Zeit, Zeit, und noch mal Zeit baten! Früher wollte immer das *schwache
Geschlecht* Zeit, und jetzt, nach der weiblichen Revolution und der E-
manzipationsphase, haben diese Halunken einfach den Spieß umgedreht
und lassen unsereins auf der Ersatzbank warten!
Ich habe Caro geraten, falls sich Roland aus irgendeinem gravierenden
Grund (wie beispielsweise ein akuter Krankenhausaufenthalt wegen einer
gefährlichen Lungenentzündung oder eines hochansteckenden Virus)

nicht bis Donnerstag bei ihr melden sollte, doch einfach den Stier bei den Hörnern zu packen und den zweiten Schritt zur Vergebung auch noch zu gehen. Aber dann wäre Schluss damit! Wie weit sollte die Arme denn noch laufen, um dieses dumme Missverständnis aus der Welt zu schaffen? Und sie willigte, ohne Umschweife, ein.

Bis zur Diplomübergabe am Donnerstag habe ich ein ziemlich hektisches Pfingstwochenende zu überstehen. Aber Fortuna schielt nun erfreulicherweise ab und an doch wieder auf meine Haupt herab und unterhält offenbar eine flüchtige Liebelei mit dem Wettergott, damit ich am regnerischen Pfingstmontag einen wetterbedingten, freien Tag nehmen kann. Nachdem ich kurzfristig im Freudentaumel über diesen unerwarteten Ruhetag schwebe, ringt sich mein Handy einen Pieps ab.

Caro berichtet mir aufgelöst, dass sich Roland soeben bei ihr gemeldet habe und dass er sie am Nachmittag ins Café Schabernack bat. Markus scheint demnach schon mit der Planumsetzung begonnen zu haben.

Nachdem ich komplett ausgehungert bin und dringend Nahrung brauche, bitte ich meine momentan fresswütige Mitbewohnerin mir ihr Geleit zum Brunch zu geben.

Diesen Nachmittag stiere ich extrem oft auf mein Handy-Display. Caro lässt sich ungewöhnlich viel Zeit, um ihre auf heißen Kohlen sitzende Freundin endlich aus dem lodernden Scheiterhaufen der Neugierde zu erretten. Ich deute das als gutes Zeichen, als Zeichen des Erfolges sozusagen. Vermutlich hat sie momentan Wichtigeres zu tun, als ihre Vermittlerin in Sachen Kontaktanbahnung zu Rate zu ziehen (hoffe ich zumindest).

Nike und ich unternehmen nach dem üppigen Mahl einen Schaufensterbummel durch die nasskalten Straßen der Stadt. Heute ist richtiges Kuschelwetter! Ich ertappe mich dabei, wie ich lange und breit vor den Luken eines Reisebüros verweile. Ein griechischer Ferienkatalog strahlt mit seinem spanischen Konkurrenten um die Wette. Alle wollen untrüglich die Gunst der Amelie gewinnen. Sonne, Strand, Meer, leckere Drinks und wohlige Wärme versprechen die farbenfroh broschierten Animationshefte. Sie rufen leise, aber eindringlich: *Bitte buch mich, buch mich!* Nike beobachtet meine *„du hast dir einen Urlaub redlich verdient! Nun los, greif zu und buch mich!"* - begierigen Blicke (da ich mittlerweile meine Nase an der Frontscheibe des Geschäfts plattdrücke).

»Ich bring' dir morgen Prospekte aus dem Büro mit, versprochen! Aber nun lass uns den Verdauungsspaziergang fortsetzen, dann können wir noch für einen Eisbecher Platz schaffen«, quengelt sie ungeduldig.[32]

»Sind Griechenland, Spanien und Italien genehm?«

»Italien ist für heuer gecancelt!«, erwidere ich trocken. »Zu viele Italiener.[33] Nur Griechenland und Spanien, bitte![34]«

»Schau mal an, ganz was Neues! Und, wann habt ihr euren Urlaub beantragt?«[35], will Nike noch wissen. »Vielleicht ergibt sich ja was bei den Last-Minute-Angeboten!«

»Die sechsundzwanzigste Woche ist für uns reserviert.«

Caro ruft erst am Abend an und berichtet mir von einem sehr netten Nachmittag. Roland hat ihr gesagt, dass er noch nicht für irgendeine Art von Beziehung oder für irgendetwas, das auch nur annähernd mit Körperkontakt zu tun hat (sogar einen Kuss hat er ausgeschlagen, da er fürchtete, dass er danach Lust auf mehr hätte), bereit ist. Er hat Caro gestanden, dass er sie aufrichtig schätzt, und deswegen wolle er noch zuwarten und ihnen beiden die Möglichkeit geben, sich besser und näher kennen zu lernen. Am Schluss hat er ihr noch gebeichtet, dass er den Streit nur provoziert hat, damit er sie nicht bis zu ihrer Wohnungstür begleiten musste,

---

[32] Eigentlich müsste sie jetzt schon aussehen wie eine lebende Regentonne auf zwei Beinen, denn sie verschlingt gnadenlos alles, was sich in ihre Nähe wagt!
[33] Ich muss schließlich an meinen Seelenfrieden denken! Francesco hat meinen Bedarf an italienisch sprechenden Menschen für dieses Jahr eindeutig gedeckt.
[34] Demzufolge muss ich jetzt auch noch meine Flugphobie überwinden!
[35] Caro und ich verreisen jedes Jahr eine Woche in den nahegelegenen, sonnigen Süden (per Auto meines Vaters – für Mucki wäre ein derartiger Ausflug mit einer Kamikazefahrt gleichzusetzen) und Nike besorgt uns immer die Unterkunft (das ist schließlich ihr Fachgebiet. Außerdem kommen wir so in den Genuss einer reisebürointernen Vergünstigungspauschale).

denn dann hätte untrüglich das auf seiner Schulter hockende Teufelchen gewonnen und nicht das sanfte, noch zuwarten wollende Engelchen!

Der letzte trainingsbedingte Donnerstag ist genauso amüsant (zumindest für uns Frauen) wie der vorherige. Vier bullige, verschwitzte, um Luft ringende Michelin-Männchen tummeln sich auf den Matten des Turnsaals, während sie von einer Horde selbstbewusster und schlagkräftiger Dominas (Lack, Leder und Peitsche fehlen zwar in unserer Ausstaffierung noch, aber ansonsten könnten wir jederzeit in einem SM-Studio anfangen) attackiert werden. Nachdem wir uns nach dem Training in den Clubräumlichkeiten eingefunden haben, Markus seinen Spruch bezüglich des Aufbaukurses in den Selbstverteidigungskünsten abgelassen hat und die feierliche Diplomübergabe mit einem kräftigen Shakehands und der Beglückwünschung vollzogen ist, kann die Party beginnen. Caro und Roland führen nur einen kurzen Plausch, dann wird ihr höchst persönlicher Personal Trainer von einer anderen Damenriege beschlagnahmt und dazu genötigt, sich zu ihnen an den Tisch zu gesellen. Er wirkt deswegen zwar etwas traurig, folgt aber pflichtbewusst der Einladung.

Das gemütliche Beisammensein kennt an diesem Abend keine Grenzen. Ich hingegen kenne meine schon, denn ich muss am kommenden Tag die Frühschicht schieben und bin deshalb die Erste, die aufbricht. Markus sieht mich freilich erstaunt an und bietet mir selbstlos an, mich nach Hause zu kutschieren. Ich lehne dankend ab und rufe mir stattdessen ein Taxi. Unseren gemeinsamen Coup scheinen wir innerhalb kürzester Zeit erledigt zu haben und ich bin happy darüber!

Elvira hat morgen ihren freien Tag und Caro hofft, von Roland nach Hause gebracht zu werden, und zwar diesmal ohne Streit! Sie haben sich geeinigt, dass sie von Roland bis unmittelbar vor ihren Hauseingang chauffiert wird, ohne dass er sie jedoch die letzten Meter begleitet. Caro kann vorerst mit diesem Kompromiss leben und bemüht sich, nicht mehr so ungeduldig zu sein.

Sie hat aber bei ihrer Aussprache kein Blatt vor den Mund genommen und Roland gleich unverblümt nach eventuellen anstehenden beziehungsweise hängenden Potenzproblemen gefragt, woraufhin er zunächst komplett von der Rolle war, da ihm diese Frage noch niemand gestellt hatte. Als und nachdem er seine Fassung wieder gewonnen hatte, lächelte er sie verschmitzt an und versicherte ihr - Stein auf Bein -, dass er momentan mit ganz anderen Problemen zu kämpfen hätte.

Verleumdungen

Die Wahrheiten, die wir am wenigsten gern hören,
sind diejenigen, die wir am nötigsten kennen sollten.
(Chinesisches Sprichwort)

Nike ist nun bereit, ihrem Schicksal gegenüberzutreten. Bernie hat sich zwar vermehrt um ein Gespräch bemüht (mir erschienen seine unangemeldeten Besuche, die ich allesamt vor unserer Wohnungstür beendet habe, ohnehin halbherzig), aber dieses Vorhaben ist ihm bislang immer verwehrt geblieben. Jedenfalls bis zum heutigen Tag!

Als Nike gestern von der Arbeit nach Hause gekommen ist, hat sie mir und Caro den versprochenen Stapel Urlaubsprospekte mit den dazugehörigen Last-Minute-Angeboten mitgebracht. Nachdem wir gemütlich und unter Berücksichtigung zahlreicher Details (Hotel: vier bis fünf Sterne Kategorie, Reisezeit und Reisedauer, Hotelleistungen, Infrastruktur des Domizils) die Hochglanzmagazine durchstöbert und die auf unsere Bedürfnisse abgestimmte Hotelanlage für den einwöchigen Aufenthalt herausgefiltert hatten, buchte Nike gleich online unsere Flüge.

Nachdem dies erledigt war, stand der anstehenden Geburtstagsplanung nichts mehr im Wege. Nike feierte am Dienstag ihr achtundzwanzigstes Jubiläum, und da wir uns angewohnt hatten, stets am nächstgelegenen Wochenendtermin zu feiern, bot sich gleich das bevorstehende Weekend an. Eine Woche später würde sich nicht mehr ausgehen, denn da säßen Caro und ich schon im Flieger Richtung Kreta!

Der Termin für die Feier war rasch fixiert und unsere Freunde waren ebenso schnell informiert. Die Auswahl des dafür geeigneten Restaurants war so kurzfristig schon etwas schwieriger, aber durchaus machbar. Eine halbe Stunde später war dieser Punkt ebenfalls abgehakt. Dem *Gasthof Plainlinde* sollte die Ehre hierfür zuteilwerden!

»Mir fällt da noch was ein«, unterbricht uns Nike plötzlich. »Ich sollte das kommende Lebensjahr eigentlich komplett neu durchstarten. Hierfür müsste ich noch eine Angelegenheit, die mir schon seit Wochen Koliken bereitet, aus dem Weg schaffen! Ich will keinen alten Ballast in mein neues Jahr mitschleppen.«

»Willst du dich etwa mit Bernie treffen? Bist du dir sicher, dass du schon soweit bist?«, frage ich ernst nach.

»Ja, das ist mir ein Anliegen! Ich bring's hinter mich!«

»Finde ich gut. Und wo willst du dich mit ihm treffen?«

»Nicht hier. Irgendwo in der Öffentlichkeit.«

»Im Café Schabernack?«, schlägt Caro vor. »Da tut sich jede Menge und es ist nicht so intim.«

»Da ist es mir eigentlich zu voll.«

»Das *Kunst-Fashion* beim Mirabellplatz wäre ideal. Es ist hell, modern und ungemütlich. Ein guter Platz, um diese Farce endlich zu beenden.«

»Das ist eine fabelhafte Idee. Und das *Fashion* kann mit noch einem ganz entscheidenden Vorteil aufwarten«, bemerkt Caro sachlich. »Es bietet neben der zeitgemäßen, stählernen Unbehaglichkeit auch unzählige Säulen im Raum an; Säulen, wo sich deine Freundinnen - falls du den Wunsch hegst, sie in der Nähe zu wissen – verstecken könnten und wo sie im Notfall sofort zur Stelle wären!«

»Ach, was würde ich ohne euch nur machen?«, seufzt Nike dankbar hervor.

»Du würdest ohne unser Geleit zu diesem Treffen gehen und trotzdem alles regeln«, gibt Caro zurück und setzt ein Lächeln auf. »Aber mit uns im Schlepptau hast du ein bisschen mehr Sicherheit. Und nach dem unerfreulichen Gespräch mit diesem hirnverbrannten Casanova hast du mein Ehrenwort, dass wir danach noch auf einen gemeinsamen Entspannungsdrink gehen.«

Nike macht gleich im Anschluss Nägel mit Köpfen und wählt Bernies Nummer. Er hebt sofort ab und Nike schlägt ihm nach dem nüchternen Begrüßungszeremoniell couragiert und bestimmend (in einem Tonfall, der keinerlei Widerrede duldet) den morgigen Treffpunkt vor, woraufhin er sofort sein Erscheinen zusagt.

Nike wählt für das Gespräch einen dunkelbraunen Rock, eine weiße Bluse und einen braunen Pullover, der derweilen ihr kleines, noch kaum merkliches Bäuchlein perfekt kaschiert. Figürlich würde man ihr in diesem Aufzug keine Schwangerschaft zusprechen. Aber ihr Gesicht ließ sich nicht so einfach tarnen – es hatte sich verändert. Die Wangenpartie war nicht mehr so kontrastvoll und kantig, sondern im Laufe der letzten Wochen sanfter und weicher, ihr Teint rosiger geworden. Aber Männer wie Bernie hatten für etliche Details des Lebens kein Auge und er würde vermutlich selbst die sichtbaren Veränderungen seiner ehemaligen Lebensgefährtin nicht wahrnehmen!

Caro, Nike und ich sind eine halbe Stunde vor dem Termin am Treffpunkt angelangt. Glücklicherweise ist das *Kunst-Fashion* zu dieser fortgeschrittenen Stunde (es ist halb sieben) nicht mehr so ausgelastet. Wir finden zwei für unser Vorhaben ideale Tische. Getrennt werden sie nur durch eine breite, hoch aufragende Trägersäule. Nike nimmt an jenem Tisch, der dem Eingangsbereich zugewandt ist, Platz. Somit kann Bernie ihre weibliche Backstage-Verstärkung garantiert nicht erblicken.

»Bin mal neugierig, ob er pünktlich ist!«, bemerke ich scharf. »Reist er per Auto, per Bahn oder per Flugzeug an?«, frage ich in Nikes Richtung, ohne sie dabei direkt ansehen zu können.

»Keine Ahnung! Ist mir egal, wie er seinen Weg meistert. Aber wenn er nicht pünktlich ist, hat er ein zusätzliches Problem«, flüstert sie uns zu. »Ach, da kommt er. Ich kann ihn sehen. O Gott, mir ist speiübel!«

»Du machst das schon!«, bekräftigt sie Caro. »Denk an deine grandiose Zukunft.«

»Er hat mich gesehen. Und er hat einen Blumenstrauß mit, einen sehr großen Blumenstrauß! Oh, er kommt jetzt direkt auf mich zu«, nuschelt sie uns, wahrscheinlich hinter vorgehaltener Hand, zu. »*Over and out!*«

»Hallo, Liebes! Schön dich zu sehen! Es freut mich, dass du mich angerufen hast.«

Caro dreht indessen die Augen über und steckt sich demonstrativ ihren Zeigefinger in den Rachen, um mir ihre aufkommende Übelkeit, die der speichelleckende, verlogene Bernie bei ihr verursacht, bildlich darzustellen.

Bernie gibt sich ganz normal, als wäre nie ein Bruch zwischen ihm und Nike gewesen! Er bestellt bei der Bedienung ein Pils und fragt Nike galant (und eindeutig zweideutig), ob sie auch noch Wünsche offen hätte.

»Hör auf mit dem Gesäusel!«, sagt Nike energisch. »Ich muss etwas mit dir besprechen, das sich nicht aufschieben lässt!«

»Jetzt bin ich aber neugierig. Bitte sehr, die sind für dich! Wunderschöne Rosen, für eine wunderschöne Frau!«

»Sag mal, spinnst du komplett!«, entfährt es ihr. »Setz dich nieder und schenk die Stängel gefälligst deiner Affäre, oder deiner Freundin, oder deiner Verlobten, oder wer auch immer den Bedarf verspürt, von einem ungehobelten, unaufrichtigen Haudegen etwas geschenkt zu bekommen!«

»So lass dir doch erklären!«, versucht er sie zu besänftigen. »Caro und Amelie haben das in Wien völlig falsch ausgelegt, ehrlich!«

»Deine Nase hat einen Ruck nach vorne gemacht! Pass bloß auf, dass sie nicht so lang wird, wie jene von Pinocchio!«

»Ich will dir nur erklären, dass die Geschichte mit Anita endgültig passé ist. Sie hat gemerkt, wie sehr ich dich noch liebe und sie hat mich danach, das ist jetzt schon einige Wochen her, sofort vor die Tür gesetzt.«

»Und?«

»Was sagst du dazu?«, fragt er hoffnungsvoll.

»Was sollte mich das angehen? Du bist ein freier Mann, du kannst tun und lassen, was du willst! Du brauchst demnach niemanden anzulügen oder zu betrügen, das ist doch toll für dich!«

»Aber … aber ich habe dir doch nun zu verstehen gegeben, dass ich mich geändert habe. Ehrlich!«

»Denk an deine Nase!«, unterbricht ihn Nike mit unterkühlter Stimme. »Und wieso betonst du dieses *ehrlich* immer so vehement?«

»Ich habe mich wirklich komplett geändert, mein Schatz! Für dich, für uns«, bekräftig er sein voriges Bekenntnis erneut. »Ehr-«

»Ehrlich, ich weiß! Aber soll ich dir was sagen: *Wer einmal lügt, dem glaubt man nicht, und wenn er auch die Wahrheit spricht.* Außerdem geht es mir wunderbar ohne dich. Ich will dich gar nicht zurück!«

»Aber ich dachte ... wegen deines Anrufs ... und du sagtest, dass es sehr dringend sei und nicht länger aufgeschoben werden sollte! Und, hey, ich bin solo!«

»Sind wir jetzt bei *„Wer will mich"* angelangt, oder was soll dieses blödsinnige Gestammel?« Oh, Nike klingt sehr, sehr aufgebracht und vermutlich steigert sich ihre Stimmlage noch mit der Länge des Gesprächs. »Du hast mich noch gar nicht gefragt, ob ich noch zu haben bin!«

»Oh, das wollte ich gleich machen. Aber du bist mir zuvor gekommen! Ich bin ein Schwachkopf![36] Eine attraktive, begehrenswerte Frau wie du bleibt natürlich nicht lange Single, das ist mir schon klar! Aber wieso hast du mich dann hierher bestellt?«, fragt er entrüstet.

»Ich bin schwanger!«, posaunt Nike hastig hervor, als ob sie ansonsten der Mut für diese Offenbarung verlassen würde. »Viertes Monat«, hängt sie an.

Stille. Beklemmende Stille. Dann ein Räuspern. Bernie schnappt wohl noch nach Sauerstoff und hat die als Überraschungspaket getarnte Enthüllung überlebt.

»Viertes Monat«, würgt er mit Argwohn heraus. »Und von wem ist es?«

Alleine die Fragestellung ist schon eine bodenlose Unverschämtheit! Wie hat es Nike mit diesem nichtsnutzigen Scheusal, das scheinbar noch immer nur mit seinem Pimmel denkt – ansonsten würde er nicht so einen kränkenden Unsinn verbreiten -, so lange ausgehalten? Caro und mir steigt augenblicklich die Zornesröte ins Gesicht und ich bin mir sicher, dass es Nike nicht anders ergeht!

»Ich muss gestehen, dass ich nicht viele Dinge in meinem Leben bereue. Aber dass ich auf ein abscheuliches Individuum, wie du eines bist,

---

[36] Und da sagt man immer, dass es keine Wunder gäbe! Wunder geschehen, ich war dabei ... ein Idiot gibt zu, ein Idiot zu sein!

gestoßen bin, das bedaure ich zutiefst!«, gibt Nike zurück, und ihre Stimme klingt nun alles andere als eisern. Im Gegenteil: Sie beginnt leicht zu zittern. »Ach, übrigens: Ich lebe seit Februar wieder in einer Partnerschaft und es hat leider, oder zum Glück, gleich beim ersten Mal eingeschlagen! Ich wollte dir heute eigentlich nur reinen Wein einschenken. Ruf mich nie wieder an und tauch nicht mehr vor meiner Wohnungstür auf. Obwohl … ich ziehe ohnehin bald aus«, erklärt sie ihm gelassen. »Du spielst in meinem zukünftigen Leben keinerlei Rolle mehr! Und jetzt entschuldige mich, ich werde bereits erwartet. Nimm deine Liebesstängel mit und schenk sie deiner künftigen, äußerst bedauernswerten Affäre!«

Caro und ich lauschen gespannt und warten auf eine Fortsetzung oder auf ein Kontra. Doch es folgt weder das eine, noch das andere.

»Es wird Zeit zu gehen, Mädels! Bernie will hier Wurzeln schlagen. Also wollen wir so höflich sein und ihn machen lassen. Kommt, wechseln wir das Revier!«, brüllt uns Nike zu.

Als das Begrüßungskomitee in Form von Caro und mir hinter der Säule auftaucht, nimmt Bernies' Teint jenen Touch an, der vergleichbar mit einer überreifen Tomate ist. Die Muttersprache und seine Manieren (das war natürlich ein Witz) hat er vorübergehend verloren!

Mit seinen Buschkawedeln sitzt er hier, der arme Tor
und ist so dumm, als wie zuvor!

Nike hat doch tatsächlich Lust, sich ins Getümmel der Stadt zu werfen, und deshalb steuern wir auf das *Belami* zu.

»Wieso lässt du diesen Schwachkopf in dem Glauben, dass es nicht von ihm ist?«, will ich von Nike wissen, da mir ihre Verhaltungsweise nicht ganz einleuchtet. »Denk doch an die Alimente!«

»Tja, aber wenn er Alimente zahlt und ihm irgendwann in drei, zehn oder fünfzehn Jahren einfällt, dass er doch Papi spielen möchte, dann hat er das Recht darauf. Aber wenn er nichts von dem Kind weiß, dann -«

»*Was er nicht weiß, macht ihn nicht heiß!*«, ergänzt Caro den Leitspruch.

»Aber wie willst du finanziell über die Runden kommen, Nike? Du kannst selbstverständlich mit unserer Unterstützung rechnen, das weißt du, aber -«

»Kommt Zeit, kommt Rat!«, erwidert Nike fröhlich, hakt sich beschwingt bei uns unter und zieht freudetaumelnd durch die Gassen. »Unser neues Leben fängt gerade erst an, nicht wahr, Baby?«

»Nur noch eines: Das mit dem Umzug hast du hoffentlich nicht ernst gemeint, oder?«, frage ich nach.

»Nein, natürlich nicht! Aber so habe ich vermutlich meine Ruhe vor dem Heuchler«, erklärt sie mir, und ich muss gestehen, dass ich über diese Antwort ein klein wenig erleichtert bin, denn man findet heutzutage keine vernünftigen WG-Mitbewohner mehr.

»Das wollt' ich nur hören!«

In dieser Woche komme ich nicht zur Ruhe. Francesco meldet sich unerwartet bei mir und ich bin kurzfristig so perplex über seinen Anruf, dass ich ihn zu einem Glas Wein in unsere Wohnung eingeladen habe. Nike ist glücklicherweise auch zu Hause. Das nimmt der Begegnung ein wenig die Anspannung (zumindest versuche ich mir das seit unserem Telefonat einzureden). Ich muss leider feststellen, dass alleine seine Stimme Herzklopfen und Gänsehaut bei mir verursacht! Ich weiß, immer noch. Aber was soll ich machen? Ich habe mich in den letzten Wochen an den adäquaten Slogan *„Aus den Augen, aus der Telefonleitung, aus dem Sinn!"* gehalten und bin eigentlich ziemlich gut damit zurechtgekommen. Aber nun sind die rumorenden Schmetterlinge, oder was immer hier Zumba in meinem Bauch tanzt, allesamt wieder da! Ich wünschte fast, dass er sich nicht gemeldet hätte, zumindest noch nicht. Ich bin der Situation eindeutig nicht gewachsen! Ach, ich und meine ewiglich beispielhaften und vorhersehbaren Reaktionen auf bestimmte Bemerkungen und Gestiken. Ich bin zu höflich und spiele zu gerne die Gastgeberin. Pflichtgefühl und Kultiviertheit sind jedoch nicht immer von Vorteil. Manchmal kann ein solches Verhalten in ein gewaltiges, schwerwiegendes Fiasko ausarten.

Nike öffnet Francesco die Türe und bittet ihn ins Wohnzimmer, während ich noch an meiner Garderobe hantiere. Er soll mich schließlich nicht ein zweites Mal im zerschlissenen Outfit vorfinden! Nicht, dass er auf den Gedanken kommt, dass ich mich ohne Zukunftsperspektive, also ohne ihn, gehen lassen würde! Und wie soll ich ihm eigentlich begegnen: Mit Handschlag, mit Küsschen links und Küsschen rechts, oder soll ich ihn ohne diese formvollendeten Gestik begrüßen und seine Anwesenheit einfach als selbstverständlich ansehen? Ich habe keinen blassen Schimmer! Nun, ich werde über diese Thematik *à la minute* beziehungsweise *à la second* entscheiden.

Als ich entschlossen ins Wohnzimmer schreite, unterbreche ich Nikes und Francescos amüsante Unterhaltung. Sie platzen beide auf der Couch und sind den Tränen nahe.

»Na, habe ich was Lustiges verpasst?«, frage ich wissbegierig. »Hallo, Francesco! Schön dich zu sehen!«[37]

»Hallo, Amelie!«, entgegnet er freundlich und erhebt sich, um mir die Hand zu schütteln.

»Francesco hat mir gerade noch mal die Geschichte in Kitzbühel erzählt, die, wo du ihm ein Veilchen mit dem Schistock verpasst hast«, erklärt mir Nike mit wankender Stimme und wischt sich schnell die aufsteigende Tränenperle ab, um gleich wieder die Beherrschtheit zu verlieren und im auflodernden Gelächter unterzugehen. »Weißt du, aus Sicht des Opfers klingt diese Geschichte noch viel besser.«

Dieser Abend ist voller Überraschungen. Wir plaudern gelassen über dies und jenes, und die Zeit verfliegt im Nu. Meine anfängliche Befangenheit ist schnell einem aufrichtigen Wohlgefühl gewichen. Nachdem Francesco und ich eine Flasche Wein vernichtet haben, kommt das Gespräch auf die heurige Theatersaison.

»Amelie, ich habe für die *Hochzeit des Figaro* zwei Karten, und zwar für den neunzehnten Juni. Hättest du Lust, mich zu begleiten, rein freundschaftlich, versteht sich?«, hängt er noch schnell an die Frage an, um

---

[37] Himmel, sieht der gut aus! Seit unserer letzten Zusammenkunft hat er sich unübersehbar erholt und wirkt beschwingt und agil. Er hat sich einen getrimmten Dreitagebart stehen lassen, seine Augen spiegeln aufrichtige Lebensfreude wider und sind momentan tränenunterlaufen.

keinerlei Missverständnis aufkommen zu lassen.

»An und für sich würde ich dieses nette Angebot nicht ausschlagen, Francesco, aber da bin ich leider außer Landes«, antworte ich ihm mit ehrlichem Bedauern. »Griechenland, genauer gesagt, Kreta, mit Caro«, füge ich erklärend hinzu.

»Das ist sehr bedauerlich, lässt sich aber wohl nicht ändern«, sagt er ohne Bitterkeit in der Stimme. »Schade.«

»Nike, du wolltest doch auch wieder mal ins Theater gehen. Hier wäre die Möglichkeit dazu, und in Begleitung dieses Mannes bist du bestens aufgehoben!«, schlage ich kurzerhand vor, ohne über den spontanen Vorschlag großartig nachgedacht zu haben.

»Du kannst doch Francesco keine schwangere Frau aufhalsen!«, ermahnt sie mich kopfschüttelnd.

»Nicht doch! Ich finde das ist eine großartige Idee, die hätte glatt von mir stammen können. Hast du Lust, Nike?«, wirft Francesco begeistert ein. »Und wenn du mich danach noch zwei Stunden länger erträgst, dann könnte ich uns einen Tisch zum Abendessen reservieren. Du bist herzlich eingeladen!«

»Essen?«, sagt Nike und schmilzt schon bei dem Gedanken daran merklich dahin.

»Das ist ihr Stichwort«, erkläre ich Francesco ernst. »Dafür würde sie momentan alles tun! Also, nimm die *Golden Creditcard* mit und rechne nicht damit, dass du nur zwei Stunden mit ihr im Restaurant bist, sondern stell dich darauf ein, dass euch das Personal irgendwann, wenn die Küche nichts Essbares mehr anzubieten hat und komplett leer gefuttert ist, rausschmeißt!«

»So schlimm bin auch wieder nicht!«, unterbricht mich Nike und gibt sich gespielt brüskiert. »Außerdem muss ich doch Kraft schöpfen und zusehen, dass mein Blutzuckerspiegel nicht komplett in den Keller sackt!«, versucht sie sich und uns glaubwürdig einzureden.

»Dann sind wir also verabredet? Ich freue mich! Das wird sicherlich ein lustiger Abend werden«, erwidert Francesco erfreut und steht auf. »Ich sollte allmählich aufbrechen. Es war ein sehr netter Abend, vielen Dank für die Einladung! Nike, ich rufe dich an, wenn du mir nur noch deine Telefonnummer geben würdest. Amelie, ich wünsche dir und Caro einen schönen Urlaub. Wir werden uns ja vermutlich bis dahin nicht mehr sehen.«

»Vielen Dank! Ich bring dich noch zur Tür.«

»Es war ein wirklich netter Abend. Vielleicht können wir ihn irgendwann wiederholen! Ohne Hintergedanken.«

»Ja, das machen wir! Und pass uns gut auf Nike auf.«

»Versprochen!«

Als wir an der Tür angekommen sind, wiederholt er die formelle Begrüßungs- und Verabschiedungszeremonie. Er reicht mir seine Hand zum Gruß. Ich finde diese Art der Verabschiedung nach diesem lockeren und amüsanten Abend plötzlich gänzlich unpassend und sehe ignorierend über die dargebotene Hand hinweg, um ihm in aller Freundschaft ein Küsschen auf die Wange zu geben. Er reagiert, wie ich es mir erhofft habe, und drückt mir auch einen Schmatz auf.

»Also, dann mach's gut!«, sagt er und ist damit, ohne sich umzudrehen, zur Tür hinaus verschwunden.

Am kommenden Tag erreicht Caro, Elvira und mich ein formelles Schreiben des Polizeireviers Eichbrücke, indem uns eröffnet wird, dass der achtwöchige Kurs für Fortgeschrittene am Donnerstag, dem zweiten September beginnt. Um vorzeitige Anmeldung wurde schon jetzt eindringlich ersucht!

Caro hat einen handschriftlichen Vermerk von Roland auf ihrem Einladungsschreiben vorgefunden, worin er sie wissen ließ, dass er sich aufrichtig freuen würde, sie im Kurs oder, um die Überbrückung der langen Sommerpause zu gewährleisten, beim Kaffeekränzchen wiederzusehen.

Ich habe ebenfalls einen handschriftlichen Zusatztext zu verzeichnen:

> *Hallo, Amelie!*
>
> *Du weißt, ich war sehr darum bemüht, dir und deinem Körper wenigstens ein bisschen Sportgeist zu vermitteln. Ich hoffe, nachdem ich gute Vorarbeit geleistet habe und du nun aufbaufähig bist, dass du die nächsten Trainingsstunden nicht ausschlägst! Selbstverständlich werde ich dem neuen Kurs wieder so oft wie möglich beiwohnen und ich werde folglich bestrebt sein, dir und deinem inneren Schweinehund dein nun schon so sehr vertrautes Einzeltraining zukommen zu lassen.*
> *Wir sehen uns hoffentlich bald ... in der Folterkammer!*
>
> *Markus*

Das ist doch eine hübsch umschriebene Einladung für ein qualvolles, unerquickliches und absolut schmerzerfülltes Fitnessprogramm! Wer könnte diese verführerische Einladung schon ausschlagen.

Und was soll ich sagen: Wir drei (Elvira lässt sich das Training und vor allem den anschließenden, gemütlicheren Teil des Abends auch nicht entgehen!) melden uns zum *Aufbaulehrgang* an.

Schließlich wird meine hart erkämpfte Muskelmasse in den kommenden zwei Monaten ohnehin wieder dahinschwinden! Keine Spieltanzschule und kein schweißtreibendes Handler-Training. Juhu!

Megáli nisí – Die große Insel

Der Wein ist unter den Getränken das nützlichste,
unter den Arzneien die schmackhafteste und
unter den Nahrungsmitteln das angenehmste.
(Plutarch)

Nikes Geburtstagsfeier verlief in gemütlichen Bahnen und das Menü der *Plainlinde* war gut und reichlich, wobei für Nike letzteres ausschlaggebend war. Die Lautstärke unser Tischgesellschaft und des einhergehenden Gelächters hatte den Höhepunkt erreicht, als uns Raffael in schillernden Farben erklärte, wieso ein ansehnliches Heftpflaster seine Denkerstirn zierte.

Er hatte am Vormittag einen Gummistoppel für das Waschbecken gekauft und wollte diesen überprüfen. „Weswegen?", wollten wir unisono wissen. Wie unser Schlaumeier erläuterte, wollte er herausfinden, an welchen Stellen der Saugnapf richtig fest haftete. Er testete diesen vorerst an seinem Handrücken, aber der Sauger hielt dem Druck nicht stand. Danach erprobte er das Teil an seiner Handinnenfläche, aber auch an dieser Stelle wollte der Saugnapf nicht festsaugen. Tja, und dann ist unser glorreicher Held auf den Gedanken gekommen, den Napf auf seiner Denkerstirn auszuprobieren, was ihm offenbar als ideale Stelle für sein Experiment erschien. Danach hatte er allerdings ein klitzekleines Problemchen (an dieser Stelle schüttelten wir uns bereits vor Lachen und fingen uns bitterböse Blicke von Raffael und den übrigen Gästen ein), denn das Gummiteil ließ sich nicht und nicht entfernen. Er zog ein paar Mal ganz vorsichtig daran, und als sich keinerlei Wirkung seiner verzweifelten Bemühungen zeigte, rief er Riccardo an, um sich helfen zu lassen. Und Riccardo, der mittlerweile schon ein Experte auf dem Fachgebiet *Kuriosa à la Raffael* war und diesen immerzu vor sich selbst schützen musste, hatte kurzen Prozess gemacht, und ratsch!, schon war die Verbrüderung zwischen Stirn und Gummi gelöst. Am Vormittag hatte sich Raffael also einen kreisrunden Abdruck eines vermeintlichen Knutschfleckes eingefangen und dieser prangte nun zentral und markant auf seiner Stirn. Und um die Peinlichkeit zu kaschieren, hatte er die fabelhafte Idee gehabt, die blutunterlaufene Stelle mit einem zyklopischen Heftpflaster zu bedecken. *„Ich dachte mir anfangs, ich hätte seine Hirnmasse ebenfalls mit dem Saugnapf herausgezogen!"* – beendete Riccardo das Statement trocken.

Die Feier war zwar intensiv, aber eher kurzweilig (für unsere Verhältnisse). Vor Mitternacht waren Nike und ich bereits auf dem Nachhauseweg. Nike hatte nach dem üppigen Menü die Müdigkeit immer wieder abzuschütteln versucht und auch erstaunlich lange und tapfer durchgehalten. Aber dann war sie doch erschöpft zusammengesackt und deshalb beschlossen wir den gemeinschaftlichen Aufbruch.

Am Montag wollte sie zusammen mit Alex und Stefan das erste Mal in den Geburtsvorbereitungskurs gehen, und damit sie nicht ohne Begleitung dort auftauchen musste, hatte sie von der Riccardo-Raffael-WG einen Gutschein in Form von *Freundesgeleit zum Hechelkurs* erhalten!

Mein Präsent, welches aus einem Tag ihres Ermessens auf der nahegelegenen Beautyfarm bestand, wollte sie noch vor ihrem Theaterabend einlösen.

Der Samstagmorgen verläuft hektisch. Ich fühle mich aufgekratzt, bin aber zugleich erschöpft, da ich die Nacht über fast keine Auge zugetan habe (Thema: Flugphobie!). Dementsprechend sehe ich leider auch aus (wie vom Airbus geknutscht). Ich habe das ungute Gefühl, irgendetwas Wichtiges vergessen zu haben. Aber diese Vermutung schleicht sich bei mir jedes Mal ein, wenn ich in den Urlaub fahre und ist somit kein Grund zur Beunruhigung. Alles paletti! Wenige Minuten später ist es ohnehin zu spät, denn da sitze ich schon mit Nike im Taxi und wir sind auf dem Weg zum Flughafen. Caro erwartet uns bereits in der Abflughalle. Nachdem wir unsere Koffer abgegeben und eingecheckt haben, bleibt uns noch Zeit für einen Drink. Da ich keine Sammlerin von Vielflieger-Bonuspunkten bin und mich mit dieser Art der Fortbewegung nicht und nicht anfreunden kann, beruhige ich mich einstweilen mit einem Glas Prosecco.

Als wir uns eine halbe Stunde später von Nike verabschieden und ihr einen schönen Theaterabend und eine unbekümmerte Woche wünschen, bin ich schon einigermaßen gut drauf. Während der zweieinhalbstündigen Flugdauer muss ich darauf achten, meinen erworbenen Alkoholpegel zu halten und kippe infolgedessen noch zwei Gläser Sekt hinunter. Den Imbiss im Flugzeug habe ich, unter Berücksichtigung meines aufgewühlten Magens, dankend abgelehnt. Als wir uns längst wieder im Sinkflug befinden und mutmaßlich zum Vergnügen der meisten Passagiere eine Schleife drehen, kann ich in der Ferne bereits den Flughafen von Iráklion ausmachen. Caro ist zum Glück flugtauglicher und, was extrem wichtig ist, wenn man in der Fremde unterwegs ist, nüchterner als ich.

Nach der holprigen Landung (ich hatte mich schon von dieser fabelhaften Welt der Amelie verabschiedet, da der Blechvogel nicht und nicht zum Stillstand kommen wollte, und das Ende des Rollfeldes bereits zum Greifen nahe schien und die asphaltierte Landebahn zügig, abrupt und absolut „directly" ins Meer hinaus führte), wuchtet mich Caro aus der Maschine. Folglich bugsiert sie mich in die Ankunftshalle, schnappt sich einen Gepäckwagen, setzt dankenswerterweise ihre leicht mitgenommene Freundin darauf und chauffiert mich damit bis zur Kofferausgabe.

»Rühr dich ja nicht vom Fleck, hörst du?«

»Hoki-doki!«, erwidere ich standhaft. »Jawohl, Sir!«

Während ich geduldig am zugewiesenen Platz verweile, habe ich die Gelegenheit, das chaotische und kunterbunte Treiben zu beobachten. Hier warten Geschäftsmänner, eine Schar schnatternder Nonnen, ein mutmaßliches Sportteam (bestehend aus grölenden Männern) und unzählige Urlauber aller Altersgruppen (manche tragen bunte Hawaiihemden, andere luftige Sommerkleider, wieder andere haben sich für den praktischen Freizeitlook entschieden) auf das Vorbeischwirren ihres Gepäcks. Mein Blick streift weiter und bleibt bei meiner Freundin haften. Mein kleines Püppchen hat meinen Koffer entdeckt und versucht, das wuchtige Teil vom Band zu hieven, scheitert aber kläglich, bis ihr gleich zwei ältere Männer zur Hilfe eilen. Caros Gepäckstück darf indessen eine zweite

Runde auf dem Förderband absolvieren. Schließlich hält sie aber auch dieses in Händen und schiebt uns – ich sitze immer noch auf dem Gepäckwagen - unter immenser Kraftanstrengung vor das Portal des Flughafens.

Die Luft ist mild und ich rieche unweigerlich das Meer. Ich sauge den lieblichen Duft ein und recke gerade mein Gesicht der Sonne entgegen, da wird mein friedvolles Gefühl forsch unterbrochen. Caro hat unsere Reiseleitung mit dem dazugehörigen Transportmittel entdeckt und visiert nun die aufmerksam blickende Dame mit dem Schild für unsere Reisegesellschaft schnurstracks an. Wenig später bin ich im Bus platziert und der kurzweiligen (mit der Betonung auf „kurz"!) Inselrundfahrt steht nichts mehr im Weg.

Die Reiseodyssee von Hotel zu Hotel dauert an. Der Bus leert sich zusehends, bis schließlich nur noch ein paar kümmerliche Reste der Touristenschar in seinem mittlerweile mit tropischer Hitze gefüllten Innenraum verweilen. Ich erhasche nicht einmal den Hauch eines Lüftchens, an eine kühlende Klimaanlage will ich gar nicht erst denken! Mein T-Shirt klebt an mir wie eine zweite Haut und mein Hosenbund ist schweißnass. Ich wünschte, ich hätte mich am Morgen doch für ein Kleid oder zumindest einen kurzen luftigen Rock entschieden!

Es stellt sich heraus, dass unser Hotel in *Ágios Nikólaos* das letzte auf der Tour ist. Ein Gutes hatte die zähe Rundreise denn doch: Ich bin nun komplett nüchtern. An der Endhaltestelle steigen nicht mehr viele aus, somit staut es sich auch an der Rezeption nicht und wir sind gleich darauf in einem schicken Zimmer untergebracht. Da wir unseren Flüssigkeitshaushalt wieder auffüllen müssen, beschließen wir, das Auspacken der Koffer auf später zu verschieben und uns erst einmal in einen Bikini zu werfen, ein Handtuch zu schnappen und am Strand nach einem *next to the bar* gelegenen Liegestuhl Ausschau zu halten. Als ich das gewünschte Objekt ausgemacht habe und unverzüglich darauf zusteuere, hält mich Caro mit eisernem Griff zurück.

»Dieser Platz hat keinen Sonnenschirm!«, entgegnet sie entrüstet und schüttelt ihre wallende blonde Mähne.

»Aber er liegt super günstig zur Bar!«, widerspreche ich aufmüpfig.

»Sieh mal! Da drüben, zwei Liegestühle, ein kleines Tischchen und ... traraaa ... ein Schirm! Perfekt, nicht wahr? Nun komm schon, ein paar Schritte mehr zum Versorgungsstand werden dir schon nicht schaden.«

Ich warte bereits voller Ungeduld auf Caros Lieblingsspruch, der bislang noch nicht gefallen ist. Er fehlt mir nahezu, denn ohne diesen fängt der Urlaub nicht richtig an.

»Du weißt ja: *Die Sonne von heute, sind die Falten von morgen!*«, predigt sie mir vor.

Dem Himmel sei Dank! Alles beim Alten! Sie hat den Slogan nicht vergessen. Ohne diesen Spruch wäre der Urlaubsbeginn einfach nicht denkbar! Urlaub wir kommen, ju-hu! Urlaub, wir sind da, hurra!

»Creme dich ein, hörst du!«

»Ja, Mama«, gebe ich trotzig zurück und schon knallt mir eine Tube Sunblocker 50 auf die Stirn.

Ich muss bei genauerer Betrachtung meiner bleichen Beinchen feststellen, dass sich in den kargen Wintermonaten in meiner Kniekehle eine kleine Krampfader eingenistet hat. So ein verdammter Mist! Ja, das Alter kommt schleichend auf mich zu. Jetzt hatten meine dürftigen Besenreiser Konkurrenz bekommen. Caros Erscheinungsbild neben mir kann mein schwer angeschlagenes Selbstvertrauen auch nicht gerade aufpeppen, ganz im Gegenteil! Caro hatte schon immer makellose Haut – ich kann mich nicht entsinnen, sie irgendwann mit einem Pickel gesehen zu haben[38] -, kräftiges, gesundes Haar und eine ästhetische, gut proportionierte Figur. Sie hält ist Gewicht mühelos (48 kg!) und ist in ihrem Leben nie über Kleidergröße vierunddreißig hinausgekommen! Sie ist demnach der ideale Ableger für meine nicht mehr konvenablen Kleidungsstücke! Um mein angekratztes Selbstbewusstsein nicht ganz zu erschüttern: Caro ist ein ganzes Stück kleiner als ich und meine robusten Knochen. Erwähnenswert ist hierbei noch, dass meine Oberschenkel merklich straffer geworden sind – *Handerle* sei Dank! –, und ich vermute, da ich trotz der

---

[38] Nun, ich habe jetzt auch gute Chance, ein paar der lästigen Mitesser - mit Hilfe von Sonne und Salzwasser – loszuwerden.

radikalen Sportbetätigung kein einziges Gramm verloren habe, dass sich stattdessen Muskelgewebe aufgebaut hat. Eigentlich war das nicht Sinn und Zweck der sportiven Trimmerei – zumindest gilt das für mich, meine Figur und meine Waage.

Das hoteleigene Animationsteam, bestehend aus drei Männlein und nur einem Weiblein, ist schon nach wenigen Minuten (wir hatten kaum Zeit, unseren Liebesschundroman aufzuschlagen, geschweige denn, uns einzulesen) auf uns aufmerksam geworden. Wobei Pierre[39] aus Frankreich sofort versucht, uns einige Freizeitaktivitäten schmackhaft zu machen.

»Do you like beach-volleyball or water-volleyball, or maybe you would like to play tennis or cricket?«, fragt er hoffnungsvoll.

»Maybe next week, okay?«, antwortet ihm Caro und wendet sich zum Zeichen, dass ihr Gespräch nun beendet ist, demonstrativ von ihm ab, bis sich Pierre vertschüßt.

»Hey, gute Antwort!«, versichere ich meiner Freundin und widme mich meinem Liebesroman.

Am Abend sind wir ziemlich erledigt. Zuerst haben wir unser Hotel näher inspiziert. Wir sind in der ersten Etage des zweistöckigen Haupthauses untergebracht, und von unserem Balkon blicken wir direkt auf einen oval angelegten Swimmingpool, der eine integrierte Coconut-Bar anzubieten hat. Rund um das Haupthaus liegen unzählige kleine Bungalows. Umrandet wird das gesamte Areal von einer gepflegten Gartenanlage, die abends unweigerlich zu einem Spaziergang animiert.

Bei unserer Inspektion sind wir noch auf zwei weitere Poollandschaften gestoßen. Die eine befindet sich in Strandnähe und dient somit dem Beach-Volleyball, und die zweite liegt im Herzen der Bungalow-Oase und ist ein wahres Eldorado für Kids. Hier kommen Klettertürme, eine

---

[39] Pierre ist nett und charmant, aber nicht mein Typ und, wie ich Caros Geschmackszellen kenne, ihrer auch nicht! Caro ist ja ohnehin bis in über beide Ohren in Roland verliebt und hat momentan keine Augen für andere Männer. Außerdem wird Pierre im Laufe des Gesprächs ein klein bisschen anstrengend (ein, falsch formuliert: Er wird ganz schön lästig und kann offenbar ein „Nein, danke" nicht akzeptieren).

lange Wasserrutsche, eine Insel mit Hängebrücke, Wasserstraßen mit integrierten Strömungen, Wasserfontänen, große Schwimmreifen und gelbe Sportkanus mit Paddeln zum Vorschein. Alles, was das Herz der Kids begehrt, sollte eigentlich in diesem Umkreis zu finden sein!

Nachdem wir die Besichtigungstour beendet haben, sind wir im Foyer von einer lebensfrohen Reiseleiterin Mitte fünfzig, die sich uns als Claudia vorstellt, mit einem Glas Wein begrüßt worden. Danach haben wir reichlich und gut gegessen (die Buffetanlage ist gigantisch – Nike wäre begeistert!) und ein bisschen in den aufliegenden Informationsbroschüren geblättert. Ein kultureller Ausflug sollte in jedem Fall drinnen sein, und da wir uns nicht sofort festlegen können, nehmen wir die interessantesten Papiere mit ins Zimmer.

Noch während ich im Bett liege und die Prospekte ein zweites Mal überfliegen will, überwältiget mich die Müdigkeit. Ich sinke in einen seligen Schlaf und bekomme somit Rolands Anruf nicht mehr mit.

Am Sonntag machen wir nichts, außer in der Sonne beziehungsweise im Schatten zu liegen, im erfrischenden Meer zu plantschen (Schnorchelausrüstung ist noch im Koffer verstaut, wird aber demnächst ausgepackt) und die Ruhe zu genießen. Am Abend buchen wir gleich zwei Ausflüge:

Dienstag: Fahrt zum minoischen Palast nach *Knossós,* anschließend steht ein Besuch des *Archäologischen Museums* in *Iráklion* auf dem Programm (inklusive Besichtigung der Altstadt, des Hafens und des Marktes).
Achtung: Abfahrt um sieben Uhr morgens!

Donnerstag: Fahrt zum Hafen von *Iráklion,* später schippern wir mit den *Poseidon-Lines* im kretischen Meer umher und visieren dabei die nördlich gelegene Vulkaninsel *Thera* - besser bekannt als *Santorin* - an.
Achtung: Abfahrt (nicht zu verwechseln mit der
Frühstückszeit!) um fünf Uhr morgens!

Am Montag erscheint Pierre am Strand mit männlicher Verstärkung. Während er meine Einladung zum Verweilen auf meinem Strandtuch gar nicht erst abwartet, sondern wie selbstverständlich darauf Platz nimmt (konnte gerade noch die Füße einziehen), strahlt er mit der Sonne um die Wette und stellt uns dabei Jean-Paul vor (der hat wenigstens so viel Anstand und deutet auf Caros Liege, um ihr zustimmendes Nicken abzuwarten, bevor er platzt). Pierre will anscheinend keine Zeit verlieren und kommt gleich zum Thema. Nun, *Schnecken checken* ist angesagt!

»You don't like sport, isn't it? Maybe you like to go this evening with me and my friend to town – for a drink?«

»No, thank you! We just will relax and we stay here!«, antwortet Caro schon etwas genervt.

»Okay, i see! However«, sagt Pierre sichtlich enttäuscht und erhebt sich. »Have a nice time and if you like to make a trip, i hope you know, who to ask!«

Schnitt … und ab!

»Bye!«, gebe ich kurz angebunden zurück, danach hirschen die beiden Möchtegern-Casanovas (wobei sie ihrem *venezianisch-französischen* Vorbild nicht im Geringsten gerecht werden) schnell ab.

»Die sind wir hoffentlich für den Rest unseres Urlaubs los!«, schnaubt ihnen Caro verächtlich nach. »Ich muss schnell auf ein erfreulicheres Thema kommen. Ich soll dir ganz liebe Grüße von Markus ausrichten.«

»Wann hast du mit Markus telefoniert?«, frage ich überrascht.

»Ich habe nicht persönlich mit ihm gesprochen. Er lässt dir die Grüße von Roland übermitteln.«

»Danke.«

»Und? Soll ich ihm auch etwas von dir ausrichten? Roland ruft mich am Abend an«, fügt sie noch erklärend hinzu.

»Tja, von mir aus. Schöne Grüße zurück.«

»Und sonst nichts, du Einfallspinsel?«

»Will er 'ne Postkarte oder was?« Ich kapiere die vorwurfsvolle Tonlage nicht ganz.

»Ich hab' nicht die geringste Ahnung, aber das ist eigentlich eine prima Idee! Wenn du ihm eine Karte schreibst, nun … dann muss ich Roland um die Adresse von Markus bitten, nicht wahr?«

»Nein, brauchst du nicht, ich habe sie nämlich im Kopf!«

»Aha. Sag mal, ganz ehrlich, was hältst du eigentlich von Markus? Ich meine, als Mann?«

»Mit ihm kann ich wunderbar -«

»Ja, weiter!«, quengelt sie ungeduldig.

»Streiten! Darin sind wir spitzenmäßig!«

»Und, wie siehst du ihn als Mann?«

»Warum stellst du mir so merkwürdige Fragen? Hat er irgendetwas angedeutet, oder was? Raus mit der Sprache!«

»Nein, nein, ich dachte nur, du fändest ihn nett!«

»Er ist nicht mein Typ, Caro, das solltest du eigentlich wissen!«

»Nun, er ist nicht übermäßig groß, er ist nicht gerade dunkelhaarig -«

»Caro, er ist brünett! Jetzt im Sommer bleichen sich seine Haare bestimmt auch noch, und dann ist er vermutlich eine komplette Blondine, und er hat blaue Augen«, unterbreche ich sie unwirsch.

»Er hat keine braunen Augen und ihr streitet sehr viel, aber -«, fährt sie fort, ohne mein Veto bemerkt zu haben.

»Nichts, aber! Hat er über mich geplaudert, ist es das?«

»Nein, ich deute nur die Zeichen!«

»Welche Zeichen deutest du bitteschön?«

»Findest du nicht, dass ihr auf eine gewisse, nun ja, vielleicht etwas verworrene und frivole Art nahezu wunderbar miteinander harmoniert?«

»Ja, in zwei verschiedenen schalldichten Räumen, in zwei verschiedenen Wohnungen und in zwei verschiedenen Leben!«, antworte ich aufgebracht. »Und denk an Francesco und seine Gefühle!«

»Oh. Ist das Thema Francesco wieder aktuell? Reden wir jetzt noch immer oder schon wieder über ihn?«

»Wieso denn nicht?«

»Du bist noch in ihn verliebt, stimmt's?«

»Ach, Liebe, das ist ein zu großes und bedeutungsvolles Wort. Ich mag ihn einfach! Es ist vielleicht nicht so ein starkes Gefühl wie zu Beginn. Aber es ist noch etwas da, das spüre ich deutlich. Vor allem wenn ich seine Stimme höre oder wenn ich ihn zu Gesicht bekomme.«

»Geht er eigentlich noch zu seiner Animiertante, dieser Kurpfuscherin mit Doktortitel?«

»Nein, die hat er nicht mehr wiedergesehen. Behauptet er zumindest.«

»Nun denn. Wie hat sich Nike neulich ausgedrückt: *„Kommt Zeit, kommt Rat!"«*

»Apropos Nike: Wir sollten uns heute bei ihr melden und nachfragen, ob eh alles in Ordnung ist«, schlage ich vor und wechsle geschickt das Thema.

»Die Jungs kümmern sich sicherlich hervorragend um sie, aber ein Anruf kann ja nicht schaden.«

»Hast du Lust, mit mir eine Runde zu schnorcheln?«

»Super Idee. Aber creme dich vorher noch einmal ein! *Die Sonne von heute -«*, beginnt Caro wieder zu predigen.

»*Sind die Falten von morgen!* Ich weiß, liebe Mamuschka. Autsch!« An dieser Stelle ist mit schon wieder die Sunblockertube auf die Stirn geknallt.

Am Abend gehen wir relativ früh zu Bett, denn in ein paar Stunden richten wir uns nach dem Slogan: *„Morgenstund' hat Gold im Mund!"*

Roland meldet sich wie angekündigt, übermittelt mir schon wieder Grüße von Markus und, da ich bei dem Telefongespräch gleich nebenan sitze, murmle ich eine Danksagung herunter. Nachdem Caro in meine Richtung schielt und mir gestikuliert, dass es angebracht wäre, etwas zu erwidern, werde ich den Spruch: *„Ebenfalls die besten Grüße!"* – auch noch los. Folglich sind die Höflichkeitsfloskeln abgespult und bald darauf beendet Caro das Gespräch mit einem aufrichtigen *„Ich vermisse dich auch!"*

Dann klingeln wir noch rasch bei Nike durch und werden im Schnelldurchlauf von ihrem wunderschönen Theaterabend unterrichtet. Sie lässt uns darüber hinaus wissen, dass bei ihr alles in bester Ordnung sei und wir uns keine Sorgen zu machen bräuchten.

Es sollte einem zu denken geben, wenn man im wohlverdienten Urlaub um sechs Uhr morgens aufsteht, rasch unter die Dusche hüpft, leicht benommen zum Buffet schlürft, nur um vierzig Minuten später noch immer mit geschwollenen Augen herumzulaufen. Claudia, unsere Reiseleiterin, lächelt uns frohen Mutes entgegen und schiebt uns in den Bus. Die Fahrt ist zu dieser Stunde wenigstens noch angenehm und wir dösen wieder ein wenig ein.

Kurz nach neun Uhr ist unsere Reisegruppe an den altehrwürdigen Gemäuern des *Knossós-Palastes* angekommen. Nach der Ticketvergabe werden wir durch die minoischen Ruinen geführt. Die Palastanlage ist riesig und sehr staubig. Bald darauf ist mir schon entsetzlich heiß und ich bin froh, in die unterirdischen Ausgrabungsstätten gelotst zu werden.

Zwei Stunden später sitzen wir bereits wieder im Bus nach *Iráklion* und lassen die eben gewonnenen Eindrücke auf uns wirken. Die kurze Stadtrundfahrt führt uns an geschichtsträchtigen Gebäuden, wie dem venezianischen Hafen, Bronzebüsten einstiger Helden und Herrscher, restaurierten Kathedralen und prächtigen Brunnen vorbei. Der Bus hält schließlich direkt vor dem bedeutenden *Archäologischen Museum* und der Chauffeur lässt uns wissen, dass er hier pünktlich um achtzehn Uhr wieder abfährt. Caro und ich verspüren entsetzlichen Hunger und entschließen uns deshalb, der gleich im Anschluss beginnenden Führung nicht beizuwohnen, sondern das Museum etwas später und gestärkt auf eigene Faust zu erkunden. Wir warten noch auf die Ticketausgabe und verschwinden dann im Getümmel der engen, bevölkerten Gässchen. Planlos trotten wir in den Durchgängen herum, biegen hie und da ab, und allmählich lichtet sich die Menschenmasse etwas. Wahrscheinlich sind wir nun außerhalb des tourismusüberfüllten Radius gelandet. Nach einer netten *Taverna* müssen wir gottlob nicht lange suchen. Wir lassen uns erschöpft im Schatten einer Markise nieder und werden prompt bedient. Der gute Mann spricht aber bedauerlicherweise nicht ein Wort englisch, da wir offensichtlich abseits der Touristenhochburg gelandet sind. Er gibt uns mit Händen und Füssen zu verstehen, dass er keine Speisekarte für uns hat. Nachdem wir etwas irritiert wirken, weist er mit dem Zeigefinger Richtung Eingangstür. Wir folgen der Einladung und betreten daraufhin ein alteingesessenes, griechisches Restaurant. Der Innenraum ist schlecht beleuchtet und bietet zahlreiche, gefüllte Vitrinen an. In der einen sind große Bottiche knackfrischer Salate, in der anderen sind kalte Vorspeisen und eingelegte Gemüsesorten zu entdecken, und wiederum in einer anderen befinden sich frische Fische auf Eis und dieser gegenüber steht ein Schaukasten mit verschiedenen Fleischstücken und spießen. Wir deuten auf dieses und jenes, und haben zum Schluss eine reichhaltige Auswahl an landestypischen Speisen auf den abgescheuerten Tellern. Das Essen ist fantastisch und der bestellte *Retsína* unterstützt die Gaumenfreude zusätzlich.

Nachdem wir die *Taverna* verlassen haben, schlendern wir gemütlich Richtung Zentrum zurück. Wir wollen noch auf den belebten Markt und anschließend ist der Besuch des Museums (mit herrlichen Fresken, beeindruckenden Steinsarkophagen und ausgestellten Hieroglyphen – so steht es jedenfalls im Reiseführer und der würde uns doch nie belügen) geplant.

Viele Stunden später nehmen wir unsere Plätze im Bus ein und freuen uns auf eine Dusche und ein Bett. Wir sind derart erschöpft, dass wir es nicht als störend empfinden, noch eine ausgedehnte Rückfahrt vor uns zu haben.

Thera ... Santorin

Man soll nur so viel auf die Reise mitnehmen,
wie bei einem Schiffbruch mitschwimmen kann.
(Antisthenes)

Den Mittwoch verbummeln wir am Strand. Die Müdigkeit überwältigt mich mehrfach und ich nicke, mit aufgeschlagenem Buch auf der Brust, immer wieder ein. Die einzigen Fußmärsche die wir unternehmen, führen uns zur Hoteltoilette, zur Strandbar und zum nahegelegenen Meer.

Am Donnerstag reißt mich die Weckuhr um vier Uhr morgens aus der Tiefschlafphase. Ich bin völlig desorientiert und will gerade ein Kopfkissen nach dem lärmenden Wecker werfen, als mir einfällt, dass dies der Weckanruf des Hotels ist. Folglich klingelt das Telefon auf Caros Nachtkästchen.

»Ja ... ja ... danke!«, lallt sie in die Muschel. »Es ist vier! Ich bin sooo müde!«, lässt sie mich wissen und gähnt dabei hörbar.

»Glaubst du, wir bekommen die Kosten für den Ausflug rückerstattet, wenn wir eine Stunde vor Abreise absagen?«, will ich von ihr wissen. »Du könntest ja behaupten, dass du dir Salmonellen oder eine schlimme Magen-Darm-Grippe eingefangen hast.«

»Ich fürchte, da müssen wir durch. Du machst den Anfang mit Aufstehen!«

»Sehr nett, danke«, erwidere ich schlaftrunken, während ich das Leintuch zurückschlage und mich Richtung Badezimmer schleppe. »Aber wehe, du schläfst in der Zwischenzeit noch einmal ein! Dann bekommst du eine kalte Dusche verabreicht, ich schwör's dir, Caro! Du weißt ja, darin bin ich Expertin!«

»Aber lass dieses Mal bitte die Rosen weg«, murmelt sie mir zu. »Und jetzt wirf dich endlich *in die Spur*!«

Um kurz nach sieben werden Caro und ich gleichzeitig wachgerüttelt. Das Horn eines Schiffes war soeben laut und deutlich zu vernehmen. Wir sind tatsächlich schon am Hafen angelangt und haben die Busfahrt würdig verschlafen. Obwohl es noch so zeitig ist (man nehme für dieses Kalkül das Zeitgefühl des Urlaubers), tummeln sich hier schon allerhand Menschen. Der Autobus liefert seine Passagiere unmittelbar vor einem ansehnlichen Schiff namens *Poseidon Lines* ab. Claudia geht indessen nochmals die Anwesenheitsliste durch und besorgt die nötigen Tickets.

Das keltische Meer präsentiert sich ruhig, der Wellengang ist niedrig und die Sonne strahlt um die Wette mit den vielen reise- und kulturbegeisterten Passagieren. Wir haben erfreulicherweise am Oberdeck ein schattiges Plätzchen in Fahrrichtung erhascht und können somit die Überfahrt getrost genießen.

Am späten Vormittag erreichen wir die Vulkaninsel *Thera*. Bei der Einfahrt in den *Hafen Skala* zieht eine steil aufragende Kraterwand an uns vorbei, auf dessen Kamm sich weißgetünchte Häuschen entdecken lassen, welche sich nahtlos in den Höhen eingenistet haben und malerisch auf die ankommenden Besucher herabblicken. Nachdem wir angelegt haben, über die ausgefahrene Gangway marschiert sind und wieder festen Boden unter den Füßen verspüren, fühle ich mich merkwürdig. Ich habe den beruhigenden Rhythmus des Schiffes angenommen und bewege mich etwas unkontrolliert. Aber nach wenigen Minuten gibt sich die Schwankerei und ich stehe wieder sattelfest auf den Beinen. Apropos sattelfest ...

»Vom Hafen führen exakt 586 Stufen in den 300 Meter höhergelegenen *Hauptort Firá*, den sie von hier unten schon ausmachen können. Dieser Treppenweg ist sehr berühmt und er lässt sich auf drei Arten überwinden«, erklärt uns Claudia. »Entweder Sie marschieren zu Fuß hinauf oder Sie benutzen die Seilbahn da vorne links, oder aber Sie lassen sich auf dem Rücken eines Esels hinaufkutschieren. Der Eselsritt ist überaus beliebt. Viele Gäste schätzen diese außergewöhnliche Art der Fortbewegung sehr. Ach, übrigens: Unser Schiff läuft pünktlich um sechzehn Uhr aus. Ich bitte Sie deshalb, rechtzeitig wieder hier zu sein, ansonsten werden Sie wohl auf *Thera* übernachten müssen!«, beendet sie ihren Vortrag.

»Und, was machen wir? Wie bezwingen wir ihn?«, will Caro wissen.

»Seilbahn, Esel oder per *feet*?«

»Zu Fuß!«, entfährt es mir erschrocken und ich blicke noch einmal hoch. »Wie viele Stufen sind es? 500 und ein paar Zerquetschte, oder?«

»Zu Fuß? Ausgeschlossen! Demnach sind wir uns einig, ich wollt's nur noch aus deinem Mund hören! Per Seilbahn ist ehrlich gesagt auch nichts für mich.«

»Also gut, Caro. Glaubst du, dass diese eigensinnigen Biester sehr störrisch sind? Womöglich gehen sie nicht mehr weiter oder werfen die lästige Fracht einfach ab«, gebe ich zu bedenken.

»Komm, beeil' dich etwas«, sagt Caro gebieterisch und zerrt mich zu den Grautieren, die am Treppenansatz auf die zahlende und etwas faulere Kundschaft warten. »Jetzt können wir noch wählen. Nimm einen, der zäh und robust aussieht!«

Die Reise auf dem Rücken meines Esels mit dem klingenden Namen *Marco Polo* ist äußerst wackelig. Ich habe nun schon wieder das Gefühl, mich auf hoher See zu befinden und den aufkommenden Riesenwellen zu trotzen. Mein Hinterteil macht sich etwa nach der Hälfte der Wegstrecke auf unangenehme Art und Weise bemerkbar, von meinen Oberschenkeln will ich überhaupt nicht erst anfangen. Zum Glück trage ich eine Kakihose und keinen Rock.

Koloss, Caros vierbeiniger Weggefährte, schwankt vor *Marco Polo* die Treppen hinauf. Seine Reiterin dreht sich gelegentlich um, nur um sich zu vergewissern, dass ich auch die Zähne zusammenbeiße und *gute Miene zum bösen Ritt* mache.

Auf der Aussichtsplattform angekommen, nach exakt 586 Treppen (wobei ich momentan den Eindruck habe, dass sich jede einzelne Stufe in meinen Po-Backen verewig hat), wird der Besucher mit einem einzigartigen Ausblick über einen mit Wasser gefüllten Vulkankessel für all seine Mühen belohnt. *Firá* ist ein Ort von malerischer Kulisse, die weißgetünchten Häuser bilden einen wunderbaren Kontrast zum dunklen Bimsstein und die türkisenen Kuppeldächer der Kirchen fügen sich fließend ein und geben dem Bild ein Ganzes.

Caro und ich sind, nachdem wir den Ausblick gespeichert haben, auf der Suche nach einer *Taverna* mit Aussicht auf die Bucht. Wir schlendern durch verwinkelte Gässchen und übermauerte Treppengänge. Die Insel ist ein wahrhaftiges Kleinod für Geist und Seele, ein Dorado für Maler und Leseratten, für Bildhauer und Schriftsteller, für Esoterikfreaks und Geologen, und natürlich für Menschen, die ein gutes Mahl in einer bezaubernden Gegend zu schätzen wissen.

Kurz darauf werden wir fündig, und auch in der *Taverna Kammenes* ist es üblich, die Gäste in die Küche zu bitten. Wenig später naschen wir an einem *Choriátiki Saláta* mit reichlich *Féta*, an einer Vorspeisenvariation und an einem *Red Snapper - Frisch-Fisch-Filet* mit *Tsatsíki-Dip*!

Nachdem wir gestärkt sind, erforschen wir den östlichen Teil von *Firá*. Die Vulkaninsel fällt hier flach ins Meer ab und bietet eine prächtige Vegetation, die wohl auf den fruchtbaren Boden zurückzuführen ist.

Die Zeit vergeht wie im Flug. Der frühe Nachmittag ist bald darauf eingeläutet und wir beschließen, uns langsam an den Abstieg der 586 Treppen zu machen.

Um kurz vor drei sind wir wieder im Hafen angelangt und verzehren uns nach einem kräftigen Kaffee und einem frisch gepressten Multivitaminsaft. Wir entdecken in der Nähe unserer beförderungswilligen *Poseidon Line* einen kleinen Ausschank und Caro peilt gleich einen Tisch im Schatten eines ausladenden Baumes an. Ein älterer Mann schleicht langsam auf uns zu, begrüßt uns freundlich und drückt uns eine Karte in die Hand. Nachdem wir diese aufgeschlagen haben, ist allerdings schnell klar, dass wir kein Wort verstehen, denn sie ist ausschließlich in griechischer Schrift gehalten. Wir starten also den Versuch, dem grauhaarigen Monsieur, der durchaus gewillt scheint, unsere Wünsche von den Augen abzulesen, unter Einsatz von Händen, Füßen und allem, was sich mit Hilfe von Körperteilen sonst noch vermitteln lässt, darauf aufmerksam zu machen, dass wir dringend einen schnellen Koffein- und Vitaminschub brauchen. Da jedoch die ganze Plagerei und Deuterei auch nach Minuten nichts einbringt und er uns noch immer schulterzuckend und kopfschüttelnd anlächelt, zeigen wir entschlossen auf vier Zeilen der griechische

Buchstabenfolgen in der Karte und hoffen, dass es sich dabei um irgendein koffeinhaltiges Gebräu und zwei leckere Softdrinks handelt. Dann warten wir zuversichtlich ab. Unser Ober sieht uns etwas abstrus an, wiederholt anhand seines Zeigefingers nochmals unsere Bestellung, wartet auf zustimmendes Nicken unsererseits und zieht in der Folge ab. Meine Kehle schnürt sich allmählich zusammen und ich fühle, wie ich schrittweise drohe, in eine Dörrpflaume verwandelt zu werden. Begierig warte ich auf die durstlöschende Flüssigkeit. Zehn Minuten später hadere ich schon mit mir selbst: Wenn der Altherr nicht gleich mit einer unserer Bestellungen auftaucht, dann stibitze ich am Nachbartisch einfach die angebrochene Wasserflasche! Leichte Verzweiflung und Dehydration macht sich breit!

Gerade als ich überlege, meine Ankündigung in die Tat umzusetzen, erscheint der Ober im Türrahmen. Er dreht und wendet sich mit seinem beladenen Tablett geschickt durch die Enge. Die darauf befindlichen prachtvollen Rieseneisbecher, die mit funkelnden Sternspritzern ausstaffiert sind, lenken indes alle Blicke auf sich.

»Die schauen ja gigantisch aus! Ich möchte denjenigen sehen, der auch nur einen von ihnen restlos vertilgen kann«, entgegnet Caro und in ihrer Stimme schwingt Bewunderung, aber auch Entsetzen mit. »Derjenige muss einen Magen wie Godzilla haben. Mir wird alleine schon beim Anblick übel.«

Ich bringe leider keinen Kommentar mehr hervor, denn der freundliche alte Herr steuert geradewegs auf uns zu. Die anderen Gäste bestaunen die gigantischen Becher ebenso wie wir, und sind ebenso wie wir darauf erpicht zu erfahren, wer denn dies alles essen kann!

Tja, die fresshungrigen Monster, das sind dann wohl Caro und ich! Der Kellner stellt die kolossalen Eisbecher und zwei in Cocktailgläser gefüllten Drinks bei uns ab (wenigstens die zweite Bestellung ist nicht komplett in die Hose gegangen). Wir bedanken uns artig und begleichen sofort die Rechnung, damit wir uns von dannen machen können, wann immer wir es wollen. Folglich greife ich gierig nach dem Strohhalm meines Saftes und stoppe meinen Saugdrang erst, als das Glas schon halb geleert ist und ich mich im Anschluss darauf besinne, nun etwas genüsslicher zu trinken, da wir hier immerhin noch eine knappe Stunde totzuschlagen hatten.

»Hmmm ... schmeckt nach Ananas, Orangen und ... irgendetwas ist da noch drinnen, aber ... hmmm... ich komm' nicht drauf«, stelle ich fest. »Was könnte das sein?«

»Mango vielleicht? Aber etwas schmeckt noch vor, aber was es ist, keine Ahnung«, erwidert Caro und versucht sich zu entsinnen, mit welcher Frucht sie den auf ihrem Gaumen verbreiteten Geschmack vergleichen würde. »Nein, ich komm' auch nicht dahinter.«

»Dann lass uns zu den Schöpflöffeln greifen und den riesigen Haufen bezwingen!«, rufe ich ihr aufmunternd zu und schiebe den majestätisch aufragenden Becher direkt vor meine Nase, so dass ich meine mir gegenübersitzende Freundin fast nur noch an den Umrissen erkennen kann.

Nach dem ersten Löffel ist klar, dass das variantenreiche Eis als Tarnung für Alkofreaks fungiert, denn die eingelegten Früchte sind mit Unmengen an Branntwein getränkt (Ich muss deshalb unwillkürlich an den Muttertag und an den beschwipsten kleinen Jungen denken).

»Wenn du davon auch nur die Hälfte isst, bist du bei uns zu Hause garantiert den Führerschein los«, bemerkt Caro und ihr verschmitzter Blick verrät mir, dass sie dabei schon wieder an das Polizeirevier Eichbrücke beziehungsweise an einen der Trainer denkt.

»Tja, Caro, bezahlt sind sie, jetzt schnabulieren wir sie auch!«, sage ich entschieden. »Wir müssen ja gottlob heute nicht mehr mit dem Auto fahren.«

Zwanzig Minuten später ist uns richtig übel. Wir sind total vollgefressen (anders kann man unseren Zustand nicht bezeichnen), obwohl noch ein gutes Drittel des Eises auf den Verzehr warten würde, und wir sind *blau, blau, blau, wie der Enzian!* Die Kontur der Gaststätte wirkt mit einem Mal verschwommen, die Tische bewegen sich und die Sessel tanzen im Gleichklang der schwebenden Tafeln. Die Minuten verstreichen und in meinem Körper breitet sich ein unglaublich behagliches Gefühl aus. Caro lungert indessen unkontrolliert am Tisch umher, ihre schwerfällige Denkerstirn hat sie in die Handflächen gestützt und sie droht jeden

Moment einzunicken. Sie führt Selbstgespräche und nuschelt etwas Verworrenes daher. Zum Glück ist sie nicht mehr darauf erpicht, mit mir einen Dialog zu führen. Sie hätte ohnehin keine Antwort mehr erhalten, denn ich bin mittlerweile in einen leichten, himmlischen Schlummer versunken.

Ich weiß nicht, was uns mehr aufschrecken hat lassen: Das hektische Rütteln des besorgten Lokalbesitzers oder das gellende Schiffshorn der *Poseidon Line*!

»Caro, Caro, wach auf!«, schreie ich hysterisch und zupfe nervös an ihrem Shirt.

»Was, wie? Amelie, bist du´s?«

»Caro, wir müssen uns gewaltig sputen! Komm schon! So ein Shit!«

Wir sind die allerletzten Passagiere, die die *Poseidon Line* betreten. Die Gangway war zwar schon eingefahren, aber glücklicherweise hat einer der Matrosen zwei aufgescheuchte Hühner – also uns - auf das Pier zutorkeln sehen und ein Herz für angeheiterte Frauen bewiesen. Er war sogar so rührend um uns bemüht, dass er uns am Arm genommen und uns in die schiffseigene Cafeteria geleitet hat.

Die Luft im Verpflegungsraum kommt uns irrsinnig stickig und muffig vor, und deshalb hanteln wir uns ins Freie hinaus, wo wir ein Plätzchen an der Reling ergattern. Ich bin zwar angesäuselt, aber gottlob ist mir trotz des schaukelnden Untergrunds nicht zum Kotzen! Wir sind beide emsig darum bemüht, die Kontrolle unserer noch verbliebenen Hirnzellen und der tauglichen Körperfunktionen wieder zu übernehmen. Vorläufig gilt aber noch der Spruch: *Eile mit Weile!*

Wenige Stunden später erwache ich vollkommen benommen. Als ich meinen Oberkörper abrupt aufrichte, um die Gegend zu inspizieren, wird mein Kopf von einem schmerzhaften Blitz heimgesucht. Ich lasse mich augenblicklich wieder zurück ins Kissen fallen. Ich bin erfreulicherweise irgendwie im Hotelzimmer gelandet und trage die staubigen Klamotten von unserem Santorin-Ausflug. Meine Turnschuhe sind mir abhandengekommen, aber ansonsten ... ups, was ist denn das? Neben mir, unter dem dünnen Lacken, da bewegt sich etwas, nein, Korrektur: Es bewegte sich jemand! Ich verharre vor Beklommenheit und Schrecken und schicke Stoßgebete Richtung Himmel, in meinem Fall Richtung Plafond: *Bitte, lieber Gott, Zeus oder wer auch immer da oben gerade zugegen ist, lass das Caro sein, bitte, lass das Caro sein, ... bitte lass das ...*

»Amelie?«

Danke! Danke! Danke!

»Amelie?«, fragt Caro noch mal und wagt es dabei nicht, sich weiter zu bewegen, geschweige denn sich umzudrehen, denn die Gewissheit bei Beantwortung der einfachen Frage könnte einen katastrophalen, sehr unerwünschten Effekt haben! An ihrer zurückhaltenden Reaktion kann ich feststellen, dass sie vermutlich auch ein Blackout von ein paar Stunden zu verzeichnen hat.

»Ja!«

»Gott sei Dank«, entfährt es ihr erleichtert. »Weißt du zufällig, wie spät es ist?«

»Es ist ... halb sieben!«, antworte ich ihr, nachdem ich auf meine Armbanduhr geblinzelt habe.

»Morgens oder abends?«

»Gute Frage, keine Ahnung! Draußen ist es hell.«

»Abend- oder Morgensonne? Zu welcher würdest du tendieren?«

»Stell mir bitte nicht so schwierige Fragen«, ersuche ich sie. »Ich habe entsetzliche Kopfschmerzen und meine Kehle scheint ausgetrocknet zu sein, von meinem Atem will ich erst gar nicht sprechen, der ist gänzlich undiskutabel. Ruf doch an der Rezeption an und frag nach«, schlage ich vor. »Dann wissen wir wenigstens, ob wir uns fürs Frühstück oder fürs Abendessen fein machen müssen.«

»Wie kannst du nur an essen denken!«, fragt sie fassungslos. »Ist zufällig noch eine Flasche Wasser in der Minibar?«

»Ich habe fürchterlichen Hunger, mein Magen knurrt! Du rufst an der Rezeption an und erkundigst dich nach der genauen Zeit, und ich schau' mal nach, was die Minibar noch hergibt«, schlage ich vor.

Es ist sechs Uhr dreiunddreißig und es befindet sich noch eine große Flasche Wasser in der Minibar. Ich schenke mir ein Glas des Durstlöschers ein, den Rest reiche ich Caro, die begierig und ohne auf die Etikette zu achten direkt aus der Flasche trinkt. Da ich schon mal die ersten zähen und etwas quälenden Schritte getan habe, eile ich im Anschluss ins Bad und nehme rasch eine kühle Ernüchterungsbrause, wobei ich auch gleich den Grund für meine Schmerzen in Form von feinen Schürfwunden auf den Innenseiten der Oberschenkel entdecke. Das war mein erster und mein letzter Ritt auf einem Esel, so viel ist sicher! Jetzt habe ich außer den kleinen Besenreisern und einer wulstigen Krampfader auch noch diese aufgescheuerten, wunden Stellen. Shit! Ich behandle die heiklen Aufschürfungen vorsichtig mit parfumfreier Feuchtigkeitscreme, hülle mich in mein Kleid und mache mich bereit, um in den Frühstücksraum zu gehen. Caro kämpft hingegen noch mit dem Laken und befindet sich noch nicht im gesellschaftsfähigen Zustand. Sie brummt mir *„Geh schon vor, ich komm gleich nach"* zu, und da ich hungrig wie ein Rudel Wölfe bin, komme ich der Bitte sofort nach und mache mich auf den Weg zum Frühstücksbuffet.

Als ich wenig später am beladenen Tisch sitze und gerade eine Portion Ham and Eggs verschlinge, habe ich Zeit, um über die letzten Stunden nachzugrübeln. Meine Erinnerungen kehren nur langsam zurück. Den Eisbecher und diesen Vitamindrink habe ich noch gut im Gedächtnis, danach waren wir in einer Cafeteria und im Anschluss sind wir an der Reling gestanden, wo sich Caro zum Glück doch nicht übergeben musste. Und dann ... dann ... langsam fügten sich die Puzzleteilchen zusammen. Dann haben sich drei ältere Griechen – ich glaube, es waren allesamt Seemänner, aber ich bin mir nicht mehr sicher - zu uns gesellt. Wir konnten uns zwar nicht verständigen, da sie genauso wenig der englischen Sprache mächtig waren, wie wir der griechischen, aber wir haben trotzdem viel gelacht. Und sie hatten dieses Getränk bei sich, dieses landestypische Gesöff! Ekelhaft aussehend und ebenso schmeckend. Aber da wir auch im angesäuselten Zustand höflich bleiben wollten, kippten wir das Gebräu die Kehlen hinab und nach zwei weiteren Gläsern hatte es gar nicht mehr sooo grauenhaft gemundet.[40]

Hier treten nun ein paar Erinnerungslücken auf. Ich kann irgendwo das besorgte Gesicht von Claudia ausmachen. Sie spielt eine gewichtige Rolle in diesem Hickhack, da bin ich mir sicher. Die anschließende Busfahrt habe ich wieder verschwitzt und dann waren da noch ... ach ja ... Pierre und sein Freund dieser ... dieser ... er hatte ihn uns am Strand vorgestellt. Er hatte einen französisch klingenden Namen, glaube ich. ... Nein, keine Ahnung wie der hieß!

Wahrscheinlich haben uns die beiden ins Zimmer gebracht. Aber was war dann? Wohin sind sie verschwunden? Oje, sie sind doch hoffentlich gleich wieder abgehauen, oder?

Eine Blitzattacke auf mein geschwächtes Hirn macht mir urplötzlich zu schaffen. Ich brauche dringend eine Thomapyrin. Glücklicherweise befindet sich immer ein Vorrat der kleinen Lebensretter in meiner Handtasche.

Nachdem ich die Tablette geschluckt habe, warte ich ungeduldig auf die bekömmliche und schmerzhemmende Verbreitung ihrer Wirkstoffe in meinem etwas demolierten Schädel.

»Frau Parker?«, höre ich hinter mir eine weibliche Stimme fragen. »Wie geht es Ihnen und Ihrer Freundin?«, will Claudia wissen und macht dabei eine fürsorgliche Miene.

»Uns geht es wieder gut, vielen Dank der Nachfrage. Bitte nennen Sie mich Amelie! Haben Sie noch Zeit für eine Tasse Kaffee?«

»Ja, aber nur, wenn wir das unpersönliche Sie weglassen und zum Du übergehen«, sagt sie bestimmend und reicht mir ihre Hand, die ich dankend schüttle. »Ich muss erst in einer Viertelstunde abfahren«, erklärt sie mir lächelnd, »da geht sich ein kleiner Mokka noch leicht aus.«

»Na, dann hol' ich uns mal zwei Tassen«, entgegne ich dankbar[41] und bin damit schon am Weg zur Coffee-Bar.

---

[40] Wahrscheinlich ist das Phänomen „Männer schönsaufen" gleichzusetzen mit „*Óuzo* gutsaufen"!

[41] Ich weiß zwar nicht genau, warum ich dieser Frau zu Dank verpflichtet bin, aber irgendetwas verrät mir, dass ich mit der Vermutung goldrichtig liege!

»Ich bin überrascht, dass du schon wach bist! Wo ist denn deine Freundin abgeblieben?«

»Caro ist noch oben, sie müsste aber jeden Moment hier auftauchen«, erkläre ich ihr. »Kannst du mir verraten, wie wir gestern ins Hotel gekommen sind und wer uns hochgebracht hat?«, hänge ich gleichgültig an.

»Ihr beide seid am Schiff auf äußerst trinksichere Einheimische gestoßen. Ihr hatten anscheinend viel zu bequatschen und hattet es dabei sehr lustig. Ich konnte eure Gruppe schon von Weitem schäkern hören.«

»Oje… und dieses grässliche, milchige Gebräu -«

»Óuzo!«, unterbricht mich Claudia und verdreht dabei die Augen. »Ich lebe schon so lange Zeit hier, aber ich kann mich mit dem Getränk noch immer nicht richtig anfreunden«, merkt sie an, bevor sie mit der Beantwortung meiner Fragen fortfährt. »Und nachdem wir in *Íraklion* angelegt haben, waren die Männer so hilfsbreit und haben euch noch in den Bus verfrachtet. Der Rest war einfach, denn ihr seid gleich danach eingenickt. Ich musste euch erst aufwecken, als wir bereits hier angelangt sind.«

»Und wie sind wir ins Zimmer gekommen?«

»Zwei vom Animationsteam haben euch hochgebracht. Die beiden waren gleich wieder hier unten«, fügt sie noch schnell hinzu, da sie meine Gedanken zu erahnen scheint.

»Wir stehen in deiner Schuld, das weißt du hoffentlich!«

»Das ist wirklich nicht der Rede wert. Aber jetzt muss ich langsam los«, sagt sie und erhebt sich vom Tisch.

»Vielen Dank noch mal. Du warst unsere Rettung!«

»Keine Ursache! Ach, und noch etwas: Du bist vermutlich ziemlich durstgeplagt. Trotzdem nicht zu viel Mineral trinken, ansonsten geht es dir wie gestern. *Óuzo* ist tückisch, insbesondere wenn man am nächsten Tag viel Wasser trinkt, denn dann hat man sofort wieder ein kleines Damenspitzchen«, klärt sie mich augenzwinkernd auf.

»Oje, ist das erwiesen? Falls dem nämlich so ist, dann habe ich mittlerweile bestimmt genau ein solches Problem am Hals«, erwidere ich und schwinge mich auf, um ins Zimmer zu sprinten. »Caro weiß nichts von dieser berauschenden Wirkung!«, rufe ich Claudia erklärend hinterher.

»Viel Glück!«, wünscht sie mir.

Wo steckt Caro nur? Ich bin eine entsetzliche Freundin! Ich habe mein kleines Püppchen einfach so mir nichts dir nichts verloren! Ich meine, wie zum Teufel kann man überhaupt innerhalb von Minuten einen Menschen verlieren! So ein verdammter Mist!

Ich habe unterdessen die ganze Hotelmannschaft hysterisch gemacht. Alle verfügbaren Mitarbeiter wie Pagen, Kellner, Rezeptionisten sowie Pierre und sein Freund sind mir bei der Suche nach Caro behilflich. Claudia ist mit ihrer Reisegruppe schon abgefahren. Mir bleibt nur die vage Hoffnung, dass sich Caro nicht in den Bus verirrt hat, um dort ein Nickerchen abzuhalten.

Ein lautes *Platsch* reißt mich aus meinen Gedanken. Ein Teil der ausgesandten Suchmannschaft steht am Swimmingpool und beobachtet die Szenerie. Pierre stürzt sich indes wagemutig in die Fluten des Kinderbeckens und rettet meine singende Freundin aus dem Auslauf der Wasserrutsche. Caro trägt noch die Klamotten vom gestrigen Ausflug, und ihr langes Haar ist zersaust und klebt ihr wasserdurchtränkt am Körper. Caros Gesangsvorstellung wird vom staunenden Publikum ungläubig beglotzt. Um sieben Uhr morgens werden die restlichen Hotelgäste mit dem Sommerhit 1968 von Adriano Celentano geweckt. *Azzurro* stand in diesem Fall nicht nur für das Blau des Himmels und des Wassers, sondern zudem für die Verfassung meiner Freundin. Ehe sie auch noch einen Celine-Dion-Song zum Besten geben kann, ziehe ich sie unter dem erleichterten Applaus der Umstehenden ins Zimmer. Die Vorstellung ist somit für heute beendet.

»Gott sei Dank reisen wir morgen ab«, bemerkt Caro und schüttelt bei der Geschichte, die ich ihr gerade geschildert habe, angewidert über sich selbst den Kopf.

»Ach, es war wirklich lustig«, versuche ich sie aufzumuntern. »Wer konnte auch ahnen, dass man nach dem Genuss von zuviel *Óuzo* Wasser nur mit Bedacht trinken sollte? Niemand!«

»Ich werde hier bestimmt als alpenländische Rauschkugel in die Annalen der Hotelgeschichte eingehen. Gott sei Dank reisen wir morgen ab«, stößt sie abermals hervor. »So was Peinliches ist mir schon lange nicht mehr passiert!«

»Lass uns Futter schöpfen gehen«, störe ich hastig ihr jammervolles Herumgesäusel. »Du musst hungrig sein, du hast schließlich noch nichts gegessen. Heute ist ein Folkloreabend am Pool geplant. Die Köche haben vor wenigen Stunden einen Holzofengrill im Garten aufgestellt. Komm schon, niemand ist dir ernsthaft böse, ganz im Gegenteil: Es haben dich ja sogar alle mit Beifall überschüttet. *Azzurro* hat noch niemand so gekonnt gecovert wie du heute Morgen, ehrlich!« Dass der Beifall dem Ende ihrer Gesangskarriere galt, verschweige ich an dieser Stelle lieber.

»Wir dürfen auf die Ansichtskarten nicht vergessen. Heute ist die letzte Gelegenheit, sie zu schreiben«, schwenkt Caro um. »Also los, auf ins Gefecht!«

In vino veritas –
Im Wein liegt die Wahrheit.
(Alkaios von Lesbos)

Tante verstorben – Ruine erworben!

Wer seinen Arzt zu seinem Erben einsetzt,
ist ein Dummkopf.
(Benjamin Franklin)

Am Flughafen erwartet uns nicht Nike, sondern Raffael. Erschrocken blicke ich mich nach meiner schwangeren Mitbewohnerin um, kann sie aber nirgendwo entdecken. Ich bin mit einem Schlag stocknüchtern.[42]

»Was ist geschehen? Wo ist Nike? Geht es ihr gut? Es ist doch nichts Schlimmes passiert, oder? Ist etwas mit dem Baby?«, wollen Caro und ich gleichzeitig in Erfahrung bringen. Unsere Fragen prasseln nur so auf Raffael ein.

»Nike geht's gut, dem Baby auch, aber -«

»Aber was!«, kreischt Caro entsetzt hervor. »Sie hatte doch keinen Unfall, oder?«

»Wenn ihr die Güte hättet, mich aussprechen zu lassen, dann wüsstet ihr schon Bescheid!«, frotzelt uns Raffael ärgerlich. »Nikes Tante ist gestorben. Deswegen kann sie euch nicht abholen und ihr müsst euch mit mir begnügen.« Raffael klingt eindeutig eingeschnappt, und um seine Aussage zu bekräftigen, schürzt er seine Lippen zu einem spitzen Schmollmund und rafft seine Stirn in Falten. »Außerdem habt ihr mich nicht begrüßt, wie es sich für jemanden, der euch eine Woche nicht gesehen hat und der euch bereitwillig hier in Empfang nimmt, geziemen würde!«, würgt er danach noch beleidigt hervor.

»Entschuldigung, Raffael, wir waren nur in Sorge«, erklärt ihm Caro

---

[42] Nur zur abermaligen Erklärung: Ich musste ja, zwecks Besänftigung meiner Nerven und Befehdung meiner Flugangst zu zwei Gläschen Sekt greifen. Das gutgemeinte Lunch an Bord der Klapperkiste habe ich natürlich wieder einmal ausgeschlagen.

und drückt ihm einen herzhaften Schmatz auf. »Danke fürs Abholen. Wo ist Nike jetzt?«

»Sie ist bei ihren Eltern. Die Verstorbene war die Schwester ihrer Mutter. Sie wurde heute in der Familiengruft beigesetzt. Nike wollte euch im Laufe des Tages anrufen und euch Bescheid geben. Aber sie kommt mit Sicherheit erst morgen zurück.«

»Wann ist ihre Tante denn gestorben? Wir haben am ... wann haben wir mit Nike telefoniert, Amelie? Na, jedenfalls hatte sie da noch nichts erwähnt«, gibt Caro nachdenklich zurück.

»Am Montag haben wir mit ihr gesprochen«, beantworte ich Caros offene Frage und drücke Raffael auch ein Küsschen auf die Wange auf.

»Und am Mittwoch ist Tantchen von uns gegangen«, gibt Raffael bekümmert zurück und untermalt dies noch mit einem aufgesetzten Dackelblick. »Aber ihr Verhältnis war scheinbar nicht so innig. Nike war sehr gefasst. Traurig, aber sehr gefasst.«

»Dann müssen wir uns nicht sorgen. Das ist zumindest beruhigend«, merke ich an.

»Schön, dich trotzdem hier zu sehen!«, schwenkt Caro um und drückt dabei unserem Abholdienst galant ihren Koffer in die Hand.

Am Sonntag habe ich unsere Freunde kurzfristig zum *Five-o'clock-tea* gebeten und sie sind alle der freundlichen Einladung nachgekommen. Caro, Alex, Raffael und Riccardo haben ihren Hintern schon auf der Wohnzimmercouch quartiert, während ich ihnen selbstgekauften Schoko-Muffins, Tee und Kaffee serviere. Elvira muss noch arbeiten, aber sie hat mir versprochen, gleich danach zu uns zu stoßen.

Als wir Nike wenig später zu Gesicht bekommen, wirkt sie zwar etwas mitgenommen, aber ansonsten scheint es ihr – den Umständen entsprechend - gut zu gehen.

Die Burschen kümmern sich wirklich rührend um sie. Nike hat Raffael bei unserem Telefonat versprechen müssen, ihre Ankunft per Handy anzumelden, damit er ihr mit dem Koffer (in der Größe eines Beautycase) behilflich sein könnte. Riccardo ließ uns indes wissen, dass sie Nike diese

Woche abwechselnd zum Hecheltraining begleitet hatten. Am Montag, zur ersten Schnupperstunde, hatte Raffael Dienst gehabt. Da Nike die Übungen zusagten und Alex sich ebenfalls sofort wohlfühlte, haben die beiden beschlossen, sich für den Montag- und Freitagabend fix vormerken zu lassen. Unsere Nachbarn haben sich geeinigt, dass Nike an diesen beiden Abenden immer von einen von ihnen begleitet werden würde. Alex hingegen stand nicht so eine große Auswahl an Beiständen zur Verfügung. *„Und ich muss mich ausschließlich mit Stefan zufrieden geben"*, bemerkt sie schelmisch am Rand der Unterhaltung an. *„Das ist wirklich ungerecht!"*

Nachdem wir Nike unser Beileid ausgesprochen haben und sie etwas Zeit zum Durchschnaufen hatte, fragt Caro vorsichtig, wie sie denn nun zu der Tante gestanden sei.

»Ich habe früher, im Kindergartenalter, viel Zeit bei Tante Katharina verbracht, aber das hat sich im Laufe der Zeit gegeben. Meine Tante hatte einen kleinen, wenn auch etwas heruntergekommenen Bauernhof inklusive einiger Tiere von ihrer Mutter geerbt. Sie war ja die Erstgeborene und somit ist der Hof automatisch beim Ableben meiner Großmutter auf sie überschrieben worden. Meine Mutter ist damals finanziell entschädigt worden«, erklärt uns Nike, trinkt einen Schluck Tee und fährt fort: »Ich bin dann in die Volksschule gekommen und ab diesem Zeitpunkt konnte ich Tante Katharina nur noch am Wochenende besuchen. In den strengen Wintern musste ich sogar ganz darauf verzichten. Wir, also meine Eltern und ich, haben zwar nur drei Ortschaften entfernt gewohnt, aber wie gesagt, meine Besuche haben kontinuierlich abgenommen. Meine Tante hatte dann einen Mann kennen und lieben gelernt. Offensichtlich war das ein richtiger Hallodri und Weltenbummler, zumindest laut meiner Mutter. Tante Katharina hat daraufhin all ihr Hab und Gut, darunter fiel auch der Hof meiner Großmutter, verkauft – meine Mutter pflegt zu sagen: leichtsinnig verscherbelt! – und sie ist dann mit der Liebe ihres Lebens von Land zu Land, und von Kontinent zu Kontinent gewandert. Zuerst waren die beiden anscheinend in Kanada, von dort sind sie nach Südamerika gegangen und dann haben sich ihre Spuren irgendwo verloren. Meine

Mutter, die ihre Schwester nicht verstehen und ihren ungestümen Freiheitsdrang nicht nachvollziehen konnte, war zwar wegen dem Verkauf des Hofes noch immer sauer, aber sie hat sich trotzdem um ihre Schwester gesorgt. Den letzten Brief von Katharina hat sie vor Jahren mit einem Poststempel aus Rio erhalten. Der Kontakt ist danach gänzlich zum Erliegen gekommen«, beendet Nike den Ausflug in das Leben ihrer Tante mit einem tiefen Seufzer im Gepäck. »Und jetzt ist sie gestorben. Das wahrlich Abstruse an der Geschichte ist, dass sie irgendwann sang- und klanglos zurückgekommen ist und zuletzt sogar hier in der Stadt gewohnt hat!«

»Sie hat hier gelebt und weder mit deiner Mutter, noch mit dir Kontakt aufgenommen? Sie hat euch nicht mal einen Brief geschrieben?«, will Raffael wissen.

»Nein, sie hat nichts Dergleichen unternommen. Keine Ahnung, wieso sie das gemacht beziehungsweise nicht gemacht hat! Wir wissen eigentlich nicht, wie ihr Leben weiter verlaufen ist. Das ist schon merkwürdig, nicht wahr? Man hat irgendwo eine Blutsverwandte und man weiß nicht das Geringste über sie und das Leben, das sie nach ihrem Fortgang geführt hat, und dann, irgendwann ganz unverhofft, taucht ihr Name unter einem Mitteilungsschreiben von einem Notar wieder auf.«

»Tja, wie einem das Leben so mitspielen kann«, wirft Alex gedankenvoll ein. »Oder hättest du dir vor einem Jahr träumen lassen, dass wir beide zwölf Monate später hier sitzen und unsere schwangeren Bäuche kraulen würden?«, richtet sie ihre Frage an Nike.

»Nein, nie im Leben!«

»Deine Tante war eigentlich eine sehr mutige Frau. Sie hat zwar vielleicht in den Augen deiner Mutter ein bisschen zu unbedacht gehandelt, aber sie war trotzdem mutig! Ich würde den Schneid, mein ganzes Leben so mir nichts dir nichts aufzugeben und außerhalb des gewohnten Umfelds komplett neu anzufangen, ohne jegliche Sicherheiten und ohne Sicherheitsnetz, nicht aufbringen. Glaube ich zumindest!«, gibt Alex zu.

»Das zeigt wieder mal, dass das Leben zu kurz ist, um Trübsal zu blasen. Es kommt ohnehin, wie's kommen soll.«

»So, aber jetzt möchte ich endlich auf ein anderes Thema zu sprechen kommen!«, unterbricht Nike, die in allzu ernsthafte Gefilde abschweifende Unterhaltung. »Wie war euer Urlaub? Ich will alle, wirklich alle schmutzigen Einzelheiten erfahren. Und vergesst bloß eins nicht: Ich bin schwanger und habe keinen verfügbaren Mann an meiner Seite! Ich bin äußerst heißhungrig und begierig auf gute -«

»Das wollen wir gar nicht so genau wissen«, wird Nike hier brüsk von unseren Nachbarn gestoppt. »Bitte keine Sexgeschichten! Nicht heute, wo wir auch anwesend sind! Hebt euch das gefälligst für euren Weiberabend auf!«

Am Donnerstag erhält Nike nicht nur unsere Postkarte aus Kreta, sondern auch ein offizielles Schreiben eines Notariats aus unserer Stadt, welches mit der Nachlassverwaltung ihrer Tante Katharina betraut ist. Sie wird darin zur Testamentseröffnung am kommenden Dienstag eingeladen. Nike hatte noch nie ein derartiges Schreiben erhalten und fragte sich, warum sie von ihrer Tante nach all den Jahren überhaupt namentlich erwähnt worden war. Nach einem Telefonat mit ihrer Mutter konnte Nike in Erfahrung bringen, dass diese ebenfalls ein solches Schriftstück erhalten hatte und ebenfalls für nächsten Dienstag eingeladen war. Über alles Weitere ließ sich nur spekulieren, da viele Fragen unbeantwortet blieben.

Riccardo machte Nike tags darauf zwischen einer ihrer Hechelübungen darauf aufmerksam, dass sie den sogenannten „Nachlass" auf Herz und Nieren prüfen sollte. Nicht, dass die vermeintliche Erbschaft mit angehäuften Schuldenbergen ihrer lebensfrohen Tante einherginge, welche dann von Nike bei Inanspruchnahme des Erbes mit übernommen werden müssten! In diesem Fall sollte sie das Erbe unbedingt ausschlagen. Riccardo trichterte Nike diese Haltung im Laufe des Abend so permanent ein, dass sie beinahe schon glaubte, gar nicht mehr zur Testamentsvollstreckung gehen zu müssen, da dies ohnehin nur reine Zeitverschwendung sein würde. Außerdem müsste sie dann keinen Urlaubstag beanspruchen und sinnlos vergeuden.

Am Wochenende muss ich arbeiten. Leider! Der Sonntag gestaltet sich wie so oft als mühselig und anstrengend, und deswegen bin ich umso erfreuter, als ich nach getaner Arbeit Francescos Raumschiff inklusive des zeitunglesenden Vinzenz am Eingang unseres Hauses erspähe. Ich wusste eigentlich nichts von einem Überraschungsbesuch und kann Francesco selbst auch nirgends ausmachen. Aber Vinzenz deutet, gleich nachdem er mich entdeckt hat und ich die Frage „Wo ist Francesco" formuliert habe, kopfschwingend auf unsere Wohnung. Demzufolge hat Nike ihn reingelassen. Vielleicht ist er gar nicht meinetwegen hier, sondern einzig und allein um Nikes Gesundheitszustand besorgt. Etwas merkwürdig erscheint mir das Ganze schon. Immerhin war er erst vor vierzehn Tagen hier und nun ist er schon wieder in der Stadt? Vielleicht hat er seine Frau Doktor doch nicht auf die Ersatzbank verpflanzt und bezahlt sie nach wie vor für ihre geschickten Dienste im Zeichen der Wiederauferstehung. In diesem Fall hätte er mich erneut angelogen und wäre ein unverbesserlicher Wiederholungstäter!

Als ich die Wohnung betrete, schallt mir fröhliches Gelächter entgegen. Ich finde Francesco und Nike im Wintergarten, unter der Ansammlung von dem bisher ergatterten, kunterbunten Babyzeugs, vor.

»Hi, Amelie!«, trällert mir Francesco zu und drückt mir unbekümmert einen Schmatz auf die Wange. »Sieh mal! Hab' ich in Mailand aufgetan.«

Nike und er haben auf dem wackeligen Rattantischchen im Wintergarten einen alten, abgeblätterten Holzzug aufgestellt und betrachten diesen voller Bewunderung.

»Ist der nicht schön?«, will Nike wissen. »Francesco hat ihn auf einem Mailänder Flohmarkt gesehen, an mich gedacht und ihn mir einfach mitgebracht. Er gehört nur noch ein bisschen abgeschliffen, dann ist er ein perfektes Einzelstück. Sieht nostalgisch aus, nicht wahr? So alte Holzspielsachen habe ich mir immer gewünscht! Ich habe Francesco bei unserem ausgiebigen Dinner davon erzählt«, hängt sie als Erklärung an.

»Das ist wirklich nett von dir! Habt ihr eigentlich damals das Limit deiner Kreditkarte gesprengt und du musstest dann anschreiben lassen?«, will ich von Francesco wissen und kneife Nike amüsiert in den Arm. »Ich hüpfe rasch unter die Dusche. Francesco, möchtest du ein Glas Wein oder bist du schon am Absprung?«

»Ein Glas darf ich mir ohne weiteres gönnen«, antwortet er beschwingt. »Ich werde uns rasch was beim Italiener bestellen. Wir sind hungrig«, bedeutet uns Nike und streichelt sich über das Bäuchlein. »Francesco, darf ich mich bei dir für das hervorragende Dinner revanchieren und dich zu einer Köstlichkeit deiner Wahl einladen?«

»Wenn ich euch nicht störe, dann gerne!«

Nachdem Francesco mit einem Glas Wein versorgt worden ist, ruft Nike in der *Trattoria Castello* an und ordert für uns *una Pizza frutti di mare, una Lasagne al forno, uno Spaghetti aglio e olio, tre Salate miste, uno Tiramisu, uno Creme di caramello, e uno Profiterol con cioccolata.*

Ich weiß nicht mit welchen Tricks schwangere, heißhungrige Frauen arbeiten, aber sie arbeiten äußerst zügig, um ihren Appetit zu stillen! Das ausgesuchte Menü erscheint zeitgleich mit der geduschten, eingecremten und einigermaßen erholten Amelie im Türrahmen. Der Esstisch in der Küche ist mittlerweile gedeckt und am freien Platz steht schon ein Glas Wein für mich bereit.

Im Lauf der nächsten Stunde lassen wir unsere Hauptgerichte im Sinne eines „*Running Pizza & Pasta-Service*" im Uhrzeigersinn über den Tisch gleiten. Nike ist bei dieser Art der Verköstigung immer als Letzte am Zug, ansonsten täten ich und Francesco gewaltig durch die Finger schauen! Beim Dessert lassen wir ihr dann aber großzügigerweise den Vortritt, denn Francesco und ich greifen uns zur selben Zeit auf unsere bereits wohlgefüllten Bäuche.

Unser Gesprächsstoff reicht vom Antik-Flohmarkt in Mailand bis hin zum Englischen Garten in München und pendelt sich irgendwann bei Francescos Zukunftsplänen ein. Und er hat wirklich einschneidende Pläne für sich und seine Firma beabsichtigt - aber hallo, da schlackern mir die Ohren!

Er und sein Geschäftspartner wollten expandieren. Ihre Überlegung bezüglich des neuen Standortes war rasch zu Ende gedacht, denn es kam momentan nur eine Stadt im europäischen Raum für ein weiteres Standbein in Frage, und zwar das hippe, schnelllebige und geschäftige London!

Aber so rasch ihre Entscheidung gefallen war, so zögerlich ging es bei der Suche nach einem erstklassigen Bürogebäude vorwärts. Francesco war indessen schon dreimal nach London gejettet und hatte bereits sieben verschiedene Angebote von Maklern überprüft. Aber keine einzige Lage schien ihm ideal, und sie musste ideal sein, sie musste ihn sofort ansprechen, ohne wenn und aber, und dieses Gefühl hatte er bislang vermisst. Als ich Bedenken wegen seines ohnehin schon stressigen Lebens äußere, hat er schnell eine halbwegs befriedigende Antwort parat: *„Ich habe für das Mailänder Büro bereits einen würdigen Geschäftsführer gefunden!"* – verkündigt Francesco stolz – *„Mein Cousin Alberto wird dort zu Anfang nach dem Rechten sehen und in weiterer Folge in meine italienischen Fußstapfen treten."*

Um kurz nach acht bricht Francesco wohlgenährt auf, und als ich ihn zur Tür bringe, stellt er mir eine simple Frage, die ich ihm zwar ehrlich hätte beantworten können, was ich jedoch nicht wollte. Er fragte mich, warum ich denn so still geworden sei und ich erklärte ihm, dass meine Niedergeschlagenheit ausschließlich mit meinem heutigen Arbeitspensum zu tun hatte. An diesem alleine lag es zwar nicht, aber das musste er nicht unbedingt wissen.

Nachdem Nike und ich das Horoskop für die nächste Woche in Erfahrung gebracht haben[43], gehen wir zu Bett und ich kann in Ruhe über meine vorherige Reaktion auf Francescos Frage nachgrübeln. Ich war zugegebenermaßen etwas von der Rolle, als er uns in seine neuen Lebensziele einweihte. Wahrscheinlich sollte ich anders mit der Situation umgehen können und mich für ihn freuen, aber ich empfinde bei dem Gedanken, dass Francesco mit dem neuen Lebenskurs bald noch weiter außerhalb meiner Reichweite sein würde, eher Trauer als Begeisterung. Vielleicht

---

[43] Die Zwillinge sind eindeutig die Glückskinder der Woche. Es wird diesem Sternzeichen zugesichert, dass jedes ihrer Vorhaben glatt gehen würde, da Saturn - oder weiß zum Kuckuck welches Gestirn - positiv zu ihrer Sonne stand.
Bei den Jungfraugeborenen stehen zwar unerwartete Turbulenzen an, aber diese scheinen wir letztlich gut in den Griff zu bekommen! ... Na bitte, geht doch! Mit dieser Prognose kann unsereins durchaus zufrieden sein!

liegt es daran, dass ich ihn als Freund nicht verlieren möchte.

Am Montagabend erhalte ich einen unverhofften Anruf von Markus. Er wollte nur kurz Hallo sagen und sich für die nette Kretanische Postkarte, die ihm heute aus seinem Briefkasten entgegenlächelte, bedanken.

Ich weiß nicht woran es gelegen war, aber irgendetwas ließ mich aufhorchen: Lag es an seiner Stimmlage? Es schwang eine distanzierte Verlegenheit im Dialog mit. Oder hatte ich mir unfreiwillig einen weiteren Floh in mein zerlumptes Hirnzentrum transplantieren lassen? Markus bedankte sich fast schon zu überschwänglich und zu oft (zumindest für meinen Geschmack - sollte ich hierbei *zu offensichtlich* anfügen?) für die Grüße, die ich ihm hatte übermitteln lassen, und hinterher verabschiedete er sich bereits wieder von mir.

Ich habe an diesem Abend auf Grund seines merkwürdigen Verhaltens wieder etwas, womit ich mir vor dem Einschlafen die Zeit vertreiben kann. Männern sei Dank! Nachdenken (natürlich gilt das nur, wenn man dabei nicht in allzu trübe Wässerchen abdriftet) ist zuweilen besser als die ewig blökenden, über weiße Lattenzäune springenden Schafe zu zählen. Auffällig bei unserem Telefonat war:

1. Unser Gespräch war freundlich und wir haben uns nicht gezankt (zugegeben: Sein Anruf hat nicht länger als drei Minuten gedauert, aber trotzdem!).

2. Markus schien peinlich berührt (vermutlich wegen seines schon sehr ausschweifenden Grußbotschaften-Bombardements). Caro, die von ihm quasi als Brieftaube missbraucht wurde, hat er auch ganz schön auf Trab gehalten, das sollte ihm zusätzlich ein schlechtes Gewissen bereiten.

3. Er hatte mir, glaube ich, einen unmerklichen Wink mit dem Zaunpfahl gegeben, indem er mir im Gespräch das Gefühl vermittelte, dass wir unsere eingeschlichenen „Gruß-Folgeerscheinungen" ausschließlich meinem Ego zu verdanken hätten.

Also wirklich: Als ob ich mit diesem Höflichkeitsgetue angefangen hätte! Aber was soll's. Wenn er das Spiel nicht mehr bestreiten will, dann braucht er es doch nur zu sagen, oder? Vorschlag für Männer, die es wortkarger lieben: Einfach keine Grüße mehr ausrichten lassen! So simpel könnte es sein! Man muss sich doch nicht hinter irgendwelchen Floskeln oder Schönredereien verbergen! Ich stehe schließlich über diesen Kindereien, wirklich (aber ein wenig ärgern tut es mich dennoch).

Am Dienstag bin ich zwar körperlich im Coffee-Shop anwesend, aber geistig begleite ich Nike in das Notariat *Kunz & Söhne*. Eine imaginäre Sekretärin führt uns dabei in ein muffiges Büro, dessen Bücherregale mit dicken Schwarten und Wälzern vollgestopft ist. Ein großvaterähnlicher Advokat mit antiquiertem Anzug und runden Brillengläsern auf der Nasenspitze erhebt sich steif, stellt sich uns vor und bittet uns, in den beiden abgewetzten Lederohrensesseln gegenüber seines mit Akten voll beladenen Massivholzschreibtisches Platz zu nehmen. Die Vorstellung beginnt - meine Fiktion endet aber hier.

Nike meldet sich, nachdem die Testamentsvollstreckung beendet ist, per Handy und teilt mir kurz angebunden mit, dass sie noch was zu erledigen hätte und sie in einigen Stunden sicherlich mehr wüsste. Bis dahin sollte ich ohnedies schon zu Hause angelangt sein und sie würde mir dann die Geschehnisse aus erster Hand schildern.

Neugierig sprinte ich nach Dienstende heimwärts, nur um in der leeren Wohnung zu stehen. Shit! Jene Zeit, die ich heute in der Arbeit eindeutig zu langsam war, bin ich jetzt eindeutig zu schnell! *„Echt scheibenbekleistertes Timing, Amelie!"*, schimpfe ich und krabble daraufhin schon unter die Dusche.

Als ich mich gerade abrubble, höre ich die Wohnungstür ins Schloss schnappen. Ich will mich schon splitterfasernackt aus dem Badezimmer auf den Flur werfen, als mich eine weitere Stimme inne halten lässt. Korrektur: Zwei weitere Stimmen: Die eine männlich, die andere weiblich.

»Amelie! Schreck' dich bitte nicht, ich habe meine Eltern im Schlepptau«, trällert Nike bestimmt ahnend, dass ich gerade im Bad mit dem Handtuch hantiere.

»Ich komme sofort!«, lasse ich sie wissen und beeile mich.

Ich mag Nikes Eltern, besonders ihre Mutter. Diese hatte ab und an einen wunderbaren schwarzen Humor, den man ihr, wenn man sie nur flüchtig kannte, nie und nimmer zutrauen würde. Als ich sie vor Jahren das erste Mal getroffen habe, glaubte ich, ein Mauerblümchen und sehr *stilles Wasser* vor mir zu haben. Aber wenn man das Glück hatte, sie näher kennenzulernen, dann konnte man von Nikes ansonsten eher unscheinbarer und biederen Mutter Dinge in Erfahrung bringen, die einem gehörig die Ohren schlackern ließen! Nikes Eltern kamen nicht oft zu Besuch in die Stadt. Sie liebten das Landleben und Nike störte sich nicht daran, stundenlang im Zug zu sitzen, um so manches Wochenende bei ihnen und ihrer gesunden Landluft verbringen zu können.

Ich tauche wenig später zeitgleich mit Nikes Eltern im Flur auf und muss feststellen, dass diese schon wieder abmarschbereit sind. Wozu also meine Mühe? Dafür, dass ich ihnen kurz die Hände schütteln darf und dass ich Nikes Vater „*Schön, dich zu sehen, Amelie, aber wir müssen leider noch nach Hause fahren und du weißt ja, der Weg dorthin ist weit!*", sagen höre und ich von Nikes Mutter bereits mit den Worten „*Wir wollten nur schnell die Babyausstattung bewundern und um ein Stück erweitern!*", verabschiedet werde und ihnen lediglich ein kurzes „*Tschüß!*", hinterher brüllen kann. Na, wenn dem so ist, dann hänge ich noch „*Tschüß, und gute Fahrt!*" an.

Nike sieht mich lächelnd an, als sie wieder in der Tür auftaucht. Sie hüllt sich in geheimnisvollem Schweigen.

»Und, jetzt sag schon!«, quengle ich ungeduldig. »Du weißt etwas, was ich gerne wissen möchte, nicht wahr? Komm schon, Nike!«

»Ich weiß etwas, was du nicht weißt!«, neckt sie mich, schleicht an mir und meinen wissbegierigen Augen und Ohren vorbei in die Küche, schenkt uns zwei Gläser Birnensaft ein und zerrt mich in den Wintergarten zum Babyparadies.

»Schau, das hat meine Mutter auf unserem Dachboden gefunden«, erklärt sie mir stolz und weist mich auf ein altes, zerfledertes Kinderbuch hin, das neben dem Holzzug einen Platz gefunden hat. »Das war mein allererstes Buch.«

»Sehr schön, wirklich, aber … das machst du mit Absicht, hab' ich recht? Du willst deine getreue Mitbewohnerin am ausgestreckten Arm deines Wissens verdursten und verhungern lassen.«

»Setzen wir uns ins Wohnzimmer.«

Ich hopse ihr aufgeregt hinterher und warte ungeduldig auf die Berichterstattung.

»Ich habe Neuigkeiten, Amelie!«

»Ach was! Das dachte ich mir eigentlich schon. Los, weiter, erzähl!«

»Die werden dich umwerfen, ich kann sie ja selbst noch kaum glauben! Wo soll ich bloß anfangen?«, richtet sie die Frage an sich selbst, dann nimmt sie einen großzügigen Schluck Saft und beginnt mit der Schilderung ihres Tages. »Also, zur Testamentsverkündung waren nur Mutter und ich geladen. Anscheinend waren wir beide die einzigen noch lebenden Verwandten von Katharina. Sie hatte Zeit ihres Lebens nie geheiratet und keine Kinder. Das wissen wir alles von einem Brief, den uns der Notar im Namen Katharinas vorgelesen hat«, erklärt sie mir. »Ihr langjähriger Lebensgefährte, dieser Weltenbummler, ist vor fünf Jahren verstorben, und es war sein letzter Wunsch, in der Erde seiner einstigen Heimat beigesetzt zu werden. Tja, und diesen Umstand hatte Katharina zum Anlass genommen, um still und heimlich zurückzukehren. Sie hatte es aber in den vergangenen fünf Jahren nicht gewagt, wieder Kontakt zu uns aufzunehmen, da sie der Meinung war, dass ihr meine Mutter den Verkauf des Hofes auch nach all den Jahren nicht verziehen hatte. Deshalb lebte sie hier in der Stadt ihr eigenes Leben. Sie begann eine baufällige Ruine notdürftig zu restaurieren und bot dort einigen jungen Talenten Platz zur Inspiration. Weiters galt sie als aktives Mitglied des Tierschutzvereins, dem sie für die *„armen, hilfsbedürftigen und wehrlosen Geschöpfe, die das Leben erst lebenswert machen!"*, wie sie sich in dem Brief auszudrücken pflegte, beträchtliche Summen spendete.«

»Das klingt wirklich alles super interessant. Aber … was hast du denn geerbt? Das Gemälde eines talentierten, gänzlich unbekannten Lebenskünstlers, oder einen Hund, oder ein Pferd, oder was? Ich will es jetzt wissen, hörst du!«, quengle ich mit Nachdruck.

Sie scheint auf die Fanfaren und auf den Trommelwirbel zu warten und sieht mir geradewegs in die Augen.

»Halt dich fest: Ich habe von Tante Katharina, allerdings nur unter einigen klitzekleinen, ja fast bedeutungslosen Bedingungen, etwas Fabelhaftes, geradezu Phänomenales geerbt!«

»Unter *klitzekleinen* Bedingungen«, wiederhole ich skeptisch. »Entschuldigung, weiter habe ich dir nicht mehr zugehört. Was sagtest du danach noch?«

»Ich weiß, das hört sich verrückt an, aber ich habe doch tatsächlich eine ehemalige Gastwirtschaft geerbt«, prustet sie fröhlich hervor. »Und das mir, wo ich null Ahnung vom Hotel- und Gastgewebe habe! Du kommst nie dahinter, um was für ein Objekt es sich hierbei handelt.«

»Lass hören! Ich platze fast vor Neugier.«

»Es handelt sich, trara, um den Gartenpavillon neben dem Weiher!«, verkündet sie stolz.

»Du meinst aber nicht den leerstehenden gelben Pavillon im Schlosspark?«

»Genau den meine ich!«

»Nee. Das ist tatsächlich unglaublich!«, röhre ich fassungslos hervor. »Ich dachte immer, der würde zum Palais gehören! Und der gehört jetzt dir? Wow! Ich kann's nicht glauben. Du hast das große Los gezogen, was? Ich freue mich für dich, das ist wirklich einmal eine gute Nachricht!«, singe ich Nike fröhlich zu.

Wir unterbrechen hier kurzfristig unser Gespräch, um einen gekonnten Linkswalzer aufs Wohnzimmerparkett zu legen, und hören mit unserem Herumwirbeln erst auf, als wir gänzlich außer Puste sind. Danach lassen wir uns fröhlich in die Kissen zurückfallen.

»Und der Standort des Pavillons ist der wahre Wahnsinn!«, pruste ich freudetrunken heraus. »Weißt du, wie viele dich darum beneiden werden? Ich gratuliere dir von ganzem Herzen, Nike! Darauf sollten wir eigentlich mit Champagner anstoßen und nicht mit Birnensaft!«

»Nun, ich sagte anfangs was über ein paar klitzekleine Problemchen.«

»Ach ja! Das habe ich in der Euphorie total vergessen«, gebe ich zu.

»Und, sind die zu bewältigen oder nicht?«

»Nun, es handelt sich um eine Klausel im Vertrag.«

»Aha, da haben wir's schon! Wie gewonnen, so zerronnen, was? Hat Riccardo also Recht behalten? Und auf wie viel beläuft sich der Schuldenberg?«

»Nein, nein ... keine Schulden, es ist was anderes! Tante Katharina schreibt mir vor, natürlich nur, falls ich das Erbe tatsächlich antreten sollte, den Pavillon wieder in den ursprünglichen Zustand zu bringen. Dieser Schritt sollte durch mich und meinen Partner oder Ehegatten gewährleistet und der Pavillon durch uns verwalten werden. Sie ist wohl davon ausgegangen, dass ich mit einem Ehemann oder etwas annähernd Ähnlichem aufwarten würde können!«, wirft Nike lächelnd ein.

»Okay, das ist ein Problem, das sehe ich ein! Aber was genau bedeutet das? Welches Risiko geht's du ein?«

»Das heißt in weiterer Folge, wenn wir das gesamte Fachchinesisch beiseitelassen: Falls ich mich geschäftlich als vollständige Niete erweise und ich dabei nachweislich in den kommenden zehn Jahren mit der Gaststätte keine schwarzen Zahlen schreibe, dann hab' ich schlichtweg Pech gehabt. Erst nach diesem Zeitraum wird es mir überhaupt erlaubt sein, den Pavillon mitsamt Grundstück zu veräußern. Ich sollte demnach so früh wie irgend möglich positiv bilanzieren!«

»Und was geschieht mit dem Erbe, wenn du darauf verzichtest?«

»Dann ergeht der alterhabene Pavillon mitsamt seinem doch beträchtlichen Grundstück an die städtische Tierecke. Die können dann damit machen, was immer ihnen beliebt.«

»Du hast im Plural gesprochen, als du von Problemchen geredet hast. Was liegt noch an?«

»Ich habe nur exakt vier Wochen Bedenkzeit. Der Deal muss entweder innerhalb dieses Zeitrahmens eingefädelt sein oder das Erbe ist futsch.«

»Darf ich dich was fragen?«

»Klar! Was willst du wissen?«

»War deine Tante eigentlich reich?«, formuliere ich vorsichtig.

»Nun, der Verkauf des kleinen Bauernhofs hat nicht allzu viel gebracht, damit wären sie nicht weit gekommen. Aber meine Mutter hat Katharinas Auserwählten, diesen *Weltenbummler*, gewaltig unterschätzt, denn der war nachweislich flüssiger als meine Tante und hatte wirklich Kohle, und außerdem einen Adelstitel. Blaues Blut in meiner Familie, stell dir das mal vor, Amelie!«, sagt Nike ehrfürchtig. »Natürlich nur, wenn sie geheiratet hätten, aber trotzdem! Der Notar ist leider nicht mit dem Namen des werten, verstorbenen Herren rausgerückt, da er dessen Familie nicht kompromittieren wollte.«

»Warum denn das?«

»Keine Ahnung. Er hätte sich dazu verpflichtet, Verschwiegenheit gegenüber dem Klienten, blabla! Jedenfalls hat uns der Notar in groben Umrissen geschildert, dass Katharinas Geliebter, seitdem er mit ihr - *einer Bürgerlichen* - liiert war, von der Familie nicht mehr willkommen geheißen wurde. Seine Familie strich ihm die finanzielle Unterstützung und er brach dann hier in Salzburg mutig seine Zelte ab, schnappte sich Katharina und wanderte mit ihr nach Amerika aus. Sein Großvater, der seinen aufmüpfigen Enkel trotzdem immer sehr geliebt hatte, hatte ihm dann vor seinem Ableben, entgegen des Wunsches der Familie und entgegen der Beratungen sämtlicher Rechtsanwälte, diesen Gartenpavillon und das dazugehörige Grundstück vermacht. Die Familie hat zwar versucht, das Schriftstück ihres Familienoberhauptes anzufechten, aber das Stück Papier war von einem so weltklugen Notar aufgesetzt worden, und an dieser Stelle hat mich *Notar Kunz* verschwörerisch angegrinst«, bemerkt Nike, »dass es selbst viele Jahre und unzählige Gerichtsurteile später als unanfechtbar galt. Daran konnte sich offensichtlich jeder, der Lust und Laune verspürte, die Zähne ausbeißen!«

»Und wie ist deine Tante schließlich zu diesem Gartenpavillon gekommen?«

»Sie war eine Erbschleicherin«, erwidert Nike und lächelt mich an, um gleich darauf wieder ein ernstes Gesicht aufzusetzen. »Nein, nein, das war sie natürlich nicht! Ihr kleiner Weltenbummler hatte sich im Laufe der Jahre einen klingenden Namen im südamerikanischen Kaffeebohnengeschäft gemacht und vor Jahren, als der Gesundheitszustand seines Vaters rapide abnahm und dieser nach seinem Sohn verlangte, einen Flug hierher genommen und sich mit ihm, quasi im Angesicht des nahenden Todes, versöhnt. Und da er dann schon mal hier in Salzburg war, hatte er das aufliegende Testament gleich neu aufsetzen lassen.«

»Welches Katharina schließlich gestattete, den Pavillon rechtmäßig zu erben, stimmt's?«, frage ich neugierig.

»Ja, er hatte ihn der Liebe seines Lebens vermacht«, merkt Nike an und ringt sich bei dem Gedanken an die *Große Liebe* ein herzliches Lächeln ab. »Er hatte sie mehr oder weniger als Universalerbin eingesetzt.«

»Wem gehören eigentlich das Palais und die riesige Parkanlage mit den Wasserspielen, Grotten und Theatern?«

»Der größere Teil wird vom Land verwaltet und der andere südliche Teil, wo sich das Zoogelände befindet, gehört einer gemeinnützigen Tierschutzorganisation. Warum fragst du danach? Willst du wissen, wer meine zukünftigen *Nicht-Schlossnachbarn* sind?«

»Es hätte ja sein können, dass dieses Areal noch in Familienbesitz ist. Auf diesem Weg kann man den Namen des edlen Spenders wohl nicht herausbekommen, oder? Das hätte mich brennend interessiert!«

»Nein, da gibt's scheinbar nichts herauszufinden.«

»Aber er müsste ohnehin namentlich im Grundbuch aufscheinen. Wieso also das ganze Tamtam?«

»Keine Ahnung. Vielleicht will die Familie die Privatsphäre des Verstorbenen schützen, und wenn dem so ist, dann sollten wir uns danach richten! Ich hab' jedenfalls damit kein Problem«, entgegnet Nike und zuckt dabei gleichgültig mit den Schultern.

»Sag mal, was hast du vorhin eigentlich noch so Wichtiges erledigen müssen?«, frage ich und kann mir die Antwort schon ausmalen.

»Ich hab' mir natürlich den Pavillon angesehen! Er ist wirklich bildschön, im sentimentalen Sinn zumindest. Das Fundament ist noch bestens in Schuss, aber der Rest muss erneuert werden. Der Verwalter hat mich wissen lassen, dass sämtliche Rohrleitungen, die Heizungen und das Kupferdach komplett erneuert worden wären, alles andere aber genauso altehrwürdig wie der Pavillon selbst sei«, erzählt mir Nike und atmet dabei hörbar aus. »Es würde mich demnach ein kleines Vermögen kosten, ihn wieder in herzeigbarem Zustand zu versetzen. Dafür brauche ich keinen Experten, der mir einen Kostenvoranschlag für die Restaurierung erstellt, das sagt mir meine Magengrube. Es würde mir eine sehr mutige Entscheidung abverlangen. Ich müsste mein Leben für mindestens die nächsten zehn Jahre, komplett umkrempeln. Es spricht also einiges dagegen, die Erbschaft anzutreten! Alleine darüber nachzudenken ist schon ein bisschen verrückt, aber trotzdem mache ich heute nichts anderes. Ich habe keine Ahnung vom Gastgewerbe, bin schwanger und werde bald ein alleinerziehendes Muttertier sein! Ich habe keinen reichen Onkel in Amerika, der mir gütiger Weise unter die Arme greifen könnte, und ich weiß demnach, dass das Ganze wahrscheinlich nur ein unerfüllter Traum im Leben der Nike bleiben wird, da ich mir das nie in meinem Leben auch nur annähernd werde leisten können.«

»Sag mal, was hat deine Tante eigentlich deiner Mutter vermacht?«, unterbreche ich Nike etwas brüsk in ihrer Schwärmerei, da mir diese Frage gerade durch den Kopf geistert.

»Ach, ich bin so mit mir und den Geschehnissen des Tages beschäftigt, dass ich völlig vergessen habe, dir das zu erzählen«, sagt sie leicht beschämt. »Tante Katharina hatte anscheinend, bevor sie damals das Land verlassen hatte, irgendwo in der Nähe unseres Ex-Bauernhofs eine Garage gekauft und diese soll rammelvoll mit den Möbeln und Gegenständen aus dem Haus meiner Großmutter sein. Meine Mutter möchte noch heute dorthin, deswegen waren sie so in Eile.«

»Tja, das hört sich alles irgendwie ein bisschen verworren an. Aber trotzdem oder genau deswegen ist es schon wieder total bombastisch. Alleine die Geschichte mit diesem verstorbenen, unbekannten, südamerikanischen Wohltäter! Und dieser herrliche Pavillon! Wie groß ist er überhaupt?«

»Anhand des Grundrisses erstreckt er sich mit der dazugehörigen Terrasse über siebenhundert Quadratmeter. Der dazugehörige Lustgarten, der direkt an den Weiher angrenzt, steht mit nicht weniger als viertausendachthundert Quadratmetern im Grundbuch. Und die von einer

Allee gesäumte Zufahrtsstraße und die Parkmöglichkeiten im Vorhof sehen auch nicht gerade bescheiden aus.«

»Wahnsinn, das gehört auch noch dazu?«, entfährt es mir ungläubig. »Ich muss gestehen, ich beneide dich!«

»Du kannst mich exakt vier Wochen lang beneiden. Dann ist der Traum von der Schlossherrin schon wieder dahin.«

»Ein Vorschlag: Wärst du einverstanden, wenn wir morgen unseren Weiberabend im Gartenpavillon abhalten?«, will ich von Nike wissen.

»Sehr gute Idee! Wir sollten jeden Moment, der es uns gestattet, diese heiligen, antiken Hallen zu betreten, schamlos ausnützen! Die Schlüssel dazu habe ich bereits. Eine Leihgabe, versteht sich«, bemerkt sie am Rand noch an und fischt einen Schlüsselbund, der dem eines Kerkermeisters ähnelt, aus ihrer Handtasche, um ihn vor meiner Nase herumwirbeln zu lassen. »Ich rufe kurz den Gutsverwalter an und gebe Bescheid, du informierst inzwischen den Frauenclub!«

Lebensträume ... oder Lebensschäume!

Du siehst Dinge und du sagst: Warum?
Aber ich träume von Dingen,
die es nie gegeben hat, und ich sage: Warum nicht?
(George Bernard Shaw)

Nike lässt uns, wie es sich für eine angehende Pavillonherrin gehört, voller Ungeduld im Vorhof warten. Dieser laue Abend scheint wie geschaffen für eine inoffizielle Einweihungsparty. Caro, Alex, Elvira und ich stellen die mitgebrachten Wein- und Mineralwasserflaschen und die mit Fressalien vollgepackten Körbe am Treppenabsatz des Pavillons ab und nutzen die Zeit, um uns ein wenig umzusehen.

Die Allee hierher ist zweifelsohne bis zum letzten Steinchen gepflegt. Die Kastanienbäume sind gut gestutzt und die wenigen Parkbänke, die den Weg säumen, wirken frisch lackiert. Die geschotterte Zufahrtsstraße zum Pavillon endet in einer Schleife, in deren Zentrum ein steinerner Springbrunnen steht, in dem etliche Meerjungfrauen um die Gunst des Betrachters wetteifern. Dieser herrliche Brunnen scheint alle sich einfindenden Gäste würdig zu begrüßen. Ein kurz getrimmter Rasen umrandet dabei die Wasserspiele und bildet den Kontrast zum Schotterweg. Der in Schönbrunngelb getünchte Pavillon hat wetterbedingt schon etliches an Fassade eingebüßt und blättert an manchen Stellen schutzlos ab. Aber all den Umständen zum Trotz thront das eindrucksvolle Gebäude kaiserlich auf einem mächtigen, rechteckigen Sockel aus Natursteinquadern. Der langgestreckte Bau gliedert sich in einen mittleren Salon mit zwei symmetrischen kuppelgekrönten Flügeln. Man kann sich aber trotz seines lädierten Zustandes vorstellen, wie er in früheren Zeiten ein repräsentatives Feriendomizil für Fürsten und andere Adelige abgegeben hat, in welchem rauschende Bankette gefeiert wurden, wo man sich Erholung gönnen konnte und wo manche sicherlich reichlich vergnügliche Stunde er-

125

lebt haben musste.

Das Einzige, was wirklich im neuen Glanz schimmert, ist das Kupferdach. Zumindest noch an jenen Stellen, wo die Korrosion noch nicht vorangeschritten ist.

Wir vier sind dermaßen begeistert, dass wir nicht erst warten wollen, bis Nike aufkreuzt. Wir hechten die wenigen Treppen zum Eingang des Pavillons hoch, beschirmen unsere Augen vor dem Licht und drücken uns die Nasen an den antiken, barocken Bogenfenstern platt. Die weißgetünchten Sprossen bröckeln auch schon gewaltig ab, denn ich habe, als ich behutsamen ins Innere spähe und dabei eine der Fenstersprossen berühre, schon einen Teil der Farbabsplitterung in der Hand (glücklicherweise habe ich mich nicht am schlecht verankerten grünen Fensterladen zu schaffen gemacht, sonst hätte ich diesen vermutlich auch schon in der Hand oder am Schädel). Allzu viel lässt sich im dahinterliegenden Mitteltrakt nicht ausmachen. Aber das was ich erkennen kann, ähnelt auffällig einer unfertigen Baustelle. Jede Menge Eimer stehen herum, Möbelstücke sind mit Leinenschonern abgedeckt, Pinsel, eine Staffelei und Farbdosen kann ich auch ausmachen, und zwei Leitern lehnen gleichgültig am linken Mauerwerk.

»Na, ihr neugierigen Hühner!«, ruft uns Nike vom Treppenansatz aus zu. »Ihr könnt es wohl kaum noch erwarten, was?«

»Hi, Nike! Es ist wunderschön hier!«, trällere ich ihr begeistert entgegen und die anderen nicken bestätigend.

»Wartet, bis ihr alles gesehen habt, meine Lieben, und dann urteilt noch einmal«, bittet uns Nike.

Sie schwingt sich in unsere Richtung, nimmt dabei zwei Stufen auf einmal, angelt den Schlüsselbund aus der Handtasche und versucht, den für den Türbogen passenden Schlüssel auf Anhieb zu finden. Nike probiert, und probiert, und … trara!

»Bitte sehr, die Damen!«, posaunt sie uns zu und schwingt die beiden knarrenden, holzwurmzerfressenen Massivtürhälften kraftvoll auseinander, um ihren Gästen Einlass zu gewähren.

Draußen herrscht zwar ein wunderschöner Tag, aber hier drinnen ist alles grau in grau. Die Luft ist muffig und die schmutzigen Fenster lassen die letzten Sonnenstrahlen kaum hindurch. Es ist gerade genug Licht, dass ich unzählige Staubpartikelchen durch die Lichtkegel tänzeln sehe. Aber trotz allem wirkt dieser Haupttrakt eindrucksvoll. Beim Betreten knarrt der gelegte Parkettboden im Fischgrätmuster, der leider beinahe alles von seiner einstigen Schönheit eingebüßt hat und unter einer Schicht Farbkleckse, Schmutz und Asche begraben ist. Der Raum wirkt aber dessen ungeachtet anmutig und würdevoll. Zwei aufragende, dorische Säulen teilen den Saal symbolisch in Hof- und Gartenseite. Am Mittelpunkt des Plafonds wird ein fürstlicher, mehrflammiger Luster zur Schau gestellt, von dem sich eine außergewöhnlich geschmackvolle, mit Rissen durchzogene Stuckdecke ausbreitet. Zu den beiden Flügeln des Pavillons gelangt man durch zwei breite, parallel zueinander stehende Rundbögen. Die beiden triumphalen Pforten werden ihrerseits jeweils durch herrliche, leider ebenso mitgenommene Fresken, die allesamt das fröhliche, ausgelassene Treiben von anno dazumal festhalten, geziert.

Die Flügel liegen spiegelverkehrt zueinander, sind aber ansonsten in Größe und Raumaufteilung ident. Ihre Wände sind allesamt mit pompösen, wuchtigen Wandtapeten bedeckt, die von ihrer einstigen prächtigen, burgunderroten Prägung nicht mehr viel vorzuweisen haben, ganz im Gegenteil: Zahlreiche Stellen sind komplett mottenzerfressen. Die barocken Fenster erstrecken sich über drei Seiten, und an der Trennbarriere zwischen Hauptsaal und Flügel sind raffinierte Spiegelvertäfelungen, in Größe und Form mit den Sprossenfenstern zu vergleichen, angebracht. Dazwischen finden sich zweiflammige Wandlampen. Am höchsten Punkt der Tapeten markiert eine rundläufige, breite Stuckverzierung den Beginn des hochaufragenden Plafonds, der in einer Kuppel endet. Die Krönung bildet hierbei ein ebenso prächtiger Luster, gleichzusetzen mit jenem, den ich schon im Hauptsalon bewundern konnte. Ein weißgekachelter Kamin sorgt im Winter für Wärme und Behaglichkeit. Vermute ich jedenfalls, denn dieser wirkt auch etwas fragmentarisch und lädiert.

Ansonsten gleichen diese beiden Nebensäle aber einer Rumpelkammer. Alles, was sich im Laufe der Jahrzehnte zusammengetragen hat, kann man hier finden. Von alten, rostigen Eisensesseln über ausgediente Tische, bis hin zu einem fahrbaren Liegestuhl und etlichen zu Bruch gegangenen Geschirrserien. Wir blinzeln unter alle Planen und stöbern, wie sollte es auch anders sein, erst im letzten Winkel ein paar außergewöhnliche Kostbarkeiten aus der Historie auf. Wir entdecken eine klobige, ausgeleierte Couch und zwei Ohrensessel, die bloß noch vermuten lassen, dass sie einst in roten Samtstoff gehüllt waren. Weiters können wir noch zwei Beistelltische mit anmutigen Einlegearbeiten, mutmaßlich aus der Biedermeierzeit, ausmachen, und Nike findet letztlich noch ein paar alte, beulenbehaftete Kupferpfannen und einen großen Kupferkessel.

»Kommt, ich zeig euch jetzt den Garten«, sagt Nike und fordert uns auf, ihr in den hinteren Teil des Hauptsaales zu folgen.

Ich kämpfe mich durch die Möbel- und Baustellenkolonie, und achte dabei auf jeden meiner Schritte. Als ich die beiden Säulen des Salons hinter mir gelassen habe und ich meinen Blick wieder vom Fußboden abwende, bin ich sprachlos: Das Panorama in den Garten hinaus wird durch eine elliptisch ausgelegte Bauweise betont. Diese rundliche Ausbuchtung wird durch eine großartige Fensterfront gekennzeichnet und lässt diesen Bereich freundlich und hell erscheinen.

»Dieser Teil ist fast neu, wenn man ihn mit dem Rest des Pavillons vergleicht«, erklärt uns Nike. »Der Verwalter hat mir gesagt, dass der vordere Teil vor vierzig Jahren abgesackt ist und der damalige Besitzer das darunterliegende Fundament neu fixieren musste. Und dann hat er diesen Teil des Gemäuers mit der Abänderung, dass er einen naturverbundenen Blick in den Garten wünsche, wieder errichten lassen.«

»Das hat er wirklich großartig gemacht!«, röhrt Caro verzückt und der Klang ihres Echos bestätigt ihre Aussage wieder und wieder.

»Kommt mit in den Garten!«, fordert uns Nike auf und wir folgen ihr wie Schoßhündchen.

Sie schreitet erhobenen Hauptes voran und spielt wieder das Schlüsselspiel, nur mit dem Unterschied, dass sie diesmal auf Anhieb ins Schwarze trifft. Die sprossenbehaftete Tür lässt sich nur widerwillig öffnen. Mit etwas Druck und viel Willenskraft gibt sie schließlich zögernd und quietschend klein bei. Wenige Schritte später finden wir uns auf einer ausschweifenden, mit Natursteinen gepflasterten Veranda ein. Diese führt um den Wintergarten herum und endet jeweils zu Beginn der Flügelseiten des Pavillons an zwei gusseisernen Brüstungen. Geradeaus erstreckt sich eine beidseitig geschwungene Marmortreppe, die sich um eine verwitterte Venusskulptur räkelt und in der Folge hinunter in den Garten führt.

So gepflegt die Zufahrtsstraße und die Vorderfront des Pavillons auch sind, so ungepflegt wirkt dieser im Grün der unzähligen Blumen, Büsche und Bäume untergehende Lustgarten. Ich kann zwar noch erkennen, dass sich hier einmal vor sehr langer Zeit ein Gärtner mit den symmetrischen Gleichheitsregeln der Beetgestaltung abgemüht hat. Aber der Großteil seines Gesamtwerks ist leider verblasst und versteckt sich hinter wuchernden Massen aus Gestrüpp, Unkraut und Bäumen. Die geschwungenen Treppenabgänge führen im Garten wieder zueinander und enden in einem Mittelgang, der die beiden Gartenhälften gleichmäßig entzweit. Dieser Gang ist ausgeprägt, da er der breiteste ist, die anderen abgehenden Schottergässchen sind jedoch kaum mehr wahrzunehmen. In rechteckiger Form lugen irgendwo vier, auf Sockeln stehende Zierbrunnen aus dem Dickicht hervor, deren Schönheit vor Jahrzehnten mit dem Versickern ihres so lebenswichtigen Wasserstromes gänzlich verblasst ist.

»Schlimm, was?«, fragt uns Nike und verweist uns auf die üppige Grünlandschaft ringsum. »Und seht ihr, da unten zwischen den Büschen«, Nike deutet mit ihrem Zeigefinger etwas an, was uns verborgen ist, »da befindet sich sogar ein eigener Steg. Wir dürfen ihn zwar nicht betreten, da er sehr morsch ist und dringend erneuert gehört, aber ich möchte ihn euch trotzdem zeigen. Außerdem könnt ihr so den Pavillon von der Seeseite aus betrachten.«

Ich muss zugeben, so sehr das Areal nach Putzlappen, Restaurierung, Investition und Arbeit schreit, so sehr gefällt es mir. Ich schreite die Treppe hinunter und betrachte dabei die Venusstatue, die das Glück hat, dieses Reich ihr Eigen nennen zu dürfen. Die Wort *herrlich, famos, fürstlich, gewaltig, wunderschön und prächtig* erfüllen bei jedem Schritt unserer Fünfergruppe die glückshormonbeseelte Luft.

Der Garten ist von außen nicht einsehbar. Zwei gelbgetünchte, etwa zwei Meter hohe Mauern führen von den beiden Außenflügeln parallel verlaufend zum Ufer hinab, wo sie dann in Steinquader übergehen und sich direkt ins Wasser ergießen. Eine bunte Ansammlung von Untergehölz umgarnt die Mauervorsprünge zusätzlich und bot damals den eventuell lauernden Lustspechten noch weniger attraktive und wollüstige *Sehenswürdigkeiten!*

Die Gartenanlage ist ein Relikt aus einer anderen Zeit und hat sich durch seine Unnahbarkeit gut gehalten. Dies hier war eine eigene kleine Welt, die den heutigen Stress und den einhergehenden Fortschritt kontinuierlich ausschloss und zum Entschleunigen einlud. Wie luxuriös muss es hier einmal gewesen sein! Ich kann vor meinem inneren Auge ein optimal auf der Veranda platziertes Orchester entdecken, welches einen wunderbaren Walzer nach dem anderen spielt. Ich kann die Resonanzen der Musik spüren, die von der milden Abendluft in den Garten getragen werden. Ich kann fürstlich gekleidete Damen in ihren engen Korsagen und Reifröcken sehen, die von erhabenen Edlen zum Tanz geholt werden und sich anschließend im Dunklen der Nacht hierher in den Garten aufmachen, um ihre Masken und Hüllen fallen zu lassen. Ich kann klirrende Champagnergläser vernehmen. Ich kann munteres Gelächter ausmachen, und ich kann eine üppig gedeckte Tafel, die über und über mit Delikatessen beladen ist, erblicken. Mir scheint sogar, dass ich die Köstlichkeiten riechen kann! In diesem Rahmen und in diesem Ambiente ein Fest abzuhalten, muss anno dazumal einfach märchenhaft gewesen sein!

Wir wandern gemächlich den Mittelgang Richtung Weiher entlang und blicken dabei mal links und mal rechts. Die Botanik ist allerorts, sie breitet sich mit scheinbarer Genugtuung ringsum aus und geht unbeirrbar ihren eigenen Weg durch den einstmals so exakt angelegten Lustgarten. Am Ende des Weges treffen wir tatsächlich auf den besagten Anlegesteg. Er taucht hinter einer Anreihung aus Rhododendronbüschen auf und suhlt sich im wuchernden Schilf, welches gerade durch eine laue Brise zum Leben erweckt wird. Knapp über der Wasseroberfläche und inmitten des Rohres sind noch einzelne Fragmente eines ehemaligen Bootshauses, welches möglicherweise im Lauf der Zeit dem Wasser Tribut gezollt hat und dabei einfach eingesackt ist, zu erkennen

»Das musst du behalten! Das alles!«, schreit Elvira Nike zu. »Gib es nie wieder her, hörst du!«, untermauert sie ihre Aussage. »Nie wieder!«

»Es gefällt euch?«, fragt Nike vorsichtig.

»Gefallen ist gar kein Ausdruck: Ich bin hin und weg!«, versichert ihr Alex.

»Es ist wirklich wunderschön, nicht wahr? Ich glaube, ich habe mich gestern verliebt!«, bemerkt Nike und sieht mit leuchtenden Augen auf ihr momentanes Anwesen.

»Lasst uns zurückgehen und auf der Veranda eine Einstandsparty feiern!«, schlage ich vor. »Ich hoffe nur, dass uns in der Zwischenzeit niemand Speis und Trank gestohlen hat.«

Nachdem wir unsere Körbe ausgepackt haben, der Wein und das Mineralwasser in den mitgebrachten Plastikbechern verteilt ist und jeder eines der leckeren Tramezzini in Händen hält, nehmen wir auf der gewundenen Treppe Platz und genießen den Ausblick auf den Garten und den Weiher.

»Wie kommt es eigentlich, dass die Auffahrt so gepflegt ist und hier ist nichts geschehen?«, will ich wissen und deute auf den Dschungel unter uns.

»Für die Pflege der Allee bis hin zum Pavillon haben noch bis vor zwei Monaten die Künstler selbst gesorgt, die meine Tante hier unentgeltlich werken, bildhauen und malen ließ. Und seit ein paar Wochen kümmert sich die Stadtverwaltung darum. Sie ist zwar nicht zuständig, aber sie ist vorläufig, zwecks Landschaftsverschönerung, dafür eingetreten. Das wird sich schnell ändern, sobald ein neuer Besitzer auf dem Anwesen ist«, antwortet Nike.

»Und, was willst du nun tun?«, will Caro wissen. »So eine Chance erhältst du wahrscheinlich nur einmal im Leben!«

»Ich weiß, ich weiß! Ich habe die ganze Nacht darüber gebrütet, das dürft ihr mir glauben.«

»Und? Ist was Gescheites dabei herausgekommen?«, fragt Alex.

»Meine Überlegungen bringen mich eigentlich immer nur an ein und dasselbe Ziel«, erwidert Nike nachdenklich.

»Und das wäre?«

»Partner!«, prustet Nike kurz und bündig heraus. »Partner sind meine Lösung, und sonst gar nichts!«

»Du meinst zahlungskräftige Partner wie Banken?«, will Caro wissen und schiebt sich den letzten Rest des Weißbrotes in den Mund.

»Ihr wisst doch, dass ich gewisse Auflagen habe, was das Testament betrifft. Tante Katharina hat vermerkt, dass ich das Erbe auch mit einem Ehemann, sprich Partner, annehmen dürfte«, erklärt Nike und wir nicken ihr beipflichtend zu. »Ich war heute noch einmal bei diesem Notar und er hat mir versichert, dass sich das Wort Partner in Tante Katharinas Testament nicht unbedingt auf einen Ehepartner bezieht. Darunter könnte man auch ohne weiteres einen oder mehrere Geschäftspartner verstehen. Der Begriff Partner ist in diesem Fall dehnbar!«

»Das wär's! Hier einsteigen und Partner werden! Dann hätte ich die Konzessionsprüfung wenigstens nicht vollkommen umsonst gemacht«, flüstert Elvira, und als sich alle Blicke auf sie richten, merkt sie erst, dass sie nicht nachgedacht, sondern vor sich hin geplappert hatte. »Nun ja, war so eine Idee«, bedeutet sie entschuldigend.

»Nein, nein, das war nicht nur so eine Idee, sondern das war eine supertolle, bombastische Idee!«, bekundet ihr Nike und grinst sie an. »Das ist die einzige Lösung, Mädels! Eine Partnerschaft! Anders kann ich diesen Traum hier nie verwirklichen. Es wäre eure Chance und gleichzeitig meine eigene. Gleichberechtigte Partner! Ziehen wir unser eigenes Ding durch! Lasst uns ein ganz neues Projekt mit einem ausgeklügelten Konzept aus dem Boden stampfen! Wir haben alle so viel Fantasie, jede von uns könnte sich nützlich einbringen, denn jede von uns hat Stärken. Und nun stellt euch mal vor, wenn wir alle gemeinsam an einem Strang ziehen und mit geballten Kräften an dieses Projekt herangehen. Die eine kennt sich mit Buchhaltung aus, die andere kann sich um die Inneneinrichtung kümmern, wieder eine andere sorgt für den Einkauf, für das Marketing und für den Verkauf, eine erstellt die Kalkulation. Ach, es gibt so vieles zu bedenken! Lasst uns unsere eigenen Chefs werden! Wir teilen Freud, wir teilen Leid, wir teilen jede Menge Arbeit und wir teilen in den ersten Jahren haufenweise Schulden! Ist das nicht verlockend?«

»Immens!«, kommt es vielstimmig zurück.

»Überhaupt der letzte Teil hat mich wahnsinnig überzeugt!«, rufe ich Nike zu und danach proste ich mit allen an.

»Überlegt es euch, bitte. Ich meine das nicht nur so dahergesagt, ich meine das ernst!«, gibt Nike unbeirrt zurück.

»Wir bräuchten einen Finanzplan, einen Kostenvoranschlag für ... ja, für was denn eigentlich alles?«, will Caro noch mal wissen.

»Über die Rohrleitungen, die Heizung und das Dach brauchen wir uns keine Sorgen zu machen. Über alles andere leider schon«, bemerkt Nike kleinlaut.

»Erarbeiten wir doch erst einmal, natürlich rein hypothetisch, einen Schlachtplan«, schlage ich vor. »Bedenken wir unsere momentanen Arbeitsverhältnisse und was das hier eigentlich werden soll, wenn's fertig ist. Ein Restaurant, ein Café, eine Bar? Welche Möglichkeiten haben wir, um Kosten einzusparen? Dieser Pavillon hat doch einmal eine Ausschank gehabt, oder?«, will ich von Nike wissen.

»Ja, das hier war einmal ein kleines Gasthaus. Aber nun steht es schon seit mittlerweile fünfundzwanzig Jahren leer.«

»Das heißt, wir haben keine vergleichbaren Bücher und damit auch keine verwertbare Zahlen, sprich: Wir haben keine Ahnung, was ein gastgewerblicher Betrieb hier einbringen könnte. Wir bräuchten ein sehr gutes, ach, was sag' ich, ein ausgezeichnetes Konzept!«

»Der Standort ist ideal und einzigartig in der Stadt, da sind wir uns wohl einig«, unterbricht mich Elvira. »Sowohl im Winter, wo sich jede Menge Menschen auf der Eisdecke des Weihers tummeln, wie im Frühling und im Herbst, wo die Alleen von Spaziergängern gesäumt sind und das Schlossareal von unzähligen Ausflugsgesellschaften heimgesucht wird. Und vom Sommer brauche ich gar nicht erst zu reden. Hier ist immer was los! Und was glücklicherweise ebenfalls hinzukommt: Dieser Pavillon ist so geräumig, dass er auch bei Schlechtwetter jede Menge Platz bieten würde.«

»Wir bräuchten ein jungfräuliches Konzept, das man nur in Verbindung mit diesem Pavillon, dem Lustgarten und mit seiner Lage zum Schloss und zum Tiergarten bringen kann, daraus lässt sich Kapital schlagen!«, sagt Caro entschieden.

»Eine Anregung dazu: Jede sollte für sich selbst alles, was ihr zu dem Thema einfällt, notieren, und dann setzen wir uns möglichst bald zusammen und werden gemeinsam all das Niedergeschriebene Punkt für Punkt durcharbeiten, vergleichen, abwägen und erörtern«, schlägt Nike vor. »Das Ganze soll jetzt kein effektiver, fixer Zukunftsplan sein, sondern es soll nur ein konstruktiver Meinungsaustausch unter Freunden werden.«

»Wann?«, frage ich aufgeregt.

»Was, wann?«, will Nike wissen.

»Na, wann soll dieser besagte Abend stattfinden?«, fragen wir im Chor und prosten uns zu.

»So schnell wie möglich! Am besten gestern als heute!«, beantwortet Nike die Frage und nippt erleichtert darüber, dass sie vielleicht doch einen Weg zum Antreten des Erbes gefunden hatte, vorsichtig am Wein.

Pläne soll man schmieden, solange das Eisen heiß ist!

Die Zukunft hat viele Namen.
Für die Schwachen ist sie das Unerreichbare.
Für die Furchtsamen ist sie das Unbekannte.
Für die Tapferen ist sie die Chance.
(Victor Hugo)

Nach sechs beinahe schlaflosen Nächte (genau eine Woche ist seit der Testamentsverkündung vergangen), nach unzähligen Behördengängen, nach jeder Menge Telefonate, nach sämtlichen Privatsitzungen bei unserem Steuerberater (glücklicherweise handelt es sich bei diesem um den Bruder von Caros Vater - somit werden wir noch nicht zur Kassa gebeten), nach Unmengen an geschlürftem Kaffee, nach einigen umfassenden Familienkonferenzen und nach unzähligen Erläuterungen von unendlich vielen Ideenfolgen, steht ein noch unfertiges, aber immerhin ganz passables Rohkonzept parat.

Caro, Alex, Elvira, Nike und ich sitzen seit Stunden in unserem Wohnzimmer und zermartern unsere Gehirne über die bevorstehende Zukunft. Der Couchtisch kapituliert bereits unter dem Papierchaos. Taschenrechner, Bleistifte, Collegeblöcke und Kaffeetassen säumen ein kleines Beistelltischchen. Die Sekunden, Minuten und Stunden versickern, aber trotzdem denkt keine von uns ans aufhören. Wir schweben auf einer Wolke aus Illusion, Faszination, Willen und Euphorie.

Nike hat nach dem Meeting vor vier Tagen[44], wo wir die groben Um-

---

[44] Wir haben seit dem letzten Mittwoch, wo wir alle mit dem Virus des Elans und des Futurums angesteckt worden sind, jeden Abend eine Zusammenkunft einberufen. Am Montag und am Freitag stoßen unsere schwangeren Freundinnen allerdings immer erst nach ihrem Hecheltraining zu der tagenden Gruppe.

135

risse, was den Typus des noch fiktiven Betriebes betraf, behandelt haben, einen vorläufigen Einrichtungsplan am PC ausgearbeitet. Wir haben uns danach abgesprochen und die wichtigsten anstehenden Aufgaben konkret aufgeteilt.

Meine Obliegenheit lag darin, sämtliche Kostenvoranschläge einzuholen. Elektriker, Klempner, Maler, Bodenleger und Tapezierer standen auf meiner Liste. Demjenigen, der mich auf eine Wartezeit von ein paar Tagen oder gar Wochen vertrösten wollte, habe ich etwas vorgeheult, um schneller an die gewünschte Info zu gelangen. Nachdem ich auf veranschlagte Gesamtsumme jedes einzelnen Gutachters geschielt hatte, habe ich allerdings ungewollt jedes einzelne Mal wirklich angefangen zu heulen!

Elvira erledigte die Besuche bei der Wirtschaftskammer, und bei sämtlichen finanzkräftigen Brauereien und Kaffeeanbietern zwecks eventuell anstehender Verträge und damit verbundenen Förderungen.

Caro suchte derweilen nach weiteren Sponsoren aus anderen Branchen.

Alex war unsere Vermessungsdame. Sie lotete einfach alles aus: Fensterrahmen, Türen, Säulen, die Veranda, die drei Räume; sie maß nach Breite, nach Höhe, nach den Diagonalen und nach der Ellipse (wie sie das bewerkstelligt hat, ist mir ein Rätsel. Glücklicherweise war ich damit nicht betraut). Weiters kümmerte sie sich um die Kostenvoranschläge von drei Tischlerwerkstätten und zwei Maurern.

Fakt ist nunmehr:

Der Notar hat Nike abermals bestätigt, dass sie auch mit mehreren Partnern an ihrer Seite das Erbe antreten kann.
Der Pavillon darf mitsamt Grundstück erst nach zehn Jahren ab Vertragsunterzeichnung veräußert werden.
Gewichtige Zusatzklausel hierbei: Mit dem Geld aus dem Verkauf darf lediglich der Schuldenberg, der aus dem Betrieb entstanden ist, getilgt werden. Der Rest des Erlöses ergeht an eine gemeinnützige Tierschutzorganisation.

Das finanzielle Risiko wäre demnach gering. Allerdings würden wir dann alle nach zehn Jahren am Ende unserer Unabhängigkeit stehen und müssten in der immer komplexer werdenden Arbeitswelt wieder ganz von vorne beginnen!
Die Kosten für die Renovierung werden ins Uferlose gehen, soviel ist sicher.

Jede von uns hat sich ernsthaft mir der Vorstellung, dass sie in etwas investiert, das noch keinerlei Vergleichsbasis hat, beschäftigt und ist danach ihren persönlichen Finanzplan durchgegangen. Dadurch ergibt sich folgendes Bild:

Elvira und ich sind finanziell unabhängig und können unsere Arbeitsverträge, unter Berücksichtigung der vierzehntägigen Kündigungsfrist, jederzeit beenden.
Anmerkung: Fristlose Kündigung wäre selbstverständlich auch machbar, aber gegenüber unseren Kollegen nicht gerade fair!
Risiko bei Bruchlandung: Als gering einzuschätzen (wir würden jederzeit wieder irgendwo im Gastgewerbe Arbeit finden)!

Caro steht finanziell ebenfalls auf eigenen Beinen, muss aber eine Kündigungszeit von vier Wochen einplanen.
Risiko bei Bruchlandung: Geringfügig (würde bestimmt auch nicht lange auf Arbeitssuche sein)!

Alex ist zwar finanziell unabhängig, aber sie ist auch schwanger, sprich: Falls unser Plan flöten geht, dann ist sie besser dran, wenn sie ihren jetzigen Job zumindest für die Dauer der Schwangerschaft und die ersten Monate der Karenzzeit behält und in Ruhe abwartet, wie es sich entwickelt.
Damit wären wir zwar nur zu viert, aber dafür müssten wir zu Beginn auch eine Hand weniger durchfüttern. Das war ein logischer Grundgedanke, falls es doch finanziell knapp werden würde und uns dabei der Sprit auf halber Strecke ausgehen sollte. Ich muss abermals an die Kos-

tenvoranschläge denken. Oh, was ist denn das? Ach, schon wieder ein Tränchen!

Nike ist flüssig und sie ist auch schwanger, sprich: Sie hat dieselben Grundbedürfnisse wie alle anderen Schwangeren. Derzeit hat sie einen guten Job und ihr Stuhl wird ihr bis nach der Karenzzeit freigehalten.

Aber: Sie hat auch einen Traum, und dieser wächst und wächst, und er nimmt allmählich Formen und Züge an.

Und ... ach ja: Ohne Nike hätten wir anderen vorläufig auch nichts mehr zu träumen! Wir würden unser Leben in den bisherigen Bahnen weiterleben und ... tja, das war's: Nichts weiter!

Die Bank will uns den Kredit für den Umbau tatsächlich genehmigen. Wir haben zwar keine großartigen Sicherheiten (das Ersparte aus unseren Sparstrümpfen miteingerechnet), aber der Pavillon, der dazugehörige Lustgarten mit seiner beeindruckenden Grundfläche, die exklusive Lage, ein finanzkräftiger Sponsor, unser ausgereiftes Konzept für ein *très chic Caférestaurant*, welches eine Stilmischung aus *Altvertrauter Kaiserzeit* und *Fernost* werden würde, waren selbstsprechend sehr gute Argumente für die Vergabe eines Kredites. Und falls der Banker an dieser Stelle noch Zweifel gehegt haben sollte, dann haben wir ihn sicherlich mit unserem filmreifen Auftreten als angehende Business Women restlos überzeugen können.

Wir wandern danach freudetrunken nach Hause und köpfen die Flasche Champagner, die ich selbstsicher am Vormittag erstanden habe. Wir besprechen nochmals alle anstehenden Eventualitäten unseres gewieften Plans.

Unser Konzept sieht vor, dass wir in der warmen Jahreszeit exquisite Sommerpartys in luftigen Zelten ebenso problemlos aus dem Boden stampfen können wie diverse Grillfeierlichkeiten, luxuriöse Hochzeitsveranstaltungen, feuerwerksgekrönte Geburtstagsfeiern, kleine, aber feine Tagungen, romantische Dinner, Vernissagen, lampionbehangene Gartenfeste, diverse Kunstausstellungen und Lesungen.

Die pompöse Neueröffnung müsste unbedingt noch vor den geschäftsträchtigen Adventwochenenden stattfinden, und da wir außerdem eine unumgängliche Probe- und Einarbeitungsphase einberechnen mussten, wäre Ende Oktober ideal für unser Vorhaben.

Auf unserer ersten elendig langen Erledigungsliste (beinhaltet ausschließlich die Großprojekte zur Baustelle – Kleinkram wie Geschirr, Gläser, Töpfe, Pfannen, Tischwäsche, Menagen, usw. findet sich auf der zweiten, noch weitaus längeren Liste) steht unter anderem:

Eine neuadoptierte Küche und Patisserie, sowie die dazugehörigen Kühl- und Tiefkühlhäuser, eine Spüle, ein Lagerraum und ein Büro sollten im Nordflügel entstehen. Nebenbei würden in diesem Teil des Pavillons neue Gästetoiletten und eine Garderobe untergebracht werden.

Im Südflügel würde eine flexibel verstellbare Trennwand eingezogen werden, und somit könnten wir den Raum je nach Veranstaltung und Gästezahl individuell gestalten.

Im prächtigen Mittelsaal würde zwischen den beiden Säulen eine dunkel gebeizte, massivholzgetäfelte, elliptische Ausschank, die seitens des Eingangs eine Kuchenvitrine und an der gegenüberliegenden Seite eine Bar vorweisen konnte, errichtet. Der Blick in den Garten und in den Vorhof wäre für Tische, Bänke und Stühle reserviert. Im Eingangsbereich sollte dann noch ein Klavier Platz finden.

Das Gebäude würde gänzlich isoliert und mit unzähligen Dichtungen versehen werden. Die Fassade sollte aufgefrischt und die Parkettböden abgeschliffen und neu versiegelt werden (um die Böden würde sich Elviras Onkel kümmern).

Die Fresken würden im Eiltempo restauriert werden (dafür könnten wir jene Künstler, die zuvor hier ihre Werke geschaffen haben, begeistern).

Die Wandtapeten sollten gänzlich erneuert werden (burgunderrot, wie gehabt).

Die Decken würden einen neuen Anstrich bekommen und die Risse sollten gekittet werden (hierfür wäre Caros Vetter zuständig).

Die Fenster würden restlos erneuert, die Flügeltüren müssten ebenso wie der Holzsteg aufgemöbelt werden (über den Wiederaufbau des Bootshauses würden wir erst im Frühjahr entscheiden).

Die Veranda würde neu geebnet und verfugt werden.

Die Venusstatue und die vier Zierbrunnen müssten unweigerlich vom lästigen Zahn der Zeit befreit und die maroden Wasserleitungsrohre zu den Brunnen neu adoptiert werden.

Die Marmortreppe in den Garten würde neu gesichert werden, ebenso wie die Balustraden.

Die beiden Kaminöfen sollten ebenfalls erhalten bleiben (wobei jener vom Nordflügel nach Möglichkeit in den Mittelsaal verlegt werden sollte) und würden bei der Eröffnung bereits im neuen Glanz erstrahlen (Nikes Vater hätte sich für diese Arbeit angetragen).

Der Garten selbst sollte heuer kein Thema mehr werden. Aber man musste schon dieses Jahr mit seiner Gestaltung beginnen. (Dafür könnte ich meine Mutter und Tante Lydia begeistern. Mein Vater und Onkel Toni würden ihnen dabei zur Hand gehen und sämtliche Büsche zurechtstutzen. Die beiden haben uns, falls wir unser tolles Projekt tatsächlich in die Tat umsetzen, schon angedroht, heuer den Lustgarten mit einer schier unvergesslichen, phänomenalen Weihnachtsbeleuchtung in Szene zu setzen. Sie haben weiters von einer lebendigen Krippe, von Rentierschlittenfahrten und von diversen Punschständen geschwafelt! Beängstigend, nicht wahr?)

Und da wir uns dafür entscheiden würden, den Garten auch abends ins rechte und vor allem ins romantische Licht zu rücken, müssten wir uns vorerst quer durch die Botanik graben, um danach noch Leitungen verlegen zu können. Die passenden gusseisernen Laternen hätten wir sogar schon ausfindig gemacht und ihre Standorte sind auf unseren Plänen bereits fixiert.

Schicksalsträchtiger Freudentag

Wie von unsichtbaren Geistern gepeitscht,
gehen die Sonnenpferde der Zeit
mit unseres Schicksals leichtem Wagen durch;
und uns bleibt nichts, als mutig gefasst die Zügel festzuhalten
und bald rechts, bald links,
vom Steine hier, vom Sturze da, die Räder wegzulenken.
Wohin es geht, wer weiß es?
Erinnert er sich doch kaum, woher er kam.
(Johann Wolfgang von Goethe)

Exakt vierzehn Tage nach Nikes' erstem Besuch im Notariat von *Kunz & Söhne*, sitzt sie wieder im selben Büro, nur mit dem Unterschied, dass sie dieses Mal Elvira, Caro und mich an ihrer Seite hat. (Alex ist vorerst nicht mit von der Partie, hat uns aber versichert, dass sie uns trotzdem tatkräftig unterstützen wird, und zwar wo und wann immer sie es könne. Das Gleiche gilt für Riccardo und Raffael.)

Der ältere Herr hinter dem Schreibtisch entspricht exakt meiner einstigen Vorstellung von ihm. Er schüttelt uns zuversichtlich die Hände und bittet uns Platz zu nehmen.

Unser kühner Plan kommt mir wie ein Sprung ins eiskalte Wasser vor. Aber man lebt ja nur einmal, und eine solche Chance kommt auch nur ein einziges Mal in mein Leben geschneit, davon bin ich überzeugt. Bestimmt denken meine künftigen Geschäftspartnerinnen genauso!

Die Vertragsunterzeichnung geht relativ schnell vonstatten. Als wir uns schon zum Abmarsch aufmachen wollen, werden wir jedoch von Herrn Kunz zurückgehalten und abermals auf die Plätze verwiesen. Er lächelt uns vertraulich an, zieht einen Brief aus einem Aktenordner und entfaltet ihn geheimniskrämerisch. Nachdem er eine Lesebrille auf das Nasenbein geschoben hat, räuspert er sich und beginnt den Inhalt des Schriftstücks vorzutragen:

»Liebe Frederike! Ich gratuliere Dir zu Deiner mutigen Entscheidung! Du bist ein guter Mensch und wirst einmal eine wunderbare Mutter sein. Ich bin mir sicher, wenn Dir Doktor Kunz dieses Schreiben vorliest, hast Du bereits alle zukünftigen Schritte wohl bedacht, denn andernfalls würdest Du Dich nicht für dieses baufällige Anwesen entscheiden. Aber das hast Du, und zum Zeichen, dass ich Dich jetzt, wo Du Friedolins Erbe verwalten und Dich weiterhin um den Pavillon kümmern wirst, erst recht unterstütze, bin ich selbstverständlich bereit, Dir und Deinem Partner helfend unter die Arme zu greifen. Nehmt diesen Scheck in Höhe von € 300.000,-- an und setzt ihn geschickt und wohlweislich ein. Ich vertraue auf Dich und Deine Rechtschaffenheit. Diese Summe ist bei der Aufgabe, die Dich erwartet, zwar nur der Tropfen auf dem heißen Stein, aber sie wird Dir sicherlich über kleinere und größere Stolpersteine hinweghelfen. Ich wünsche Dir von ganzem Herzen viel Glück für Deine aussichtsreiche und vielversprechende Zukunft, sowie für Deinen neuen Lebensweg, den Du mit der Unterzeichnung dieses Schriftstücks besiegelt hast. In Liebe, Tante Katharina.«

»Meine liebe Tante hat mich ganz schön ausgetrickst, was?«, fragt uns Nike, nachdem wir das Notariat verlassen haben. »Mir einen Detektiv wie in einem schlechten Krimi auf die Fersen zu heften, war nicht gerade nett von ihr.«

»Es zeugt von Weitblick. Sie wusste ja nichts über dich und das Leben, das du führst, vergiss das nicht!«, füge ich ihrem Vortrag hinzu. »Du hättest ja auch ein drogenabhängiger Junkie oder eine Alkoholikerin sein können, die das Geld und den Pavillon einfach an den Nächstbesten verscherbelt hätte! So hat sie sich nur abgesichert. War doch nicht unklug von ihr.«

»Und die zusätzliche Finanzspritze können wir auch gut gebrauchen«, entgegnet Elvira, plötzlich ganz Geschäftsfrau.

»Lasst uns feiern, Mädels!«, schlägt Nike vor. »Heute werden wir uns noch mal so richtig verwöhnen lassen und ab morgen werden wir in die Hände spucken und an unserer gemeinsamen Zukunft arbeiten!«

Elviras Geburtstag ist zwar erst in zwei Tagen, aber wir haben spontan vorgefeiert. Durch die Aufregung der letzten Tage ist die Planung der Feier im Tumult unserer Zukunftsaussichten sang- und klanglos untergegangen. Dabei ist das ihr dreißigster Geburtstag und der musste nun wirklich gebührend gefeiert werden! Neues Lebensjahr, neues Glück!

Elvira hatte am Donnerstag ohnehin schon etwas Gewichtiges vor, denn Klaus hatte für diesen Tag eine exklusive Duett-Party geplant. (Ich muss gestehen, dass ich heute im Taumel der Vertragsunterzeichnung zweifelsohne Lust auf einen Mann hätte! Aber wo, zum Teufel, ein derartig befriedigendes Objekt auftreiben und nicht stehlen! Oh, Caro sieht mich schmunzelnd an! Sie hat sicherlich eben den gleichen Gedanken wie ich verfolgt, ist aber schon einen gewaltigen Schritt weiter - oder auch nicht.)

Wir haben die letzten Jahre, um einen Terminkollaps zu verhindern, die *Burtseltage* der Jungfraugeborenen, darunter fallen Caros, Riccardos und mein eigener, zusammengelegt und eine einzige supertolle Party geschmissen. Und da ich heuer selbiges Jubiläum wie Elvira begehe, werden wir ihren Ehrentag einfach an unseren koppeln.
Motto hierbei: Besser spät und ausgiebig feiern als nie!

Am nächsten Tag reichen wir allesamt unsere Kündigungen ein, um Nägel mit Köpfen zu machen, und brechen auch noch die letzten Brücken hinter uns ab.

Iris überschlägt sich zwar nicht vor Begeisterung, kann uns aber durchaus verstehen und beglückwünscht uns schließlich zu der mutigen Entscheidung. Zuletzt merkt sie noch ernst an, dass sie überaus beleidigt wäre, sollte sie zu unserer Eröffnung keine Einladung erhalten. Danach verzieht sie ihren Mund zu einem herzlichen Lachen und grinst uns frohen Mutes ins Gesicht!

Da ich noch Urlaub übrig habe, brauche ich nur noch vier ganze Tage zu arbeiten! Juhu! Elvira muss sechs Tage schaffen, dann kann sie die Klosterkutte und das niedliche Spitzenhäubchen gleichfalls an den Nagel hängen. Juhu!

Tags darauf ereilt mich am frühen Abend ein Eilanruf von Caro. Sie klingt hektisch und wirkt aufgedreht, und so sehr ich mich auch abmühe, ich kann sie trotzdem kaum verstehen, da die Jazzmusik im Hintergrund beinahe all ihre Worte verschluckt und ich lediglich Wortfetzen verstehen kann.

»Gebur…tag ... du ... musst ... unb...ingt ... vorbeisch...en!«, grölt sie in die Muschel.

»Du bist bei Elviras Geburtstagsparty?«, will ich wissen und bin einigermaßen erstaunt über diese Info, da ich annahm, dass unser dreißigjähriges Geburtstagshäschen mit Klaus was ganz anderes beabsichtigt hatte!

»Ist ... ungla...lich ... viel ... los!«, höre ich sie schreien.

»Wo, zum Teufel, läuft denn diese Party?«

»Wir ... si…d ... am Jazz-F ...tival ... am Res...enz-Pl...z! ... Die ... ganze Stadt i... auf d… Beinen!«

Na, das war doch endlich mal eine aussagekräftige Aussage!

»Kom…st ... du ... vo...ei ?«, fragt Caros bruchstückhafte Stimme, und ohne eine Antwort abzuwarten, hängt sie gleich noch etwas an. »Ja, ic... warte! Bis ... gl…ch!«

Tü-tü-tü! Aufgelegt. Frechheit! Bodenlose Unverschämtheit! Und so was schimpft sich Freundin! Und Geschäftspartnerin! Ich versuche einen Rückruf, aber Caro hebt nicht mehr ab und bei Elvira geht auch niemand ran. Nike ist nicht zu Hause. Sie wird wohl direkt von der Arbeit zum Festival gegangen sein. Nun gut. Ich könnte an diesem lauen Abend hier in der Wohnung bleiben und Däumchen drehen, oder ich könnte mich rasch umziehen, ein Taxi herbeizitieren und mich ins Getümmel der Stadt werfen – Elvira zuliebe (obwohl ich unbedingt ein ernstes Wörtchen mit ihr reden muss! Mich einfach dermaßen spät von der Fete zu informieren! Ob jemand von den Mädels einen Stripper organisiert hat? Nein, wohl eher nicht, aber man kann ja mit diesem verlockenden Gedanken spielen und hoffen. Die Hoffnung stirbt ja zuletzt)!

Fünfunddreißig Minuten später treffe ich bereits, mit legeren Blue Jeans, luftigem Top und flachen Riemchensandaletten bewaffnet, in der Nähe des Residenz-Platzes ein. Das Taxi hält im Gewühl der Menschen an und deshalb mache ich mich zu Fuß auf den Weg (werde auf diese Weise ohnehin schneller am Ziel sein). Die Musik hallt mir schon durch die engen Gässchen entgegen, und die singende und swingende Herde – darunter ich - wird unweigerlich in Richtung Klangwelt getrieben. Munteres, heiteres Gelächter und Geschnatter begleitet mich, bis ich am Residenz-Platz anlange. Der Platz ist ausgedehnt und von vielen fahrbaren Schenken, Partyzelten und Lümmeltischen gesäumt. Am hinteren Ende kann ich die Bühne erkennen. Das Festival ist für einen Wochentag sehr gut besucht, aber trotzdem steigt man sich nicht gegenseitig auf die Zehen. Man kann sich überall wunderbar hindurchschlängeln, ohne dass dabei klaustrophobische Gefühle hochkommen. Am Firmament weicht die Dämmerung allmählich einem sternenübersäten Himmel. Die Luft ist mild und die Stimmung mediterran. Ich checke die Lage, und bevor ich mich aufmache, um meine Freundinnen und Geschäftspartnerinnen zu suchen, wähle ich sicherheitshalber noch mal Caro an. Oh, es klingelt!

»Ja ... ich bin ... hie...drü... wo ... nei ...«, schreit Caro. »Wo bist du?«

»Beim Stiegl-Stand!«, brülle ich in die Muschel.

»Komm ... dich ... gl... abholen! Lauf ... nic... weg, okay?«

Ach, da kommt ja mein Püppchen schon zielstrebig auf mich zugeeilt. Sie ist zwar klein, aber ohoooooooooo!

»Hi, Caro!«, schreie ich und umarme sie dabei, um mich an ihr Ohr heranzupirschen. »Ich wusste nichts von der Party! Ist Nike auch hier? Hat Elvira Stress mit Klaus? Sie hat doch noch vor zwei Tagen erklärt, dass -«

»Nein, nein!«

»Was, nein?«

»Nike ist nicht hier und Elvira wird, wenn sie gescheit ist, gerade Klaus vernaschen«, antwortet Caro und grinst mich, auf meine Reaktion hin,

145

verschwörerisch an.

»Ich verstehe nur Bahnhof!«

»Wir feiern nicht Elviras Geburtstag, sondern den von Markus!«, prustet sie hervor. »Die Partygesellschaft ist zwar klein, aber fein! Soll heißen, sie besteht aus Roland, mir, dir und dem Geburtstagskind! Und, hast du ihm ein Geschenk mitgebracht? Er liebt Geschenke!«

»Sag mal, drehst du jetzt völlig durch!« Ein erschreckender Gedanke bemächtigt sich meiner. »Und, wenn ja: Glaubst du es besteht die Möglichkeit, dass ich noch aus unserem Vertrag aussteigen kann?«

»Jetzt tu nicht so mädchenhaft und komm mit!«

»Du lockst mich unter Vortäuschung komplett falscher Tatsachen hierher! Außerdem war Markus zuletzt so merkwürdig am Telefon! Hat er mich überhaupt eingeladen?«

»Natürlich! Er freut sich schon auf dich!«

»Und warum hat er mich nicht selbst angerufen?«, frage ich misstrauisch.

»Er hat sich nicht getraut. Er ist eben schüchtern! Und jetzt komm schon endlich mit!«

Roland und Markus reservieren ein altes Holzfass, das zu diesem Anlass umfunktioniert und entehrt wurde und nun als Bar-Tischchen herhalten muss. Als mich Markus im Gewühl der Menge entdeckt, wirkt er nicht gerade so, als ob er mit mir gerechnet hätte. Er tut ganz überrascht (hätte Schauspieler werden sollen, der Gute!).

»Alles Gute zum Geburtstag!«, posaune ich ihm überschwänglich ins Ohr. Soll ich ihm nun die Hand schütteln, oder ...

»Danke!«, erwidert er leicht angesäuselt, zieht mich näher zu sich und drückt mir einen feuchten Bierschmatz auf die Wange auf. »Schön, dich zu sehen!«

»Ich hab' dein Geschenk leider zu Hause vergessen!«, lüge ich schnell.

»Du bist heute mein Präsent! Ist das nicht super hier!«

»Seit wann seid ihr denn schon unterwegs?«

»Laaange!«, antwortet Markus laaangsam.

»Seit wann seid ihr denn schon unterwegs?«, brülle ich Roland zu, den

146

ich nebenbei begrüße.

»Ich fürchte, wir sind schon fast zu lange hier!«, erwidert Roland und lächelt dabei seinen Freund liebevoll und etwas besorgt an. »Seine Schwester wollte eigentlich heute aus London einfliegen. Aber sie hat ihm kurzfristig absagen müssen und jetzt ist er ein wenig enttäuscht! Das gibt sich bald wieder! Er feiert so selten, also gönnen wir ihm den Spaß und halten ihm zuliebe noch ein wenig durch«, gibt er leise zurück und nimmt dabei Caro zärtlich bei der Hand, um ihr einen galanten Kuss auf den Handrücken zu hauchen.

Ich blicke mich bei dieser gefühlvollen Geste erschrocken um. Ich bin beinahe zu allen Seiten von händchenhaltenden, schmusenden und eng umschlungenen Pärchen umgeben! Hilfe! Überall trifft mein Blick auf erotisches Techtelmechtel! Markus ist scheinbar wirklich schon zu lange hier, denn er hat sich auch schon gefühlsmäßig verzaubern und vom Flair der Liebenden mitreißen lassen. Es ist tragisch, was der Alkohol aus Menschen macht! Er blickt schon komplett verträumt in der Gegend umher und sucht offenbar nach einem willigen Opfer seiner Begierde. Und was noch erschreckender ist: Ich bin noch vollkommen nüchtern! Ich muss noch soviel nachholen und werde kaum mehr die Zeit dafür haben. Oh, sehr gut: Roland scheint meinen gierigen Blick erspäht zu haben und macht sich endlich daran, bei der Ausschank durstlöschendes Bier zu ordern und kommt schließlich mit vier Flaschen Pils zurück. Während wir einander zuprosten, schleicht sich Caro unbemerkt an mich heran.

»Ist doch prima hier, nicht wahr? Und, fällt dir was auf?«, fragt sie aufgeregt.

»Du meinst doch nicht etwa diese kleinen rosaroten Herzchen in deinen Augen?«

»Ach, ist Roland nicht zum Anknabbern? Er sieht heute besonders attraktiv und lecker aus, hab' ich nicht recht?«, schwärmt sie voller Bewunderung und erntet dabei meine aufrichtige Zustimmung.

Ich kann ihr nicht widersprechen. Roland wirkt heute irgendwie viel lockerer als sonst. Er blickt immer wieder in Caros Richtung, um sich offenbar jedes Mal aufs Neue davon zu überzeugen, dass sie noch an Ort und Stelle ist und ihm nicht durch die Lappen gehen kann. Zwar verfällt er mit Markus in ein offenbar sehr lustiges Geplänkel, späht aber trotzdem regelmäßig liebestrunken zu Caro. Ja, man kann ihm ansehen, dass er richtig verliebt ist, und das Beste daran ist: Dieses Gefühl beruht eindeutig auf Gegenseitigkeit!

»Tu mir bitte einen Gefallen und wirf ab und zu ein Auge auf Markus!«, ersucht mich Caro und verzieht dabei flehend ihr Gesicht.

»Ich bin doch keine Aufpasserin für einen vierunddreißigjährigen Mann! Ich glaube, Markus kann sich ohnehin selbst schützen, und wenn er dazu körperlich nicht mehr im Stande sein sollte, dann hat er immer noch seine große Klappe!«

»Biiitte! Nur EIN Auge!«, jammert Caro. »Ich möchte Roland ein bisschen auf die Pelle rücken! Vielleicht ist ja heute mein herbeigesehnter Erntetag! Er wirkt irgendwie so impulsiv! Ich sollte das bestimmt als Zeichen erkennen, deuten und danach handeln! Ich warte schon sooo lange! Biiitte, tu's für die Befriedigung deiner Freundin und Geschäftspartnerin! Du sagst doch selbst immer, dass man danach viel entspannter ist und viel mehr Ideen hat! Biiitte!«

»Das heißt im Klartext, dass ich Markus heute sicher nach Hause schaffen soll, oder?«

»Nun, er wohnt ja ohnehin gleich bei dir um die Ecke. Es wäre nur ein geringer Mehraufwand für dich!«

»Du bist mir danach was schuldig, das sollte dir klar sein!«

»Alles, was dein gütiges Herz begehrt!«, erwidert sie freudig und drückt mir ein Küsschen auf.

»O Shit!«, entfährt es mir entsetzt.

»Was ist denn?«

»Gerhard! Gerhard ist hier! Offensichtlich alleine, und er hat mich gesehen!«

»Gerhard Loroni, der Personalbürohengst, der im Bett wahrscheinlich nicht schlecht ist, und dessen Haar leider nicht nur am Kopf sprießt?«

»Hör schon auf!«, brülle ich sie hysterisch an, da mich besagter Hengst entdeckt zu haben scheint und nun im Galopp geradewegs auf mich zu galoppiert. »Shit! Los, sprich mit mir. Sag irgendwas!«, fordere ich sie auf. »Jaaa! Ach, wirklich! Nein, ist ja komisch! Jaaa! Ha ha! Ha ha! Nein, drollig!«, trällere ich Caro nervös ins Ohr und wage es kaum, in Gerhards Richtung zu blicken (vielleicht geht er dann ja an mir vorbei).

Wünsche gehen manchmal in Erfüllung, denn Gerhard ist tatsächlich aus meinem Blickfeld verschwunden. Dabei hätte ich schwören können, dass er mir direkt in die Augen geblickt hat! Schweinchen gehabt. Ich sauge nach diesem Schrecken wie wild an meinem Pils und muss feststellen, dass der köstliche Inhalt daraufhin futschicato ist.

»Ich hol' uns noch 'ne Runde!«, rufe ich Caro zu und will meinen gefassten Plan gerade umsetzen, als mich etwas Kaltes sanft am Oberarm streift.

»Hallo, Amelie! Ich dachte mir schon, dass du durstig bist und habe sicherheitshalber gleich für dich und deine charmante Freundin zwei Durstlöscher mitgebracht«, lässt uns Gerhard wissen und setzt dabei einen Smiler auf, der selbst Julia Roberts vor Neid erblasen lassen würde! Er drückt uns jeweils eine gekühlte Flasche Pils in die Hand und blickt erwartungsvoll zu Caro.

»Oh, danke!«, stammle ich hervor. »Ach, Entschuldigung! Gerhard, das ist Caroline, Caro, das ist Gerhard. Wir kennen uns von der Arbeit«, erkläre ich Caro (als ob sie das nicht schon wüsste).

»Nett, dich kennen zu lernen!«, erwidert Caro freundlich. »Und, was treibst du so im Hotel?«, fragt sie arglos (ich könnte sie dafür erwürgen).

»Ich darf Leute einstellen und wieder aus der Pflicht entlassen!«, antwortet Gerhard galant.

»Ach, dann darfst du am Montag Amelie verabschieden!«

»Ja, leider«, seufzt er. »Sie ist eine ausgezeichnete Mitarbeiterin und dabei so flexibel! Man kann sie getrost überall einsetzen, sie wird die anstehenden Aufgaben immer nach bestem Wissen und Gewissen erfüllen«, gibt er zurück und begrapscht dabei schon siegesgewiss meine Taille.

Ich zucke unter seiner leichten Berührung augenblicklich zusammen. Ja, spinnt denn der! Ich hab' erst ein einziges Bier intus, und um Gerhard heute zu ertragen, bräuchte ich mindestens ein Zwanzig-Liter-Fass! Nein, tut mir leid, das ist gegenwärtig nicht drinnen! Aber er lässt ohnehin gleich wieder von mir ab und widmet sich meiner Freundin. Er versucht doch tatsächlich mit Caro zu flirten. Na, die Arme! Mister Charmebolzen ringt sich eine tolle Floskel nach der anderen ab und zeigt dabei Zähne. Roland blinzelt nun nicht mehr mit schmeichelhafter Regelmäßigkeit in Caros Richtung, sondern stiert sie geradezu feurig an. Auch Markus hat die Reaktion seines Freundes bemerkt und richtet seinen Blick ebenfalls auf die gegenüberliegende Seite des Fässchens.

»Ach, Gerhard, darf ich dich mit Caros Angetrauten bekannt machen?«, unterbreche ich seinen ungestümen Vorwärtsdrall und zerre Roland heran.

»Und das da drüben ist Amelies Verlobter!«, ruft ihm Caro zu und deutet auf Markus. »Wir feiern gerade eine private Einstandsparty«, erklärt sie Gerhard noch, bevor sie Roland in ihre Arme schließt.

»Ja, das ist mein Liebster!«, flöte ich und ziehe Markus an mich heran, um mich schmachtend an seine Brust zu werfen, und hauche ihm, nur damit ich Gerhard restlos von meiner Monogamie überzeugen kann, etwas unbeholfen einen Kuss auf einen seiner zuckenden Mundwinkel.

»Jawooohl! Is' meine Verlobte!«, brüllt Markus Gerhard im strengen Befehlston an und umarmt mich dabei demonstrativ mit seinen kräftigen Armen. »Gaaanz frisch verlooobt!«

»Ach, nun denn! Dann will ich nicht länger stören! Hat mich gefreut, eure Bekanntschaft gemacht zu haben! Schönen Abend noch!«

So einfach ist es also. Na bitte, geht doch! Bye, bye! Es war damals sehr nett, aber es war eindeutig nur ein unikales Abenteuer. Strich, Punkt und aus!

Nachdem Gerhard außer Sichtweite ist, lässt Markus etwas zögerlich von mir ab (er hat mich ohnehin nur als Abstützhilfe missbraucht). Wir leeren rasch Gerhards Spende in unsere Kehlen und ich mache mich im Anschluss daran auf, eine neue Runde herbeizuschaffen.

»Geh'n wir etwas weiter nach vorne? Da ist die Stimmung besser«, schlägt Caro vor und dampft mit Roland im Schlepptau auch schon ab.

Ich weiß, wieso sie uns diesen Vorschlag unterbreitet hat: Nein, nicht zwecks der Stimmung, sondern weil es weiter vorne lauter, enger und dunkler ist als hier im Lichtkegel der Ausschank. Markus scheint gefangen zwischen Wollen und Können, kompensiert diese beiden Eigenschaften aber dann doch ziemlich schnell, schnappt mich bei der Hand und folgt Caros entschwindendem Hintern. Weiter vorne wird mir das Pärchenverhalten auf Konzerten noch bewusster, als es mir ohnehin schon war. Roland hält Caro fest umschlungen, und zusammen wiegen sie sich im Rhythmus der Musik. Währenddessen stehen Markus und ich inmitten von Amors Spielwiese und starren beklommen zur Tribüne. Wie auf Kommando folgt nun ein schleppender, hitverdächtiger Schmusesong auf den nächsten. Den Beginn der Marter stellt „*Blueberry Hill*" dar und die Steigerung erfolgt sogleich mit „*C'est si bon, c'est si bon*" – unerträglich für unsereins (zumindest für Markus und mich). Wir beide lutschen nervös an unseren Flaschenhälsen, als ob diese Ablenkung uns erlösen könnte. Und, da ist es schon geschehen! Caro und Roland küssen sich ungehemmt (das erste Mal richtig, wenn mich meine wachen Äuglein nicht täuschen) und denken nicht einmal anstandshalber an ihre schamhaften Freunde, die gleich nebenbei stehen! Die haben uns einfach vergessen! Sie knutschen sich ab, als gäbe es kein Morgen! Sie haften aneinander wie Bienen am Honignapf. Hilfe! Eigentlich ist meine Schuldigkeit nun getan und ich könnte getrost abhauen.

»Tanzen?«, fragt mich Markus von rückwärts, wobei ich seine Bierfahne deutlich rieche.

»Sag mal, wann willst du denn nach Hause fahren?«, will ich von ihm wissen, damit ich mich auf einen naheliegenden Zeitpunkt einstellen kann.

»Noch nicht! Tanzen?«, fragt er nochmals und wartet meine Antwort gar nicht erst ab. Er wirbelt mich herum, nimmt mir meine Bierflasche ab, stellt sie beiseite und geht in Gefechtsposition.

Von „*Das ist mein Tanzabstand und das ist dein Tanzabstand!*" kann hier keine Rede mehr sein, denn mein Körper klebt praktisch an seinem! Heute trägt er sein Haar offen und ich kann mein Gesicht darin vergraben. Er benutzt ein duftendes, mildes Haarshampoo, dessen Wohlgeruch mir genüsslich in die Nase steigt. Ich bin seinem Ohr so vertraut nahe, dass wir ruhig ein bisschen plauschen können. Das sollte ablenken (außerdem ist er etwas angeheitert, da kann ich ihn ein wenig ausspionieren).

»Es tut mir leid, dass deine Schwester nicht kommen konnte«, flüstere ich ihm mitfühlend ins Ohr.

»Das ist schon okay. Sie ist geschäftlich engagiert, das verstehe ich gut!«, lallt er mir betrübt ins Ohr. »Ich wollte dich noch zur Vertragsunterzeichnung beglückwünschen. Das ist echt super und mutig, und, na ja, ihr werdet das sicherlich schaffen, da bin ich überzeugt!«

»Danke. Ich bin auch sehr positiv eingestellt. Wird schon schief gehen. Unkraut vergeht nicht!«[45]

»Aber unser Kurs fällt deswegen hoffentlich nicht ins Wasser, oder?«

»Ich würde mir nie und nimmer eine einzige Einheit bei dir entgehen lassen«, flüstere ich ihm neckisch zu. »Für Dinge, die man unglaublich gerne tut, nimm dafür beispielsweise mich und meine leidenschaftliche Begeisterung für Sport her«, bemerke ich ironisch, »nein, da muss man sich die Zeit einfach nehmen, hab' ich nicht recht?«

»Ja!«, antwortet er mit fester Stimme. »Ganz meine Meinung!«

»Darf ich dich was fragen?«

»Nein, ich möchte heute nicht mehr deinen Verlobten mimen! Wer war dieser Clown überhaupt?«

»Ein Fehler«, stammle ich kurz angebunden.

»Aha! Und hast du diesen Italiener wieder mal getroffen?«, fragt er beiläufig.

»Du meinst Francesco? Ja, der schaut gelegentlich bei uns zu Hause vorbei! Wieso?«

»Nur so«, antwortet er knapp. »Wie steht's jetzt zwischen euch? Seid ihr wieder zusammen?«

»Nein! Wieso fragst du mich solche Sachen?«

»Nun, äh, ich habe Karten für AIDA! Eigentlich wollte ich ja mit mei-

---

[45] Ich weiß augenblicklich, dass diese Aussage korrekter nicht sein könnte, wenn man an unser privates Dschungelcamp denkt!

ner Schwester hin, aber sie ist leider verhindert. Hat ein neues Projekt an Land gezogen und hat keine Zeit für ihren kleinen Bruder«, bemerkt er bekümmert (jetzt schwingt eindeutig Melancholie in seiner zitternden Stimme mit).

»Soll das heißen, dass du eine Begleitung suchst?«, frage ich vorsichtig.

»Ja. Aber du hast bestimmt keine Zeit«, stammelt er mir ins Ohr. »Ist ein Zweitagestrip ins Burgenland, und jetzt, wo du Geschäftsfrau bist -«

»Oh, du sprichst vom Burgenland«, bemerke ich überrascht. »Wann ist denn diese Aufführung?«

»Am Samstag, den siebten August, steigt die Open-Air-Party in St. Margarethen. Die haben eine einmalige Kulisse, muss man zumindest einmal im Leben live gesehen haben. Die Aufführung findet in einem alten römischen Steinbruch statt. Na, werd' ich eben alleine fahren«, sagt er traurig und zuckt gleichgültig mit den Schultern.

»Vielleicht lässt sich das ja bei mir einrichten. Ich werde mit den Mädels reden, okay? AIDA im Steinbruch: Das würde mir bestimmt gefallen!«, versuche ich ihn aufzumuntern und streiche dabei mit meiner linken Hand sanft über seine Schulter.

Sein dünnes Ripp-Shirt lässt mich dabei ein kräftiges Schulterblatt kraulen. Seine Muskeln sind zwar spürbar vorhanden, aber trotzdem noch nicht allzu ausgeprägt, so dass sein Körper für mein Empfinden ästhetisch und nicht abstoßend wirkt![46] Während ich beruhigend meine linke Hand kreisen lasse, legt er meine andere auf seine Brust und beschirmt sie mit seiner Hand.

»Tu dir keinen Zwang an. Ist schon gut, wirklich!«, entgegnet er und lockert dabei unsere traute Haltung schon wieder, um nach den Bierflaschen zu greifen. »Unsere zwei hier sind schon eins«, haucht er mir ins Ohr, drückt mir die Flasche in die rechte Hand und deutet auf Roland und Caro.

---

[46] Ich finde aufgeblasene Muskelprotze total abturnend! Manche vergreifen sich einfach zu augenscheinlich an diversen Anabolikapräparaten, die ihren Körper künstlich aufblähen und ihre Hirnmasse dabei verschrumpeln lassen. Zumeist stolzieren diese Gockel dann noch so breitbeinig wie Popeye durch die Gegend.

Markus ist momentan so gesprächig, dass ich den Zustand gleich beim Schopf packen und ausnutzen sollte.

»Darf ich ein etwas heikles Thema ansprechen?«, beginne ich vorsichtig, und ohne ihm Gelegenheit zur Antwort zu geben, fahre ich fort: »Wieso ist Roland gegenüber Caro oft so reserviert?«

»Na, heute ist er bestimmt nicht distanziert, oder?«

»Nein, aber sonst ist er's immer.«

»Ich verrat dir was: Er trägt ein dunkles Geheimnis mit sich herum«, nuschelt mir Markus zu.

»Um Gottes Willen! Ist es was Schlimmes?«, will ich erschrocken wissen (man liest ja heutzutage so viel in den Zeitungen von Leuten, die ihr dunkles Geheimnis in ein noch dunkleres Verbrechen verwandeln).

»Yep!«, bestätigt er.

»Jetzt sag schon!«

»Er hat ein Problem.«

»Ja, das ist mir auch klar, aber welches?«

»Er hat bislang fast alle Frauen wie Wegwerfartikel behandelt. Tja, so ist das eben mit ihm.«

»Was sagst du da!«, schnaube ich entrüstet hervor.

»Ja, die Frauenwelt liegt ihm einfach zu Füßen! Muss wohl an seinem Charme liegen!«

Verdammt, da hat er recht! Roland ist nicht mein Typ, deswegen ist mir das bislang noch nicht so richtig aufgefallen. Er hat was, das anmacht! Er hat eindeutig Sexappeal und wirkt auf Frauen. Ich muss Caro retten! Dieser Teufel schleicht im Engelskostümchen hier herum und baggert meine Freundin an. Frechheit!

»Und diese seltsame Hinhaltetaktik ist sein Erfolgsrezept?«, will ich noch wissen.

»Nein, du Dummerchen!«, entgegnet Markus empört. »Er ist jetzt erst das zweite Mal in seinem Leben richtig verliebt und das will er nicht vermasseln. Ich habe ihm geraten, es mit ihr langsam angehen zu lassen, da er ernsthaft bereit für eine Beziehung mit Caro ist. Unser Plan sah also vor, sie mehrmals auszuführen, damit er sie näher kennenlernen konnte.

Und ich habe ihn angefleht, sie beim Verabschieden keinesfalls zu berühren und schon gar nicht zu küssen«, sagt er streng.

»Wieso denn das?«

»Bislang hat Roland die willigen Hasen meist schon nach dem ersten Date beglückt, und danach hat er sein Interesse rasch wieder verloren.«

»Was? Dann … dann ist er ja ein richtiger One-Night-Gigolo!«

»Hey, nicht frech werden. Er ist mein Freund, vergiss das nicht!«, ermahnt er mich. »Bislang hat ihm das fürs Leben gereicht, aber bei Caro ist von Anfang an was anders gelaufen!«

»Und heute darf er sie zum ersten Mal küssen! Hat er seine Vorgehensweise mit dir abgesprochen oder ist er so tollkühn und handelt bereits auf eigene Faust?«

»Er hat sich tapfer gehalten, das musst du ihm zugestehen«, gibt Markus zurück und beginnt ausgiebig zu glucksen, da er offenbar einen witzigen Gedanken aufgeschnappt hat. »Soll ich dir was verraten? Deine Freundin hat ihn sogar mal gefragt, ob er impotent ist! Ist das nicht zum Brüllen! Und dabei wedelt er sich vor und nach einem Treffen mit ihr immer einen von der Palme.«

Die letzten Worte hat Markus schon fast verschluckt, so heftig schnappt er bei dem Gedanken daran nach Luft, und ich falle augenblicklich in sein Gelächter mit ein. Nach wenigen Sekunden tränen meine Augen und ich muss mir ein Taschentuch aus der Jeans fischen. Nachdem wir uns wieder einigermaßen unter Kontrolle haben, blicken wir beide freundschaftlich auf das Pärchen nebenan, welches ihre Umgebung nicht mehr wahrnimmt.

»Weißt du eigentlich, dass du gerade beginnst, dir ein zweites Standbein mit einem Partnerschaftsinstitut aufzubauen? Du hast doch dieses Unternehmen hoffentlich bei der Wirtschaftskammer angemeldet, oder machst du das illegal? Und wenn ja, dann sehe ich es als meine heilige Pflicht an, als getreue Steuerzahlerin und Staatsbürgerin sozusagen, dich bei der Gewerbepolizei zu verpfeifen«, singe ich Markus verräterisch ins Ohr. »Höchstens -«

»Ich hab' gewusst, dass du bestechlich bist«, haucht er mir zu und berührt dabei – vorsätzlich oder vielleicht doch unabsichtlich – mein Ohrläppchen, und ich muss gestehen, dass mir diese Berührung bei weitem nicht so furchtbar vorkommt wie jene von Gerhard. »Und, mit was kann man dich ködern?«

»Mit AIDA-Karten!«

»Du bist billig und vielleicht sogar willig?«, fragt er mich scherzhaft. »Du weißt, das würde sich zweifelsohne einrichten lassen! Also, das mit den Karten!«, ergänzt er.

Eine Stunde später erfülle ich meine Pflicht und schleppe Markus zum nächstgelegenen Taxistand, hieve ihn ins Taxi und setze ihn wenig später vor seinem Haus ab. Das Taxi habe ich ziehen lassen, denn ein kurzer Spaziergang zu meiner Wohnung sollte mir ohnehin noch gut tun. Ich hake mich bei Markus ein und lenke ihn Richtung Haustüre.

»Hey, ich werde dich noch nach Hause geleiten!«, lispelt er in seinem Taumel hervor. »Bin ja schließlich ein Gentleman!«

»Ist schon gut. Vor Mitternacht fürchte ich die Herumstreuner noch nicht. Brenzlig ist es nur zur Geisterstunde. Aber bis dahin habe ich noch eine halbe Stunde Zeit«, erkläre ich ihm und zerre, als er plötzlich innehält und wieder Richtung Straße marschieren will, an seinem Arm. »Vergiss bloß nicht, dass ich einen Selbstverteidigungskurs beim Meister persönlich genommen und genossen habe!«

»Aber, aber, -«

»Garfield wird auch schon ungeduldig auf dich warten«, falle ich ihm ins Wort. »Jetzt komm schon!«

Markus ist zwar nur ein paar lächerliche Zentimeter größer als ich (das liegt an meinen Flachtretern) und sichtlich betrunken, aber er hat dessen ungeachtet noch genügend Kraftreserven. Nicht nur Muskelkraft, sondern auch Willenskraft, und er ist bestrebt, sich durchzusetzen!

»Moment, Markus! Ich müsste jetzt mal ganz dringend für kleine Mädchen«, lüge ich. »Wo hast du denn deine Schlüssel versteckt?«

Glücklicherweise lässt ihn diese Frage innehalten und er dreht sich mir wieder zu.

»Toilette?«, fragt er ungläubig.

»Bier!«, antworte ich ihm und streichle demonstrativ meinen Bauch. »Ist immer so bei Bier!«

»Bei mir auch«, bestätigt er meine Aussage und visiert wieder zögerlich den Weg zu seiner Haustüre an. »Hab' heute zu viel getrunken. Bin nichts mehr gewöhnt! Darf ich dir also eine Toilette und einen Kaffee anbieten?«

»Die Toilette steht ohnehin außer Diskussion«, entgegne ich hastig und beschleunige seine Schritte, indem ich Hand an seine Taille lege und ihn leicht von hinten anschiebe.

Die wenigen Meter bewältigen wir ganz gut, und damit er mit seinem Kopf nicht gegen den Türstock läuft, mache ich rasch zwei Ausfallschritte und halte ihn, einen Schritt vor der Zieltüre, gekonnt auf, so dass er ohne Probleme zum Stillstand kommt. Markus klopft daraufhin unbeholfen seine Hosentaschen nach dem Schlüsselbund ab. Die Ausbuchtung auf der linken Seite der Hose lässt mich vermuten, dass die Schlüssel darin eingenistet sind. Er kommt zwar zum selben Schluss, fummelt aber nur ungeschickt in der Tasche umher, ohne auch nur die Metallspitze der Schlüssel hervorzuzaubern.

»Darf ich dir nähertreten?«, frage ich leise, und bevor er mir antworten kann, schwankt er gefährlich auf mich zu, so dass ich geistesgegenwärtig meine Arme um ihn werfen und seinen Vorwärtsdrall abfangen muss. Er ist ganz schön schwer, schwerer als sich vermuten lassen würde! Meine Wirbelsäule gibt leicht nach und mein Oberkörper sackt rückwärts etwas weg, bis mein Kopf von der Tür aufgefangen wird. Markus hat indessen instinktiv eine Hand um meine Taille geschlungen und zerrt mit der anderen immer noch an seiner widerspenstigen Hosentasche. Als diese nicht kapitulieren will, gibt er auf und lässt seiner wankelmütigen Hand freien Lauf. In dieser krummen und kompromittierenden Körperhaltung verharren wir. Mein Gesicht verliert sich in seinem offenen Haar und ich schicke eine meiner Hände auf Wanderschaft. Da sein bulliger Oberkörper direkt auf meiner Brust aufliegt, kann ich seinen schneller werdenden Herzschlag fühlen und sogar, Einbildung oder nicht, beinahe hören! Ich gleite mit meinen Fingern seinen kräftigen Arm bis zu seinem Nacken entlang und streiche danach sein Haar hinter das Ohr zurück, damit ich wieder frei durchatmen kann. Sein dezentes Rasierwasser würde mir ansonsten die wenigen klaren Sinne, die mir momentan noch geblieben sind, auch noch vernebeln. Seine Hand wandert unterdessen auf meine Hüfte, dort hält sie einen kurzen Augenblick inne und schweift danach weiter. Er streicht mir sanft über meine Po-Backe und bettet seine Hand dort gelassen zur Ruhe. Während die eine still hält, begibt sich nun seine zweite auf Exkursion und findet schließlich Unterschlupf unter meinem Top, wo er zärtlich meine Rückenpartie zu ertasten beginnt. Ich empfinde seine Berührung als nicht so unangenehm, wie es eigentlich der Fall sein sollte. Immerhin mögen wir einander nicht sonderlich und er ist außerdem überhaupt nicht mein Typ! Aber dieser Abend ist so unglaublich mild und das Bier beruhigt meine Nerven und meinen Magen ungeheuerlich, und macht mich williger, als ich zuvor angenommen hätte. Meine Wange liebkost seine und ich muss gestehen, dass er sehr gut rasiert ist, denn seine Haut fühlt sich wie ein eingeölter Baby-Popo an! Ich kann seinen warmen, unruhigen Atem an meinem Hals spüren, und unwillkürlich erfasst mich ein prickelndes Kribbeln. Nun haucht er einen gefühlvollen Kuss auf mein Ohrläppchen und wartet zögerlich meine Reaktion darauf ab. Ich vergrabe derweilen eine meiner Hände in seiner Mähne und lasse sie genüsslich über seinen Nacken gleiten. Um die zweite nicht untätig zu lassen, rutsche ich langsam ab und setze auf seinem wohlgeformten Hinterteil zur Pause an. Er erkennt dies als Zeichen meiner Einwilligung und umzärtelt mein Ohrläppchen ein weiteres Mal, bevor sein Mund langsam zu meinem Hals wandert. Mein Hinterkopf liegt auf der Tür auf und ich recke genüsslich meinen Kopf, damit ihm der Zutritt zu anderen, sinnlich erogenen Zonen erleichtert wird. Meine Hand hat inzwischen seinen wohlgeformten Hintern verlassen und zupft hektisch an seinem T-Shirt. In Folge dessen habe ich es ungeduldig unter seinem Hosenbund hervorgezerrt und meine Hand lässig darunter geschoben, um gleich darauf meine Fingerspitzen zärtlich auf seiner warmen Haut dahin gleiten zu lassen. Ich tanze gemächlich seine Wirbelsäule hinauf, schaffe einen winzigen Spalt zwischen unseren Körpern und taste mich dabei etappenweise vor, bis ich seine kaum behaarte, kräftige Brust erreicht habe. Sein Mund ist derweilen von meiner Kehle zu meinem Kinn gewandert. Er hat ein Endziel im Visier und dieses schon fast erreicht. Nur noch wenige Millimeter sind unsere zitternden, erregten Münder voneinander entfernt. Wir blicken einander in der Dunkelheit des Hauseingangs an, niemand wagt ein Wort zu sprechen, wir wollen nur den Augenblick genießen, bis ... ja, bis Markus in der Hitze der Sommergefühle einen kleinen Schritt vorwärts tut, dabei über meinen hinderlichen Schuh stolpert und mit seiner Hand, die bislang auf meinem Hintern geruht hatte, abrutscht und damit direkt auf den Lichtschalter des Erkers knallt.

Der Zauber, der uns eben eingehüllt und mitgerissen hatte, ist im Bruchteil einer Sekunde dahin! Ich befreie meine Hand rasch aus seinem T-Shirt, wende verlegen meinen Blick ab (außerdem blinzle ich gerade direkt in dieses grässliche, künstliche Licht) und entziehe mich ihm, indem ich geschickt unter seinem Körper hindurchtauche und rasch hinter seinem Rücken zum Stillstand komme. Ich bin komplett durch den Wind und brauche ein paar Sekunden, bis ich begreife, was wir eben beinahe gemacht hätten!

»Lass uns das schnell vergessen«, flüstere ich ihm verlegen zu, ohne mich dabei umzudrehen oder ihn auch nur anzusehen.

»Guter Vorschlag«, stammelt er hervor und kann sein Unbehagen dabei auch nicht verbergen.

»Ich mach' mich jetzt auf den Weg!«

»Komm gut nach Hause!«

Das ist mein Stichwort. Ich stolpere unbeholfen auf die Strasse zurück. Was sollte denn das eben! Ich will doch keinen betrunkenen Mann aufgabeln! Frau weiß ohnehin, dass Mann in diesem Zustand nicht mehr allzu gut kann und vermutlich nur mehr *Death Trousers* angesagt sind, und das brauche ich nicht schon wieder. Und dann noch dazu mit Markus! Ich bin wirklich dämlich.

Ob er von diesem kurzen Intermezzo morgen überhaupt noch was weiß? Vielleicht hat er es ja in seinem Kurzzeitgedächtnis abgespeichert und dieses Abenteuer verliert sich in den kommenden Tagen in seinem Bewusstsein, bis es gänzlich verblasst und ausgelöscht ist. Immerhin trinkt er selten so viel, das hat er selbst zugegeben.

- Wie er wohl reagiert, wenn wir uns das nächste Mal begegnen?
- Ob er mich irgendwann anruft?
- Ob er mich direkt auf diese Streicheleinheiten anspricht?
- Ob er das mit AIDA ernst gemeint hat?

Ich werde in letzterem Fall definitiv nichts unternehmen und kein Wort darüber verlieren! Das hat er mir bestimmt nur aus der Enttäuschung heraus angeboten, weil seine Schwester nicht aufgekreuzt ist.

Ich sollte mich in Zukunft etwas zügeln und besser unter Kontrolle haben! Das gerade eben hätte ich verhindern müssen, oder – noch besser – ich hätte es gar nicht erst so weit kommen lassen dürfen! Es liegt an mir. Immerhin war ich es von uns beiden, die, wie ich zugeben muss, beinahe nüchtern war und sich trotzdem darauf eingelassen hat. Somit kann Markus eindeutig mit einer Entschuldigung für sein Verhalten aufwarten und ich habe nicht einmal eine annähernd passende Ausrede parat.

Irgendwie komme ich mir beinahe wie eine notorische Fremdgängerin vor und gewinne den Eindruck, als ob sich irgendwo in meinen Sinnesreizen ein paar vereinzelte Schuldgefühle eingenistet hätten. Aber warum, zum Teufel, sollte ich derartige Reuegefühle empfinden, und vor allem ... wem gegenüber eigentlich? Ich brauche mich wirklich vor niemanden zu verantworten und muss niemanden Rechenschaft abliefern! Also, wieso dieser hausgemachte Zirkus?

Großbaustelle

Ärzte können ihre Fehler begraben,
aber ein Architekt kann seinen Kunden nur raten,
Efeu zu pflanzen.
(George Sand)

Markus ist bei weitem kein solcher Feigling wie ich einer bin, denn er ruft mich bereits am nächsten Morgen an, um mir zu sagen, dass ihm das gestrige Verabschiedungszeremoniell von Herzen leid tun würde, dass er es keineswegs beabsichtigt hätte, dass er es, wenn er dazu im Stande wäre, sofort rückgängig und ungeschehen machen würde, und dass er jetzt etwas beschämt darüber sei. Alkoholeinfluss hin oder her, das dürfe nicht als Ausrede herhalten, denn das wäre zu billig. Ich finde erst nach seinem Statement von beinahe drei Minuten die Sprache wieder und lalle etwas von *„Es ist schon fast vergessen"* und *„Sehen wir's als das, was es war: Ein einmaliger Ausrutscher, der nicht wieder stattfinden wird"* in die Muschel. Nachdem ich Garfields ungeduldig forderndes Bellen immer deutlicher vernehme, beendet er schließlich unser Telefonat und wünscht mir, etwas unbeholfen, einen schönen Tag.

Kein Wort über AIDA, das Burgenland, den Steinbruch oder auch nur annähernd irgendetwas, was auf dieses Thema hätte schließen lassen können. Nun, schade! Ich hätte gerne wieder einmal eine Oper besucht. Aber was nicht sein soll, soll eben nicht sein, und unter den gegebenen Umständen ist es wahrscheinlich ohnehin besser so!

Nachdem mich Markus bereits so zeitig (sieben Uhr fünfzehn! - um diese Zeit schlafen andere Leute noch!) angerufen und aufgeweckt hat, krabble ich unter die Dusche, schlüpfe in Jeans und T-Shirt, und hole für Nike und mich Frühstück.

Noch ehe ich in mein Croissant beißen kann, ereilt mich ein Anruf von Caro. Sie erzählt mir kurz, dass sie eine wahnsinnig tolle, sinnliche, erotische und befriedigende Nacht mit Roland hinter sich hatte (endlich!). Glücklicherweise sei er alles andere als impotent (nun, das wusste ich ausnahmsweise schon vor ihr, was ich ihr aber natürlich nicht auf die Nase band). Er hatte sich bereits nach der zweiten Runde bei ihr entschuldigt, und als sie wissen wollte, wofür die Entschuldigung galt, hat er ihr gesagt, dafür, dass er noch immer nicht genug von ihr habe und Nachschlag verlange (bei dem Gedanken daran, ist Caro in verschwörerisches Glucksen verfallen). Sie hat mich, nachdem sie sich wieder beruhigt hatte, wissen lassen, dass sie jetzt auf dem Weg zur Arbeit sei, und zuletzt fragte sie mich noch, ob ich denn auch gut nach Hause gekommen sei. Ich versicherte ihr kurz angebunden, dass diesbezüglich alles bestens verlief. Anbei ließ ich sie wissen, dass ich die schmutzigen Details ihrer vergangenen Nacht am Abend bei einem Glas Wein in Erfahrung bringen wollte, woraufhin sie sofort zusagte mich zu besuchen (Frau muss sich schließlich, speziell nach der ersten gemeinsamen „Akt"-ivität, mit der Person ihres Vertrauens – sprich: beste Freundin - austauschen).

Nike hat ihren Job fristlos hingeschmissen und werkt bereits seit zwei Tagen im Pavillon. Sie organisiert dabei den Einsatz unserer fleißigen, familienbezogenen Helferlein mit sämtlichen Fachmännern und Handwerkern. Dabei schwirrt sie ganz schön umher, wirkt aber trotz des Stresses extrem motiviert. Die Einhaltung unseres Zeitplans ist das Wichtigste, und wir hoffen dabei auf einen möglichst regenfreien Sommer und Herbst! In drei Tagen erhält Nike ohnehin schon Unterstützung von mir und Elvira stößt in fünf Tagen zur *Großbaustelle Pavillon* hinzu. Caro hat noch am längsten Schonfrist: Sie wird erst in zehn Tagen joblos und vogelfrei sein! In zehn Tagen wird unser Team somit vollständig sein. Wir haben für unsere fleißigen Helfer in der Nähe des Schlossparks eine nette kleine Pension aufgetan und ausreichend viele Zimmer für die Dauer von ein paar Wochen gemietet. So können Väter, Mütter, Onkeln, Tanten, Vettern und Nichten flexibel an- und wieder abreisen. Im Pavillon und im Garten sieht es bereits nach wenigen Tagen aus, als hätte eine gigantische Bombe eingeschlagen. Bretter, Gerüste, Planen, Schaufeln, Schubkarren,

Eimer und Pinseln gehören hierbei zu den kleineren Übeln. So richtig zur Sache geht es erst, als ein Baggertrupp anrückt und sich in der Nähe des Nordflügels an die Umwälzung der Mauer und des dahinterliegenden Buschwerks macht, um dort eine Zufahrtsgasse von drei Metern Breite hineinzufräsen und sich nachher so richtig schön im Garten auszutoben.

Jeder von unseren Helferlein hat exakt jenen Auszug von unseren Bauplänen erhalten, für den er sich bereit erklärt hat, Verantwortung zu übernehmen. Das heißt, meine Eltern, Tante Lydia und Onkel Toni hirschen mit Anordnungen bewaffnet im nahen Dschungel herum und vermessen und kennzeichnen dabei sämtliche Grabungsarbeiten.

Drei Tage später schreite ich erhobenen Hauptes in Gerhards Büro, um den restlichen Papierkram zu erledigen und mir mein Zeugnis abzuholen. Er verhält sich mir gegenüber distanziert und sogar etwas kühl, aber das stört mich keineswegs. Nachdem ich meine Unterschrift unter das letzte Schriftstück, welches besagt, dass ich alle Unterlagen erhalten habe, setze, erhebe ich mich und reiche ihm die Hand zum Abschied. Er richtet sich ebenfalls auf und blickt mir reserviert in die Augen. Eine Weile verstreicht, dann ergreift er endlich meine Hand und schüttelt sie herzlich. Sein zurückhaltender Blick weicht einem Lächeln und er entlässt mich aus seinem Büro mit den besten Wünschen für meine berufliche Laufbahn und meine Ehe. Letztere Bemerkung habe ich eindeutig Caro und Markus zu verdanken. Daher wehte also der Wind!

Für den darauffolgenden Mittwoch, Elviras letztem Tag im Hotel, ist eine kleine Abschiedsparty unter Freunden geplant. Eingeladen sind hierbei ausschließlich alle netten Ex-Arbeitskollegen, darunter fällt selbstverständlich auch unsere einzigartige *Queen of Patisserie* Chanette.

Diese spontane Feier war letztlich Goldes wert, denn wir konnten die beste Zuckerbäckerin des Landes für unser neues Projekt begeistern. Und was gleichermaßen fabelhaft war: Chanette hat uns im Laufe des Abends beiläufig von ihrem Lebensgefährten, einem Haubenkoch, der liebend gerne nach fernöstlichen Gaumenfreuden kocht und derzeit noch auf Saison war, erzählt. Anscheinend beabsichtigte dieser, sich sesshaft zu machen und suchte deshalb eine geeignete Arbeitsstelle, wo er sein Können entsprechend einsetzen könne. Das Gespräch mit Chanette klang vielversprechend und ich hatte danach ein gutes Gefühl. Demnach hätten wir eine riesige Sorge weniger, denn fähiges Personal ist selten genug zu finden und bei Chanette können wir uns ihres Könnens absolut sicher sein, und wenn ihr Freund nur annähernd so fabelhaft wie sie ist, dann wäre das ein wahrer Glückstreffer. Noch dazu, wo er unser fernöstliches Konzept mit diversen Rezepten umrahmen könnte! Chanette wollte sich mit ihm beratschlagen und sich unser Angebot bis Sonntag durch den Kopf gehen lassen. Wir drängten auf eine möglichst rasche Entscheidung, da wir jetzt noch einige Kleinigkeiten, was die Einrichtung und Aufstellung der Küche und Patisserie betraf, ändern und ihre rationelleren Vorschläge mit einbeziehen konnten.

Somit haben Elvira und ich sogar bei unserer internen Abschiedsparty geschäftstüchtig gehandelt, und wir hoffen, dass wir am Sonntag wenigstens diesen einen Punkt unserer noch immer elendig langen Erledigungsliste als abgehakt betrachten können!

Die anstehenden Tage trifft Elvira immer pünktlich morgens um halb sieben mit einem Frühstückskörbchen bei uns in der Wohnung ein. Wir veranstalten dann ein Meeting, wo wir die anstehenden Aufgaben des Tages und die bereits erledigen Botengänge des Vortages besprechen. Wir schlürfen dabei ein paar Espressi, danach schlüpfen wir ins Baustellenoutfit, schnappen uns die Pläne und fahren gemeinsam zum Pavillon. Und gleich nachdem Mucki auf die Zufahrtsstraße einbiegt, brüllen wir im rituellen Gleichklang unserer Stimmen: *„Trautes Heim, Schock muss sein!"* (aus dem Filmknüller *„Geschenkt ist noch zu teuer!"* – Tom Hanks spielt darin einen Hausbesitzer, der mit dem Taxi aus der Stadt zurück zu seinem eben erworbenen Haus am Land kommt, wobei ihn der Taxler bei der Ankunft im Vorhof ernsthaft fragt, ob denn hier Atombombenversuche stattfinden würden! Ich fand das im Film sehr belustigend. Mittlerweile ist mir das Lachen jedoch vergangen, denn das Grundstück sieht aus, als hätte die Rote Armee Truppenübungen durchgeführt und dabei ein bisschen über die Stränge geschlagen.).

Am Abend bin ich zumeist streichfähig. Ich bin die körperliche Arbeit doch nicht so gewohnt, wie ich gedacht habe und schaffe nach einer Dusche, wo ich schrubbe und rubble bis sich der Staub, der sich im Laufe des Tages überall eingenistet hat, endlich von meinem Körper löst, gerade die erste Hälfte eines Spielfilms. Dann schlafe ich schon selig auf der Couch ein. Irgendwann in der Nacht wache ich dann zumeist mit Genickschmerzen auf und katapultiere mich schlaftrunken ins Bett.

Nike haben wir unter Androhung von Schokoladeentzug rigoros verboten, auch nur einen leeren Eimer aufzuheben und schicken sie kontinuierlich zweimal am Tag nach Hause, damit sie sich ein wenig ausruhen kann. Sie folgte dieser Aufforderung anfangs nur widerwillig und mimte sogar die Beleidigte, bis wir ihr *im Namen der unschuldigen Kinder* ein schlechtes Gewissen eingeredet haben, und mit dem jetzt schon deutlich sichtbaren Druckmittel funktioniert die Einhaltung der Pausen ganz gut!

Wochenenden, da sind wir uns einig, sind in unseren Kalendarien bis auf Widerruf gestrichen. Außer es steht etwas Dringliches an!

Am Sonntagmorgen ereilt uns die frohe Botschaft, dass Chanette und ihr Lebensgefährte vorbeikommen wollten, um sich ein handfestes Bild von unserem Projekt zu machen.

Am Nachmittag ist es gewiss, dass beide ab Mitte Oktober definitiv für uns arbeiten werden, wobei die gute alte Handschlagqualität zur Fixierung herangezogen wurde. Sie haben sich sofort die Umbaupläne für die Küche und die Patisserie angesehen und uns tatsächlich noch den einen und anderen hilfreichen Änderungsvorschlag unterbreitet.

»Amelie? Ich bin's, Markus«, stammelt er ins Telefon.
»Hi!«, begrüße ich ihn und entferne mich schnell von den Baggern,

damit ich ihn besser verstehen kann.

»Du hörst dich erschöpft an! Rufe ich zu einem ungünstigen Zeitpunkt an?«

»Nein, nein, ist schon in Ordnung! Günstig ist momentan ein Fremdwort. Die Großbaustelle lässt grüßen«, erkläre ich die Hintergrundgeräusche.

»Sehr stressig, was?«

»Ja, es reißt uns ganz schön herum. Aber es wird irgendwann toll aussehen, soviel ist sicher«, behaupte ich.

»Also, ich komme gleich zum Punkt! Ach was!«, unterbricht er sich selbst. »Bist du noch eine Weile dort?«

»Ja, selbstverständlich! Wieso?«

»Ich komme rasch rüber. Garfield muss ohnehin raus. Bis gleich!«, ruft er in die Muschel und hat schon wieder aufgelegt.

Was will er bloß? Warum kann er mir das nicht am Telefon sagen? Ich wünschte, er würde nicht hierher kommen und muss bei der kurzen Begutachtung meines Gesamterscheinungsbildes unwillkürlich an die Karikatur einer verstaubten, alten Jungfer denken. Seltsamerweise bin ich etwas nervös. Immerhin hatte ich mir ein Wiedersehen nach dem „Vorfall" anders vorgestellt! Ob ich mich rasch an der Kiste Bier vergreifen sollte? Ich wäre zwar kein allzu gutes Vorbild, aber es würde mich etwas beruhigen. Ich könnte die nächste Stunde auch einfach wo untertauchen. Der Dschungel bietet noch immer genug gute Möglichkeiten für ein solches Vorhaben. Die Rhododendronbüsche in der Nähe des Steges wären eigentlich noch idealer.

»Amelie! Wo steckst du denn? Ich kann dich nirgends finden!«, brüllt Markus in sein Handy.

Er scheint gerade an jener Stelle angelangt zu sein, wo ich noch vor wenigen Minuten war. Ich luge vorsichtig durch die Büsche Richtung Pavillon, und tatsächlich, da oben steht er und durchforstet mit seinen scharfen Blicken aufmerksam die Gegend nach mir. Garfield zerrt derweilen wie wild an seiner Leine.

»Hallo, Markus! Ich bin gerade (abgehauen, untergetaucht, feige, mädchenhaft) ... ich bin am Ufer!«, gebe ich zu. »Am Steg, du kannst mich nicht verfehlen.«

Huch! Meine Halsschlagader beschleunigt ihr Pochen. Ich muss schnell eine Barriere zwischen uns schaffen! Rasch schlüpfe ich aus den Schuhen, kremple meine Hosen hoch und wate ins seiche Wasser. Meine Zehen versickern im schlammigen Untergrund. Ekelhaft, aber was soll ich machen! Ich taste mich bis zum Schilf vor, packe die ersten Pflänzchen in meiner Reichweite und beginne sie herauszuziehen. Ein paar Schilfrohre werfe ich demonstrativ ans Ufer. Garfield hat mich zuerst gewittert und zieht sein Herrchen zielstrebig in meine Richtung.

»Ach, hier steckst du!«, sagt Markus erfreut.

»Ja, muss Unkraut jäten! Davon gibt's hier genug«, antworte ich und deute in der Gegend umher. »Und, wie geht's dir so?«, frage ich beiläufig, und ohne ihm in die Augen zu blicken, kümmere ich mich rastlos um die Abtragung des Schilfes.

»Oh, du meinst wegen neulich?«, will er wissen.

Mich durchzuckt ein eisiger Schauer und ich richte mich unbewusst auf und starre ihn verblüfft an. Seine stahlblauen Augen scheinen mich bei dieser Frage zu durchleuchten. Ich fühle mich plötzlich gänzlich unwohl. Das Einzige, was mich einigermaßen zu beruhigen vermag, ist die knöchelhohe Wasserpfütze zwischen uns beiden.

»Nein, lassen wir das!«, sage ich abweisend. »Und, wie gefällt es dir hier?«

»Das wird super, echt! Ich sehe es schon vor mir. Und diese Lage!«, schwärmt er und folgt Garfield auf den Steg hinaus. »Gibt's hier eigentlich Blutegel?«

»Markus, nicht weiter!«, schreie ich plötzlich, als ich ein knarrendes, bedrohliches Geräusch ausmachen kann. »Der Steg ist sehr morsch! Geh doch bitte vorsichtig wieder ein paar Schritte zurück, ja?«, ersuche ich ihn, und dann kommt mir erst seine letzte Frage wieder in den Sinn: *Blutegel? Diese kleinen Biester würden doch vor dem Naturschutzgebiet sicherlich halt machen, oder?* Ich habe diesbezüglich nicht die geringste

Ahnung und ich will es auch nicht herausfinden. Deshalb ziehe ich es vor, lieber mit Markus das Ufer, als meine Venen mit Blutegeln zu teilen!

»Ich wollte dich eigentlich an etwas erinnern«, fängt er erneut an und mir wird dabei schon wieder kalt und heiß zugleich. »AIDA! Erinnerst du dich noch oder wolltest du damals mit deiner Beinahe-Zusage nur höflich sein und mich damit trösten?«

»Ich dachte, du hättest es vergessen«, antworte ich ihm, »oder vielleicht sogar vergessen wollen«, füge ich noch an.

»Nein, nein, natürlich ist diese Einladung aufrecht, aber -«

»Aber, was?«, frage ich nach und stülpe mir dabei wieder meine ausgelatschten Turnschuhe über.

»Es gibt ein Problem dabei. Ein Problem, welches wir durch diesen unabsichtlichen Ausrutscher von neulich nicht gerade kleiner gemacht haben.«

»Du sprichst in Rätseln«, bemerke ich und richte mich auf, um in seinen Augen nach der Antwort zu suchen. »Also, sag's frei heraus und bring's schon hinter dich!«

»Ich habe die letzten Tage herumtelefoniert wie ein Irrer, aber wie es scheint, gibt es in ganz St. Margarethen und Umgebung für den besagten Zeitraum keine verfügbaren Zimmer mehr!«

»Dass heißt dann wohl, dass wir entweder im Auto schlafen, zelten oder die Nacht auf einem Tretboot am Neusiedlersee verbringen müssten, oder?«

»Da wäre noch das Doppelzimmer, das ich schon vor Monaten reserviert habe! Meine große Schwester und ich sehen einander so selten, dass wir zumeist die Nächte durchquatschen, und deswegen habe ich damals auch nur ein Zimmer reserviert«, erklärt er mir. »Ich habe bereits mit dem Wirt gesprochen. Aber es besteht leider keine Möglichkeit, die Betten irgendwie auseinander zu schieben. Du siehst doch ein, dass dies zum Problem werden könnte, nicht wahr?«

»Ach, wir sind doch wirklich keine kleinen Kinder mehr! Wir finden uns ohnehin nicht gerade anziehend. Also: Ich verspreche dir hoch und heilig, dich nicht zu befummeln«, sage ich neckisch und sein Lächeln

versichert mir, dass die alte Ordnung zwar noch nicht wieder ganz hergestellt ist, dass wir aber auf dem besten Weg dorthin sind, »und du solltest
die Hände vom Bier lassen, dann gibt's sicherlich keine Probleme und
keine Missverständnisse. Ich muss nur noch mit den Mädels sprechen und
einen Antrag auf kurzfristige Beurlaubung durchboxen!«

»Na dann! Ruf mich bitte zurück, falls es nicht klappen sollte, ja?«,
ersucht er mich und macht sich dabei auf den Weg zurück.

»Ist gebongt!«, erwidere ich freundlich und blicke ihm hinterher.

Das lief ja besser als geplant. Mich würde endlich wieder einmal jemand in die Oper ausführen. Ich musste nur noch die Mädels von der
absoluten Dringlichkeit dieses Ausflugs überzeugen.

Ein dreifaches Juhu, Juhu, Juhu!

Variablen einer Theorie

Ich betrachte die Musik nicht nur als eine Kunst,
das Ohr zu ergötzen,
sondern als eines der größten Mittel,
das Herz zu bewegen und Empfindungen zu erregen.
(Christoph Willibald Gluck)

Das Wetter an diesem Samstag verspricht früh morgens wunderbar und sonnenstrahlendurchflutet zu werden. Markus wollte eigentlich schon um acht Uhr starten. Da ich aber zu dem Zeitpunkt beim Friseur bin und danach noch meinen kurzfristig einberufenen Fußpflegetermin wahrnehmen muss, verschieben wir unsere Abreise einfach auf mittags.

Er läutet schon an der Wohnungstür, als ich noch unentschlossen und nur in den Bademantel gehüllt vorm Kleiderschrank stehe und wegen meiner Garderobe hadere.

Fünfzehn Minuten später sind wir schon abreisebereit. Ich habe mich für ein knielanges, blauweißes Satinkleid und weiße Korkschuhe entschieden. Für den Abend kann ich ebenfalls mit der geeigneten Garderobe aufwarten. BH brauche ich weder für das eine Kleid noch für das andere. Ein Slip war auch schnell eingepackt. Nur mit dem Nachthemd habe ich im Sommer so meine Probleme, da ich eigentlich keines trage. Zu heiß für meinen Geschmack! Aber um den Anstand zu wahren und um meinen Gönner nicht vor den Kopf zu stoßen, habe ich ein kurzes Etwas eingepackt.

Garfield ist auf der Rückbank des Kombis wie ein Kleinkind angezurrt und sein aufgeregtes Gebell hallt mir schon vom Flur aus wider. Als ich die Hintertüre öffne, um ihn kurz zu kraulen, zerrt er vor Aufregung wie wild an seinen Fesseln.

Auf der Fahrt versucht er die Aufmerksamkeit auf sich zu lenken und rammt mir dabei seine feuchte Schnauze unablässig in die Schulter, bis

Markus schließlich einen Rastplatz auf der Autobahn aufsucht, anhält und den Vierbeiner wegen seines ungehörigen Verhaltens tadelt. Und Garfield scheint die Rüge tatsächlich kapiert zu haben. Die Hundeschule muss also wirklich etwas bringen! Diesen positiven Gedanken verfolge ich, bis wir drei Minuten später wieder auf der Autobahn sind, denn da fängt der Sittenstrolch hinter mir schon wieder mit seinen ruppigen Anbandelungsversuchen an. Ich entschließe mich postwendend, meinen Autositz so weit wie möglich vorne einzurasten. Meine Beine sind danach zwischen Sitz und Handschuhfach eingekeilt, aber wenigstens ist meine Schulter sabberbefreit, und das ist die Mühe wert! Unsere Gesprächsthemen sind breit gestreut, wobei mir Markus unaufhörlich vom Burgenland vorschwärmt. Er berichtet mir von kleinen Dörfern, von bunten Häuserreihen, von verträumten Buschenschenken, die allerorts zu finden waren, vom milden pannonischen Klima, von den Weinbergen und den freundlichen Menschen, und er lässt mich wissen, dass dieser Teil des Burgenlands den Vergleich mit der Toskana nicht scheuen musste.

Und wo Markus recht hat, da hat er recht! St. Margarethen ist ein wahrlich idyllisches Dörfchen. Die Hauptstraße führt uns vorbei an unzähligen farbenprächtigen Häuschen, und die gepflegten Fassaden werden oftmals von rankenden Kletterpflanzen verziert, die hie und da eine Pforte zu einer versteckten Buschenschenke freigeben. Unser Gasthof ist nicht auf der Hauptstraße gelegen und deshalb biegt Markus zielsicher in ein Seitengässchen ein, welches schließlich bei unserer Unterkunft endet. Der Wirt begrüßt uns gut gelaunt, führt uns in ein komfortables Doppelzimmer, fragt, ob wir schon etwas gegessen hätten, und nachdem wir verneinen, verabschiedet er sich und lässt uns wissen, dass er in der Küche Bescheid geben und uns im Schanigarten einen Tisch decken lassen werde. Die Tür schnappt zu und wir sind alleine. Ich blicke auf das Bett und mich beschleicht ein ungutes Gefühl der Verlegenheit und nicht der gerade im Aufbau befindlichen Vertrautheit! Garfield lenkt mich ab. Er ist auf den Balkon hinausgestürmt und bellt voller Verzücken. Der Erker ist mit Pflanzen behangen und der Ausblick ist malerisch. Ich kann direkt auf den nahegelegenen Weinberg blicken. Nachdem wir unser spärliches

Gepäck verteilt haben, machen wir uns auf den Weg nach unten. Wir haben noch jede Menge Zeit. AIDA sollte erst um acht Uhr beginnen und die Anfahrt zum Steinbruch wäre mit einer zweiminütigen Taxifahrt erledigt. Trotzdem haben wir uns vorgenommen, etwas früher dort zu sein, da wir uns zur Einstimmung noch ein Glas Wein gönnen wollten.

Ich darf zuerst ins Badezimmer, da Frauen laut Markus immer sooo laaange für alles brauchen! Aber da ich gestern Abend und heute Morgen schon Vorarbeit geleistet habe, dusche ich nur rasch und schlüpfe danach, bloß mit meinem nassen Handtuch bewaffnet, ins Zimmer zurück, um ihm das Bad freizumachen. Er schnappt sich seinen Smoking und alles was er sonst noch gedachte anzuziehen, und folgt dem Geräusch des tröpfelnden Wasserhahns.

Nachdem er verschwunden ist, blicke ich auf jenen Teil des Bettes, der dem Balkon zugewandt ist und den er wahrscheinlich sich zugedacht hat. Demonstrativ liegt ein grau-rot karierter Pyjama auf dem Laken. Er hat ihn so drapiert, dass ich dessen volle Pracht bewundern kann. Das Modell scheint ein Winterteil zu sein, mit schönen langen Ärmelchen und ebenso schönen langen Hosenbeinchen! Ach, da wird er heute aber gehörig ins Schwitzen kommen bei den sommerlichen Temperaturen die hier vorherrschen, und es gibt keine Klimaanlage. Wir können nur die Balkontür offen stehen lassen und auf ein paar kühle Windbrisen hoffen. Dies deute ich als Zeichen, dass ich erstens nichts von ihm zu befürchten habe, und zweitens, dass ich mein keusches Nachthemdchen auch zur Schau stellen sollte, und zwar gleich neben ihrem monströsen Kontrahenten. Ich zupfe mein Seidenteilchen auf der Bettdecke zu Recht und analysiere die Situation erneut. Eigentlich könnte ich Markus einen kleinen Schrecken einjagen! Mit einem fetten Grinsen im Gesicht lege ich mein kesses Nachtgewand wieder zurück in die Schublade und ziehe stattdessen nur einen Hauch von einem teufelsroten Stringtanga heraus! Auf dem Bett drapiert wirkt das Bildnis nun wie *Goliath frisst David* – und zwar mit Haut und Haaren! Ich betrachte voller Genugtuung mein Werk und widme mich dann meiner Fertigstellung.

Während Markus im Bad hantiert, tauche ich meinen Körper in eine milde Cremelotion, frische mein Haarstyling und mein leichtes Make-up (Sommer und Sonne sei Dank, brauche ich keine Spachtelmasse mehr aufzutragen, da etwaige Pickel erfreulicherweise auf Tauchstation sind) am Spiegel der kleinen Frisierkommode auf und kleide mich an. Die Absätze meiner schwarzen Riemchenpumps sind nicht allzu hoch, da ich mutmaßlich noch viele Stunden in diesen ausharren muss und ich mein Erstreben, was den Markusspezifischen Ausspruch *Auge um Auge* betrifft, gegen meine Behaglichkeit eintausche. Ich bin bereits über eine halbe Stunde *fix und fertig*[47], als sich endlich die Badezimmertür öffnet.

Und was ich da sehe, gefällt mir (eigentlich viel zu gut! Schade, dass wir nichts miteinander anzufangen wissen. Nun, wenn er den Mund halten würde, wenn er etwas größer wäre, wenn er keine brünett-blonde Mähne und keine blauen Augen hätte, dann wäre er eindeutig eine Sünde wert. Aber so ist er eben NUR Markus!). Sein Smoking sitzt wie angegossen und seine Haare hat er feinsäuberlich im Nacken zusammengebunden.

»Wow! Du siehst spitze aus!«, huldigt er mein Erscheinungsbild und strahlt mich daraufhin aufrichtig an.[48]

»Nun, so kann ich dich auch mitnehmen«, frotzle ich ihn wegen seines (lecker-schmecker) Aussehens und überspiele dabei gekonnt meine kurzfristige Beklommenheit.

»Dann sind wir also abmarschbereit!«, sagt er fröhlich und sein Blick streift dabei unbewusst das Bett.

---

[47] Ich bin erstens fertig, da ich schon sooo laaange fertig angezogen bin, und ich bin zweitens fertig, da ich schon sooo laaange auf das Erscheinen meines Begleiters warten musste!

[48] Ich will ihm schließlich um nichts nachstehen und habe mich bei meiner Abendgarderobe für ein schlichtes knielanges, figurbetontes, dunkelrotes Kaschmirkleid mit Carmenausschnitt entschieden. Nicht fehlen darf bei der feurigen Aufmachung mein oranger Pashmina-Schal, welcher mir schon zu Silvester gute Dienste erwiesen hatte, und den ich nun neckisch in meine Ellbogen gleiten lasse. An meinem Hals funkeln Swarovski-Steinchen und abgerundet wird das Ganze durch meine schwarzen Riemchenschuhe und meine schwarze, paillettenbesetzte Handtasche.

Aha. Irgendetwas hat seinen Blick zurückfahren lassen. Wahrscheinlich das knallige Rot! Ich beobachte sein Verhalten amüsiert. Er stiert nahezu auf meine knappe Underwear und wirkt dabei etwas fassungslos. Diese anfängliche Irritation weicht mit jeder verstreichenden Sekunde zunehmend einem Schock ... ja, er ist tatsächlich schockiert!

»Können wir?«, frage ich ihn unbekümmert, gehe an ihm vorüber und schnappe dabei seinen Arm.

»Trägst du Unterwäsche?«, stammelt er schließlich hervor.

»Jetzt?«, hauche ich ihm lustvoll zu.

»Ja, jetzt!«, sagt er mit etwas gefestigterer Stimme.

»Natürlich!«, erwidere ich lässig und leger. »Wieso?«

»Ach, ich dachte, du hättest vergessen, dein ... nun, dein Höschen anzuziehen«, stottert er heraus und zeigt entrüstet auf das Bett.

»Das da … das ist mein Nachtgewand, sieht man das nicht? Du warst so umsichtig und hast deinen Pyjama schon griffbereit zurechtgelegt und ich wollte dir um nichts nachstehen«, erkläre ich ihm und meine Stimme fängt dabei an zu vibrieren. Eine weitere Sekunde verstreicht und dann kann ich nicht mehr anders und brülle vor Entzücken laut los.

»Haha! Sehr witzig, Lady Amelie!«, gibt er beleidigt zurück und führt mich rasch bei der Zimmertür hinaus.

Im Vorhof erwartet uns bereits der Wirt, der sich freundlicherweise dazu bereit erklärt hat, uns bis vor die Tore einer Weinschenke, welche direkt an den Eingang des Steinbruchs grenzt, zu chauffieren. Garfield dürfen wir einstweilen in der Obhut seiner zwölfjährigen Tochter lassen. Sie hat Markus versprochen, noch eine Runde mit dem roten Monster zu gehen, ihn zu füttern und danach ins Zimmer zurückbringen.

Wir liegen gut in der Zeit und finden sofort einen Stehtisch mit Aussicht auf die eindrucksvolle Open-Air-Veranstaltung. Zur Erfrischung bestellen wir zwei Gläser Weißwein und zwei Flaschen Wasser. Die Sonne kitzelt gerade noch das Firmament und bestrahlt den Steinbruch würdevoll.

»Du hast mir nicht zu viel versprochen. Es ist fantastisch hier!«, sage ich begeistert.

»Warte bis wir unten sind, dann kommst du aus dem Schwärmen nicht mehr raus!«, gibt Markus zurück und in seinen Augen kann ich erkennen, dass ihn meine Verzückung schmeichelt.

Eine halbe Stunde vor dem Vorstellungsbeginn brechen wir auf. Der Fußweg zur Veranstaltung ist kurzweilig und gesäumt von Menschentrauben. Zu Beginn der unteren Ebene finden sich unzählige Bewirtungsstände ein und wir gönnen uns noch zwei Gläser Sekt. Markus erwirbt beiläufig ein Programmheft und blättert begierig darin herum.

Die Naturkulisse hier ist einzigartig, da hat er Wort gehalten. Ich bin beeindruckt und mir kann nicht mehr allzu viel imponieren. Ich treibe ihn, nachdem ich im Magazin ein Bild von der Bühne betrachten konnte, zur Eile an, da ich diese noch hautnah in Augenschein nehmen möchte. Wir leeren unsere Gläser in einem Zug und machen uns auf. Hinter der Biege hallt mir schon die Klangwelt eines sich einstimmenden Orchesters entgegen und nach wenigen Schritten stehen wir vor dem breiten, ebenen Bühnenaufgang. Das Podium selbst ist von kolossaler Größe. Das Bühnenbild beherbergt eine längs gestreckte Tempelanlage, welche mit einem gigantischen Pharaonenkopf geziert ist, und eine nicht minder große Pyramide. Weiters finden sich hier aufragende Säulen, Statuen, Triumphbögen und Obelisken ein. Die Bühne ist zusammen mit den aufsteigenden Zuschauertribünen in einen windgeschützten Kessel eingebettet. Den Hintergrund der Bühne bildet eine steil aufragende Felswand, auf deren oberen Kamm etliche Fackeln lodern, wobei auf der rechten Seite eine stattliche Sphinx eindrucksvoll auf das Publikum herabblickt.

Markus hat hervorragende Plätze reserviert, das muss man ihm lassen. Wir platzen erster Rang Mitte, Reihe drei. Ich kann mich einfach nicht satt sehen und Markus betrachtet meine Verzückung und meinen offenen Mund mit Genugtuung (wahrscheinlich, weil ich endlich mal keinen einzigen Ton von mir gebe und respektvoll die Klappe halte).

Um acht Uhr steht fest, dass diese Vorstellung komplett ausverkauft ist. Es gibt nicht einen einzigen freien Platz mehr, und dabei liegt die Kapazität des Areals bestimmt bei viertausend Zuschauern. Pünktlich schwillt das Orchester an und lässt die letzten gesprochenen Laute verstummen.

Die Vorstellung beginnt.

Um kurz nach zehn Uhr weicht die Dämmerung der Nacht und die ohnehin schon majestätische Kulisse wird zusätzlich mit Lichtreflexionen in Szene gesetzt. Abgerundet wird der letzte Höhepunkt des ersten Aktes mit dem Triumpheinzug Radamès in Ägypten, welcher von fünf Pferdegespannen und einer Horde Elefanten begleitet wird. Am Firmament veranschaulicht unterdessen ein gigantisches Feuerwerk diese feierliche Zeremonie, und nachdem die anschwellenden, triumphalen Klänge des Orchesters verstummt sind, wird dem Publikum eine einstündige Pause angekündigt.

»Das ist ... ich finde keine Wort dafür!«, sage ich begeistert zu Markus.

»Gott sei Dank«, neckt er mich. »Komm, lass uns etwas tafeln und bechern gehen.«

»Du bekommst kein Bier!«, ermahne ich ihn zur Vorsicht.

»Keine Angst, ich hab' mich heute so was von unter Kontrolle«, bestätigt er mir zuversichtlich und reicht mir galant seinen Arm.

Nachdem wir zwei Lachsbrötchen verspeist haben, bestehe ich auf meinen Zuckerschub und besorge uns zwei Spieße leckerer süß-saurer Himbeeren im Schokolademäntelchen. Danach quält mich der Durst, und auch dieses Bedürfnis gilt es wohlweislich zu stillen. Wir finden aber keinen einzigen freien Tisch unter den Kastanienbäumen vor und wandern mit zwei Gläsern Wein in Händen zur angrenzenden, aufsteigenden Wiese. Eine Kletterpartie später thronen wir auf einer Parkbank und blicken hinunter auf das bunte Treiben.

»Na, dann Prost!«, sage ich und hebe mein Becherglas demonstrativ in die Höhe. »Auf deine wunderbare Schwester, die so in die Arbeit vertieft ist, dass sie sich das hier hat entgehen lassen. Ich kenne sie zwar nicht, aber ich liebe sie trotzdem! Sie ist eine äußerst sympathische Frau, findest du nicht auch?«

»Das ist sie«, bestätigt mir Markus.

»Und vielen Dank dass du mich hierher mitgenommen hast!«

»Gern geschehen.«

»Sag mal, Markus, eine etwas persönliche Frage, die mich statistisch einfach interessiert. Bist du eher Tanga- oder Boxershortsträger?«, frage ich ihn gerade heraus und muss daraufhin beinahe Erste Hilfe leisten, da sein Wein, an dem er gerade genippt hatte, durch meine offensichtlich zu schockierende Frage einen Ausflug in seine Luftröhre unternommen hat. Ich klopfe ihm auf den Rücken und langsam schnappt er wieder ruhiger nach Luft. Seine Augen tränen und er hält sich die Hand aufs Herz.

»Du willst mich wohl umbringen, was?«, keucht er mich an.

»War nur eine normale Frage!«

»Die ist zu indiskret, findest du nicht auch?«

»Meine Güte, komm schon! Ich habe dich damals im Büro ohnehin fast nackt gesehen. Also, Tanga oder Boxershorts?«

Markus schluckt sichtlich schwer. Er ist aber manchmal auch, sehr zu meinem Vergnügen, wirklich gehemmt.

»Aber damit ist diese merkwürdige Fragestunde beendet!«

»Selbstverständlich«, lüge ich gekonnt.

»Na ja, es kommt drauf an, verstehst du?«, antwortet er schüchtern und rückt näher an mich heran, damit niemand dieses für ihn peinliche Gespräch mithören kann (unnötigerweise, denn wir sind hier garantiert die Einzigen, die die Böschung raufgeklettert sind). »Wieso willst du das denn wissen?«

»Zum einen, weil ich neugierig bin, und zum anderen, weil ich dir noch ein Präsent schuldig bin und … ich hab's zufällig auch dabei! Nein, nicht hier und jetzt dabei«, erkläre ich schnell, da er an meinem eng anliegenden Kleid hinab blickt und sich offensichtlich die Frage stellt, wo ich denn da noch etwas versteckt haben könnte, »Es liegt noch in unserem Zimmer! Also, worauf kommt es bei dir an?«

»Na, auf die Situation und auf die Umstände«, erläutert er mir. »Bei der Arbeit kann ich es nicht gebrauchen, wenn ich etwas nicht unter Kontrolle habe, also trage ich -«

»Einen wunderbar eng anliegenden Tanga!«, beende ich seinen Satz.

»Ganz genau! Und wenn ich unterwegs bin und damit rechnen muss, dass ich auf eine Situation treffen könnte, wo es für mich von Nachteil wäre, wenn meine Hose eine zu deutliche Ausbuchtung aufweisen würde, nun da trage ich auch -«

»Einen wunderbar eng anliegenden Tanga!«

»Ganz genau!«

»Du bist ein Kontrollfreak, was?«

»Ich finde es sehr unangenehm«, murmelt er mir zu, »wenn man dem Lümmel da unten den strikten Auftrag erteilt, sich still und unauffällig zu verhalten, und er macht dann, wenn er schöne Beine oder ein üppiges Dekolletee sieht, erst recht wieder, was er will! Das kann's doch wohl nicht sein! Ich bin sein Herr und Meister, und das hat er zu kapieren!«

»Oh, armer kleiner Freund!«, sage ich mitfühlend und blicke ungeniert auf sein Hosentor. »Hat man dir einen Keuschheitsgürtel auferlegt! Oje, armer kleiner Freund! Kannst demnach deine Freude nicht jeder oder jedem zeigen, was?«

»Jetzt hör schon endlich auf, Amelie! Was soll denn derjenige, der unser Gespräch zufällig mitbekommen sollte, über uns denken!«, ermahnt er mich und sieht sich besorgt um.

»Hm … heute könntest du demnach sogar eventuell eine Shorts tragen. Immerhin bist du nicht im Dienst, es ist Wochenende und du siehst hier kein ansprechendes Wesen, das deinen Freund erzürnen könnte!«

»Genau! Und jetzt lass uns dieses Thema beenden. Es ist mir unangenehm, mit dir derartige Intimitäten zu besprechen!«

»Gut, Themawechsel«, zeige ich mich einsichtig. »Caro und Roland haben endlich miteinander geschlafen!«, pruste ich heraus und blicke ihm auffordernd in die Augen, um seine Reaktion deuten zu können.

Ich bin wirklich eine kleine Hexe, denn ihm stockt schon wieder der Atem. Man kann Markus mit derartigen Geschichten so herrlich quälen! Ach, ich amüsiere mich prächtig, wenn jemand so spießbürgerlich ist.

»Ja, ich weiß.«

»Da haben wir beide aber hervorragende Arbeit geleistet, was?«, frage ich ihn. »Teamwork macht sich eben manchmal bezahlt!«

»Ja, da können wir stolz auf uns sein, das ist wahr.«

Wir prosten einander wieder zu und gönnen uns einen großen Schluck Wein. Dieses Klima hat es wirklich in sich. Die Luft kühlt nicht einmal jetzt merklich ab. Es ist herrlich, wenn man abends nicht frieren muss. Ich fühle mich heute einfach wunderbar und bin rundum zufrieden!

»Sag mal, Amelie«, unterbricht Markus unser Schweigen. »Was ist jetzt eigentlich wirklich mit diesem Italiener?«

»Francesco! Sein Name ist Francesco!«, merke ich an. »Das habe ich dir zuletzt schon gesagt: Wir mögen einander.«

»Aber ihr seid dennoch definitiv nicht mehr zusammen, oder? Darf ich fragen wieso?«

»Francesco und ich haben uns einfach ein paar Monate zu früh kennen gelernt. Wir hatten ein echt beschissenes Timing! Nichtsdestotrotz ist er ein fabelhafter Mann.«

»Du schwärmst ja noch immer mächtig für ihn.«

»Ich mag ihn«, gebe ich leise zu.

»Bist du noch in ihn verliebt? Mir scheint, dem ist so.«

»Nein, ich glaube nicht«, sage ich und revidiere meine Aussage kurz darauf. »Nein, ich gehe nicht davon aus. Obwohl, etwas merkwürdig ist das mit ihm schon! Normalerweise treffe ich mich mit meinen Ex-Freunden nicht mehr auf einen kameradschaftlichen Drink. Aber bei ihm werde ich stets zu einer Ausnahme genötigt. Nun ja, er lässt sich irgendwie nicht abschütteln und taucht immer wieder auf, wie ein falscher Fünfziger«, erkläre ich Markus und ringe mir bei dem Gedanken an Francesco ein Lächeln ab. »Er ist was Besonderes, aber wir haben einander wirklich zum total falschen Zeitpunkt kennengelernt, leider!«, füge ich noch an.

»Aha! Tja, so ist das manchmal«, sinniert Markus dahin.

»Jetzt bin ich dran!«

»Ich stehe für sexbedingte Fragen nicht mehr zur Verfügung!«, stellt er energisch klar.

»Rolands wilde Vorgeschichte kenne ich bereits«, fange ich an, ohne auf sein Statement Rücksicht zu nehmen, »aber wie sieht's eigentlich bei dir aus? Du verlierst nie ein Wort darüber.«

»Du kennst die Geschichte. Ich war einmal so weit, mich vor den Trau-altar zerren zu lassen, und das hat glücklicherweise nicht geklappt. Das war meine Geschichte!«

»Aber Markus, das ist jetzt schon neun Jahre her, wenn ich's richtig in Erinnerung habe!«, bemerke ich entsetzt. »Also, hast du die letzten neun Jahre im Zölibat gelebt, oder wie darf ich mir das vorstellen?«

»Ich hatte nichts von Dauer! Merk' dir eins, Amelie: Nix ist fix! An den Spruch halte ich fest. Ist ein guter Spruch, und so maßlos ehrlich!«

»Und auch maßlos traurig, oder?«

»Nein, besser so, als permanent enttäuscht zu werden!«

»Du bist ein absoluter Kontrollfreak und gehst keinerlei Risiko ein«, analysiere ich ihn. »Warum hast du damals eigentlich nicht geheiratet?«, frage ich vorsichtig.

»Weil ich ihr nicht genug war! Ich bin zum Glück noch rechtzeitig dahinter gekommen.«

»Sie hat dich beschissen?«, erkundige ich mich verblüfft.

»Ja. Mit dem Freund ihrer besten Freundin. Nett, nicht wahr?«, antwortet er bitter.

»Das tut mir jetzt aufrichtig leid«, gebe ich leise zurück und will ihn eigentlich dabei in die Arme schließen, lasse es aber dann doch.

»Das muss es nicht! Ich hab' ja noch mal die Kurve gekratzt. Das bringt das Leben mit sich. Enttäuschungen bringen uns auch weiter. Wir sammeln Lebenserfahrung und geben unserem Weg eine andere Zielrichtung.«

»Da hast du recht«, pflichte ich ihm bei. »Wärst du jetzt verheiratet, würdest du bestimmt dick und fett sein, eine Glatze haben und zu Hause vor dem Fernseher sitzen. Stattdessen kannst du der wunderbaren Opernaufführung hier beiwohnen, guten Wein genießen und, der Clou des Ganzen, du darfst das alles mit *mir* machen! Ist das nicht super? Das weckt doch die Lebensgeister und die Vorfreude auf die Zukunft oder, was meinst du?«

»Ich höre hier nur Mut zum Risiko heraus, und dabei klingeln bei mir schon wieder sämtliche Alarmsirenen.«

»Demnach wäre es ein unglaubliches Wagnis, wenn ich uns noch rasch zwei Becher Wein holen würde, oder wie?«

»Das sehe ich auch so. Außerdem könnten wir ihn nicht mehr genießen, da der zweite Akt in zehn Minuten beginnt, aber -«

»Bin für gute Vorschläge jederzeit zu haben«, unterbreche ich ihn.

»Aber wir können ja nach der Vorstellung noch auf ein Glas Wein gehen! Ist schließlich kein Bier«, fügt er erklärend hinzu.

»Soll ich dir was sagen: Dein Charakter ist eigentlich gar nicht durch und durch verdorben. Du bist manchmal wirklich nicht sooo übel! Wenn man nach den ersten, oftmals einschüchternden Begegnungen mit dir tapfer durchhält und nicht gleich Reißaus nimmt, dann kann man sogar ganz vernünftig mit dir plaudern!«

»Ein Kompliment aus dem Mund einer Zynikerin, das ehrt mich wirklich.«

»Sprüchemacher! Du hast den Moment des Augenblicks schon wieder zerstört«, sage ich beleidigt und richte mich auf.

»Den Moment des Augenblicks«, wiederholt er zugetan. »Das hört sich nett an!«

AIDA stirbt um kurz vor eins. Das Publikum ist begeistert und tobt. Ich bin auch ganz hin und weg, und ich glaube behaupten zu können, dass sich Markus ebenfalls königlich amüsiert hat, denn sein Fuß hat oftmals zum Takt der Musik gezuckt. Wir warten den Aufbruch derjenigen, die selbst mir dem Wagen vorgefahren sind und jetzt in Massen aus der Arena strömen, gelassen auf unseren Plätzen ab. Da es für die Heimfahrt schon relativ spät ist, leeren sich die Zuschauerränge kontinuierlich und rasch. Als der Massenaufbruch beendet scheint, machen wir uns auch auf den Weg hinaus zu den Verpflegungsständen, die trotz der fortgeschrittenen Stunde noch komplett ausgelastet sind. Wir erwerben eine Flasche Weißwein und zwei Becher, und nehmen abermals auf unserer Bank Platz. Markus entledigt sich seiner Fliege, steckt sie ins Jackett und öffnet erleichtert die ersten beiden Knöpfe seines Hemdes, während ich meinen Pashmina-Schal wärmend über meine Schultern lege. Wir führen heiße Diskussionen über das Leben und über das damit verbundene Risiko. Danach gehen wir allmählich zu philosophischeren Denkschemen über, die jedoch zu diesem Zeitpunkt keiner von uns mehr bekräftigen oder widerlegen kann, da die beruhigende Wirkung des Weins mittlerweile vollends eingesetzt hat. Nachdem die Flasche geleert ist, schlüpfe ich aus meinen Schuhen und wir machen uns gemächlich auf den Weg zu unserer Bleibe. Der Himmel ist sternenübersät und die hellen Punkte funkeln uns heimelig entgegen. Die Hauptstraße hinunter ins Dorf ist dürftig beleuchtet und der Autoverkehr ist rar. St. Margarethen liegt uns zu dieser Stunde ergeben zu Füßen.

»Bekomme ich eigentlich mein Geschenk wirklich noch heute?«, fragt Markus plötzlich.

»Natürlich! Bin schon gespannt, ob es dir gefällt. Ich hab' es gesehen und dabei sofort an dich gedacht«, antworte ich ihm.

Wir schlurfen verträumt nebeneinander am immer schmäler werdenden Trottoir her und ich schwelge bereits wieder in den Erinnerungen der Aufführung, bis mich Markus wie selbstverständlich zu sich heranzieht und mit einer Hand meine Taille umfasst. Ich mache es ihm sogleich nach. So kommen wir gut voran und können einander eventuell Schützenhilfe leisten (nur für den Fall der Fälle).

Als sich ein Auto nähert, mache ich eine bemerkenswerte Feststellung: Markus wechselt blitzschnell unsere Position, schiebt mich beschützend auf das Ein-Mann-Trottoir, während er selbstlos am Straßenrand weiter geht. Dieses Verhalten ist bei kleineren Männern komplett untypisch, denn normalerweise würden diese, um ihr Gesicht zu wahren und um ihre Größe nicht noch mehr zu untermauern, die Frau auf die Straße schicken. Somit hatte ich mich schon des Öfteren in lebensbedrohlichen Situationen wiedergefunden und der vermeintliche Gentleman hatte mich dabei grinsend von oben herab betrachtet. Ja, das gefiel ihnen, obwohl ich manchmal so derart hohe Haken getragen habe, dass ich den Größendisput ohnedies wieder wettgemacht habe. Ätsch!

Ich muss sagen, dass mich Markus aufs Neue überrascht hat. Er ist ein Mann, bei dem man immer wieder einen verborgenen Winkel entdecken kann. Mit ihm sollte es einem nicht so schnell langweilig werden. Nun ja, der Beschützerinstinkt ist ihm wohl angeboren, sonst wäre er nicht Polizist geworden. Nachdem das Auto vorüber ist, blickt er mich an und grinst.

»Was lachst du? Was ist so witzig?«, will ich wissen.

»Ich kann Gedanken lesen, vergiss das nicht!«, antwortet er mir und ich zucke augenblicklich zusammen.

»Sag mal, auf dieser Liste, du weißt schon, jene, wo du angeblich alle bösen, hinterlistigen, störrischen, gefühlskalten und uncharmanten Frauenzimmer aufgelistet hast -«

»Und vergiss dabei bloß die zickigen Frauen nicht!«, ergänzt er mein Register. »Was ist mit meiner Liste?«, will er interessiert wissen.

»Gibt es die also wirklich?«

»Ja, wieso denn auch nicht? Viele erstellen Listen, da bin ich ganz sicher nicht der Einzige. Die einen setzen Plus- und Minuslisten auf, die anderen bezeichnen sie als Soll- und Habenlisten, und wieder andere haben Pro- und -«

»Kontralisten!«, beende ich seine Aufzählung und bin über seine letzte Aussage ein wenig verstört.

Dann fertigen also solche Listen nicht nur wir Frauen an, sondern auch die Männer.

Sind Männlein und Weiblein demnach vielleicht doch nicht so grundverschieden?

Gibt es eventuell Männer, die sich ohne weiters auf der Venus behaupten konnten, und existieren umgekehrt Frauen, die auf der eiskalten Oberfläche des Mars überlebensfähig wären?

»Ganz genau!«, stimmt er mir zu und reißt mich dabei aus meinen grotesken Gedanken.

»Und wo stehe ich auf deiner Liste?«, frage ich ihn, um ihm zuzusetzen. »Ich habe doch mittlerweile wenigstens ein paar Gutpunkte erarbeiten können, oder?«

»Ja, aber du könntest noch viel mehr aus dir herausholen!«, antwortet er mir eindeutig zweideutig und lässt dabei verspielt seine Augenbrauen tanzen, um sich danach wieder auf den engen Trottoir zu schummeln und erneut freundschaftlich (hoffe ich zumindest) meine Taille zu umfassen.

183

Um halb drei erreichen wir den Gasthof. Er liegt ruhig da, man hört keinen Laut. Wir schleichen uns wie Einbrecher die Treppen hoch, öffnen lautlos das Schloss und werden von unserem roten Krümelmonster überfallen. Er ist so entzückt uns wiederzusehen, dass er kurz bellt und abwechselnd an uns hochspringt.

»Ich geh' noch mal rasch mit ihm«, erklärt mir Markus, legt sein Jackett ab und schnappt sich Garfields Leine. »Du kannst ja in der Zwischenzeit ins Bad gehen und dein „Nachthemd" überstreifen«, bemerkt er mit Nachdruck. »Und, bitte, warte im Bett auf mich, und zwar unter der Bettdecke, verstanden? Ich will keine nackten Schenkel sehen und ... ach, ich will überhaupt keinen unbedeckten Flecken Haut vorfinden, wenn ich wieder zurückkomme!«

»Jawooohl!«, hauche ich duldsam und nachgiebig hervor.

»Ich bin dein Lehrer und du meine Schülerin«, sagt er ermahnend und hebt dabei drohend den Zeigefinger, »und ich will in dieser Nacht nicht meinen guten und makellosen Ruf einbüßen, verstanden?« Damit ist er mit Garfield im Schlepptau auch schon abgedampft.

Ich gehe also wie gewünscht ins Bad, streife die Klamotten ab, rubble mir die Füße sauber, kleide mich an, putze mir die Zähne und verschwinde danach unter der Bettdecke. Alles wie gewünscht! Da fällt mir ein, dass ich noch mein nachträgliches Geschenk auf die Bettdecke legen könnte.

Es findet gleich neben dem flauschigen Pyjama Platz. Ach, und die Balkontüre könnte ich auch noch ganz aufstoßen, da es hier drinnen schwül ist. Und wenn ich schon mal dabei bin: Das Licht könnte ich auch auf den Schein eines Nachtkästchenlämpchen begrenzen, dann sieht's gemütlicher aus. Außerdem könnte ich noch ein paar Seiten von meinem Liebesschmöker lesen, das beruhigt mich so schön und dann werde ich bestimmt noch besser schlafen. Ich liege also im Bett und warte, und warte, und ... nach beinahe einer Stunde schwingt die Türe leise auf und Markus blinzelt um die Ecke. Er wirkt irgendwie überrascht, da ich noch im Wachzustand bin anstatt tief und fest zu schlafen.

»Warst du kurz in Wien?«, frage ich belustigt.

»Garfield braucht schließlich seinen Auslauf«, gibt er erklärend zurück.

»Wie ich sehe, hast du wirklich kein Oberteil an!«

»Sehr gut erkannt, Herr Kommissar!«, entgegne ich frech, lege meine Fibel zur Seite und lasse meine Oberarme unter dem leichten Baumwollbettlaken verschwinden.

»Schon besser! Bloß keine nackte Haut!«

»Aber ich hatte vor einer halben Stunde wirklich noch ein Nachthemdchen an«, bin ich um eine Erklärung bemüht und zerre demonstrativ mein zerknülltes Seidentop unter dem Leinen hervor und werfe es ihm an den Kopf. »Aber mir ist sooo heiß! Und glaube bloß nicht, ich täte das nur deinetwegen. Ich schlafe im Sommer immer nackt!«, ergänze ich noch und blicke ihn feurig an.

»Hände gefälligst unter die Tuchent!«

»Also nicht Hände hoch? Oh, du bist offenbar kein echter Polizist! Ich bin enttäuscht«, ziehe ich ihn auf.

»Sei enttäuscht und schlaf jetzt!«

»Ach, dein Geschenk«, sage ich und deute auf das kleine blitzblaue Päckchen. »Nachträglich, noch einmal alles Gute!«

»Danke«, entgegnet er und linst es zweifelnd an, als ob es einen Sprengsatz beinhalten könnte. »Ist da was Peinliches drinnen?«

»Mach's auf und überzeug' dich doch selbst, du Feigling!«

Er nimmt das kleine Päckchen an sich, schüttelt es und schielt dabei immer auf mich.

»Keine Münzen für meine Münzsammlung!«

»Nein, tut mir leid! Keine Münzen und auch keine klischeehaften Briefmarken. In diesen beiden Fällen muss ich dich enttäuschen!«, erwidere ich lächelnd. »Nun, pack's schon aus!«

Markus nimmt das Geschenkband, entfernt es, lugt behutsam hinein und danach entweicht seinen Lungen ein aufrichtiges Freudengelächter. »Na, vielen Dank auch! Sieh mal, Garfield, eine Unterhose für dich!«, ruft er lachend aus und zieht eine Boxershorts, die übersät mit unanständige Sachen machenden kleinen roten Garfields ist, hervor.

»Ich hoffe, die Größe passt!«

»Ich vertraue deinem scharfen Blick«, entgegnet er neckisch und verschwindet danach mit seinem Geschenk und seinem wunderbaren Pyjama unterm Arm im Bad.

Ich weiß wirklich nicht, was ein Mann in aller Herrgottsfrüh eine halbe Stunde lang im Bad zu suchen hat - seine Jungfräulichkeit doch bestimmt nicht mehr, oder? Ich kuschle mich indessen ins Laken (übrigens: Es handelt sich dabei um ein durchgehendes im Format vier mal drei) und lösche die letzte Lichtquelle auch noch aus. Die offen stehende Balkontür erhellt den Raum ohnehin zur Genüge. Mir ist entsetzlich heiß (rein klimabedingt). Kurz nachdem der Lichtstrahl versunken ist, schleicht Markus aus dem Badezimmer. Ich habe mein Haupt Richtung Balkon gebettet und harre still und leise aus, so dass er annehmen muss, ich sei bereits eingeschlafen. Er erteilt Garfield letzte Instruktionen und lässt sich danach auf seiner Seite des Bettes nieder. Er hebt zögerlich das Leinen und befördert seinen Körper vorsichtig darunter. Ich mache auf *Dornröschen* und blinzle dabei in seine Richtung. Zuletzt befreit er sein Haar vom Haargummi und legt diesen umsichtig beiseite.

Bei dieser vertrauten Geste kommt mir etwas in den Sinn: Sollte diese Gebärde mehr bedeuten, als nur das Öffnen des Haars? Vielleicht sollte dieser Ritus eine gewisse Lockerheit signalisieren und mit dem Fallen des Haargummis würde er diese auch zulassen! Nun, er ist verdammt verklemmt und ein echter Kontrollfreak, und er ist stets darauf bedacht, kein unnötiges Risiko einzugehen. Um diese Theorie bestätigt zu bekommen, muss ich meine Gedanken in die Vergangenheit schweifen lassen. In Seefeld war sein Haar unter einer Haube versteckt, aber er hatte es damals sicherlich offen getragen. Im Schlosspark, wo unser zweites unerfreuliches Treffen stattgefunden hatte, trug er seine wallende Mähne ebenfalls zur Schau. Und auf dem Polizeirevier? Da war sein Haar stets streng zusammengebunden, genauso wie damals, als wir zusammen ausgegangen waren und wo Caro diesen entsetzlichen Streit mit Roland hatte. Und zuletzt auf dem Jazz-Festival war sein Haar anfänglich auch zurückgebunden. Aber als wir später zusammen getanzt hatten, da hatte er es wieder offen getragen, und natürlich war es auch offen, als wir uns beinahe abgeknutscht hatten (ich kann mich noch genau an den milden Duft seines Shampoos erinnern). Demnach dürfte sich meine Theorie bewahrheiten! Wenn er sich auf sicherem Terrain fühlt, trägt er sein Haar offen, und in der Arbeit und wenn er die Kontrolle behalten will, dann schnappt er den Haargummi und bändigt seine wallende Mähne damit. Sprich: Mit dem Fallen des Haarbands fällt auch seine Hemmschwelle! Ich sag's ja: Man muss die Zeichen nur erkennen, sie richtig deuten und danach handeln!

Ich kann die Umrisse seines Körpers auf dem federleichten Laken erkennen. Nach wenigen Minuten der trauten Ruhe, beginnt er unter der Tuchent leise herumzuwetzen. Er muss schwitzen. Mir ginge es bei diesen sommerlichen Temperaturen und diesem winterlichen Pyjama ganz ähnlich. Er befreit sich offenbar von der langen Hose. Wenige Minuten später, als er sich versichert hat, dass ich nicht aufgewacht bin, fällt auch sein Oberteil aus dem Bett. Ich liege derweil entspannt und abwartend da. Geduld ist eine Tugend, und von dieser habe ich noch immer immens viel! Er hat mir seinen Rücken zugekehrt und wir liegen einträchtig nebeneinander.

Aber Markus ist noch immer nicht zufrieden! Nun zerrt er leicht am Laken und will dabei mutmaßlich herausfinden, wie viel Meter Stoff unsere beiden Körper trennen. Er lässt das Bettlaken nach der Begutachtung leicht durchsacken und ist offenkundig darum bemüht, es zwischen seinem Rücken und der Matratze einzuklemmen.

Ich bin entzückt, was er alles anstellt! Ich schnaufe daraufhin deutlich hörbar aus und ihm stockt dabei der Atem. Er befürchtet wohl, mich aufgerüttelt zu haben und verharrt sofort mucksmäuschenstill. Ich lasse meiner ausgiebigen Schnauferei ein paar eindringliche, sinnenfreudige Schmatzer des Behagens folgen und warte wieder ab. Sein Rücken ragt direkt vor mir auf, er bewegt sich jedoch nicht. Auweia ... hoffentlich atmet er noch, denn momentan hebt und senkt sich sein Brustkorb und sein damit verbundenes Leinen überhaupt nicht mehr.

Was soll ich sagen! Ich bin überhaupt nicht müde, Markus hingegen scheint allmählich schläfrig zu werden, denn das lästige Herumgezapple hört nach wenigen Minuten auf und danach kann ich seinen regelmäßigen Atem wahrnehmen. Erfreulicherweise schnarcht er nicht, ansonsten hätte ich ihn auf den Balkon hieven müssen, und er ist nicht gerade leicht, wenn ich mich richtig entsinne. Für diese Arbeit hätte ich mir tatkräftige Unterstützung holen müssen, aber bei wem? Beim Rezeptionisten? *„Ach, würden Sie mir bitte behilflich sein und den Mann im Bett neben mir auf den Balkon schaffen?"*

Ich bin selbst nach einer weiteren Viertelstunde hellwach. Sicher, ich könnte noch in meinem Liebeskitschroman blättern. Aber würde ich mit dem Schein des Nachtkästchens nicht Markus aufwecken? Das wollte ich nicht. Immerhin war er heute sehr galant und ich habe mich prächtig mit ihm amüsiert! Nein, das wäre nicht sehr höflich von mir und ihm gegenüber sogar überaus undankbar, vor allem weil er so aufrichtig bemüht war!

Nach geschlagenen zehn Minuten gebe ich auf. Markus schläft tief und fest. Somit kann ich riskieren, doch noch ein wenig in meinem Büchlein zu schmökern. Ich schüttle mein Kopfkissen auf, entfache die Lampe und beginne bei der letzten Szene zu lesen, jener, wo sich Sarah, ihrer Freundin zuliebe, zu einem *Blind date* aufmacht und dabei im Restaurant zum ersten Mal in die haselnussbraunen Augen von Daniel starrt.

Was soll ich sagen: Die Autorin der Fibel ist grandios! Sie beschreibt die Szenen so faszinierend real, dass man meinen könnte, im Restaurant direkt neben Sarah und Daniel zu sitzen und die beiden ungeniert aus nächster Nähe beobachten und belauschen zu können. Fünfzehn Seiten später haben sie sich bereits dem leidenschaftlichen Augenblick hingegeben. Die beiden sind tatsächlich gleich nach dem Restaurantbesuch und einem kurzen Absacker in einer Bar zusammen im Bett gelandet.

So, jetzt hab ich's endgültig geschafft: Jetzt kann ich wahrscheinlich überhaupt nicht mehr einschlafen! Ich lösche erneut das Licht und drehe mich Richtung Balkonien. Eine kühle Prise streicht meinen hitzigen Kopf und meine entflammten Gedanken. Was könnte es schon schaden, wenn ich mich ein wenig an Markus kuschle? Ich will schließlich nur ein bisschen im Arm gehalten werden, nichts weiter! Er hat mich am Nachhauseweg ohnehin wie selbstverständlich umarmt, und die Situation hier ist doch nicht so viel anders! Zugegeben: Ein bisschen anders verhält es sich schon, aber im Rahmen des Ganzen betrachtet ist es eigentlich dasselbe. Außerdem fällt mir hier meine Theorie mit dem abgelegten Haarband wieder ein! Ich deute dies als Zeichen, dass er zweifellos nichts dagegen einzuwenden hätte, wenn ich in seinen kräftigen Armen sanft einschlummerte.

Ich bin in Gedanken schon wieder bei Sarah und Daniel, die bereits wenige Stunden, nachdem sie sich kennen gelernt haben, liebeshungrig und begierig übereinander hergefallen sind.

Behutsam und leise pirsche ich mich an den breiten Rücken heran und zupfe am Laken, welches er umsichtig als Trennbarriere erschaffen hat, und das gleich nach dem ersten leichten Ziehen höflich und galant nachgibt (demzufolge sollte Markus kein Baumeister werden). Sein Atem geht noch immer gleichmäßig. Ich rutsche noch etwas näher an seinen Körper heran, wobei ich noch nicht wage, ihn zu berühren. Indessen schicke ich meine Hand behutsam auf einen Erkundungsausflug.

Wie ich vermutet hatte: Das Oberteil seines Pyjamas ist verschwunden, denn ich stoße mit meinen zierlichen Fingerkuppen gleich auf seine warme Haut. Er macht noch keinen Mucks! Ich streiche über seinen Rücken hinunter zu seiner Hüfte und befingere seine Underwear.

Was, zum Teufel, ist denn das? Nun gut, er trägt untrüglich eine Boxershorts (wenn er höflich ist, dann hat er sogar gleich mein Geschenk angezogen). Aber als ich meinen Ausflug fortsetze und mich über sein knackiges Hinterteil zu seinem Oberschenkel (glücklicherweise ist die lange Pyjamahose auch verschwunden) aufmache, gewinnt mein erstklassiger Tastsinn den Eindruck, als ob unter der seidigen Shorts zusätzliches Material der Marke Tanga stecken würde! Welcher Mann zieht sich bloß gleich zwei Unterhosen übereinander an? Ein weiser Mann; ein Mann mit Weitblick; ein überaus wachsamer Mann; ein Mann, der mir dadurch etwas zu verstehen geben könnte, was ich jedoch total ignoriere!

Nachdem ich den anfänglichen Schock überwunden habe, ringe ich mich dazu durch, Nägel mit Köpfen zu machen (Meine Gedanken wandern zu Sarah und Daniel) und schließe mit meinem Körper vollends zu ihm auf.

Er macht einen tiefen, seligen Seufzer. Das war's dann aber schon wieder. Ich richte mich etwas auf, stütze meinen Kopf auf die eine Handfläche und mit der anderen Hand streiche ich ihm sein Haar aus dem Nacken und lege sein Ohr frei. Er sieht so friedlich aus, wie er hier eingebettet liegt und noch nichts von seinem Glück weiß. Meine Hand streift weiter über seine Schulter und seinen Arm, bis hin zu seiner Taille.

Oh. An dieser empfindsamen Stelle hat er deutlich einen Schauer empfunden! Er ist wach, denn er bewegt seinen Arm! Nein, Fehlalarm: Er hat seine Hand nur auf die Matratze gelegt und döst noch immer vor sich hin!

Ich gleite also weiter hinunter und bin nun wieder am Gummibund der Boxershorts angelangt. Sollte ich es wagen und dem Argument für zwei Unterhosen auf den Grund gehen? Dieses Verhalten würde freilich eindeutig darauf schließen lassen, dass ich nicht nur im Arm gewiegt werden möchte, soviel ist sicher! *No risk, no fun!* Ich taste mich geschickt zur Knopfleiste vor – wobei ich hoffe, dass er die Garfield-Hose trägt - während sich meine Nase in seinem Haar verliert und seinen wohlbekannten, angenehmen Duft einsaugt.

Markus liegt zwar etwas widerspenstig da, aber wo ein Wille, da ein Weg. Und der Weg ist schließlich frei, denn ich schaffe es, die ersten zwei Knöpfe seiner Shorts zu öffnen. Folglich kann ich mein geschicktes Händchen unter seinen Hosenbund stecken und stelle fest, was ich bereits zuvor erahnt hatte! Markus trägt darunter noch einen wunderbar enganliegenden Tanga!

Weiß er eigentlich, was er seinem innigen Freund damit antut? Markus könnte damit zeugungsunfähig werden! Er könnte seinen Samen nicht mehr verteilen und keine einzige Blume mehr bestäuben. Das kann ich wirklich nicht zulassen und verantworten!

Nachdem ich mich an seinem Haar sattgerochen habe, flutsche ich ab und lande mit meinen Lippen sanft auf seinem Ohr, welches ich vorsichtig zu küssen beginne. Meine Hand wird hingegen unruhig und greift – quasi gegen meinen Willen – unverhindert zu und umschließt begierig das Innenleben der hautengen Unterhose. Und dieses Innenleben hat es spürbar in sich! Aber, hallo!

Gleich nach meiner ersten Kussattacke auf sein Ohr stöhnt Markus erleichtert oder erschrocken – ich bin mir diesbezüglich noch nicht sicher - auf! Ich korrigiere mich: Er atmet gottlob entzückt und noch immer geistesabwesend ein und aus, und dreht sich genüsslich auf den Rücken. Somit wird eine meiner Brüste gezügelt und unter seiner Schulter eingekeilt. Nachdem ich mich lange genug mit seinem Ohr beschäftigt habe, suche ich nach einer anderen idealen Angriffsstelle und werde an seinem Hals fündig. Er ist auch heute wieder sehr gut rasiert und seine Haut ist glatt und weich. Meine Zunge gleitet langsam über seine Kehle, dann ertaste ich die leichte Wölbung seines Adamsapfels, und schließlich halte ich an seinem Kinn inne, wo ich das liebliche Grübchen aus nächster Nähe berühren kann. Oha, er schnauft schon wieder!

»Lass das, Garfield«, flüstert er mir leise zu und steuert schon mit seiner Hand auf meinen Kopf zu. »Aus jetzt! Geh ins Körbchen zurück!«, murmelt er noch immer schlaftrunken, krault dabei meinen Hinterkopf und versucht danach meinen Schädel wegzudrücken.

Jetzt reicht's! Es gilt die Gunst der entkrampften Stunde zu nutzen. Ich ziehe meinen willigen Leib rasch zurück, befreie dabei blitzschnell meine Brust und lande mit meinem Oberkörper direkt auf seinem. Markus wird bei diesem Manöver im Nu munter, öffnet dabei entsetzt die Augen und will schon in die Höhe fahren, aber mein Gewicht lässt dies nicht zu.

»Amelie!«, entfährt es ihm ängstlich. »Was soll denn das? Wir hatten doch eine Abmachu-«

Ich ertrage sein Geschwafel um diese Zeit nicht mehr und hindere ihn an seinem weiteren Vortrag über Ehre und Sitte, indem ich ihm rasch den Schneid abkaufe und den Mund stopfe! Einen seiner Arme kann ich unter immenser Kraftanstrengung zum Erliegen bringen, während sein anderer unerbittlich darum kämpft, mich von seinem Herrn und Meister herunterzustoßen. Aber sein Körper ist so ideal zwischen meinen kraftvollen Knien (Markus und seinem Training sei Dank!) eingebettet, dass er dazu kaum die Chance erhält! Nach wenigen Atemzügen scheint ihm dies auch nicht mehr so sehr wichtig zu sein, denn sein Mund erwidert zögerlich meinen Kuss. Wir blicken einander im Schummer des angehenden Tages an und hauchen dabei unzählige zarte Küsse auf den Mund des anderen, bis wir uns dem Augenblick hingeben und unsere Zungen sich zärtlich berühren, umkreisen und verspielt im Rachen des anderen verschwinden. Mit ihnen verschwinden auch die besorgniserregenden Blicke, da wir die Augen dabei fest verschlossen halten. Sein Gaumen wird angenehm umkitzelt von einem Hauch Welschriesling und von einer nach Minze schmeckenden Zahnpasta-Mundspülungs-Kombination.

Da ich auf mein Sehorgan momentan nicht zurückgreifen kann, konzentriere ich mich auf den Tastsinn. Mein Schoß erkennt dabei eine freudige Ausstülpung in der hautengen Tanga, die geradezu danach schreit, entfernt zu werden.

Da kommt mir ein Gedanke. Stichwort: Kondome! Markus hat bestimmt keine dabei, wozu denn auch? Hier schleicht sich ein weiterer Gedanke ein: Sollte Markus – gegen aller Logik – doch welche in der Tasche mitführen, dann hat er vorsätzlich gehandelt und mit einem derartigen Ausgang unseres Ausflugs spekuliert! Aber ich will mich mit diesem Problem nicht herumschlagen – noch nicht. Später ist noch Zeit genug hierfür.

Markus hat nun seine störrischen Hände gebändigt und sie schlängeln sich zärtlich und fordernd um meinen Körper.

»Ich hoffe, das da unten ist mein Geburtstagsgeschenk!«, flüstere ich ihm lüstern zu und greife mit einer Hand danach.

»Ja, natürlich! Passt wie angegossen«, haucht er erregt hervor.

»Und dennoch muss sie weichen«, erkläre ich ihm leise und wage mich küssend an den Abstieg heran, wobei ich auf seiner stählernen, gut proportionierten Brust länger verweile als geplant. Meine Hände ertasten einstweilen die Shorts-Tanga-Kombination und versuchen, diese ungestüm loszuwerden. Markus schüttelt indessen das Kopfkissen auf, greift danach zum Lichtschalter und betätigt diesen auch! Ich blicke neugierig auf und meine Pupillen blinzeln dabei vehement gegen den Lichtschimmer an. Dennoch kann ich erkennen, dass er mit beiden Händen seine

Mähne umschließt und ... ojemine, zu seinem Haargummi greift. Mist!

»Was soll denn das?«, frage ich sanft. »Schalt doch das Licht aus, sonst weckst du Garfield auf!«, ersuche ich ihn flehendlich. »Und deine Haare gefallen mir zersaust viel besser«, fispere ich ihm sinnlich zu.

»Das hier ist keine allzu gute Idee, weißt du?«, bemerkt er zugetan, aber trotzdem schwingt in seiner Stimme ein gewisses Grad an Verunsicherung mit.

»Du zerstörst schon wieder den Moment des Augenblicks!«, ermahne ich ihn und setze mich rittlings auf seinen Schoss, der noch immer nach Befriedigung schreit.

Er blickt mir lange in die Augen und scheint dabei zwischen Verlangen und Vernunft abzuwägen.

Ich will nicht mehr warten und das weiß er. Vielleicht hofft er nur darauf, dass ich wieder den ersten Schritt mache. Ich lehne mich nach vorne, lange nach dem Lichtschalter, und sofort findet wieder die heimelige Dämmerung den Weg zurück in unser Zimmer.

Nun, er hat mich nicht daran gehindert, das zu tun, und ich werte das als gutes Zeichen! Ich setze mich wieder auf und ziehe seinen Oberkörper, der mir willig folgt, in die Höhe. Dabei schnappe ich nach seinem Haargummi, erlöse seine Mähne erneut von der Spießigkeit und hoffentlich befreie ich ihn damit von seinen Ängsten und von seiner Hemmschwelle! Ich lasse sein Haar durch meine Finger gleiten und er sieht offenherzig zu mir auf. Danach verlieren wir uns abermals in einem langen, prickelnden Kuss, der unsere Sinne empor zu tragen scheint und das Feuer unserer gierigen Körper zusätzlich entfacht und zum brennenden Höhepunkt geleiten will. (Beim Küssen kann man ihm nichts vormachen, das beherrscht er. Meinem Geschmack nach küsst er beinahe schon zu makellos und ich kann dadurch seine dargebotenen Zärtlichkeiten in vollen Zügen genießen und erwidern.) Nachdem er seine Hände wieder um mich geschlungen hat, wandert die eine auf meine Brust und die andere zu meinem teufelsroten „Nachtgewand" - das einzige Teilchen, das mich momentan noch kleidet, aber selbst dieses wird nun von meinem lüsternen Körper entfernt! Juhu!

Fehlinterpretationen

Sex ist das gesunde Bedürfnis nach einer ungesunden Moral.
(Gerhard Uhlenbruck)

***

Sex ist nur schmutzig, wenn er richtig gemacht wird.
(Woody Allen)

»Hi, Caro!«, tuschle ich ins Handy, als sie abhebt. »Ich hab' momentan keine Zeit für Erklärungen! Hast du heute Abend Zeit?«

»Ja, worum geht's? Seid ihr schon wieder auf dem Nachhauseweg? War's denn schön?«, fragt sie neugierig.

»Hör mal! Ich kann jetzt nicht sprechen. Wir halten hier gerade an einer Tankstelle und Markus steht schon an der Kassa. Acht Uhr, bei dir?«

»Geht klar, bis dann!«

Ich bin zwanzig Minuten zu früh bei Caro und stehe vor verschlossenen Toren, da sie vermutlich noch bis zuletzt auf unserer Großbaustelle nach dem Rechten sieht. Punkt acht Uhr kämpft sie sich allerdings die Stiegen zu ihrem Domizil hoch. Sie findet mich dabei am Treppenansatz zu ihrer Wohnungstür sitzend vor. Mit der vor zwanzig Minuten geköpften Flasche Prosecco proste ich ihr zu.

»Um Gottes Willen, was tust du denn da? Was ist geschehen? Komm, gehen wir rein!«, sagt sie, nimmt mir dabei die bis zur Hälfte geleerte Flasche ab und zerrt mich hoch.

»Hab' Scheiße gebaut!«, erläutere ich ihr. »Richtig tolle Scheiße! Nein, einen ganzen kompletten Scheißhaufen, hab' ich fabriziert!«

»Jetzt setz dich erst mal. Ich bring dir rasch Wasser und dann beginnst du von vorne zu erzählen, okay?«, ersucht sie und schubst mich aufs Sofa.

Nachdem sie mit ihrem angedrohten Wasserdepot wiederkommt, nötigt sie mich dazu, den Riesenbecher auszutrinken. Dann reicht sie mir eine Packung Crissinis, wobei sie sich für die magere Bewirtung entschuldigt und als Argument vorbringt, dass sie leider nichts anderes im Haus hatte, da sie das ganze Wochenende über geschuftet hätte. Toll jetzt hatte ich nicht nur Markus, sondern auch den Mädels gegenüber ein *les Misérables* Gefühl, die mir dieses Weekend in ihrer unendlichen Güte freigeschaufelt hatten!

»Also, wo brennt der Hut?«, fragt Caro und schenkt sich ein Glas Rotwein ein.

»Ich hab' mich heute Morgen an Markus vergriffen und ich fürchte, er nimmt es mir so richtig übel.«

»Wie, vergriffen? Habt ihr etwa miteinander geschlafen?«, prustet sie bestürzt hervor. »Na endlich!«, jappst sie begeistert.

»Was heißt denn hier: Na endlich! Und was, bitte schön, soll die ganze Euphorie! Ich bin am Boden zerstört, und nebenbei bemerkt, er auch!«

»Du hast ihn doch vorher nicht gefesselt und geknebelt und ihm obendrein eins mit der Pfanne übergebraten, oder doch?«

»Nein, was redest du da bloß!«

»Also war er ja offensichtlich damit einverstanden, dass du dich an ihm und seinem Spielzeug vergriffen hast, oder wart ihr beide zu betrunken, um die Situation noch abwägen zu können?«

»Nein, wir waren nicht betrunken! Vielleicht ein bisschen angesäuselt, aber nicht betrunken. Keinesfalls!«, gebe ich erschüttert zurück. »Ich hab' ihn im vollen Bewusstsein meiner Lenden heiß gemacht! Ich hab' ihn richtig angemacht, er musste eigentlich mit mir schlafen, ich hab' ihn quasi zwangsverpflichtet, so dermaßen an die Wäsche bin ich ihm gegangen. So ein verdammter Shit! Ich sollte mich wirklich besser unter Kontrolle haben, nicht wahr?«

»Ich verstehe dein Problem nicht, Amelie. Ihr seid erwachsen und niemanden gegenüber verpflichtet, und wenn Markus dies nicht auch gewollt hätte, dann glaub' mir eins: Du hättest vor ihm einen heißen Strip hinlegen können und er hätte sich trotzdem nicht darauf eingelassen. So gut solltest du ihn mittlerweile schon kennen!«

»Außerdem hatte er *zufällig* Kondome dabei«, versuche ich mein Gewissen zu beruhigen. »Zwei von den Dingern hat er angeblich *zufällig* in der Reisetasche gefunden! Wie lange ist die Haltbarkeit dieser Latex-Gerätschaften? Vier, fünf Jahre, oder? Und seine wären erst in vier Jahren abgelaufen. Demnach kann er sie noch nicht lange in dieser Reisetasche herumgeschleppt haben«, merke ich an. »Obwohl, etwas mitgenommen hat die Verpackung schon ausgesehen. Ich dachte anfangs, Garfield hätte die kleinen Dinger vielleicht mit einem Kauknochen verwechselt.«

»Soll ich dir was gestehen?«, unterbricht mich Caro zögerlich. »Markus war vor zwei Tagen bei Roland und hat sich von ihm eine Reisetasche ausgeborgt, da er selbst nur eine große hat und für den kurzen Trip eine kleinere mitnehmen wollte. Ich wüsste dies nicht, wenn ich nicht zufällig im Schlafzimmer gewesen wäre«, erklärt sie mir und lächelt mich aufgeklärt an. »Und übrigens, jetzt bist du mir schon zwei volle Päckchen Kondome schuldig!«

Ich sehe gekonnt über diese ach so witzige Randbemerkung hinweg und fahre mit der Markus-Analyse fort: »Aber ... nun gut! Dann wäre das geklärt. Aber … sein Verhalten ist damit noch nicht erklärt!«

»Wie verhält er sich denn?«

»Sehr merkwürdig. Nein, er verhält sich eigentlich ganz und gar unmöglich!«, gebe ich verärgert zurück und weise sie im Anschluss gleich in meine Haarbandtheorie ein, um danach wieder an seinem unmöglichen Verhalten herumzunörgeln und Caro ein Beispiel darzulegen. »Er verhält sich wie ein kleiner Schuljunge, der sich in voller Gewissheit an einer verbotenen Tafel Schokolade vergriffen und sein Fehlverhalten erst registriert hat, als es schon zu spät für die aufsteigende Reue ist, da die verbotene Leckerei ja schon längst vernascht und verdaut ist«, erläutere ich ihr. »Er war heute Morgen kühl und distanziert mir gegenüber, er war sogar ein wenig überheblich, würde ich meinen.«

»Er war bestimmt nur verunsichert«, versucht mich Caro zu beruhigen,

»oder vielleicht hast du ja was gesagt, was ihn gekränkt hat. Möglicherweise hast du dich unglücklich ausgedrückt und ihn damit getroffen und verletzt.«

»Verletzt hab' ich höchstens seine Eitelkeit!«, erwidere ich hartherzig. »Dabei sollte er mir unendlich dankbar sein, denn durch mich hat sein Freund endlich mal ein paar vergnügliche Stunden erlebt und er selbst konnte auch mal locker sein.«

»Und, wie hast du dich verhalten?«

»Ich bin vor ihm aufgewacht, da mein Nacken komplett verspannt war. Das lag wohl daran, dass wir so eingeschlafen sind, wie wir zuletzt verblieben sind«, erkläre ich Caro. »Jedenfalls hatte er nach wie vor seine Hände schützend um mich geschlungen und ich wollte ihn eigentlich gleich noch mal vernaschen. Ich dachte mir, wer weiß, wann die Gelegenheit wieder so günstig ist! Ich hab' mich also aus der Umklammerung befreit, bin ins Bad geschlichen, hab' mir die Zähne geputzt und dann bin ich wieder zurück in unser Liebesnest gekrochen, hab' mich angepirscht und -«

»Und?«

»Und ich hab' ihn dabei blöderweise aufgeweckt. Er hat mich eiskalt angesehen, als ob ich ihm seine Unschuld geraubt hätte! Dabei kann man diesem Mann die Unschuld gar nicht rauben, selbst wenn man das wollte«, merke ich zornig an. »Und diesen eindringlichen Blick, den hab' ich ja noch relativ gekonnt ignoriert!«

»Und dann?«

»Dann hab' ich ihn wissen lassen, dass wir die Gunst der Stunde nützen sollten, aber das hat er scheinbar nicht ganz so gesehen. Er ist wie von der Tarantel gestochen aufgesprungen, hat sich bei mir für sein unanständiges Verhalten entschuldigt und mich im Anschluss daran wissen lassen, dass er nicht mein Spielzeug sei und er es in Zukunft tunlichst vermeiden wollte, noch einmal an die Geschehnisse dieses Morgens erinnert zu werden. Er plapperte etwas von *„Einmal ist Keinmal, und belassen wir's dabei“*! An dieser Stelle habe ich mich ja noch ein wenig amüsiert. Ich habe ihn vergnügt darauf hingewiesen, dass er ein Gesetzeshüter sei und dass er demnach nicht lügen und auch nichts verdrängen dürfte und er folglich auch seinen Bericht korrigieren müsse. Ich hab' dann noch beiläufig erwähnt, dass *„Zweimal im Prinzip ja auch fast Keinmal ist!"* Aber das war eindeutig ein Schuss in die verkehrte Richtung, fürchte ich«, gebe ich zu, und da ich mich so schön in Rage geredet habe, fahre ich gleich fort: »Und weißt du, was dieser Idiot zum Schluss noch losgeworden ist?«, frage ich Caro auffordernd und sie schüttelt verständnislos den Kopf, während ich seine herrische Stimme nachzuäffen beginne: »*Lass uns Freunde bleiben. Wir waren auf dem besten Weg dorthin. Wollen wir hoffen, dass wir durch diese Nacht nicht alles zunichte gemacht haben! Lass uns Freunde bleiben!* So ein verdammter Schwachsinn, findest du nicht auch?«

»Du willst einen gutgemeinten Rat?«, fragt Caro, nachdem sie sich meine Worte durch den Kopf gehen hat lassen. »Lass ihm zum Verdauen der Geschichte etwas Zeit! Vielleicht ist ihm das schlichtweg zu schnell gegangen.«

»Zeit!«, posaune ich heraus. »Ich kann dieses Wort in dem Zusammenhang nicht mehr hören! Ich will ja keine Beziehung mit ihm, ich wollte ja nur noch mal mit ihm schlafen. Ist denn das so schlimm?«

»Hast du ihn wissen lassen, dass du von einer Beziehung nichts hältst?«, fragt Caro nach.

»Nicht direkt. Ich meine, wir waren uns sowieso einig, dass wir nicht sonderlich aufeinander stehen, das ist doch ohnehin unübersehbar, oder? Nein, das steht nicht mal annähernd zur Debatte!«, versuche ich mir selbst einzureden.

»Sag mal, hast du Tomaten auf den Augen?«, zischt sie mich wütend an. »Markus mag dich, er steht auf dich!«

»Na klar! So sehr, wie ich auf Hühnerkacke stehe!«, rechtfertige ich mich.

»Tja, wenn man selbst betroffen ist, dann merkt man das eben immer zuletzt.«

»Ich würde es merken, wenn mir jemand den Hof machen würde, glaub mir das! Oder hat Roland etwas anklingen lassen?«

»Nein, auf so was bräuchte er mich nicht extra hinzuweisen, so was sehe ich! Aber wie ich mir hier und jetzt leider eingestehen muss, spielst du noch immer *Blindes Huhn*! Ich hoffe nur, dass du Markus mit deinem Verhalten nicht gänzlich verschreckt hast, denn ich finde, ihr würdet sehr gut zueinanderpassen! Das sag' ich dir als deine beste Freundin, die dir von Herzen nur das Allerbeste wünscht!«

»Und gerade Markus soll das sein? Dass ich nicht lache! Du bist mir ja eine schöne Freundin!«, sage ich mit halbherzigem Sarkasmus in der Stimme.

»Mach bloß keinen Fehler, Amelie! Urteile nicht zu schnell und entscheide nicht kopflos. Tolle Männer sind rar gesät. Gerade du und ich können ein Lied, ach was sag' ich, wir können sogar eine komplette fünfstündige Wagner-Oper darüber singen!«

»Du siehst das Ganze zu ernst!«

»Mag sein«, gibt sie besorgt zu, »aber du siehst es möglicherweise wiederum zu wenig ernsthaft und rennst dadurch blind durch die Gegend. Oder vielleicht spielt Francesco doch noch eine größere Rolle in deinem Leben, als du dir selbst eingestehen willst.«

»Wieso fragen mich bloß alle nach Francesco!«, pruste ich laut heraus. »Francesco hat nichts damit zu tun!«

»Wer hat dich denn noch nach ihm gefragt?«

»Markus«, gebe ich leise zu.

»Nun, er ist also so uninteressiert an deiner privaten Vorgeschichte, dass er dich so was fragt?«

»Das hat er nur aus Höflichkeit gemacht. Ich hab' ihn ja auf diesem Gebiet auch ein bisschen ausgehorcht! Das hat nichts zu bedeuten.«

»Wie du meinst. Und, wie war er eigentlich?«, fragt sie beiläufig und mustert mich dabei.

»Zu gut«, erkenne ich zögerlich an. »Nein, ehrlich! Es war toll mit ihm und er ist sehr gut ausgestattet«, zirpe ich anrüchig. »Hätte ich ansonsten Nachschlag verlangt?«

Markus hat sich, die ganze liebe lange Woche, nicht bei mir gemeldet, was ich als das deute, was ich ohnehin weiß, nämlich, dass er die beleidigte Leberwurst mimt und wartet, bis ich mich bei ihm melde. Aber da kann der gute Markus warten, bis er schwarz wird! Immerhin kann ich als *schwaches Geschlecht* und als *Lady* durchaus verlangen, dass er sich zuerst bei mir meldet. Das sehen die allgemeinen Regeln nun mal vor! In diesem Fall könnte er wieder einmal ein wenig in seinem Buch „*Frauen verstehen lernen*“ blättern. Man kann durch die Emanzipation schließlich nicht alle herkömmlichen guten Manieren beiseite schieben. Eine derartige Fehlinterpretation seinerseits darf und will ich gar nicht erst anfangen zu billigen!

Aber ich kann mich momentan ohnehin nicht mit dem Markus-Problem befassen, da ich die ganze Woche voll ausgelastet bin. Ich habe den Auftrag bekommen, mich um das Layout der Visitenkarten, der Reklametafel, der Beschilderung und des Briefpapiers zu kümmern. Der Name unserer Lokalität war schnell gefunden und in dreierlei Hinsicht ideal gewählt:

a) Es ist der Kurzname unserer persönlichen Mäzenin und alleine deswegen bereits vortrefflich geeignet.
b) Es handelt sich um den griechischen Namen der Siegesgöttin, welcher uns gewiss zu Glück, Langatmigkeit, Durchsetzungskraft und Zufriedenheit verhelfen wird.
c) Es ist glücklicherweise auch der klingende und weltbekannte Markenname eines unserer Sponsoren.

Und damit schlagen wir gleich drei Fliegen mit einer Klappe!

Ich habe einige Stunden damit verbracht, meine Ideen auf Papier zu bringen und dabei schon beinahe einen Schreibblock vollgekritzelt!

Bei meinen Skizzen bin ich versucht, einige typische Symbole der *Nike* ins Logo einzubauen. Da wäre die geflügelte Nike, die würdevoll vom Götterhimmel herabschwebt und einen Siegerkranz in Händen hält, und weiters stehen mir noch Lorbeerblatt und Palmzweig zur Verfügung. Zu guter Letzt versuche ich noch, das weltberühmte Logo des Sportartikelanbieters Nike in meinen Erstentwürfen unterzubringen.

Am späten Nachmittag berufe ich kurzfristig eine Besprechung am Bau ein, versammle die Mannschaft um mich, verteile meine Zeichnungen und warte auf Statements. Caro findet die zweite Skizze sehr gelungen, Elvira ist als Engel-Fan für Schwingen zu begeistern, und Nike findet, dass das Nike-Symbol generell noch stärker betont werden sollte. Ich nehme ihre Wünsche und Anmerkungen auf, schnappe mir danach meine Zeichnungen und klemme mich zu Hause wieder hinter den Küchentisch.

Beim täglichen *Early-Morning-Meeting* lege ich dann meinen Geschäftspartnern den Rohentwurf mit den Abänderungen vor und sie sind allesamt begeistert. Somit habe ich das Okay eingeholt, den heutigen Tag mit Rennereien verbringen zu dürfen! Zuerst hole ich einen Termin bei Herrn Sommer, unserem Ansprechpartner im Nike-Konzern, ein, danach stehen Besuche bei drei Druckereien an und im Anschluss daran werde ich zum Glaser eilen, wobei ich allerorts Offerte einhole. Beim nächsten Morgenmeeting werden wir uns für die besten Konditionen entscheiden und schon bald werde ich die Aufträge erteilen dürfen!

Zehn Tage später ereilt uns die Nachricht, dass wir am darauffolgenden Abend kurzfristig zu einer feierlichen Einweihungsparty eingeladen sind. Alex und Stefan sind bei ihrer Suche nach einem geeigneten Domizil für den ankommenden Nachwuchs vor zwei Wochen fündig geworden und wollen nun, da sie die Möbelpacker endlich losgeworden sind und es sich schon ein wenig heimelig eingerichtet haben, dass wir sie besuchen. Stefan möchte ein paar Fleisch- und Riesengarnelenspieße auf den Grill werfen und Alex für die Baustellentruppe eine leckere Bowle zaubern. Ein Lächeln huscht bei dem Gedanken daran, einmal kein kaltes Pizzaeck verdrücken zu müssen, über unsere Antlitze und wir sagen den Gastgebern natürlich sofort unser Kommen zu!

Es hat zwar die letzten beiden Tage wie aus Eimern geschüttet, aber der heutige Morgen zeigt sich wieder von seiner freundlicheren Seite und verspricht, bis zum Abend tapfer durchzuhalten.

Mein Muckilein findet die Adresse, die mir Alex durchgegeben hat, sofort. Es handelt sich dabei um ein schickes kleines Häuschen mit Garten. Es befindet sich etwas außerhalb der Stadt und fernab der Autobahn, des Flughafens, des Bahnhofs und der Hauptstraße und liegt somit geradezu idyllisch in Stadtnähe und doch irgendwie am Land. Aber so beschaulich die Umgebung auch sein mag: Alex und Stefan wirken seltsam gezwungen. Er hantiert bei unserer Ankunft zu sehr am Grill, und Alex rührt die Bowle etwas zu verkrampft. Sie begrüßen uns zwar freundlich und sind darum bemüht, ihren Gästen nichts anmerken zu lassen, aber irgendetwas liegt hier bleischwer in der Luft! Ob es sich um Zorn, Verbitterung, Enttäuschung oder Traurigkeit handelt, vermag ich nicht zu deuten. Ich fühle mich sofort unwohl in meiner Haut und den anderen ergeht es ähnlich. Die beiden neuen Hausbesitzer würden sich doch jetzt, wo sie zueinander gefunden und sogar eine neue Bleibe bezogen haben und dazu noch die Ankunft eines gemeinsamen Sprosses erwarteten, doch nicht wegen irgendwelchen belanglosen Dingen trennen? Nein, ich sehe schon wieder Gespenster! Ich sollte den Teufel nicht immer gleich an die Wand malen! Vermutlich empfängt heute meine mimosenhafte Antenne nur eine vorübergehende Störung, nichts weiter. Ansonsten hätten sie uns wahrscheinlich nicht erst gestern zu diesem Fest eingeladen. Demzufolge haben sie sich erst vor kurzem in die Haare gekriegt und folglich werden die beiden das Kriegsbeil im Verlauf des Abends bestimmt wieder begraben! Mit dieser Prognose liege ich leider nicht richtig! Stefan zieht sich, sofort nachdem er uns bewirtet und mit jeder Menge Spieße versorgt hat, zurück. Dieses Verhalten ist an und für sich nicht weiter ungewöhnlich bei Stefan, denn er hat uns Frauenzimmer nach einer gepflegten Konversation stets allein zurückgelassen (vermutlich sind fünf Eva-Töchter auf einen Haufen auch für einen so welterfahrenen Mann wie ihn schwer zu verdauen!), aber heute verhält er sich anders. Er scheint betrübt zu sein, dabei tritt er doch sehr häufig lebensfroh und gut gelaunt auf!

»Was wird hier gespielt?«, zische ich Alex an, als Stefan im Haus verschwunden ist.

»Wir haben uns gerade ganz, ganz fürchterlich gestritten« flüstert uns Alex zu und ihre sonst so gefestigte Stimme zittert dabei. »Es tut mir echt leid. Blödes Timing, was?«, bemerkt sie trübselig und stiert auf die Tischdecke hinab.

»Ist schon gut! Was ist denn geschehen?«, fragt Elvira sanftmütig.

»Ich bin hin und wieder eine schreckliche Furie! Ich hab' den blöden Hormonhaushalt alles andere als gut unter Kontrolle und dann ... und dann ...«, hier durchfährt Alex ein Schauer und Tränen steigen in ihren Augen hoch, »Stefan ist so geduldig und zeigt wirklich großes Verständnis für diese Umstände hier«, sie weist bei diesem Wort auf ihren Bauch hin, »und dann brülle ich ihn oft aus heiterem Himmel an! Ach, ich weiß auch nicht«, seufzt sie und wischt sich rasch die aufsteigenden Tränen in ein Taschentuch. »Ich kann in letzter Zeit ganz schön biestig sein. Aber irgendwie, fürchte ich, verhalte ich mich nur ihm gegenüber so dermaßen fies! Ich hab' ihn einfach nicht verdient! Er ist zu gut für mich und er liebt mich ganz bestimmt nicht mehr! Mich kann man gar nicht mehr lieb haben! Ich verkörpere die Bösartigkeit in Person und werde tagtäglich fetter.«

»Jetzt beruhige dich erst einmal!«, sagt Caro, und da sie Alex am nächsten sitzt, schließt sie sie gleich fürsorglich in die Arme. »Es wird nie so heiß gegessen, wie's gekocht wird! Stefan ist ein reifer, toleranter Mann! Er liebt dich von Herzen und er ist überaus einfühlsam. Demnach versteht er dich und deine Begleitumstände sicherlich sehr gut! Glaub mir, er weiß, was du gerade durchmachst.«

»Das ist es ja!«, unterbricht sie Caro schluchzend. »Er hat schon zwei Kinder und hat demnach zwei Schwangerschaftsperioden durchgemacht. Aber er sagt selbst, dass ich etwas ganz Besonderes bin! Und -«, Alex putzt sich rasch die Nase, »und das sagt er nicht nett! Wieso sollte er auch, wo ich auch nicht mehr sehr nett zu ihm bin! Er kann es mir momentan überhaupt nicht mehr recht machen. Wenn jetzt ein roter Ball in den Garten geflogen käme und ich würde behaupten, dass dieser grün sei, dann würde er mir nicht widersprechen. Er hat Angst vor mir, ich schwör's euch! Ich hätte auch Angst vor mir, weil ich mich einfach nicht mehr unter Kontrolle habe!«

»Aber du weißt immerhin, was schief läuft«, versuche ich sie zu beruhigen. »Da kannst du ansetzen! Wenn du einen rot-grün-Anfall herannahen fühlst, dann zieh dich eben zurück oder schick ihn um den Block!«

»Weißt du, was wir jetzt machen?«, unterbricht mich Nike und blickt Alex aufmunternd an. »Du gehst jetzt hinein, lässt dir ein schönes Bad ein und entspannst dich ein bisschen. Wir räumen hier in der Zwischenzeit auf und verschwinden danach still und heimlich zur Hintertür hinaus! Und nach dem Bad schlüpfst du in ein keckes Negligee, gehst zu Stefan und entschuldigst dich gebührend bei ihm, wenn du verstehst was ich meine«, gibt Nike entschieden zurück und ich kann dabei erkennen, dass sie auch gerne wieder einmal eine Entschuldigung in diesem Rahmen loswerden würde. Natürlich nur mit dem richtigen Mann, aber den hatte Alex ja zu ihrem Glück aufgegabelt.

Die erste Druckserie mit unserem Logo geht vom Stapel und wenige Tage später halten wir bereits ein Bündel Kuverts mit dem dazugehörigen Briefpapier, dem wir unsere persönliche Note aufgedrückt haben, in Händen. Die Farben Gelb und Grün sind kräftig und heben sich exzellent vom weißen Untergrund ab. Die Papierqualität ist gut, obwohl wir uns nicht für die teuerste entschieden haben. Wir sind schlichtweg begeistert! Das ist der glorreiche Anfang unseres Unternehmens und wir halten ihn urkundlich und existent in unseren Händen.

Wir nehmen dies zum Anlass, auf diesem unserem Schriftzeichen gleich eine Mega-Geburtstagsparty anzukündigen! Dabei darf die ordnungsgemäße Nachfeier von Elviras Dreißiger-Party (ich muss hier unweigerlich an Markus denken, da er ja am selben Tag wie sie Geburtstag hat) nicht fehlen, ebenso wie die anstehenden Wiegenfeste von Caro und Riccardo. Ach ja, meinen eigenen Dreißiger sollte ich hierbei auch nicht vergessen, denn auch Selbstlosigkeit hat ihre Grenzen.

Ein schneller Blick auf das Kalendarium verrät mir, dass der vierte September, ein Samstag, der ideale Tag für die Party wäre. Schließlich ist er genau zwischen unseren Geburtstagen eingekeilt. Deshalb soll die Mega-Grillparty zu diesem Datum in unserem heimeligen Dschungel steigen. Ich bin dazu auserkoren, den Text für die Feier aufzusetzen.

> *Lieber Freund des Hauses!*
>
> *Wir möchten Dich und Deine Begleitung herzlich zu unserer Grill-*
> *party, die am Samstag, den vierten September ab 17 Uhr steigt,*
> *einladen. Sollte es an diesem Tag regnen, werden wir die Feier-*
> *lichkeit auf das darauffolgende Wochenende verschieben. Bitte*
> *bring' viel gute Laune mit, für alles andere ist gesorgt! Solltest Du*
> *verhindert sein, so bitten wir Dich um kurze Bescheidgabe!*
>
> *Liebe Grüße und bis bald!*
>
> *Die fidele Hausgemeinschaft*

Ich bin zufrieden mit dem Erstentwurf und hole mir den Sanktus der Mädels ein. Nike weist mich danach in die Handhabung des Druckers ein, und nachdem ich daraus einige tadellose Exemplare entnommen habe, ergehen sie zu Händen meiner Partner.

Ouvertüre ...

Wie viele rühmen sich der Selbstbeherrschung,
und dabei ist es nur Mangel an Temperament.
(Hasso Hemmer)

Nike ist einfach schneller als ich, denn sie hat eine Begleitung für das Fest, während ich ohne da stehe! Aber genauso gut könnte ich es Francesco übel nehmen, dass er ihr gleich zugesagt hat. Sicher, ich hätte Markus fragen können, aber der spielt noch immer den Beleidigten, weshalb in dieser Richtung keinerlei Hoffnung besteht. (Am zweiten September fängt der Kurs auf dem Polizeirevier wieder an, und vielleicht, das heißt wirklich nur, wenn ich an diesem Tag zufällig gut gelaunt sein sollte und demnach über seine Diskrepanzen hinwegsehen könnte, würde ich eventuell in Erwägung ziehen, ihn um seine Begleitung zu fragen. Derweil lautet die Devise: Nix ist fix!) Im Übrigen bin ich eines der Geburtstagskinder und mir sollte demzufolge ohnehin gestattet sein, auch ohne Begleitung auf meinem dreißigjährigen Jubiläumsfest aufzukreuzen. Ich habe damit kein Problem, erwarten wir doch viele Freunde, und ein paar Familienmitglieder werden wohl auch dabei sein. Langweilig wird mir bestimmt nicht!

Bei Alex und Stefan hat sich gottlob wieder alles ein wenig beruhigt. Sie haben beschlossen, bis auf weiteres getrennt zu nächtigen. Stefan ist im Job ziemlich eingeteilt und benötigt derzeit dringend seinen Schlaf, und da Alex überhaupt nicht gut träumt und sich jede Nacht unruhig im Bett herumwälzt und ihn dabei jede Nacht mindestens dreimal aufweckt, ist das ein guter Kompromiss! Stefan hatte zwar Bedenken, da es ihm nicht geheuer schien, den Flur als Trennbarriere zwischen ihnen anzuerkennen, aber sie sind vorläufig so verblieben. Sie haben das jungfräuliche Babyfon auf die Nachtkästchen gestellt und Stefan hat noch mal vorsorglich Funkfrequenz und Elektronik überprüft. Danach haben sie das Gerät auf seine Funktionstüchtigkeit getestet. An so manchen Tagen – das wissen wir aus verlässlicher Quelle, die ich nicht nennen darf – flüstern sie sich doch tatsächlich babygerechte (um das Instrument nicht gänzlich zu verderben) Schweinereien damit zu!

Der August vergeht rasend schnell und die Bauarbeiten rund um den Pavillon sind voll im Gang. Es wird gehämmert, gebohrt, gestemmt, gemeißelt, vermessen, gepinselt, gegraben und versiegelt. Das Treiben rund um das Zentrum ist emsig wie in einem Bienenstock. Die poppige Musik aus einem Kofferradio hallt durch die aufragenden Hallen wider und treibt die fleißigen Bienen zusätzlich an. Beschwingt und heiter macht jede das Beste aus dem Tag, und am Abend schleppen wir unsere müden Knochen nach Hause und betten uns erschlagen zur Ruhe. Es bleibt keine Zeit, um sich mit irgendwelchen Querelen von Freunden oder Nicht-Freunden herumzuplagen. Ja es bleibt kaum noch Zeit, um auch nur darüber nachzudenken, und das ist gut so. *„Aus den Augen, aus dem Sinn"* – trifft in meinem Fall voll und ganz zu!

Aber trotz der vielen harten Arbeit verzichten wir auf eine liebgewonnene Gepflogenheit nicht: Der Mittwochabend ist ausschließlich für eine gepflegte Flasche Wein, das Pizzaservice, gepflegte Frauengespräche, für *Sex and the City* und *Desperate Housewives* reserviert! In diesen wenigen Stunden sind Wörter wie Baustelle, Pavillon, Arbeit und Ähnliches aus unserem Hirn und Wortschatz komplett gestrichen.

Da Caro, Elvira und ich nun wieder jeden Donnerstag das Fitnessprogramm des *Polizeireviers Eichbrücke* durchlaufen werden, verzichten Caro und ich die ersten Monate auf das Training in der Spieltanzschule. Aber wir wollen dort wieder einsteigen, sobald es die Zeit erlaubt.

Der zweite September ist schneller ins Land gezogen, als am siebten August, jenem verhängnisvollen AIDA-Sterbetag, zu vermuten gewesen wäre. Ich sehe der Begegnung mit Markus aber trotzdem, oder gerade deshalb, ziemlich relaxt entgegen. Ich bin sogar überaus cool (zumindest im Moment, denn noch verweile ich auf der Terrasse des Pavillons und hantiere mit diversen Steinplatten) und habe kurz (etwa drei Sekunden) über das Markus-Problem nachgedacht. Dabei bin ich zum Schluss gekommen, dass ich ihn komplett ignorieren werde! Jawohl! Er ist Luft für mich! Reine, klare, unverpestete Luft! Sollte er es dennoch wagen (aber wer ihn kennt, kennt seinen Hang zum steten Nichtrisiko!) und mich beim Namen ansprechen, dann werde ich das äußerst höflich, aber energisch überhören. Jawohl, guter Plan!

Und zu meiner Geburtstagsfete lustwandle ich alleine! Vielleicht könnte mir Francesco freundlicherweise seinen zweiten Arm zur Verfügung stellen. Er ist so galant, das wird er schon alleine wegen der „*guten alten Zeiten"* machen!

»Amelie! Wir müssen allmählich los, also beeil dich, bitte!«, ruft mir Caro ungeduldig zu.

»Komme gleich!«, erwidere ich lächelnd.

Das ist glatt gelogen! Wieso sollte ich dem idiotischen Kurs überhaupt beiwohnen? Meine Kenntnisse in den Selbstverteidigungskünsten reichen allemal aus, um einen frechen Sittenstrolch mit meiner Gegenwehr so perplex zu machen, dass er sich künftig höchstens noch im Ton, aber bestimmt bei keiner Frau mehr vergreift, nachdem ich ihm mit einem gezielten Tritt in die Weichteile zu einer Falsettstimme verholfen habe. Wäre es nicht viel vernünftiger, die Stunden in der Spieltanzschule wieder aufzunehmen und dafür den Donnerstagkurs im Polizeirevier sausen zu lassen?

»Amelie, es wird Zeit! Du kannst nicht ewig davonlaufen! Du wirst ihn früher oder später ohnehin wiedersehen«, flüstert mir Caro, die sich hinter meinen Rücken angepirscht hat, ins Ohr.

»Dann lieber später«, erwidere ich trotzig.

»Euer Wiedersehen wird ohnedies warten müssen, denn Markus ist auf einem Seminar. Er wird heute gar nicht anwesend sein.«

»Du greifst jetzt zu einer Notlüge! Das ist nicht nett von dir«, ermahne ich sie.

»Würde ich dich anlügen, Amelie?«, fragt Caro und blickt mir mit engelsgleichen Zügen in die Augen. »Roland hat mich gerade eben angerufen und diese Information im Laufe des Gesprächs durchsickern lassen.«

»Schwöre mir hoch und heilig, dass du nichts an dieser Aussage manipuliert hast!«, gebe ich fordernd zurück und untermaure meine Aussage noch, indem ich ihr mit dem Zeigefinger drohe. »Hintertürchen gelten hier nicht!«

»Ich schwöre es! Es gibt kein noch so kleines Hintertürchen, und jetzt komm schon! Reiß dich gefälligst ein bisschen zusammen und raff' endlich deinen Hintern auf!«

Ich darf den gesamten Abend bei der Gruppe verbringen! Einerseits bin ich froh darüber, irgendwo in meinem verkorksten Hinterkopf wollte ich andererseits, trotz Alarm schlagender Sirenen, auf Markus treffen. Wahrscheinlich bin ich doch mehr Masochist, als ich mir persönlich eingestehen will. Aber, und das ist das Beste an dem heutigen Abend, ich bin bei Weitem nicht so erledigt, wie ich es wäre, hätte ich mein *Handerle Einzeltraining* genießen dürfen. Wer weiß, was mir da nach den dramatischen Geschehnissen des siebten Augusts alles geblüht hätte (vermutlich hätte ich dabei zwei Einheiten hintereinander ohnehin nicht überlebt. Somit wäre diese Frage gleich wieder vom Tisch gewesen).

Den nächsten Tag verbringe ich ausschließlich mit der Organisation der Party. Meiner Party, um genau zu sein. Das heißt, unserer Party, um übergenau zu sein! Ich schleppe Tische, Holzbänke, Schirmständer und Sonnenschirme, und stelle alles im Garten auf. Fröhlich gestimmt hänge ich bunte Lampions auf, suche nach Windlichtern, kaufe Tischläufer, sorge für Sitzkissen, bestelle im Großhandel die erste Fleisch- und Salatlieferung an die Adresse des Pavillons und der Bäckermeister ums Eck bekommt auch den ersten Auftrag von unserem Haus. Danach bin ich um genügend Besteckteile, Gläser, Saucieren, Salatschüsseln und Teller bemüht, und im Anschluss kümmere ich mich noch um die Getränke. Es wird eine herrliche Himbeerbowle, frisch gezapftes Bier, Weiß- und

Rotwein, Wodka, Cognac, Averna, Bitter Lemon, Cola, Almdudler und Mineralwasser geben. Das müsste reichen! Stefan, Roland und Klaus haben sich erfreulicherweise als Grillmeister mitsamt Grill angeboten, womit ein weiteres potenzielles Problem vom Tisch wäre. Die Kühlung der Getränke übernimmt ein ausrangierter Kühlschrank von anno dazumal, die Springbrunnen kommen notfalls auch in Frage (zwei von vieren führen schon kühles Frischwasser), und den Rest der Getränkeflaschen werde ich wohlweislich im seichten, schlammigen Ufer vergraben. Das Wetter sollte laut Prognose ideal für ein Gartenfest werden, weshalb meine Gästeliste kurzfristig um den einen und anderen Namen erweitert worden ist. Es stehen ohnehin manche auf der Liste, bei denen ich bislang noch nicht das Vergnügen hatte, ihnen vorgestellt worden zu sein. Wir erwarten um die sechzig Partytiger, die allesamt nicht über lose Kabeln, im Weg liegende Steinbrocken und unzureichend gesicherte Balustraden und Treppen fallen sollten - darum muss ich mich auch noch kümmern. Aber ich mache das alles gerne, und somit ist es eher ein Vergnügen, als eine lästige Aufgabe. Ich bin, ohne dabei überheblich klingen zu wollen, ein Allroundtalent, was die Organisationen diverser Festlichkeiten betrifft. Das liegt eindeutig an der Wesensart meines Sternzeichens, da bin ich mir sicher!

Caro hat sich schon vor Wochen um eine unbekannte *Irish-Music*-Live-Band bemüht. Ein paar eilends zusammengenagelte Bretter (von denen gibt es hier noch genug, die einfach in der Gegend herumliegen - leider) sollen deren Bühne simulieren und für den Stromanschluss im Garten sorgen etliche Verlängerungskabel. Caro hat sich außerdem von ihrer Ex-Firma übers Wochenende eine kompakte, kleine Mund-Eismaschine ausgeborgt, deren Zulieferung bereits geklappt hat. Und die Nike-Amelie-WG steuert schließlich noch die Nespresso-Maschine für die Verköstigung der Gäste mit Kaffee bei!

Am Abend bin ich zwar erschöpft, aber auch aufgeregt. Ich gehe im Kopf noch mal die Liste durch und mir scheint, dass ich an alles gedacht habe! Ich sehne den morgigen Tag herbei und freue mich, dass unzählige Freunde unserer Einladung folgen werden. Somit verspricht die Party ein vergnüglicher Abend und glänzender Erfolg zu werden.

Mutter Kunigunde ist extra zur Feierlichkeit angereist, und da sie schon früh morgens aus dem Zug gestiegen ist, lässt sie sich nicht davon abhalten, mir zur Hand zu gehen. Wir Frauenzimmer bemühen uns, schmackhafte Saucen herzustellen und hantieren dabei mit Ketchup, Mayonnaise, Senf, Muskatnuss, Zwiebeln, Knoblauch, Essiggurken, Paprika, gekochten Eiern, Kapern, Schnittlauch sowie diversen anderen Aromen, und fügen hie und da noch frische, feurige Chilischoten und frisch geschroteten Pfeffer hinzu.

Die aus drei Vollblutmusikern bestehende Band trifft kurz vor drei Uhr ein und beginnt gleich im Anschluss an die Verteilung ihrer Instrumente mit dem Soundcheck. Die Handwerker haben sich meine Bitte zu Herzen genommen und die Großbaustelle vor dem Beginn des wohlverdienten Wochenendes fast picobello verlassen (jedenfalls so gut es ging – zaubern können die Herrschaften denn doch nicht!).

Meine Eltern, Tante Lydia, Onkel Toni und meine Lieblingscousine Paula sind bereits kurz nach Mittag eingetrudelt und haben sich in der für sie reservierten Pension in der Nähe frisch gemacht. Sie sind redlich bemüht und bestrebt, den Garten bestmöglich zu gestalten. Paula hat mich in einem stillen Moment nach Francesco, von dem ich ihr zu Weihnachten so sehr vorgeschwärmt hatte, gefragt, und ich habe ihr berichtet, dass er zwar auf die Party kommen würde, wir aber nicht mehr liiert wären, worauf sie mich betrübt angeguckt hat und ich ihr sofort versichert habe, dass dies in Ordnung sei, da wir noch immer sehr gut miteinander auskommen würden.

Stefan, Klaus und Roland haben bereits am Vormittag ihre Grillstationen aufgestellt und dürfen sich nun an den eigens für sie erworbenen Grillschürzen mit dem Aufdruck *„Hände weg von fremdem Eigentum!"* (der Ausspruch ziert augenblicklich ihre fix vergebenen Hinterteile - eine nette Caro Idee!) erfreuen.

Um kurz nach drei Uhr verabschiede ich mich nach Hause. Ich will mir noch rasch ein Rundumprogramm gönnen und mich in Schale werfen. Nike ist zum Glück bereits im Badezimmer fertig, als ich ungestüm an dessen Pforte klopfe und Einlass begehre. Francesco trudelt um knapp nach vier in unserer Wohnung ein und Nike bittet ihn ins Wohnzimmer. Ich habe zwar nur einen flüchtigen Blick durch den Türspalt auf ihn erhaschen können, aber dieser Moment hat ausgereicht, um diagnostizieren zu können, dass er wie immer fabelhaft aussieht! Er hat sich zur Feier des Tages wieder einen zu seiner Persönlichkeit passenden Dreitagesbart stehen lassen und sieht damit verboten gut aus! Er trägt Jeans, ein weißes Hemd und seine Schultern ziert ein schicker schwarzer Pullover. Seine Füße stecken in passenden Freizeitschuhen und er sieht so was von lecker aus, was durch seinen verführerischen Duft nur verstärkt wird. Leider!

Nike und Francesco könnten eigentlich schon vorgehen, sind jedoch höflich genug, um auf mich zu warten, obwohl ich noch nicht mal weiß, was ich anziehen soll. Mein Gewicht ist seit Beginn der Baustelle gottlob kein Thema mehr. Es hat eben alles seine Vor- und Nachteile! Das Manko an der häufig schweren körperlichen Schinderei ist, dass ich jeden Tag mit dem Bimsstein über meine Handinnenflächen und Fußsohlen gleiten muss, da sich ansonsten überall grässliche Erkennungszeichen zeigen würden, und auf diese kann ich getrost verzichten, ebenso wie auf meine Pickelinfanterie. Aber die unguten Gesellen sind glücklicherweise gegenwärtig untergetaucht.

Ich entscheide mich schlussendlich für einen luftigen, rot-beige gesprenkelten Rock, der mir nicht ganz zu den Knien reicht. Mit den Reizen sollte man an den letzten sommerlichen Tagen ohnehin nicht geizen! Dazu finde ich ein passendes rotes Trägershirt und meine roten Korkschuhe komplettieren mein Outfit.

Nike werkt noch in ihrem Zimmer und ich tapse ganz unschuldig ins Wohnzimmer, wo ich Francesco an seinem Glas Wein nippend vorfinde. Als er mich sieht und mir in die Augen blickt, schleicht sich bei mir postwendend ein ungutes Gefühl, ja, vielleicht sogar ein schlechtes Gewissen ein!

Hatte ich etwa Schuldgefühle? Aber warum zum Teufel sollte ich welche haben?

Ich unterdrücke sofort mein flaues Gefühl, drehe für ihn beschwingt eine Pirouette und verströme dabei ein bisschen Amelie, da fällt mir auf, dass er mich still und heimlich mustert.

Habe ich etwas vergessen? Alarmiert blicke ich meinen Körper hinab und sondiere die Lage. BH habe ich zwar keinen an, aber einen Slip trage ich sehr wohl. Ich habe diesen doch wohl hoffentlich korrekt unterm Rock verstaut? Ich fühle mich verunsichert, da ich einfach nicht schnalle, was an mir oder meinem Aussehen nicht stimmen könnte! Ich blicke Francesco fragend an, worauf sich auf seinem Gesicht ein bezauberndes Lächeln abbildet. Der Schuft lässt mich noch zappeln. Er schlendert wie eine Raubkatze, die gerade Beute gewittert hat, auf mich zu und drückt mir einen herzlichen, angenehmen Kuss auf die Lippen. Ein Kuss, der nichts von einer zögerlichen Reaktion hat, nein, ich empfinde die kurze Berührung sogar als männlich, resolut und sogar ein bisschen sinnlich (was ich eigentlich nicht einmal denken dürfte. Deshalb: Gedanken canceln, canceln und noch mal canceln!). Er lässt mich anschließend unwissend stehen, schleicht um mich herum und hält hinter meinem Rücken inne. Ich kann hören, wie er etwas aus seiner Hemd- oder Hosentasche hervorkramt. Als ich mich danach umsehen will, drapiert er plötzlich sein Kinn sanft auf meiner rechten Schulter.

»Weißt du, irgendetwas fehlt an dir noch. Du hast eindeutig was Wichtiges vergessen!«, klärt er mich auf. »Schließe bitte deine Augen!«, ersucht er mich und ich könnte schwören, dass in seiner Stimme Erotik pur mitschwingt!

Was hat er vor? Will er mich küssen? Ich schließe verunsichert die Augen. Oh, er steht so unglaublich nahe bei mir, dass ich seinen betörenden Duft tief einsaugen kann, was ganz und gar nicht gut ist, denn ich erlag wohlriechenden Aromen schon immer mit Haut und Haaren! Mein Puls geht merklich schneller als erlaubt! Etwas Kühles streift meinen Hals.

»Alles Gute zum Geburtstag«, flüstert er mir ins Ohr. »Ich hoffe, sie gefällt dir.«

Ich schlage die Augen auf und berühre Francescos Präsent, welches nun meinen Hals ziert. In der Spiegeltür kann ich ein Funkeln erkennen und ich brauche gar nicht zu überlegen, um welche Geschmeide es sich dabei handelt, denn Francesco wusste seit Mailand, dass ich für Swarovski ein Faible habe.

»Es ist wunderschön, aber -«

»Aber was?«, will er wissen.

»Ich weiß nicht, ob ich das annehmen kann.«

»Natürlich kannst du! Es ist keine Liebes-, sondern eine Freundschaftsgabe, Amelie, das solltest du mittlerweile schon wissen! Ich bin froh, dass wir uns noch so gut verstehen, das ist alles! Und das ist mein Geschenk für dich. Ich hab's in Mailand gesehen und dabei an dich gedacht. Punkt. Schluss! Finito!«

»Danke, Francesco! Es ist wirklich zauberhaft«, schwärme ich, drehe mich zu ihm um und hauche ihm einen liebevollen Schmatz auf seinen Mund. »Ich bin auch froh, dass wir einander noch so schätzen, ehrlich!«

»Und, seid ihr endlich abmarschbereit?«, ruft uns Nike zu.

Francesco bietet mir galant seinen rechten Arm an und wir wandern gelassen in den Flur, wo sich Nike anschließend noch seines linken Arms bemächtigt. Bevor wir zur Tür hinaus marschieren fällt mir ein, dass ich jetzt beinahe Caros persönliches Überraschungspräsent vergessen hätte, und ich hechte zurück in mein Zimmer und kralle mir rasch ein kleines rotes Päckchen.

Um kurz vor fünf trudeln die ersten Gäste ein. Chanette und Thomas (unsere künftigen Küchenprofis) gehören zur Vorhut und haben uns aufmerksamer Weise eine Schokoladen-Nuss-Torte und eine fruchtige Erdbeer-Joghurt-Torte mitgebracht. Weiters finden sich allmählich sämtliche Verwandte und Bekannte unseres Stamms ein, gleich ein paar angenehmen Ex-Arbeitskollegen wie Iris, Bernadette, Marlene, Sandra und Isabelle. Riccardo hat seinerseits ein paar Kumpel aus dem Passepartout eingeladen. Mutter Kunigunde kümmert sich indessen mit viel Freude um Speis und Trank und entlastet uns auf diese Weise merklich. Die Band spielt schließlich schwungvoll auf und deutet somit den offiziellen Beginn der Party an.

Ich verströme ein bisschen Amelie, überall! Auf meiner Mission wandere ich von einem Tisch zum nächsten, plausche hier und dort mit Freunden und Bekannten, stoße hie und da mit jemanden an, und beobachte belustigend, wie Mutter Kunigunde Francesco misstrauisch beäugt. Sie hat ihm wohl noch nicht verziehen, dass ihr durch sein damaliges Auftauchen im Pastranys die gewünschte Schwiegertochter abhandengekommen ist! Er hingegen prostet ihr immer wieder aufs Neue artig und etwas frech zu, und scheint sich dabei prächtig zu amüsieren!

Zwei Stunden später laufen die Grillstuben mitsamt Köchen heiß. Es sind nun doch ein paar Gäste mehr als vorgesehen zu bewirten. Aber ich habe so viel von allem bestellt, dass wir selbst durch die zusätzliche Frequentierung keinerlei Probleme haben.

»Caro, hast du zufällig noch so eine freche Schürze als Reserve auf Lager?«, frage ich sie und sie kommt gleich mit einem „Hände weg von fremdem Eigentum!“ – Exemplar zurück.

»Für wen ist die, wenn ich fragen darf?«

»Für Francesco! Er hat sich angeboten, den Jungs zur Hilfe zu eilen, und die Schürze wird ihn zweifelsohne ungeheuerlich gut kleiden, findest du nicht auch?«

»Hau schon ab damit!«, bemerkt sie lächelnd und schüttelt dabei den Kopf.

Nachdem ich Francesco angekleidet habe, schnappe ich mir rasch das rote Päckchen und ziehe mich mit Caro etwas zurück, um das bunte Treiben aus der Distanz beobachten zu können. Meine Eltern haben mittlerweile alle Kerzen der bunten Lampions und Windlichter entzündet, die Gäste umzingeln unsere Grillmeister wie gierige Wölfe, einige Pärchen tanzen bereits zu der fabelhaften Musik, einige andere stehen an der Ausschank, und der Rest sitzt verteilt auf den Bänken und Stühlen.

»Echt gelungen, was?«, frage ich Caro begeistert.

»Sehr guter Einstand!«, pflichtet sie mir bei. »Und unsere Jungs schlagen sich tapfer«, bemerkt sie und blickt liebevoll zu Roland, der gerade mit den Spießen kämpft.

Francesco hat neben ihm Aufstellung mit einer Fleischgabel bezogen, und kommandiert die hungrige Meute wie ein irrer Leonard Bernstein damit herum. Er ist offenbar in ein lustiges Gespräch mit Roland verwickelt, denn die beiden lachen auffallend herzlich und oft.

»Erwartest du noch jemanden?«, frage ich Caro, als sie zum wiederholten Mal zum Eingang schielt.

»Ja, ich erwarte noch Gäste!«

»Wer fehlt denn noch?«

»Freunde von uns! Aber sie wollten ohnehin etwas später kommen«, bemerkt sie. »Das ist ein herrliches Collier!«, merkt sie bewundernd an.

»Von Francesco?«

»Ja, ein Freundschaftsgeschenk!«, erkläre ich ihr und befingere automatisch die Kette. »Ist das nicht aufmerksam von ihm? Er ist und bleibt eben ein richtiger Gentleman der weiß, was Frauen wünschen! Und, was für ein Präsent hast du von Roland bekommen, oder darfst du es erst später auspacken?«, frage ich doppelsinnig.

»Ich hab' eine reizende, spitzenbesetzte Unterwäsche bekommen. Hab' ich schon an und werd' ich bestimmt bald wieder los sein! Außerdem erhalte ich heute noch eine *de luxe Ganzkörpermassage*. Auf die freue ich mich natürlich schon besonders!«, murmelt sie mir zu und stiert dabei schon wieder sehnsüchtig zu Roland. »Ich liebe ihn, Amelie!«

»Das habe ich dich ja schon ewig nicht mehr sagen hören«, gebe ich überrascht zurück.

»Du gebrauchst diese Wortkombination doch auch überaus selten!«, merkt sie an. »In Francesco warst du zweifelsohne sehr verliebt!«

»Ja, das war ich wirklich«, gebe ich leise zu. »Und es hätte beinahe geklappt, aber -«

»Es hat nicht sollen sein!«, vollendet sie meinen Satz.

»Ganz genau! Ach, übrigens, hier ist noch eine Kleinigkeit für dich«, schwenke ich um. »Als Ergänzung zu Rolands Geschenk sozusagen! Ist zwar nicht so fantastisch, aber dennoch ungeheuer wichtig! Außerdem schulde ich dir diesbezüglich ja noch was«, erkläre ich und überreiche ihr freudig das rote Päckchen.

Caro ist kein Mensch der geduldig beginnt, sachte am Papier herum zu fummeln. Kurz entschlossen reißt sie dieses lustvoll entzwei, worauf ihr Unmengen an bunten Kondomen entgegenkommen.

»Ich danke dir!«, lacht sie überrascht auf. »Die kann man immer gebrauchen. Hey, da sind sogar welche mit Geschmack dabei! Kaffee, Himbeere, Schokolade. Oh, dieses hier hört sich *besonders* lecker an: Bellini! Vielen herzlichen Dank, Amelie!«, posaunt sie mir fröhlich zu und merkt noch scherzhaft an: »Aber davon bekommst du keine mehr ab! Leg dir gefälligst selbst einen Vorrat zu!«

»Für wen denn, bitte? Ich brauch' die nicht mehr so schnell! Ich glaub', ich zieh' mich ohnehin komplett ins Kloster zurück«, merke ich ernst an und zucke gleichgültig mit den Schultern.

»Von der Arbeitskutte in eine Nonnenkutte!«, höhnt sie mir zu.

»Nein, du hast vollkommen recht! Das wäre nichts auf Dauer«, entgegne ich und pruste los. »Notfalls könntest du mir schon ein paar von den Dingern abgeben. Immerhin hast du schon zwei schwangere Freundinnen und willst doch bestimmt nicht riskieren, dass diese verheerenden Zustände überhand nehmen, oder?«

»Nein, das will ich definitiv nicht! Zwei sind momentan genug!«, sagt sie energisch. »Aber wenn du welche abhaben willst, dann musst du dich ranhalten, denn lange werden diese Jungfrauen nicht halten.«

Wir verfallen in mädchenhaftes Kichern und Caro sieht dabei wieder erwartungsvoll zum Eingang. Ihr Blick bleibt dieses Mal an etwas oder jemanden haften, so dass ich mich interessiert umdrehe. Mir stockt augenblicklich der Atem: Ich springe hysterisch hoch und verschwinde hinter dem nächstgelegenen Baumstamm.

»Das sind die Freunde, die du noch erwartest!«, fauche ich sie an. »Das ist mein Geburtstag und ich will ihn hier nicht sehen! Du bist ganz schön hinterhältig!«

»Es ist auch meine Geburtstagsfete, vergiss das bitte nicht! Roland ist mein Begleiter und Markus sein bester Freund. Roland und mich gehen eure hausgemachten Diskrepanzen nichts an! Markus scheint ohnehin darüber hinweg zu sein, ansonsten wäre er wohl nicht gekommen! Ihr solltet das, was einmal zwischen euch war, begraben. Es wird dafür Zeit, findest du nicht auch? Und lass' jetzt dieses kindische Verhalten und setz dich wieder zu mir!«, sagt sie gebieterisch und keinen Widerspruch duldend. Verärgert, aber gehorsam schleiche ich mich auf die Bank zurück. Mein Puls erklimmt dabei neue Höhen und mein Magen zieht sich nervös zusammen und kribbelt.

»Wer ist das neben ihm?«, will ich von Caro wissen.

Diese Frau hat sich ungeniert bei Markus untergehängt. Dabei habe ich zugegebenermaßen einen leichten Stich in der Brust verspürt! Sie ist etwas größer wie er, wirkt aus der Ferne bedrohlich attraktiv und hat eine gertenschlanke Figur, die in einem taillierten schwarzen Kleid steckt und welches noch genug von ihren langen Beinen offenbart. Ihre dunkelbraun gelockte Mähne trägt sie offen, wobei ihr die eindrucksvolle Haarpracht bis zum Ellbogen reicht.

Markus trägt einen dunklen Anzug (er ist eindeutig *overdressed* für ein simples Grillfest!), ein helles Hemd, das ihm sein Bienchen gütigerweise schon aufgeknöpft hat, damit er sich nicht mehr so beengt fühlen muss, und sein Haar ist streng zurückgekämmt und gezügelt.

Die beiden Turteltauben überfliegen die heitere Partygesellschaft von der Terrasse aus und steuern, als sie Roland entdeckt haben, schnurstracks auf ihn zu.

»Ich habe nicht die geringste Ahnung«, antwortet mir Caro und sie ist scheinbar ehrlich überrascht, dass Markus in Begleitung aufgekreuzt ist. »Ich hab' sie noch nie zuvor gesehen!«

»Sieht nicht schlecht aus, zumindest von Weitem!«, bemerke ich und werde schon wieder beinahe von einem Stich niedergestreckt.

»Kommst du mit? Ich geh' jetzt rüber.«

»Nein, nein! Geh' ruhig, ich bleib' noch ein bisschen hier. Außerdem kommt Francesco gerade mit zwei Gläsern Wein«, erwidere ich und deute auf meinen näherkommenden Retter mit dem kessen Schurz.

Caro und er machen rasch einen Schlagabtausch, danach ist sie schon auf dem Weg. Francesco platzt sich zu mir und drückt mir ein Glas Weißwein in die Hand.

»Tolle Party!«, sagt er begeistert.

»Tolle Schürze!«

»Toller Abend!«

»Tolle Musik!«

»Ich hoffe, du schenkst mir den ersten Tanz, ansonsten bin ich nämlich beleidigt«, gibt er zurück und lächelt mich dabei schon wieder absolut unwiderstehlich an. »Immerhin habe ich dir meinen zweiten Arm geborgt!«

»Apropos: Wo hast du Nike gelassen? Sie wird eifersüchtig werden, wenn ich ihr den Begleiter ausspanne.«

»Sie hat mich gerade mit dem Wein zu dir geschickt«, antwortet er und mustert mich dabei schon wieder. »Was ist denn los mit dir?«, will er wissen und folgt meinem Blick in die Menge hinein.

Roland scheint die reizende Markus-Begleitung zu kennen, denn er drückt ihr links und rechts ein Küsschen auf, was Caro allerdings nicht weiter zu stören scheint. Nun werden die Damen einander vorgestellt und Caro ist offensichtlich begeistert, denn sie eröffnet ruckzuck ein Gespräch mit dem Bienchen. Markus tut hingegen gleichgültig, obwohl ich ganz genau weiß, dass er die Gegend kontinuierlich abcheckt.

Und dann ist's geschehen! Unsere Blicke treffen sich. Mein Körper wird dabei von einem eisigen Schauer heimgesucht und ich bin sichtlich um Contenance bemüht. Dieser Augenblick scheint Markus kein bisschen zuzusetzen, denn er wendet sich gleich wieder von mir ab und flüstert seiner Braut etwas ins Ohr. Die intime und vertrauliche Geste versetzt mir einen schrecklichen Hieb in die Magengrube!

»Wer ist das bei Roland und Caro?«, fragt Francesco und zupft mich dabei ungeduldig am Arm, da ich ihn für den Bruchteil einer Sekunde völlig vergessen habe und er meinem starren Blick gefolgt ist.

»Das ist der Trainer vom Selbstverteidigungskurs und zugleich Rolands bester Freund!«, würge ich hervor.

»Und die Frau an seiner Seite? Freundin, Ehefrau?«

»Keine Ahnung«, gebe ich zurück.

»Hey, was ist denn bloß auf einmal los mit dir? Das hier ist deine Fete, es ist ein tolles Fest und du ziehst ein Gesicht wie hundert Tage Regenwetter!«

»Ach, mir geht's prima«, versichere ich ihm, wende dabei den Blick vom Grillplatz ab und tätschle liebevoll sein Knie. »Es ist wirklich schön hier, nicht wahr?«

»Ja, und warte erst mal ab, bis das hier alles fertig ist!«, entgegnet er enthusiastisch und legt ritterlich seinen rechten Arm um meine Schulter, damit ich mich ein bisschen bei ihm einkuscheln kann.

»Und wie läuft's in London? Hat sich am Immobilienmarkt schon was Akzeptables aufgetan?«

»Nein, ich habe nicht so viel Glück wie ihr und bin noch auf der Suche. Dafür brauche ich mich jetzt in Mailand nicht mehr so oft blicken zu lassen, denn mein Nachfolger hat dort bereits alles bestens im Griff. Er ist echt spitze!«

»Nun, Alberto hat ja vergleichbares Genmaterial wie du, demnach setze ich das voraus«, merke ich an und lasse meinen Kopf auf seine Schulter kippen. »Und wie geht's dir sonst so, ich meine privat?«

»Gut, ehrlich! Durch den Umstand, dass Mailand nun wegfällt, bin ich entlastet und habe mehr Zeit für mich selbst.«

»Und sonst?«

»Du sprichst ein Thema an, das ich als erledigt betrachte«, erklärt er ernst und seine rechte Hand beginnt dabei rhythmisch meinen Oberarm zu streicheln.

»Wie, erledigt!«, will ich wissen, stemme mich auf und blicke ihm direkt in die Augen, in diese herrlichen, braunen, großen Augen, die von langen, geschwungenen Wimpern umrandet werden und unweigerlich jedes Frauenherz höher schlagen lassen.

»Positiv erledigt!«, prustet er schnell heraus, da er mein Entsetzen erspäht hat. »Ich glaube, wir haben's geschafft!«

»Oh, das ist aber mal eine sehr gute Nachricht. Das freut mich für euch beide!«, necke ich ihn und lehne mich wieder gelöst in meine Kuschelmulde zurück. »Ich muss dir was gestehen!«

»Da bin ich jetzt aber neugierig.«

»Ich bin ganz schön egoistisch, weißt du?«, beginne ich mein Bekennt-

220

nis. »Ich will eigentlich gar nicht, dass du in London ein weiteres Büro eröffnest. London ist so entsetzlich weit weg und dann wirst du vermutlich nicht mehr so häufig unangemeldet bei uns auftauchen und, nun ja, ich glaube, das würde ich vermissen!«, gebe ich zu. »Ich habe bisher noch nie einen Ehemaligen in meinem zukünftigen Leben akzeptiert, also sei hocherfreut, beglückt und dankbar, dass das bei dir anders ist!«

»Ach, Amelie! Ich werde dich auch schrecklich vermissen. Aber das Leben geht weiter, wenn auch in anderen Bahnen, als wir beide das zu Beginn des Jahres noch geplant hatten!«

»Würdest du mir noch ein Glas Wein holen?«

»Selbstverständlich! Für das Geburtstagskind tue ich alles.«

»Wirklich alles?«, frage ich und blinzle ihn übermütig an. »Diese Bemerkung könnte sehr gefährlich für dich werden!«

»Ich weiß, und ich widerrufe hiermit gleich meine gänzlich unüberlegte Aussage, da ich wirklich keine Ahnung habe, was dir gerade durch dein kluges Köpfchen geht. Wahrscheinlich ist es für mein schwaches Herz auch gesünder, wenn ich es erst gar nicht in Erfahrung bringe«, gibt er frech zurück. »Also, ein Glas Wein für das Geburtstagskind, kommt sofort! Lauf mir nicht weg.«

Ich verfolge Francescos Abgang und blicke mich dabei gelegentlich (also bei jeder Gelegenheit) nach Markus um. Sein Bienchen schwirrt noch immer bei Roland und Caro herum, er selbst ist mir aber momentan abhanden gekommen. Ach, da taucht er auch schon wieder in meinem Blickfeld auf! Er steht an der Ausschank und Francesco steht direkt neben ihm. Mir stockt schon wieder der Atem. Da stehen sie, die Ex-Lover der Amelie Parker, die Ableger des heurigen Jahres, und unterhalten sich! Was gibt's denn da zu quatschen? Mir wird heiß zumute! Glücklicherweise sitze ich, ansonsten hätte es mich mutmaßlich aus den Latschen gekippt. Jetzt schäkern sie auch noch ... ja, plaudert ruhig ein bisschen, vielleicht entdeckt ihr sogar ein paar Gemeinsamkeiten, Jungs!

Da stehen sich zwei Männer gegenüber, die konträrer kaum sein könnten!

Der eine: Großgewachsen, dunkelhaarig, braune Augen, adretter Haarschnitt, charmant, witzig, reif, durch und durch ein Mann.

Und der andere: Etwas kleiner, fast blond (Sommer und Sonne sei Dank), schulterlange Zotteln, blaue Augen, oft unbeherrscht, oft unreif, oft streitsüchtig, oft uncharmant, viel zu oft äußerst nachtragend (Rhinozeros-Syndrom), durch und durch ein unfertiger Mann!

Es spricht eigentlich alles gegen Markus, und dennoch muss ich mir eingestehen, dass es mir missfällt, ihn in Begleitung dieser unerhört attraktiven Brünetten zu sehen! Im Grunde sollte mir dies doch völlig egal sein, oder will ich womöglich etwas haben, was momentan vergeben scheint?

Wie lange sie einander wohl schon kennen? Ob er schon mit ihr geschlafen hat (ein schrecklicher Gedanke, der mir schon wieder einen Dolch ins Herz rammt! Ich werde hier noch verbluten, wenn das nicht bald aufhört, und das an meinem Geburtstag!)?

Unser Techtelmechtel liegt beinahe einen Monat zurück; einen Monat, in dem wir überhaupt keinen Kontakt hatten. In einem Monat kann viel geschehen! *Mann* kann Bienchen kennen lernen (dieser Punkt ist bei Markus längst abgehakt), sich verlieben (vielleicht abgehakt), miteinander Kinder zeugen (eventuell auch abgehakt), heiraten (wohl eher nicht: So risikofreudig ist er nicht), sich scheiden lassen (fällt durch vorherigen Punkt weg) und unerwünscht auf Partys aufkreuzen (abgehakt).

Die beiden unterhalten sich noch immer blendend! Mein Wein wird langsam warm, wenn sich Francesco nicht bald loseist, und das Bienchen wird wohl auch schon ungeduldig auf ihren Met warten. Ich habe das Gefühl, dass Markus gelegentlich zu mir herüber schielt! Vermutlich tue ich ihm leid, da ich so mutterseelenallein hier sitze und er mir noch dazu meinen Privatsommelier ausgespannt hat. Endlich verabschieden sie sich voneinander. Wurde auch höchste Zeit.

»Entschuldigung, hat etwas länger gedauert! Hab' deinen Fitnesstrainer kennen gelernt. Er wirkt sehr sympathisch«, klärt mich Francesco bei seiner Rückkehr gütiger Weise über meinen Albtraum auf. »Er sagt, er hat dich bislang ganz schön rangenommen.«

»Ja, das hat er«, entgegne ich kühl und mir fällt dabei das Herz in die

Hose!

Was haben die beiden bloß miteinander besprochen? Ich hoffe inständig, dass sie dabei ein bestimmtes Thema ausgelassen haben!

»Er ist gerade von einem Seminar zurückgekommen«, fügt Francesco noch an.

»Aha«, entweicht es mir gelangweilt, denn ich hoffe, dass Francesco etwas über das Bienchen herausgefunden hat und dieses Wissen nun von sich aus preisgibt!

»Komm, trink aus und dann lass uns das Tanzbein schwingen!«

Irgendwie scheint mir diese Idee nicht so gut zu sein, denn die fiktive Tanzfläche ist eindeutig zu nahe am realen Grillplatz. Andererseits: Warum soll ich mir meinen Geburtstag durch die geschmacklose Anwesenheit von Markus verderben lassen? Nein, das kommt ja gar nicht in die Tüte! Ich will mich amüsieren und das schaffe ich auch ohne ihn! Am besten, ich schenke ihm keine Beachtung mehr. Sehr guter Plan! Ich leere mein Glas in einem Zug und mache mich bereit für den Kampf. Bloß nicht zum Grill sehen! Ich muss mich ganz natürlich und ungezwungen verhalten, ganz natürlich und ungezwungen, ganz ... hoppla! Beinahe wäre ich gestürzt, aber Francesco hat mich zum Glück noch gerettet. Er ist und bleibt eben mein Ritter ohne Furcht und Tadel!

Die Party ist voll in Gang und die Stimmung ausgezeichnet, genauso wie die Musik. Allerorts tummeln sich gutgelaunte Menschen; die einen tauschen sich aus, die anderen genießen Speis und Trank, und wiederum andere tanzen zu den heißen, irischen Klängen. Allmählich bricht die Dämmerung über unsere Feierlichkeit herein und das bunte Lichtermeer kommt damit richtig zur Geltung!

Francesco ist, wie erwartet, ein fabelhafter Tänzer! Er scheucht mich derart auf der Tanzfläche umher, dass ich keine Sekunde Zeit habe, um Richtung Grill zu linsen. Ich gerate bei den Tanzschritten ganz schön außer Puste, fühle mich aber trotzdem fantastisch und kann gar nicht mehr aufhören! Bin ja nur mal neugierig, wann Caro vom *Lord-of-the-Dance*–Fieber gepackt wird! Ich habe noch nicht zu Ende gedacht, da taucht sie auch schon neben uns mit einem eher unglücklich wirkenden

Roland im Schlepptau auf. Tja, die Stunden in der Spieltanzschule machen sich wieder mal bezahlt! Wir tanzen zwar normalerweise nur zu klassischer Musik, aber glücklicherweise sind Takt und Schritt variabel anwendbar! Die Musik wird schneller und schneller, während unsere Füße leichter und leichter werden! Unser Quartett lacht, tanzt und stampft temperamentvoll auf die Bretter, wir schließen uns in die Arme, splitten uns wieder, steuern aufeinander zu und schwingen eng aneinander vorbei! Beim Tanz zur *Irish Music* sollten sich traditionell nur die Beine bewegen. Aber wir halten uns ebenso traditionell nicht an die Norm und lassen den heißen Rhythmus auch in Hände, Becken, Oberkörper und Haupt gleiten. Der Song erklimmt erst nach Minuten den Höhepunkt, und Caro und ich tanzen uns dabei beinahe in Trance. Nach dem allerletzten Takt fallen wir uns, beflügelt und erschöpft zugleich, in die Arme. Wir merken erst jetzt, dass wir uns die Tanzfläche komplett freigetanzt haben. Das Publikum steht rundum und beklatscht uns begeistert!

»Und Mädels, wollt ihr euren Männern noch mal gehörig einheizen oder brauchen die Herren der Schöpfung etwa eine Verschnaufpause?«, fragt uns der Bandleader, und während Caro und ich das Okay-Zeichen symbolisieren, zeigen ihm Roland und Francesco die geballten Fäuste. »Da wir Sympathisanten des schwachen und nicht sehr ausdauernden Geschlechts sind, folgt jetzt ein Song zum Erholen!«, merkt der Sänger an und zwinkert uns zu.

»Danke, danke, danke!«, keucht Francesco kurzatmig, zieht mich zu sich und umfasst meine Taille. »Du bist wirklich gut in Form.«

»Tja, wer rastet, der rostet, mein Lieber!«, merke ich schelmisch an und schmiege mich an seine Brust, wobei ich deutlich seinen pochenden Herzschlag ausmachen kann.

Die Band greift nun tatsächlich zu milderen Klängen und das Parkett füllt sich wieder kontinuierlich mit tanzwilligen Pärchen. Wir versinken langsam im ruhigen Takt und ich kann die Umgebung wieder ein wenig nach Markus abchecken. Ich habe exakt eine halbe Drehung vollzogen, als ich ihn schon erblicke! Er ist gleichfalls auf der Tanzfläche zugegen und hält sein Bienchen demonstrativ fest umklammert! Mich beschleicht das untrügliche Gefühl, dass er mich schon eine Weile mustert. Er sieht jetzt auch nicht mehr weg, sondern blickt mich unverwandt an. Dabei unterhält er sich mit seinem Bienchen und flüstert ihr immerzu etwas ins Ohr. Plötzlich dreht sie sich abrupt um und starrt mich ebenso direkt an. Irgendetwas stört mich gewaltig an dieser Person. Ich kann momentan nur nicht sagen, was es ist! Und sie fixiert mich ebenso wie Markus. Ihr Blick hat dabei nichts Herablassendes, nein, etwas anderes ist darin gefangen. Ich komme nur im Augenblick nicht dahinter, was er mir verraten sollte.

Diese Frau hat eindeutig Modelmaße. Sie trägt flache Schuhe und ist trotzdem größer als Markus. Ihn scheint dies nicht sonderlich zu stören oder gar zu beeindrucken. *Mit der Größe einer Frau hattest du noch nie ein Problem, nicht wahr?,* frage ich ihn in Gedanken. Die beiden scheinen sich einig darüber, in unsere Richtung zu tanzen, denn sie peilen uns direkt an. *Was, zum Teufel, soll das hier werden, Markus?*

»Wollen wir uns einen Drink gönnen?«, frage ich Francesco, der mich offensichtlich eingehend betrachtet hat, denn er folgt meiner Blickrichtung und visiert folglich das näherkommenden Pärchen direkt an.

»Hervorragende Idee«, gibt er zurück und nickt Markus dabei freundlich zu.

Und tschüß, Tanzfläche! Ich packe Francesco am Arm und schleife ihn hektisch rückwärts hinter mir her. Wenn mich Markus bloßstellen will, dann sicherlich nicht hier und heute. Da wird das Spiel nämlich nach meinen Regeln gespielt! Ätsch!

Nachdem ich meinem Schicksal gerade noch mal entkommen bin und einen beruhigenden Schluck Wein intus habe, muss ich Francesco an Nike abgeben. Danach plausche ich ein wenig mit Paula, die meinen grau melierten Tanzpartner als absolut unwiderstehlich beschreibt. Wo sie recht hat, hat sie nun mal recht! Nach einer Weile gesellen sich meine Eltern, Onkel Toni und Tante Lydia ebenfalls zu uns und berichten mir unermüdlich und ausschweifend von ihren grandiosen Gartenbauplänen (meine Hobby-Botaniker sind diesem Dschungel hier völlig verfallen und kommen so oft wie möglich in die Stadt). Gottlob entdeckt mich Roland knapp vor meinem nervlichen Zusammenbruch und entführt mich rasch aus den Klauen meiner Familie.

»Du hast mir doch hoffentlich noch einen Tanz auf deiner Tanzkarte freigehalten?«, fragt er mich und zerrt mich dabei schon Richtung Parkett (ich wäre ihm ohnehin willig überall hin gefolgt, solange uns der Weg nur weg von meinem Familientisch geführt hätte).

»Bitte, Roland, nur ein schneller Zwischenstopp beim Getränkelager!«, ersuche ich ihn. »Muss kurz anhalten und auftanken! Meine Akkus sind völlig leer.«

Ich zapfe mir rasch ein kühles Helles und trinke das Glas in einem Zug leer. Das tut gut!

»Gibt's eigentlich noch was zu futtern?«, will ich von unserem Grillkoch wissen.

»Selbstverständlich! Ist noch genug da.«

»Wo ist eigentlich deine anmutige Schürze abgeblieben? Die kleidet dich so wahnsinnig gut!«, necke ich ihn. »Und Caro wäre sichtlich beruhigt, wenn du sie überall tragen würdest!«, merke ich schelmisch an.

»Die habe ich kurzfristig abgeben müssen. Markus vertritt mich derzeit am Grill. Deshalb darf er auch meinen Schurz tragen! Bist du hungrig? Willst du was essen?«

»Ahm, später! Los, du schuldest mir einen Tanz!«

Ich bin einigermaßen beruhigt. Wenn Markus arbeitet, kommt er nicht auf hirnrissige Gedanken. Auf der Tanzfläche finden sich unter anderem Alex und Nike, Riccardo und Raffael, Caro und Francesco, Elvira und Klaus ein. Der arme Stefan schwingt noch immer rasant die Fleischzange und neben ihm hantiert Markus. Er hat mir dabei den Rücken zugekehrt und spielt sich mir den Spießen. Mein Blick schweift ohnedies ab zu seinem verpackten Hintern, wo mir exorbitant *„Hände weg von fremdem Eigentum!"* entgegenleuchtet. Ich sollte wohl an diesem Spruch festhalten und die Zeichen wieder richtig deuten und danach handeln! Hier steht eindeutig nicht: *„Hände weg von meinem Eigentum!"*, und das sollte ich akzeptieren. Apropos! Wo ist eigentlich seine *Sumsi* abgeblieben?

Nur nebenbei bemerkt: Nicht, dass es mich noch sonderlich interessieren würde, aber er hat außer seinem Sakko noch nichts abgelegt und seine Mähne ist nach wie vor im streng konservativen Knoten gefangen.

Nachdem mein Desinteresse an Markus fast schon urkundlich beglaubigt ist (versuche ich mir wenigstens einzureden!), kann ich mich wieder den Freuden des Lebens hingeben: Ich kann ausgelassen in meinem Freundeskreis tanzen und die Party rundum genießen!

Ist das Leben an Tagen und Nächten wie diesen nicht einfach schön und lebenswert?

Vorspiel ... Nachspiel

Ein kluger Mann macht nicht alle Fehler selbst.
Er gibt auch anderen eine Chance.
(Sir Winston S. Churchill)

»Amelie! Caro hat mich beauftragt, für die zügige Heranschaffung des versteckten Weindepots zu sorgen und hat mir diese Lampe in die Hand gedrückt«, merkt Francesco an und stiert dabei auf die einzige Taschenlampe, die wir momentan unser Eigen nennen. »Und, wo finde ich nun dieses Depot?«, will er wissen.

»Ich gehe schon. Ist nämlich ein Geheimplatz!«, verrate ich ihm und schüre damit seine Neugierde.

»Ich kann dir tragen helfen«, bietet er mir gefällig an. »Zwei starke Arme mehr, vergiss das nicht!«

»Nun gut! Aber wenn du mein Versteck irgendjemanden verraten solltest, dann bist du nirgendwo auf der Welt mehr sicher vor mir. Und ich werde dich dafür zur Verantwortung ziehen und dich natürlich auch foltern, das sollte dir bewusst sein!«

»Natürlich«, haucht er mir sinnlich ins Ohr und schmunzelt mich danach vielversprechend an.

»Und flirte nicht mit mir, das kann ebenso böse enden!«, necke ich ihn.

»Na, wenn das so ist, werde ich mich eben ein bisschen am Riemen reißen«, gibt er zurück und überreicht mir die Lampe.

Ich hänge mich bei ihm unter und weise ihn auf den breiteren Mittelgang, der uns direkt zum entlegenen Ufer führt. Als wir am Abgrenzungsband anlangen und beschwingt darüber hinwegsteigen wollen, sehe ich ihn wieder. Da hinten im Halbdunklen sitzt Markus auf einer der Parkbänke und neben ihm summt sein Bienchen. Ich verspüre gleich mehrere Stiche der Eifersucht hintereinander.

Er hat ihr fürsorglich sein Sakko über die Schultern drapiert und sie rücken enger zusammen und halten Händchen! Mir scheint, als spielte er gefühlvoll mit ihren Fingerspitzen. Und sie tuscheln schon wieder und stecken dabei die Köpfe zusammen. Ihr Gespräch scheint aber eher eine Diskussion zu sein, als eine amüsante Unterhaltung. Sie scheinen tatsächlich in eine ernsthaftere Thematik verstrickt zu sein (vielleicht handelt es sich dabei ja sogar um einen ungemütlichen Schlagabtausch).

Ich kann gar nicht wegsehen und stolpere auch schon ungeschickt über das blöde zweite Abgrenzungsband. Francesco hat zum Glück meine Blicke verfolgt und offenbar meine Reaktion vorhergesehen, denn ich kippe direkt in seine offenen Arme. Wir gehen daraufhin wortlos bis ans Ufer und ich leuchte ihm dabei den Weg aus.

»Was machst du da?«, will er wissen, als ich mir die Schuhe abstreife und ins seichte Wasser wate.

»Ich geh' fischen«, erwidere ich und ringe mir dabei ein aufgesetztes Lächeln ab. »Heute gibt's Chardonnay und Riesling, statt Forelle, Hecht und Zander, einverstanden?«

Ich habe die Flaschen in weiser Voraussicht gut verankert, denn sie sind gleich gefunden. Vier Flaschen schleppe ich heraus und drücke sie Francesco in die Arme.

»Geh' schon vor, ich komm' gleich nach, okay?«, bitte ich ihn und drücke ihm noch umständlich die Lampe in die Hand.

Ich wate derweilen noch mal ins Wasser zurück und ertaste eine weitere Flasche Wein, die ich gleich an mich reiße. Ich habe heute Vormittag schon vorausschauend ein Schlückchen getrunken (zur Feier des Tages) und den Korkenzieher dabei gleich vorne am Steg deponiert (dieser ist übrigens schon mit neuen Brettern garniert und dadurch keine öffentliche Gefahr mehr). Francesco sieht mir stumm hinterher, als ich barfuß auf den Anlegesteg hinauswatschle, mich an dessen Ende setze und die Zehenspitzen ins Wasser gleiten lasse. Ich schnappe mir den Korkenzieher, öffne gekonnt die Flasche und trinke einen gehörigen Schluck. Die Musikklänge werden von der hinter meinem Rücken stattfindenden Party sanft zum Weiher heruntergetragen. Dennoch ist es sehr friedlich hier.

Ich bin völlig in Gedanken versunken und schrecke auf, als ich Francescos nackige Zehen neben meiner Hand erblicke. Er hat sich an mich herangepirscht, um mir Gesellschaft zu leisten. Ohne ein Wort zu sagen setzt er sich, lässt seine Füße baumeln, erfasst die Flasche und trinkt ebenfalls einen kräftigen Schluck. Danach nimmt er mich still in den Arm.

»So, und jetzt verrate mir bitte mal, was hier eigentlich los ist!«, sagt er sanftmütig.

»Nichts!«, antworte ich ihm und beiße mir dabei auf die Lippen.

»Ich möchte dir heute auch ein Geständnis machen«, beginnt er.

»Und was willst du loswerden?«, frage ich interessiert.

»Ich würde mir eine bestimmte Sache von ganzem Herzen wünschen!«, lässt er mich wissen, bevor er fortfährt. »Ich würde mir wünschen, dass ich dein Fitnesstrainer wäre und du mich genauso ansiehst wie ihn«, sagt er gedämpft und streicht mir dabei beruhigend über meinen Oberarm.

»Woher weißt du das?«, platze ich heraus.

»Das sieht man! Du hast mich auch mal so angeguckt.«

»Vielleicht. Aber bei uns beiden beruhte das auf Gegenseitigkeit, was ich bei ihm nicht behaupten kann. Für gewöhnlich hassen wir einander nämlich, weißt du?«, erkläre ich ihm. »Kommt dir Markus eigentlich nicht ein klein wenig bekannt vor?«

»Nein, woher sollte ich ihn kennen?«, fragt er erstaunt.

»Von Seefeld«, gebe ich zurück. »Er war damals der ungehobelte Kerl, der mich beinahe zur Raserei gebracht hat.«

»Der von der Langlaufloipe?«, fragt er ungläubig nach. »Den habe ich aber völlig anders in Erinnerung!«

»Tja, aber das war und ist Markus, wie er leibt und lebt, und an seinem Verhalten hat sich in der Zwischenzeit nichts verändert!«

»Wie lange kennst du ihn schon besser?«, hakt er neugierig nach und ich weiß, worauf er anspielt.

»Wir haben uns erst im Kurs besser kennengelernt. Da haben wir beide schon Geschichte geschrieben«, antworte ich ihm und greife nach seiner Hand.

»Aha! Na, dann hast du mich wenigstens nicht wegen ... wie hast du ihn damals bezeichnet?«

»Ich habe ihn als Rhinozeros bezeichnet und daran halte ich eisern fest!«, gebe ich unnachgiebig zurück. »Und er ist mir damals noch nicht im Kopf herumgeschwirrt, um deinen Satz zu beenden.«

»Glaubst du, dass seine Schwester auch dieser Gattung angehört?«

»Keine Ahnung, ich kenne sie ja gar nicht! Woher weißt du überhaupt, dass er eine Schwester hat?«

»Sie ist seine Begleitung«, erwähnt er beiläufig. »So, und nun werde ich mal ein paar Flaschen raufschleppen, sonst bekomme ich vielleicht Probleme mit Caro. Kommst du mit?«

»Nein, ich bleib' noch ein bisschen!«

»Ich werde aber die Lampe brauchen, wenn die Flaschen heil oben ankommen sollen.«

»Ja, ja, nimm sie ruhig mit. Ich kenne hier beinahe jeden Stein und ich schaffe den Weg auch ohne Licht«, versichere ich ihm.

»Aber du schenkst mir heute doch noch einen Tanz, oder?«

»Was heißt hier einen?«, frage ich belustigt nach. »Ich will dich heute fertigmachen! Und nun zisch schon ab! Ich komme gleich nach, versprochen!«

»Nimm den Pullover, du kannst ihn besser gebrauchen als ich«, merkt er an und legt ihn mir liebevoll auf die Schultern. »Mir wird jetzt schon wieder ganz heiß, wenn ich an die Tanzerei nachher denke!«

Nachdem Francesco einen Abgang gemacht hat, trinke ich noch einen kräftigen Schluck Wein, knülle den Pullover zu einem Kissen zusammen und kippe zurück, um den Sternenhimmel über mir betrachten zu können. Merkwürdig, Markus sieht seiner Schwester eigentlich gar nicht ähnlich, abgesehen von den Augen. Sie hat dieselben stahlblauen Augen wie er. Dass mir das nicht gleich aufgefallen ist! Demnach bin ich wohl das Rhinozeros!

Will er mich möglicherweise mit seiner Schwester eifersüchtig machen? Na, das war ein Schuss nach hinten, mein Freund!

Wieso kann ich mich nicht einfach wieder in Francesco verlieben? Er ist doch wirklich perfekt und laut eigenen Angaben wieder komplett hergestellt.

Moment einmal! Francesco hat mir gerade ein Bekenntnis abgerungen, welches ich mir noch nicht einmal selbst eingestanden habe!

Will ich Markus wirklich und von Herzen, oder gefällt mir lediglich die Vorstellung ihn zu erobern, da er so widerspenstig und zäh ist? Markus, dieser uncharmante, schwierige, undurchschaubare und unfertige Mann, der auf meiner Liste nach wie vor nur sehr wenige Pro-Punkte aufweisen kann!

Im Burgenland hatte er mich tatsächlich entzündet, und das, obwohl ich zuvor nicht mehr sicher war, noch eine Zündschnur zu besitzen!

Kann man eigentlich auf jemanden eifersüchtig sein, der einem gleichgültig ist? Nein, denn man muss ihn bestimmt auf irgendeine Art und Weise auch schätzen!

Caro hat gesagt, dass er auf mich steht. Mal angenommen, ich vertraue ihrem Spürsinn: Wieso verhält er sich dann wie ein kompletter Arsch? Er ruft mich nicht an, behandelt mich wie Luft und geht mir aus dem Weg, wo er nur kann!

Nein, Männer sind vom Mars und Frauen eindeutig von der Venus, und dazwischen gibt's nichts! Man beamt zwar gelegentlich zwischen den Planeten hin und her, aber keiner kommt dabei auf den gänzlich absurden Gedanken (und möge dieser auch noch so reizvoll sein), auf dem Nachbarplaneten mehr als einen Kurzurlaub zu verbringen!

Gibt es eigentlich auch ein Buch mit dem vielversprechenden Titel *Männer verstehen lernen*? Das würde sicherlich innerhalb weniger Wochen zum absoluten Bestseller mutieren!

Tja, irgendwie empfinde ich momentan eher Frust statt Lust!

»Lust auf einen Wodka?«, fragt mich eine allzu bekannte Stimme vom Ufer aus.

Markus! Ich schrecke sofort auf und blicke mich um. Der Schein der Taschenlampe blendet mich.

»Schalt gefälligst die Lampe aus!«, fauche ich ihn an.

»Na, gute Laune?«, fragt er, betätigt den Schalter und im Nu kehrt die Finsternis wieder zurück. »Ich nehme mal an, dass der Steg noch immer morsch ist, oder?«

»Ja, also bleib, wo du bist!«

»Ich hab' dir auch einen Wodka mitgebracht«, merkt er an und schüttelt einladend die Gläser in seiner Hand, wobei die Eiswürfel verführerisch klirrend aufeinanderprallen.

»Hab' was, vielen Dank!«, antworte ich kühl und winke ihm mit der Flasche in der Hand zu.

Ich drehe mich wieder gelassen um und blicke aufs stille Wasser hinaus.

Hilfe! Was soll ich jetzt machen? Immerhin ist er zu mir gekommen! Ich bin mit dem Denken leider noch nicht fertig, als ich ihn schon vorsichtig auf den Steg treten höre.

»Bleib sofort stehen! Das ist lebensgefährlich!«, ermahne ich ihn.

»Entweder du kommst zu mir, oder ich komme zu dir! Außerdem«, unterbricht er sich selbst und knipst das Licht wieder an, um den Untergrund genauer zu inspizieren, »ist der Steg erneuert worden!«

»Ja, zugegeben, Sie haben mich bei einer Notlüge ertappt, Herr Kommissar!«, gebe ich trocken zurück. »Ich würde es aber dennoch begrüßen, wenn Sie blieben, wo Sie sind!«

Das Licht weicht wieder der Dunkelheit und ich bin froh, dass er damit meinen Wunsch respektiert hat. Hoffentlich ist er mitsamt dem Schein verschwunden! Ich will nicht mit ihm sprechen - dafür bin ich viel zu unvorbereitet und muss erst über allerhand nachdenken. Ich spitze die Ohren und ... er scheint tatsächlich abgebogen zu sein, denn ich kann in meiner Nähe nichts mehr ausmachen. Ich warte noch einen Augenblick, bis ich mich wieder in absoluter Sicherheit wiege. Danach kippe ich meinen Oberkörper zurück auf den Steg und beobachte weiter das Sternenbildnis. Das fröhliche Geraune des Festes und die gedämpfte Musik dringen wieder in mein Bewusstsein.

Wo war ich eben? Ach ja, bei Frust statt Lust!

»Wodka!«, sagt Markus, stellt zwei Gläser neben mir ab und hockt sich wie selbstverständlich neben mich, und das Ganze natürlich ohne mich zu fragen, ob seine Gesellschaft überhaupt erwünscht ist.

Ich fahre erneut in die Höhe und bin selber überrascht, wie sehr mein Herz rast! Ich wage es kaum, seine Konturen anzusehen, und beginne nervös, mit meinen Zehenspitzen die Wasseroberfläche zu kitzeln.

»Ich hab' dich nicht zu diesem Fest eingeladen!«, pruste ich schließlich heraus. »Das ist auf Caros Mist gewachsen.«

»Ich weiß.«

»Und dennoch bist du hier!«, merke ich spitz an. »Du neigst demzufolge zum übertriebenen Risiko, oder ist es gar Mut, der dich hierher führt?«

»Ich wollte dir nur zum Geburtstag gratulieren.«

»Danke!«

»Ich komme natürlich nicht mir leeren Händen«, gibt er zurück, nimmt einen großen Schluck Wodka und schiebt mir ein Päckchen zu. »Ich hab's gesehen, und sofort an dich gedacht!«

»Na, was könnte das wohl sein? Eine Briefbombe vielleicht?«

»Sei nicht so zynisch! Sieh's dir an oder lass es, ganz wie du möchtest!«

Nun, neugierig bin ich schon! Soll ich das Risiko eingehen und danach langen? Na, ich heiße doch nicht, Markus! Ich nehme das Päckchen, löse die Schleife und befreie es vom Deckel. Ich kann ein zartes Seidenpapier ertasten.

»Lampe, bitte!«, fordere ich ihn auf.

Er knipst sie an und richtet den Schein auf das schwarze Papier. Ich entfalte die dünnen Lagen und entdecke darunter ein schwarzes, rotzfreches Satinteil, Marke Slip. Es tummeln sich darauf unzählige kleine Teufelchen, die mit ihren Dreizacken nach den Engelchen grabschen. Ich ziehe das kleine Etwas heraus (es handelt sich dabei um ein raffiniertes Triangelteil, welches an den Hüftseiten selbst zu schnüren ist) und darunter befinden sich noch etliche Kondome, die gleichfalls allesamt die roten Gesellen abgelichtet haben.

»Sehr nett!«, erwidere ich. »Kein dazu passender BH?«, frage ich nach und ertaste dabei den Untergrund des Kartons.

»Du trägst ohnehin keinen, oder?«, stellt er sachlich fest.

»Nein, da hast du recht! Deine Augen sind wirklich hervorragend geschult«, gebe ich leise zurück. »Vielen herzlichen Dank für das Geschenk! Weißt du, so was hab' ich mir schon immer gewünscht!«, bemerke ich zuckersüß.

»Dachte ich mir.«

»Ich hoffe, du hast mich gut genug in Erinnerung, oder muss ich die Schleifen neu binden?«, flüstere ich ihm sinnlich zu.

Er will ein Spiel spielen, das kann er haben!

»Nein, du solltest meiner von dir erwähnten Erinnerung nach tadellos hineinpassen! Da brauchst du sicherlich nichts mehr verstellen«, gibt er zurück und deutet auf das Präsent.

»Na, wenn du es sagst!«, zirpe ich ihm zu und greife nach dem Wodka.

Auweia, das ist ja ein ganzes Longdrinkglas voll!

»Auf dein Wohl!«, prostet er mir freundlich zu.

»Cheers!«, erwidere ich und sehe ihm dabei tief in die Augen. Danach greife ich nach der Lampe und knipse sie aus. »Na, dann werde ich gleich mal schauen, ob deine Einschätzung ordnungsgemäß ist. Ansonsten biete ich dir die Möglichkeit, deinen Fehler zu korrigieren«, hauche ich ihm erotisch ins Ohr und beiße zärtlich zu.

Die Spiele sind eröffnet.

Ohne auf seine Reaktion zu achten, ziehe ich die Beine an und richte mich auf. Ich greife mir flugs unter den Rock und befreie mich von meinem alten Slip. Danach schnappe ich den neuen und ziehe ihn betont langsam über die Beine, bis er seinen Endplatz gefunden hat.

»Sitzt perfekt!«, bekunde ich mit engelsgleicher Stimme und nehme wieder neben ihm Platz.

»Nun, da wir das jetzt geklärt hätten, werde ich mich mal wieder auf den Weg machen«, sagt er und nippt abermals an seinem Glas.

»Ja, lass dich nicht von deinem Vorhaben abhalten!«

Er steht daraufhin auf und zieht gleichgültig ab.

»Ach, Markus!«, flöte ich ihm hinterher, als er bereits am Ufer ist. »Einen Augenblick noch, ja?«

Ich richte mich erneut auf, greife nach meinem Glas und meinem abgelegten Slip, und schleiche barfuß und lautlos auf ihn zu. Im Hintergrund funkeln bunte Lichter und Markus' Silhouette thront im Vordergrund.

»Was vergessen?«, fragt er wissbegierig.

»Ja, ich wollte dir nur was mit auf den Weg geben«, erkläre ich ihm und steuere ihn direkt an.

Als er in Griffweite ist, proste ich ihm zu, kippe einen Schluck Wodka und stelle das Glas ab. Danach umfasse ich mit meinem Arm seine Taille und ziehe ihn dicht an mich heran. Ich blicke ihm unverwandt in die Augen und knalle ihm lieblos einen Kuss auf die Lippen.

Er reagiert überhaupt nicht darauf. Jetzt ziehe ich alle Register! Ich gleite mit meiner linken Hand gebieterisch über seinen Po, bis hin zu seinem Oberarm, und halte schließlich auf seiner Schulter kurz inne. Danach wandere ich weiter und streiche mit meinen Slip zartfühlend über seine Wange, bis hin zur Nasenspitze.

»Ein kleines Präsent, damit du mich nicht vergisst!«, erläutere ich ihm, gleite wieder hinab zu seiner Hosentasche und lass das Teil geschickt darin verschwinden. Danach streife ich ihm noch mit voller Absicht über die sich entwickelnde Männlichkeit.

Er reagiert noch immer nicht. Dann soll er's eben bleiben lassen! Ich löse mich von ihm und schlendere wieder zurück zum Ufer.

Dieses animalische Geplänkel hat meinem Seelenleben äußerst gut getan! Ich glaube, jetzt hat er wirklich Schiss vorm Teufel!

»Du willst schon wieder spielen?«, haucht er mir plötzlich und unerwartet von rückwärts ins Ohr und greift sogleich unter mein Trägershirt.

Bin ich jetzt erschrocken! Ojemine! Dachte eigentlich, er wäre schon fort! Ich bin ja nicht leicht schreckhaft, aber dieser Idiot schafft es noch, dass ich hier und jetzt ... nein, keinen Orgasmus, sondern einen Herzkasperl bekomme!

Seine Hände fummeln derweilen ungeduldig an mir herum. Während die eine über meine bebende Bauchzone höher und höher steigt, rutscht die andere ab, schiebt gekonnt meinen Rock empor und befühlt sogleich meinen Oberschenkel. Er küsst begierig meinen Nacken, zieht mich noch näher an seinen impulsiven Körper und lässt mich dabei seine Erregung spüren. Heute trägt er vermutlich keinen Tanga, denn sein Schritt ist prall gefüllt und schreit lautlos, aber dennoch im höchsten Masse fordernd nach meinem neuen Teufelsslip!

Ich bin ehrlich überrascht über den plötzlichen Überraschungsangriff und setze zum Gegenschlag an.

Wer Wind sät, wird Sturm ernten!

Mal sehen, wie widerstandsfähig seine gerafften Segel sind!

Ich löse mich gekonnt aus seiner Umklammerung und drehe mich ihm zu.

»Wie gefällt dir dieses Spiel?«, will er wissen.

»Pass bloß auf, dass du nicht zuviel Risiko eingehst, mein Lieber!«, kann ich ihm gerade noch zuhauchen, als er mich schon heftig zu küssen beginnt.

Dieser Kuss ist anders als seine letzten Küsse im Burgenland. Er ist wild und heiß, seine Zunge ertastet dabei nicht sorgsam meinen Rachen, sondern sie nimmt sich, was sie will! Heute schmeckt er nach Wodka, Sexappeal und unverfälschter Männlichkeit. Seine grabschenden Hände scheinen überall zu sein. Sie erforschen und tasten, und nähern sich dabei unweigerlich ihrem Endziel! Er ist ungeheuerlich leidenschaftlich und zieht mich immer mehr in seinen Bann. Ich knöpfe ungestüm sein Hemd auf, zerre es ihm aus dem Hosenbund und streife es ihm über die angespannte Schulterpartie. Seinen Kuss pariere ich derweil mit ebensolcher Hingabe. Eines meiner Beine windet sich gekonnt um seine Hüfte, während er bereits eine Seite des handgeknüpften Slips losgelöst hat. Dann hebt er mich kraftvoll empor. Ich kann auf diese Weise beide Beine eng um seinen Körper schlingen. Wir lassen dabei nicht eine Sekunde voneinander ab und küssen uns nach wie vor heftig und wild. Er trägt mich behutsam Richtung Mauervorsprung, hält davor inne, geht vorsichtig in die Knie (gut, dass er so fleißig trainiert) und legt mich sanft zwischen Ufer und Wiese ab. Ich lockere daraufhin die Umklammerung meiner Beine und mache mich an seiner Gürtelschnalle zu schaffen. Es folgt ein Knopf, dann ein Reißverschluss, und endlich kann ich ihm die Hose bereits über das wohlgeformte Gesäß hieven.

Ich war mit meiner vorherigen Diagnose vorschnell, denn hier findet sich doch wieder nur ein enganliegender Tanga! Nun, man darf sich auch mal irren!

Er befreit mich derweilen von meinem asymmetrisch befestigten Slip. Ich verharre indessen auch nicht still, sondern schiebe den widerwärtigen Tanga ebenfalls gekonnt über sein Hinterteil!

Jetzt gibt es nur noch eine klitzekleine Kleinigkeit zu berichtigen. Ich greife blitzschnell in seinen Nacken, ziehe kurz an seinem Haargummi und befreie seine Mähne.

Wie auf Knopfdruck lässt er hastig von mir ab, schwingt sich eilends von meinem heißen Körper, der inbrünstig nach Befriedigung schreit, herunter und zerrt seine Hosen hoch. Ich bin noch in Trance und brauche ein paar Sekunden, bis ich die neue Situation begreife. Ich stütze mich auf meine Unterarme und beobachte ihn fassungslos!

Was sollte denn das eben? Ich wollte ihm doch mit dem Herausziehen des Haarbandes nur symbolisieren, dass er sich wieder gehen lassen kann, und jetzt dieses Dilemma!

Nun, er ist ein Mann ... damit könnte ich meine Frage schon als beantwortet abhaken, aber dies wäre mir zu billig!

Zuerst entfacht er meine Zündschnur und lässt sie dichter und dichter an das brandgefährliche, hochexplosive TNT heranschleichen, und wenige Zentimeter vor dem Knall kappt er einfach die Lunte und lässt mich links liegen!

Da kommt mir ein weiterer Gedanke, nur für den Fall, dass ich mit meiner Haarbandtheorie richtig liegen sollte: Er war bis gerade eben der Meinung, alles unter Kontrolle zu haben. Bis ich ihn, bildlich gesprochen, von diesem Machtgefühl befreit und ihn damit sprichwörtlich kastriert habe!

Er liegt neben mir im Gras und starrt ins sternenübersäte Himmelreich, als ob er von da oben Erlösung fordern konnte.

»Na, hat dir das Spiel gefallen?«, beginnt er unerwartet das Gespräch, blickt mich aber dabei nicht an.

»Ach, wir sind also noch immer beim spielen?«, frage ich leise nach und rolle mich behutsam auf ihn.

»Ich kann nicht, Amelie, du hast gewonnen!«, bemerkt er verbittert und rutscht unter mir weg.

»Markus, was soll denn dieser Zirkus jetzt! Ich habe deine Spiele satt, denn ich verstehe deine eigenwilligen Regeln leider nicht!«, fahre ich ihn an und setze mich auch auf.

Ich zupfe rasch mein Äußeres zurecht und warte gespannt auf die Antwort. Aber er sitzt nur da, lässt den Kopf hängen und schweigt.

»Ich habe die Regeln gebrochen«, murmelt er nach einer Weile hervor. »Verzeih!«

»Was soll ich verzeihen, Markus? Ich weiß, dass deine Begleitung deine Schwester ist und nicht deine Freundin! Glaubst du, ich hätte mich sonst auf das hier eingelassen?«

»Ich werde dir jetzt was gestehen, was ich dir schon vor langer Zeit hätte sagen sollen«, fängt er umständlich an. »Du siehst jemandem, den ich früher sehr geliebt habe, ziemlich ähnlich! Ich meine so ähnlich, dass man euch durchaus für Schwestern halten könnte.«

»Ich bin ein Einzelkind!«, erwidere ich, ernte für meinen Scherzversuch aber nur einen verständnislosen Blick. »Früher sehr geliebt! Was soll das heißen?«, hake ich nach.

»Ich spreche von der Frau, die ich einmal heiraten wollte. Du ähnelst ihr. Deswegen reagiere ich, wenn ich dich sehe, oftmals so extrem überzogen.«

»Das glaub' ich jetzt aber nicht! Du stellst uns beide gegenüber, ist es das? Du vergleichst mich mit jemandem, der dich sehr verletzt hat, und projizierst diesen Groll, den du gegen sie hegst, auf mich! Das ist wirklich nicht fair!«

»Ich weiß das, bitte glaube mir! Ihr seid glücklicherweise grundverschieden, und doch habe ich eine riesige Dummheit begangen!«

»Ich kapiere nicht, was du meinst«, gebe ich sanft zurück und mache dabei eine halbe Drehung, damit ich ihm im fahlen Nachtlicht in die Augen blicken kann. »Also, um welche Dummheit handelt es sich dabei? Um die im Burgenland? Ich fand das damals sehr schön!«

»Ich auch, ehrlich! Du weißt, dass ich dich mag, oder?«

»Nun, es gibt da bestimmt irgendwelche Anzeichen, aber die habe ich bisher nicht so deutlich wahrgenommen«, gebe ich zu. »Du tarnst deine Gefühle sehr gut, das muss ich dir lassen!«

»Du hast mich bei unserem Ausflug überrumpelt! Das soll jetzt nicht heißen, dass ich es dir anlaste. Ich wollte es sicherlich genauso wie du, aber ich war damals noch nicht so weit, um mit dir zu schlafen.«

»Und heute?«

»Ich weiß nicht, was du willst. Du sagst, du willst keine Beziehung. Nun, gut! Du bist eben jemand, der gelegentlich mit jemanden Sex haben will, das sehe ich ein.«

»Du bist auch den äußerst beziehungsförderlichen Spruch *„Nix ist fix!"* an diesem Wochenende losgeworden. Bezieh' das bitte in deine Überlegungen mit ein!«

»Ich war verunsichert und bin es immer noch! Du spielst mit mir und das gefällt mir nicht, da mir das Spiel zu ernst wird.«

»Markus, ich habe vielleicht manchmal was gesagt, das du nicht unbedingt auf die goldene Waagschale werfen solltest. Wir beide haben schon unzählige, hitzige Debatten hinter uns gebracht, die oftmals wirklich nicht sehr schön und galant waren, nicht wahr?«, frage ich ihn, und ohne auf seine Antwort zu warten, fahre ich fort: »Und ich gestehe, dass mir erst heute klargeworden ist, dass ich dich will, und niemanden sonst!«

»Ich habe ein paar für mich sehr wichtige Grundsätze, an denen ich vehement festhalte. Weißt du, ich fürchte, ich habe eine dieser Regeln, vielleicht sogar die wichtigste, völlig missachtet.«

»Sag mir jetzt bitte endlich mal, was du schon die ganze Zeit loswerden willst! So schlimm wird's schon nicht sein«, versuche ich ihn zu beruhigen und lege zärtlich meine Hand auf seine Brust.

»Ich habe in der Zwischenzeit mit einer anderen Frau geschlafen!«, stößt er ohne Umschweife hervor und wendet seinen Blick noch rascher von mir ab, als ich den meinen von ihm abwenden kann.

Wumps… Mir ist übel, richtig übel! Was hat er da gerade gesagt? Ob ich mich eventuell verhört habe? Sofort läuft ein Farbfilm in meinem Köpfchen ab, der Markus in sämtlichen prekären und komprimierten

Stellungen mit unzähligen Frauenzimmern zeigt. Ich schüttle mein Haupt kräftig durch, um diese Bilder loszuwerden, aber sie lassen sich nicht abschütteln. Ein Kloß von der Größe eines Riesengermknödels nistet sich in meiner Kehle ein.

»Es tut mir leid!«, nuschelt er leise hervor, nachdem er meine Erschütterung über sein Bekenntnis begriffen hat. »Ich schäme mich zutiefst, das solltest du wissen! Ich will dich mit diesem Geständnis nicht vorsätzlich verletzen, bitte glaub' mir das!«

»Ist schon gut«, presse ich zitternd hervor. »Du bist mir keinerlei Rechenschaft schuldig, wir sind ja kein Paar!«

»Ich will ehrlich zu dir sein. Ich dachte mir, dass ich durch diese bescheuerte Aktion den Teufel, der seit neun Jahren unerbittlich hinter mir her ist, entkommen könnte, und heute muss ich feststellen, dass ich dich trotzdem nicht vergessen habe, nicht vergessen kann und auch nicht vergessen möchte!«, ist er um eine plausible Erklärung bemüht. »Ich habe einen schwerwiegenden Fehler begangen, und obwohl wir kein Paar sind, fühle ich mich deswegen schuldig. Ich fühle mich, als ob ich ein jämmerlicher Ehebrecher wäre! Es tut mir unendlich leid. Viel mehr leid, als ich mit Worten überhaupt auszudrücken vermag.«

»Na, mit dieser Hiobsbotschaft habe ich heute nicht mehr gerechnet«, sage ich dumpf. »Warum muss das ausgerechnet immer mir passieren! Jetzt weiß ich endlich, wen ich will, und dann stellt sich heraus, dass der Blödmann seinen Schwanz nicht unter Kontrolle hat und mit seiner Gerätschaft irgendwelche Excmpel statuieren will, die ihm ohnehin allesamt nichts einbringen! Du bist ein verdammter Idiot!«, raunze ich ihn an und wende mich gen Himmel. »Ich möchte bitte nur einmal, ein einziges Mal, einen ganz normalen Mann kennen lernen!«, brülle ich fuchsteufelwild hoch. »Ist denn das wirklich so viel verlangt?«

Im Wandel der Zeit

Wer einen Menschen schätzt, kennt jeden seiner Vorzüge.
Wer einen Menschen hasst, kennt jeden seiner Fehler.
Aber nur wer einen Menschen liebt, kennt alle seine Schwächen.
(Paul von Thun-Hohenstein)

Der Sommer neigt sich jetzt merklich dem Ende entgegen: Die Blätter der Wälder tünchen sich allmählich in ihr herbstliches Gewand und die Tage werden spürbar kürzer. Der Herbst hält langsam, aber stetig Einzug.

Ein paar Tage nach unserer grandiosen Party zieht eine lang anhaltende Regenperiode über unser Land herein und beschließt damit endgültig die sommerlichen Tage.

Die Außenfassade des Pavillons ist fertig, die Gerüste sind abgebaut und die neuen Sprossenfester eingebaut. Die Einebnung der Terrassenlandschaft ist ebenfalls abgeschlossen und der Garten lässt nun, dank unserer Hobby-Gärtner, allmählich erahnen, wie bezaubernd er dazumal auf seine Lustwandler gewirkt haben musste. Die Renovierungsarbeiten haben sich wetterbedingt ins Innere verschoben. Alles wurde und wird begonnen, aber nichts, wirklich nichts, schien irgendwann fertig zu werden. An allen Ecken und Enden erspähte man Arbeit, Arbeit und nochmals Arbeit. Zum Glück, denn harte körperliche Arbeit lenkte meinen trübsinnigen Geist und meine etwas mitgenommenen Seele ab!

Markus hatte ich seit Samstag nicht mehr zu Gesicht bekommen. Er hatte sich erwartungsgemäß gleich nach seinem Bekenntnis aus dem Staub gemacht und war bislang nicht wieder aufgetaucht.

Ich hatte nach dem schockierenden Gespräch noch die angebrochene Flasche Weißwein ausgetrunken, dabei viel nachgedacht und bin dann zurück zur Party geschlichen. Selma, Markus' Schwester, ist nicht mit ihrem *kleinen*, Verzeihung, jüngeren Bruder von dannen gegangen, sondern hatte sich zwischenzeitlich mit Francesco angefreundet, was mich eigentlich nicht stören hätte sollen. Natürlich wurmte es mich trotzdem! Caro war nirgendwo mehr aufzufinden, was mich vermuten ließ, dass sie schon in vollen Zügen ihre Massage genoss. Meine Verwandtschaft verabschiedete sich bald darauf von mir, und mit dem Abgang meines Clans wollte ich mich auch ehest möglich vom berauschenden Fest wegschleichen. Nike, Elvira, Alex, Klaus und Stefan (er durfte nun auch endlich den Abend genießen) waren noch so guter Dinge, dass ich sie mit meiner Miesepetrigkeit nicht anstecken wollte. Außerdem fürchtete ich die unvermeidliche Frage: *Was ist denn dir über die Leber gelaufen?*

Ich war schon im Vorhof angelangt, als ich hinter mir rasch näherkommende Schritte ausmachen konnte. Irgendjemand, dessen Stimme mir unbekannt war, rief vehement meinen Namen. Ich drehte mich um und sah Selma hinter mir herlaufen. Sie reichte mir freundschaftlich die Hand zum Gruß und ich schüttelte diese eher geistesabwesend als bei klarem Bewusstsein. Sie entschuldigte sich dafür, dass sie mich zuvor so fixiert hatte, denn sie hatte geglaubt, in mir gewisse Gesichtszüge einer bestimmten Person erkannt zu haben. Markus hatte ihr offenbar alles über mich erzählt und war bei diesen Gesprächen, so scheint es, voller schwärmerischer Bewunderung, aber auch voller Zwiespältigkeit für mich. Sie ließ mich wissen, dass sie ihren Bruder trotz der kontinentalen Trennung gut kenne und sie ihn schon lange Zeit nicht mehr so neben sich stehend erlebt habe. Normalerweise sei er ein Typ, der mit beiden Beinen fest am Boden stand. Aber ich hätte ihn angeblich verunsichert und verzaubert zugleich. Mit der Dauer unseres Gespräches wurde ich etwas entkrampfter und meine umnachteten Gedanken lichteten sich ein wenig. Wir setzten uns auf eine der Bänke, welche die Allee säumten, und führten eine durchaus angenehme Unterhaltung, obwohl wir einander kaum kannten. Sie schien liebenswürdig, aufrichtig, sympathisch und mitfühlend zu sein, und sie liebte ihren Bruder von Herzen. Und sie war darum bemüht, mir ihre Sicht der Dinge darzulegen. Sie erzählte mir in groben Umrissen, dass die damaligen Ereignisse Markus in ein tiefes seelisches Loch gestürzt hatten und er von jenem Zeitpunkt an seine ganze restliche Energie in seinen Job investiert hatte. Sie ließ mich am Schluss noch wissen, dass sie sich bestimmt nicht zwischen uns stellen oder gar in unsere Beziehung einmischen wollte, sie jedoch hoffe, dass ihr Bruder durch mich und idealerweise mit mir wieder zum richtigen, berauschenden Leben zurückfinden würde können; dass er wieder Lebendigkeit spüren und der Liebe eine neue Chance geben und sie wieder in seinem Leben zulasse könnte. Und da sie mich nun endlich kennengelernt hatte, verriet sie mir schmunzelnd, dass sie hellseherische Fähigkeiten besitze und sie jetzt schon wisse, dass wir einander wiedersehen würden, so oder so! Zum Schluss umarmte sie mich herzlich und machte sich wieder auf den Weg zurück zur Feier, die sie noch als toll organisierte Party bezeichnete, was mir natürlich schmeichelte.

Der Donnerstag schlich schneller heran, als ich zu Anfang erwartet hatte, und trotzdem waren all meine Sorgen und der Angstschweiß, den meine Poren allein beim Gedanken an ein Wiedersehen mit Markus produziert hatten, umsonst, denn: Er glänzte abermals durch Abwesenheit!

So, nun hat es dieser Idiot durch sein hirnverbranntes Verhalten tatsächlich geschafft, dass ich komplett irritiert bin! Was soll ich jetzt bloß machen? Schon wieder den ersten Schritt? Nein, den habe ich bislang schon zu oft gemacht, jetzt ist er an der Reihe! Viele mögen behaupten, dass man mit Dickköpfigkeit nicht weiterkomme. Doch an irgendeinem Punkt muss man ein Risiko eingehen, und auch ein Herr Markus Handler sollte die Zeichen der Zeit deuten können! Zugegeben, ich war über sein offenes Bekenntnis erschüttert. Andererseits waren und sind wir kein Paar und die Regeln gelten erst ab dem Zeitpunkt, an dem wir dies offiziell wären. Wenn er mich will, muss er zusehen, dass er mich ködert! Ich bin momentan relativ leicht zu haben. Ein einziges Zeichen seiner Zuneigung würde mir schon ausreichen, ein ehrlich gemeintes *„Hallo, Lust auf einen Wodka und auf mich?"* beispielsweise.

Aber das dritte und vierte Treffen unsere Selbstverteidigungsgruppe lässt Markus ebenso sausen wie die ersten beiden. Laut Roland hat er sich Urlaub genommen und tuckert mit Garfield irgendwo am Mittelmeer herum. Feigling!

Ende September zieht erfreulicherweise der Altweibersommer ins Land und meine Stimmung hebt sich zusehends. Auf der Großbaustelle kommen wir gut voran, obwohl wir hie und da einen Rückschlag verbuchen müssen, der sich dann wiederum auf den Zeitplan schlägt.

Alex ist seit mittlerweile drei Wochen in Karenz. Sie hat ihre Launen gut unter Kontrolle und freut sich schon auf den Tag der Geburt. Dieser Tag liegt unübersehbar in nicht mehr allzu weiter Ferne: Ihr Bauchumfang nimmt täglich kontinuierlich zu.

Nikes Schwangerschaft verläuft bislang ganz normal, ohne großartige *ups and downs* – Gott sei Dank! Unser Wintergarten droht bald zu bersten, da die Mengen an Babyutensilien jeden vernünftigen Rahmen sprengen. Jeder der bei uns einkehrt, schleppt irgendwelche kleinkindkonforme Gebrauchsgegenstände, Kleider oder Spielsachen an. Sogar neun Bücher, darunter zwei Vorlesebücher ab 18 Monaten, haben sich für unser künftiges Wunderkind schon eingefunden.

Beim *Early-Morning-Meeting* am Montag legen wir schließlich das Datum unserer Eröffnung fest. Wir einigen uns auf Freitag, den 29. Oktober. Dieser Termin scheint perfekt und zudem ausreichend für unsere Einarbeitungsphase. Damit könnten wir das Weihnachtsgeschäft und die dazugehörigen Feiern schon mitnehmen. Außerdem wird Vollmond sein und wenn wir Glück mit dem Wetter haben, wird Mutter Natur den Lustgarten, zusätzlich zu unseren Laternen, wunderbar in Szene setzen. Nikes Geburtstermin soll laut Doktor Hansen der 24. Oktober sein, Alex soll erst am zweiten November niederkommen. Alles perfekt, solange sich der Nachwuchs an die strengen Pläne hält!

Bei der Besprechung wurde festgelegt, dass ich mich um die Einladungen kümmern werde. Ich muss die nationale und internationale Presse, stadtbekannte Politiker, Chefitäten der umliegenden Tourismusgemeinden, unsere Bier- und Kaffeesponsoren, die Chefetage des Nike-Konzerns, sowie weitere wichtige Werbeträger anschreiben. Zwei Tage später gehen wir nochmals die Gästeliste durch, versichern uns dabei, dass wir niemanden von Wichtigkeit vergessen haben, und schicken die Einladungen auch schon ab.

Francesco, dieser Hallodri, hat sich seit der Party nicht wieder bei uns blicken lassen. Er hat uns in einer kurzen E-Mail wissen lassen, dass er gerade in London verweile und sobald er wieder im Lande sei, unangemeldet bei uns auftauchen werde – alles wie gehabt und gewohnt von Francesco!

Chanette und Thomas besuchen jeden dritten Tag die Großbaustelle Pavillon und registrieren dabei mit Genugtuung die Fortschritte, die wir, die hier jeden Tag vor unvollendeten Tatsachen stehen und sich abplagen, offensichtlich gar nicht mehr bemerken.

Unser Plan sieht vor, dass Elvira und ich am Eröffnungstag anfangs das Service managen (Riccardo und Raffael werden hinter der Bar ihre Künste ausspielen, wobei sechs geschulte Aushilfskräfte noch mobilisiert werden müssen). Nike soll, wenn alles glatt läuft, eventuell schon die Gäste begrüßen können, und Caro wird sie herumführen und ihnen dabei die Möglichkeiten, die sich hier für jegliche Art von Feiern bieten, schmackhaft machen. Elvira und ich werden sie nach dem Empfang tatkräftig unterstützen. Alex hat sich angeboten, sich gemeinsam mit Chanette um die süße Schlemmerecke zu kümmern, und Thomas hat für diesen Tag vier Jungköche für die Zubereitung des kalten und warmen Buffets engagiert. Klaus, Roland und Stefan werden sich für die unkomplizierte und zügige An- und Abreise unserer Gäste verantwortlich zeigen, was natürlich auch die Parkplatzbetreuung mit einschließt. Nachdem die Gäste ausreichend versorgt sind, werden wir Mädels zum gemütlichen Teil des Abends übergehen und mit den Gästen Smalltalk betreiben, eventuell auch das eine oder andere Gläschen Wein trinken. Sobald wir an diesem Punkt angelangt sind, wird uns allen ein riesiger Stein vom Herzen fallen, denn dann haben wir es geschafft, dann haben wir uns einen Traum erfüllt und einer verheißungsvollen Zukunft steht nichts mehr im Weg!

Anfang Oktober haben wir bereits die fünfte und sechste Kurseinheit erfolgreich absolviert. Allmählich glaube ich nicht mehr daran, dass ich Markus wiedersehen werde, denn er ist zwar offiziell wieder im Dienst, richtet es sich aber wahrscheinlich vorsätzlich so ein, dass er dem Kursus nicht beiwohnen muss. Ich bin zwar die ganze Woche relativ relaxt und mein Puls geht normal, aber am Donnerstag packt mich allzeit ein winziger Hoffungsschimmer, eine Vorfreude auf ein möglicherweise bevorstehendes Ereignis, welches allerdings bislang fortwährend im Sand verlaufen ist und mich dadurch umso mehr niederschmettert! Ich bin durch die Distanz und die vehemente Nichtanwesenheit von Markus inzwischen so weit, dass ich ihn ehrlich schmerzhaft vermisse. Der Spruch „*Aus den Augen, aus dem Sinn!*" bohrt sich in mein Herz. Aber statt an dem weisen Spruch festzuhalten, denke ich dabei nur noch intensiver an ihn. Ab und an überkommt es mich am Abend und ich gebe vor, noch einen Spaziergang zu unternehmen. Dabei gehe ich schnurstracks zu Markus' Haus. Ich schleiche mich wie eine dreiste Diebin in seine Gasse, benutze Buschwerke, Baumstämme und geparkte Autos als Sichtschutz, und schiele auf die Einfahrt und sein Domizil. Kann ich in einem der Fenster Licht und damit seine Anwesenheit ausmachen, überkommt mich geschwind ein anfängliches Glücksgefühl, das nach Sekunden sofort einem rumorenden Gefühl der Verzweiflung, des Misstrauens, der Ablehnung und der Nichtakzeptanz weicht! Ich kann´s nicht länger verleugnen, es ist amtlich: Ich bin ein hyperaktives Masochistenweibchen!

Er ist mir so nah, und gleichzeitig doch so unendlich fern.

Nachdem ich mich mit meiner unerfüllten Sehnsucht gequält habe, schleppe ich mich wieder traurig zurück in die Wohnung und weiß dabei schon, dass mich erneut eine weitere unruhige Nacht erwarten wird.

Er schätzt und liebt mich nicht, und dies zu wissen und zu begreifen, macht mich fast wahnsinnig!

Am Donnerstag, jenem Tag im Oktober, wo wir zum siebten Mal dem Selbstverteidigungskursus beiwohnen, bin ich wirklich locker, denn ich habe mich bereits damit abgefunden, Markus auf diesem Wege nicht mehr wiederzusehen. Zumindest gilt dies, bis ich von Caro in Kenntnis gesetzt werde, dass offensichtlich zwei Crash-Test-Dummy-Stunden auf dem Programm standen und sie von Roland erfahren habe, dass Markus diesen beiwohnen werde. Drei Trainer würden angeblich mit der wilden

Frauenmeute nicht fertig werden und Markus habe seinen Vorrat an plausiblen Ausreden aufgebraucht. Und jetzt? Jetzt ist guter Rat teuer! Endlich bin ich mal etwas gelassener, und dann das! Ich könnte selbstverständlich eine unerwartete Unpässlichkeit vortäuschen, aber ich möchte ihn unbedingt sehen; nur einen kurzen Blick auf ihn erhaschen, das würde mir schon reichen. Vielleicht habe ich mir ja in den letzten Wochen nur krampfhaft einzureden versucht, dass er den Mann verkörpert, den ich haben will. Vielleicht genügt ein kurzer Scharfblick auf ihn und ich weiß, dass dem ganz und gar nicht so ist! Demnach wäre durch ein Wiedersehen mein Seelenfrieden wiederhergestellt und ich könnte dort weitermachen, wo ich letztes Jahr aufgehört habe!

Gleich nachdem wir die Garderobe auf dem Polizeirevier verlassen haben, schleiche ich mich dezent und von seltsamer Panik getrieben in den Turnsaal hinein. Ich blicke mich dabei allseits verstohlen um, kann aber an der Frontseite nur Roland, Gustav und Hannes entdecken. Von Markus keine Spur. Ich halte mich dicht bei der Sprossenwand auf. Die Uhr tickt. In zwei Minuten beginnt der Kurs. Vielleicht stößt er erst nach dem Aufwärmtraining zu unserer Gruppe? Oder er wärmt sich mutterseelenallein im kleineren Turnsaal nebenan auf. Könnte durchaus möglich sein! Vielleicht hat er aber doch noch eine passable Ausrede erdichten können oder befindet sich gerade auf Verbrecherjagd. Gleich wie: Er ist ein elender Feigling!

Nach zwanzig Minuten kriechen wir schon erschöpft auf den Matten umher, aber kein Markus in Sicht! Die Trainer wollen uns ermüden, damit wir später nicht mehr so viel Energie aufbringen können. Vor allem deshalb, da sie ganz offensichtlich von ihrem vierten Beistand und Vorgesetzten im Stich gelassen wurden und jetzt nur noch zu dritt in den Ring steigen können, die Armen!

»Entschuldigt die Verspätung!«

Ein kalter Schauer durchzuckt meinen schweißtriefenden Körper. Markus ist tatsächlich aufgekreuzt! Ich habe ihm gerade - Übung sei Dank - den Rücken zugekehrt und gedenke an meiner Körperpose nichts zu verändern. Wenn ich mit meinem Gedankenspiel richtig liege, dann dürfte mir ein Blick auf ihn die Gewissheit verschaffen, nur einem Hirngespinst nachgejagt zu sein. Hoffentlich bewahrheitet sich die wackelige Hypothese auch! Ich will mich schließlich des nagenden Zweifels in meiner Seele entledigen!

»Du kommst gerade im richtigen Augenblick«, trällert ihm Roland freundlich zu. »Die Damen sind schon warm!«

»Gut, ich bin's auch!«, gibt Markus locker zurück.

»Caro«, rufe ich sie leise zu mir. »Wie sieht er aus? Schlecht, oder?«

Caro rutscht unbemerkt näher an mich heran und stiert Richtung Trainergruppe.

»Sieht er schlecht aus?«, frage ich sie nochmals. »Sag mir bitte, dass er wirklich sehr, sehr jämmerlich aussieht!«, flehe ich sie an.

»Wenn ich dich anlügen soll, dann sag' ich dir, dass er sehr, sehr jämmerlich aussieht!«, gibt sie zurück. »Und wenn ich dich nicht anlügen soll, dann muss ich dir leider gestehen, dass er -«

»Ich hab's mir überlegt, ich will's gar nicht erst wissen!«, entgegne ich und drehe mich vorsichtig um.

Während wir noch den Boden säumen und gelassen quatschen, stehen die Trainer zusammen und legen sich gegenseitig die roten, attraktiven Michelin-Anzüge an. Markus hat mir den Rücken zugekehrt und ich kann infolgedessen seinen verzweifelten Gesichtsausdruck (in diesem ist gewiss nur Traurigkeit und Trostlosigkeit zu erkennen) nicht erspähen. Die vier Burschen werken und hantieren, sichern, befestigen und streifen sich zu guter Letzt die kessen Tarnkappen über ihre schützenswerten Dickschädel.

»So, auf zum Angriff!«, erwidere ich Richtung Markus und beobachte seine Heckpartie.

Los, dreh' dich schon um, du elender Feigling! Ich möchte mich davon überzeugen, dass du hundeelend aussiehst!

»Mein Damen, es ist so weit!«, lässt uns Roland wissen. »Bitte nehmen Sie, wie gehabt, in vier Reihen Aufstellung. Und vergessen Sie nicht: Wir wollen heute Kommissar Handler demonstrieren, was wir alles dazugelernt haben!«, merkt Roland noch an und übergibt damit das Wort an

Markus, der sich in diesem Moment umdreht.

Verdammt, ich kann ihn durch diese dämliche Haube nur bruchteilhaft mustern. Aber was ich erspähen kann, gefällt mir leider zu gut! Er hat sich im Urlaub offenbar die Sonne auf den Bauch scheinen lassen und dabei einen haselnussbraunen Teint erlangt. Seine stahlblauen Augen funkeln kontrastvoll und unbeirrt aus seinem Antlitz hervor! Verdammt!

»Es tut mir aufrichtig leid, dass ich diesen Kurs bislang noch nicht mit meiner Anwesenheit beehren konnte, doch meine Arbeit hat mich in die Pflicht genommen. Im Übrigen bin ich mir sicher, dass meine Kollegen hervorragende Arbeit geleistet haben, und an Ihren Gesichter kann ich erkennen, dass Sie sich schon mächtig auf unser Training freuen«, gibt er freundlich zurück, zeigt dabei sein prächtigstes Lächeln und überfliegt dabei den gesamten Raum mit seinen Adleraugen (damit hat er mir demonstriert, dass er seine letzten Worte auf die Allgemeinheit bezogen hat). »So, nochmals zur Erinnerung. Diese Anzüge sehen noch immer sehr robust aus, vermögen aber nicht jedem festen Schlag komplett entgegenzuwirken. Demnach gilt weiterhin: Bitte nicht auf unsere Weichteile und unser Gesicht zielen. Und bitte keinesfalls mit voller Energie zuschlagen! Heben Sie diese, sofern Sie noch welche haben, für zu Hause auf. Ihr Mann wird es Ihnen danken!«, merkt er noch an und glaubt dabei, einen gediegenen Scherz abgegeben zu haben! Ha-ha! Seltsam: Ich bin die Einzige, die nicht grinst!

»Also bitte, Aufstellung, meine Damen!«, fordert uns Gustav auf.

»Moment. Darf ich mir bitte zur ersten Demonstration wieder Frau Parker ausborgen?«, will Markus von den Trainern wissen und erntet eine einvernehmliche Nickkolonne. »Frau Parker! Ach, wo ist Sie denn?«

Jetzt dreht er wohl völlig durch! Mir fällt dabei der Film *Falling down* ein, in dem Michael Douglas zu Beginn einen ganz harmlosen Menschen mimt, der innerhalb weniger Minuten komplett ausrastet und schlussendlich mit einer Pumpgun alles, was sich ihm in den Weg stellt, niedermäht. Ich will gerade untertauchen, als ich alle Blicke auf mich ziehe.

»Frau Parker, seien Sie doch nicht so schüchtern! Kommen Sie nur, ich beiße nicht!«, trällert mir Markus zu und schürt damit mein Verlangen, ihm temperamentvoll in die Eier zu treten, zusätzlich.

Ich richte mich auf und gehe hohen Hauptes zu ihm. Er will offenbar noch immer Spiele spielen!

»Und, Frau Parker, nochmals zur Wiederholung: Lassen Sie meinen Kopf wo er ist, fixieren Sie keinesfalls absichtlich meine labilen Zonen und schlagen Sie nicht mit voller Wucht zu!«, versucht er mir erneut ins Gewissen zu reden (aber dieses ist mir irgendwo auf dem Weg hierher leider abhanden gekommen. Tut mir leid, Kommandante Handler!).

»Ich werde äußerst behutsam sein!«, zirpe ich ihn an. »Versprochen!«

Autsch, das hat gesessen und bestimmt sehr weh getan! Ich bin doch wirklich ein Tölpel! Aber der Anzug scheint mir für diese Art des Trainings zu unsicher, da man an dem Material unwillkürlich abrutscht. Zumindest passiert das ungeschickten Menschen wie mir!

»Oje! Verzeihung, Herr Handler, habe ich Sie jetzt getroffen?«, pruste ich mit fürsorglicher Stimme heraus und blicke auf ihn hinab. Er ist vor mir in die Knie gesackt und sieht irgendwie schmerzverzehrt aus.

»Nein, geht schon!«, würgt er mit letzter Reserve heraus, hievt sich hoch und braucht danach noch ein paar Sekunden, bevor er wieder aufrecht stehen kann. »Meine Damen, machen Sie diesen Schlag bitte nicht nach! Er war gut gesetzt, aber er wird uns Herren zwangsläufig außer Gefecht setzen! Ein Sittenstrolch wäre jetzt erledigt, Frau Parker, ich gratuliere Ihnen! Gute Arbeit«, gibt er anerkennend zurück.

Er ist fuchsteufelswild! Ich kann sehen, wie mich seine Augen böswillig anfunkeln. Ja, jetzt bist zu zornig, was? Ätschi-Bätschi! Du kannst mir nichts anhaben! Ätschi-Bätschi!

Nachdem das Training auch für die Allgemeinheit beginnt und wir Aufstellung beziehen, entscheide ich mich für jene Reihe, wo ich schlussendlich wieder auf meinen liebgewonnenen Sparringspartner zurückgreifen kann. Nachdem Markus meinen Plan durchschaut hat, blinzelt er verhasst in meine Richtung!

Dieser Abend war aber nett! Ich konnte Markus zwar nicht noch einmal derart bloßstellen, hatte aber trotzdem meine Freude beim Austeilen meiner Frustrationsschläge.

Ich weiß, eine liebende Frau würde ihren Herzbuben nicht so behandeln. Aber das hat er sich schließlich selbst zuzuschreiben. Er hat es so geplant und muss folglich auch mit den Konsequenzen klarkommen (Im Übrigen werden seine blauen Flecke bald abheilen. – Im Gegensatz zu meiner geschundenen Seele, die noch lange nicht befriedigt und vom Teufel befreit ist.)!

Nach unserer Ertüchtigung habe ich mir nicht einmal mehr die Zeit für eine Dusche genommen, sondern mich rasch angekleidet, hinausgeschlichen und sofort ein Taxi geordert. Das war der erste Abend, wo mich die Klubräumlichkeiten des Polizeireviers nicht erblickt haben. Ich will Markus nicht in Privatkleidern sehen, da er in dem beschissenen roten Anzug schon so unglaublich gut ausgesehen hat. Die eigene Seele sollte man nicht unnötigerweise mit etwas quälen, was nicht zur Verfügung steht. (Außerdem wirkt er selbst nach dem zweistündigen Training noch stinkig auf mich! Was soll's. Ob ihn nun seine engen Tangas der Männlichkeit berauben oder ich - wo ist der Unterschied? Nun, die Unterhose braucht etwas länger als mein äußerst gezielter Schlag, aber bekanntermaßen kommt es auf das Endergebnis an, und das ist in beiden Fällen das gleiche!)

Am nächsten Morgen muss ich von Caro bereits vor dem *Early-Morning-Meeting* erfahren, dass ich gestern nicht so schnell hätte abhauen müssen, da Markus noch zu einem dringenden Fall gerufen worden war und demnach nur kurz in der Durstlöschzentrale des Reviers vorbeigesehen hatte. Nun gut: Informationen, die zu spät kommen, interessieren nicht mehr (immerhin hat er etwas Mumm gezeigt, da er sich bis in den Klubraum vorgewagt hat)!

Die Zeit verrinnt uns zwischen den Fingern. Wir haben noch exakt zwei Wochen, dann muss alles Pikobello sein! Deshalb verteilen wir die gesamte Arbeit auf drei Leute, da wir Nike nicht mehr belasten wollen. Sie wirkt mittlerweile annähernd so, als ob sie einen Basketball verschluckt hätte. Ihr Bauch hat eine Dimension angenommen, dass ich mir gar nicht ausmalen will, wie dieses Kind da raus kommt!

Riccardo und Raffael kümmern sich rührend um Nike und sind als zukünftige Onkel schon mächtig auf die Geburt gespannt. Da sie Nike immer zu den Hechelkursen begleiten, hat sie die Burschen gefragt, ob sie bei der Ankunft des neuen Erdenbürgers dabei sein wollten, und sie haben begeistert eingewilligt.

Wir müssen hingegen noch viel Kleinkram erledigen. Die Geschirrserie *la palm*, welche den asiatischen Rahmen unterstreichen soll, ist noch nicht eingetroffen; bei den Gläsern haben wir ähnliche Probleme, aber dafür sind alle Kaffeeutensilien inklusive vollautomatischer Kaffeemaschine bereits eingelangt. Die Tischwäsche ist hingegen auch noch irgendwo auf der Wegstrecke verschollen. Uns fehlen außerdem noch die bestellten Seifen für die Toiletten, Kleiderbügel, Blumenvasen, Kerzenständer, und vieles, vieles mehr. Die Gärtnerei hat uns dafür schon mit allerhand Palmen und Bambusbäumen eingedeckt. Meine Hobby-Botaniker werken unermüdlich im Garten und ich muss zugeben, dass er allmählich Form und Gestalt annimmt. Die Baggermannschaft ist mittlerweile abgerückt und hat uns, anstelle der niedergewalzten Mauer, ein vollautomatisches Tor, welches ebenfalls in schönbrunngelb gestrichen ist, eingebaut; eine Idee, die sich für die Anlieferung von größeren Partyzelten oder sonstigem Kleinod in den Garten gewiss bewähren wird. Der Südflügel ist großteils fertig, es fehlen nur noch die variablen Trennwände. Im Hauptsaal sieht's weniger gut aus. Die Vitrinen-Theken-Kombination ist zwar schon an Ort und Stelle, aber dennoch müssen wir noch ein paar Probleme mit der Zapfsäulenzufuhr regeln. Ach, und ein Teil unseres Mobiliars (Massivholztische und Armsesseln) fehlt auch noch! Im Nordflügel ist schon vieles an seinem Platz. In der Küche hingegen fehlen noch einige Gerätschaften, die Anfang nächster Woche angeliefert werden sollen, in der Patisserie sieht's ähnlich aus. Lagerhaus, Büro, Gästetoiletten, Garderobe und Ökonomat sind dafür beinahe abgehakt. Juhu!

Binsenwahrheiten

An der ganzen Wahrheit stirbt man nicht
- aber an der halben.
(M. Herbert)

Ich bin in der Arbeit so sehr eingeteilt, dass ich für meine private Einöde keine Zeit mehr habe. Fast keine Zeit, um genau zu sein, denn mit dem heutigen Sonntag ist bereits der dritte Tag verstrichen, an dem ich Markus nicht gesehen habe. Bevor meine Lieblingsradiosendungen beginnen, habe ich ein bisschen Zeit und beschließe, einen kurzen Spaziergang zu unternehmen. Ich stehle mich davon und lande nach wenigen Minuten *zufällig* in der Markus-Gegend. Da sein Domizil gänzlich im Dunkeln schwebt und sich auch nach fünf Minuten nichts Wesentliches verändert hat, mache ich mich wieder auf den Weg zurück.

Ich will gerade um die Ecke zu meiner Bleibe biegen, als mich fröhliches Hundegebell innehalten lässt. Ich reagiere blitzschnell und wechsle auf die gegenüberliegende Straßenseite. Die Dämmerung bietet mir zwar etwas Deckung, dennoch beschließe ich, zwischen den Mülltonnen und den aufragenden Dickichten Unterschlupf zu suchen. (Hoffentlich beobachtet mich niemand, denn derjenige könnte glauben, dass sich in der Gegend ein verbrecherisches Unikat herumtreibt, welches die Umgebung ausspioniert!)

Ich verhalte mich ruhig und starre gebannt auf die Straße. Zwar kann ich meinen Hauseingang nicht direkt erblicken, habe aber dafür einen guten Überblick über die gesamte Gasse. Ich versuche das Gekläff zu lokalisieren, kann dieses aber leider nicht ausfindig machen. Außerdem setzt es immer wieder aus. Es gibt unzählige Hunde in der Gegend, demnach sollte mich dieses Gewinsel wirklich nicht beunruhigen. Doch sicher ist sicher! Ich halte zwischen den stinkenden Tonnen noch einen kurzen Augenblick aus und siehe da: vorne bewegt sich was! Ich erkenne die Umrisse eines Hundes und die seines Herrchen oder Frauchens, bin aber eindeutig zu weit weg, um Details ausmachen zu können! Meine Zielperson verhält sich irgendwie merkwürdig. Sie geht nicht weiter, sondern scheint hinter einem parkenden Jeep festgewachsen zu sein. Womöglich fordert der Hund durch das aufmunternde Gebell seinen Spaziergang ein, woran sich die Zielperson nicht interessiert zeigt. Ein ungeheurer Gedanke schießt mir durch den Kopf: Vielleicht beobachte ich gerade einen Verbrecher, der die Region auskundschaftet! Einen Verbrecher mit einem ziemlich lauten Hund im Schlepptau ... das ist dann wohl doch eher unwahrscheinlich! *Nun komm schon, beweg dich endlich mal!* – feuere ich die Zielperson an, denn hier stinkt es einfach erbärmlich! Oh, mein Wunsch zeigt tatsächlich Wirkung, denn die verdächtige Person gibt der Forderung des Hundes nach und macht sich langsam auf den Weg heraus aus der Gasse! Ich mache automatisch noch einen weiteren vorsichtigen Schritt rückwärts und klebe mit meinem Luxusbody direkt an der Hinterseite der Mülltonne fest. Glücklicherweise muss die Zielperson beim Verlassen der Gasse direkt unter der Straßenlaterne vorbeimarschieren. Das Gebell rückt näher und ich drücke mich noch fester an meinen neuen, muffigen Blechkameraden!

»Aus jetzt! Sei doch ein bisschen leiser! Denk daran, du bist der Hund eines Ordnungsorgans, also benimm dich gefälligst auch so! Sssssssch!«, flüstert eine sehr vertraute Stimme und tätschelt dabei liebevoll die Mähne eines roten Ungetiers. »Wir gehen ja schon nach Hause! Du frisst mir noch die Haare vom Kopf, weißt du das?«, verkündet er seinem Gefährten und dieser bellt schon wieder voller Verzücken auf. »Ssssch! Aus jetzt, Garfield, sonst wirst du auf Diät gesetzt!«

Gottlob ist Garfield weder ein gut erzogenes, noch ein gut ausgebildetes Hündchen, und erfreulicherweise kommt hinzu, dass er seine Schnauze lieber in den Hundenapf steckt, als sie in die Luft zu recken. Deshalb wittert er mich nicht, obwohl ich nicht allzu weit entfernt von den beiden in meinem Versteck ausharre (vielleicht übertüncht aber auch der Mief der Mülltonne meinen Körpergeruch).

Nachdem ich mein Herz am Boden eingesammelt und mich einigermaßen vom Schock des unerwarteten Beinahewiedersehens erholt habe, schleiche ich aus dem Untergrund hervor. Markus müsste in der Zwischenzeit bereits fast zu Hause angelangt sein, und um diese Vermutung bestätigt zu bekommen, spaziere ich nochmals in seine Gasse.

Siehe da, der Lichtschein im Erdgeschoss verteilt sich auf drei Fensterbögen. Er ist tatsächlich mit seinem Vielfraß gleich nach Hause marschiert. Vermutlich öffnet er gerade eine Dose Hundefutter. Beruhigt lächle ich wie eine Bescheuerte sein Haus an und mache mich auf den Weg zurück. Mein Körper lechzt dringend nach einer Dusche und meine Kleider schreien laut nach der Waschmaschine! Ich gehe freudetrunken zurück (warum bin ich eigentlich so happy?) und summe dabei selbstzufrieden vor mich hin. Sollte sich gar herausstellen, dass Markus genauso kindisch reagiert wie ich selbst?

Bevor ich den Hausgang betrete, drehe ich mich nochmals um. Der Jeep auf der anderen Straßenseite parkt direkt vor unserer Wohnung! Nun ist es urkundlich: Markus ist gleichermaßen verblödet wie ich und zeigt dieselben schwachsinnigen Anzeichen von Geistesgestörtheit - oder gar doch Verliebtheit (zwei Eigenschaften, die sich bei genauerer Betrachtung nicht so sehr voneinander unterscheiden)?

Montag und Dienstag wird erfreulicherweise das Mobiliar angeliefert, und die fehlenden Gerätschaften für Küche und Patisserie finden auch den Weg zum Pavillon. Die Gläser sollten morgen geliefert werden, ebenso wie die Geschirrserie. Während Elvira und ich um die bestmögliche und sinnvollste Aufstellung der Tische und Stühle bemüht sind, klammert sich Caro hinter die unerledigte Kleinkramliste.

Am Mittwoch bekommen wir die bestellten grasgrünen Leinentischtücher, Servietten und Buffetschürzen geliefert. Die Bambus-Sets sind gottlob auch schon eingetroffen.

Caro schleppt sämtliche Kartons von Waren- und Möbelhäusern und Großmärkten ins Haus, drückt uns diese in die Hand und saust schon wieder los, um die noch anstehenden Erledigungen zu besorgen. Ihre Liste wird glücklicherweise kürzer und kürzer!

Am Donnerstag werden schließlich die flexiblen Trennwände geliefert – wurde auch Zeit! Leider treten beim Einbau Schwierigkeiten mit den bereits in den Boden gestampften Schienensträngen auf, sodass die Handwerker zur angegebenen Fertigstellungszeit erst knapp die Hälfte der Arbeit geschafft haben und Überstunden machen müssen.

Da heute die letzte Kurseinheit auf dem Polizeirevier stattfindet und eine von uns durch diese ungeplante Verzögerung im Pavillon bleiben muss, stelle ich mich freiwillig zur Verfügung. Mein Plan sieht vor, dass Caro und Elvira vorgehen und ich nachkomme, sobald hier alles im Lot ist. Dann gilt es nur noch, mich unbemerkt in den Turnsaal hinein zu schummeln. Caro denkt kurzfristig darüber nach, Nike zu bitten, die Oberaufsicht zu übernehmen, da dies der Abschlussabend im Revier sein wird, aber ich kann ihr diesen Gedanken zum Glück wieder ausreden! Nike soll schön zu Hause bleiben, sich entspannen, die geschwollenen Füße hochlegen und ihr kugelrundes Bäuchlein nähren. Ich will nicht verantworten müssen, dass sie durch unsere Leichtfertigkeit um drei Tage zu früh niederkommt!

Die Zeit verstreicht und die Probleme bei der Fixierung der Trennwände werden nicht weniger. Es ist bald neun Uhr abends und ich kann mir getrost abschminken, heute noch meiner Fitnessstunde beizuwohnen. Im Grunde genommen bin ich mittlerweile auch viel zu erschlagen dafür. Ich freue mich auf die Dusche und auf mein Bett.

Um kurz nach elf ist es vollbracht! Die Wände lassen sich nun wie geschmiert von einem Ort zum anderen bewegen. Ich werde noch rasch mit der Handhabung der Kurbel und dem Einrastsystem vertraut gemacht, und darf danach endlich die Pforten zum Pavillon dicht machen.

Ich habe mich heute Morgen blödsinnigerweise dazu entschlossen, die zwanzig Minuten hierher zu Fuß zurückzulegen und schleiche nun wie ein Fußkranker heimwärts. Ich bin zwar wirklich müde, komme aber nicht umhin, kurz die wenigen Schritte in die Markus-Gasse hineinzumarschieren und sein Domizil nach seiner eventuellen Anwesenheit zu inspizieren. Sein Garagentor ist geschlossen und im Haus ist alles stockfinster, was darauf hinweist, dass er nicht zu Hause ist. Er wird vermutlich, falls er heute wieder den Mumm gehabt haben sollte, im Kursus aufzukreuzen (stark anzunehmen, da er ja die Abschlussrede hält und die Urkunden überreicht), noch mit den Ladies im Clubraum beisammensitzen und tratschen. Soll er doch - ich gehe jedenfalls nach Hause. Caro wird mich ohnehin morgen früh über die Geschehnisse des heutigen A-bends informieren. Ich bin zwar bekümmert, da es für mich nun schwieriger wird, Markus mit einem stichhaltigen Argument zu erwähnen oder gar zu erblicken. Aber jetzt noch aufs Polizeirevier zu fahren wäre wirklich töricht.

Gleich nachdem ich aus der Dusche gekrabbelt bin, höre ich den unwiderlegbaren Rufton meines Handys.

»Wo bist du?«, will Caro von mir wissen. »Wir warten hier die ganze Zeit auf dich!«

»Ich bin schon zu Hause. Die Arbeiter sind erst um elf fertig geworden«, erkläre ich ihr müde.

»Oh, das tut mir leid! Wenn ich das geahnt hätte, dann -«

»Ach, das konnte doch vorher niemand wissen!«, unterbreche ich sie.

»Und, kommst du nicht mehr nach? Es ist noch so gemütlich hier! Wir sind noch alle da! Markus stiert schon die ganze Zeit so sehnsüchtig zur Tür«, erläutert sie mir und ich kann mir bildlich vorstellen, wie sie gerade grinst. »Und ich glaube er könnte Schützenhilfe gebrauchen, denn er kann sich kaum mehr auf den Ausgang konzentrieren, da er von zwei heißblütigen Frauenzimmern umzingelt wird, die eindeutig um ihn buhlen! Also was ist jetzt mit dir, kommst du?«

»Das ist kein Ansporn für mich, Caro! Du willst mich nur eifersüchtig machen. Es gibt keine zwei Frauen, hab' ich nicht recht?«, erwidere ich müde.

»Leider gibt es sie schon, aber er wird sich schon zu wehren wissen«, sagt sie in geheuchelt bedauerndem Tonfall.

»Das denke ich auch«, pflichte ich ihr bei. »Also, seid mir nicht böse, aber ich bin wirklich schachmatt! Verbringt noch einen netten Abend und erzähl mir morgen mehr, ja?«

»Ja. Ach, Amelie! Warte bitte einen Augenblick!«, ersucht sie mich.

Caro ist wahrscheinlich ins Freie gegangen, denn im Keller funktioniert die Verbindung eher schlecht. Ich nehme an, dass sie mit jemandem spricht, da plötzlich kein Geräusch mehr aus dem Handy kommt – vermutlich schirmt sie den Hörer mit der Hand ab.

»Amelie!«, meldet sie sich wieder zurück.

»Was gibt's denn noch?«

»Ich soll dir nur herzliche Grüße von Markus ausrichten. Er bedauert es sehr, dass du dein Diplom nicht selbst abholen kommst!«

»Markus«, stammle ich hervor und mein Puls beschleunigt alleine bei dem Gedanken an ihn. »Ist, ich meine, steht er gerade neben dir?«, frage ich nervös.

»Ja, er war gerade hier, ist aber leider schon wieder weg! Ich glaube, er ist auf der Flucht, denn er hat ganz panisch ausgesehen«, erklärt sie mir ernst. »Soll ich hinter ihm hersputen und ihn ans Telefon holen?«

»Nein, ist schon gut.«

»Soll ich ihm vielleicht was ausrichten?«

»Ahm. Nein, lass es bleiben. Ich gehe jetzt ins Bett. Bis morgen!«, gebe ich lahm zurück und lege damit auch schon auf.

Er richtet mir also schöne Grüße aus! Aber was sollte die angeschnittene Geschichte mit den heißblütigen Kursteilnehmerinnen? Von den Ladies würde doch keine ernsthaft auf ihn stehen, oder? Gut, er sieht nicht schlecht aus (zugegeben, ich habe das bei unserer ersten Begegnung nicht auf den ersten Blick erkannt. Aber ich bin eben diesbezüglich nicht sehr helle in der Birne!). Er würde aber doch niemanden vom Kursus aufreißen, oder? Meine Magengrube reagiert etwas zimperlich bei dieser Frage! Nein, das würde er nicht machen. Er ist immerhin ein Kontrollfreak und trinkt heute Abend, wenn überhaupt, sicherlich erst zu Hause ein Gläschen Wein. Und wenn er nicht unter Alkoholeinfluss steht, hat er sich so was von unter Kontrolle, da hätte gewiss keine eine Chance, außer er wollte es selbst! Dieser Gedanke beruhigt mich jetzt doch wieder.

Eigentlich ist es sehr bedauerlich, dass wir ab jetzt nicht mehr unsere Kurseinheiten vorschieben können, wenn wir uns wiedersehen wollen. Das war ganz praktisch und unkompliziert. Aber: *That's life!*

Nike tut aber auch wirklich nie, was man von ihr verlangt, und ihr kleiner Wonneproppen scheint genauso dickköpfig zu sein! Rät den beiden der Frauenarzt beispielsweise zur Niederkunft am 24. Oktober, so wird das einfach völlig ignoriert! Ich denke dabei an unseren Zeitplan. Jetzt haben wir endlich den einen einigermaßen unter Kontrolle, und dann will kein Baby auf die Welt kommen! Riccardo und Raffael haben Nike am Sonntag, ohne dass es irgendwelche Anzeichen dafür gegeben hätte, gepackt und sind mit ihr in die Klinik gefahren. Nachdem die zwei Burschen alle in ihrem Umfeld hysterisch gemacht haben und Nike eine Untersuchung über sich ergehen hatte lassen, hat man den dreien ein Taxi bestellt und sie wieder nach Hause geschickt.

Riccardo und Raffael haben von einem äußerst geduldigen Arzt homöopathische Beruhigungstropfen verabreicht bekommen - nur für den Fall der Fälle! Nike hat uns berichtet, dass die beiden den gesamten Komplex in Unruhe, Angst und Schrecken versetzt hatten! Sie erwähnte danach noch lächelnd, dass sie dennoch hoffte, man würde ihr die umsichtigen Begleiter nachsehen und sie trotzdem in der Klinik ihr Kind zur Welt bringen lassen!

Auf Nikes Nachtkästchen stehen momentan zwei verschiedene Babyphone-Typen. Der eine Akustikempfänger führt in mein Schlafgemach, der andere hoch zu jenem der Jungs. Sie wollten sich die nächsten Tage schon in unserem Wohnzimmer zur Ruhe betten, aber den Anschlag auf unsere Couch konnten wir den werdenden Beinahe-Vätern glücklicherweise wieder ausreden! Sie sind wirklich rührend besorgt. Ich kann mir nicht vorstellen, dass selbst Samenspender noch mehr für ihre schwangere Frau tun könnten! Die beiden Burschen haben sich jetzt, da die Niederkunft auf unbestimmte Zeit verschoben wurde, sogar ein paar Urlaubstage genommen.

Nike will bedauerlicherweise auch am Montag, Dienstag und Mittwoch keinerlei Ballast loswerden. Riccardo und Raffael mutieren derweil zu Nervenbündeln und haben ihre Tropfen schon beinahe verbraucht.

Caro, Elvira und ich arbeiten hingegen die letzten Tage vor der feierlichen Eröffnung am finalen Feinschliff. Wir haben zwar vieles bedacht, aber trotzdem fehlen uns ab und an immer ein paar Kleinigkeiten, die wir noch rasch besorgen müssen.

Chanette und Thomas fühlen sich in ihrer jungfräulichen Küche überaus wohl und feilschen die letzten Tage an der fachgemäßen Zusammensetzung des Buffets. Chanette erweist sich als wahre Künstlerin und hat bislang verschiedenartige Schokolade- und Zuckerskulpturen im asiatischen Stil kreiert. Thomas steht ihr dabei um nichts nach. Immer wenn er uns zur Verkostung zu sich ruft und die Küchentür aufschwingt, werden unsere feinsinnigen Nasen sogleich von den erlesensten und köstlichsten Düften gekitzelt.

Unsere Nike bereitet uns langsam Sorgen. Sie scheint bald zu platzen, will aber einfach nicht gebären! Auch am Donnerstag nicht, jenem Tag, an dem sie eigentlich schon wieder nach Hause entlassen hätte werden sollen – zumindest laut unserem raffinierten Zeitplan!

Aber an diesem Tag geht's sowieso drunter und drüber. Ein Abwäscher hat uns kurzfristig abgesagt und der Pianist hat sich ungeschickterweise einen Finger gebrochen. Aber er hat uns versprochen, einen Ersatzmann aufzutreiben. Die Hektik überkommt uns alle. Irgendwann gegen Abend haben wir es trotzdem beinahe geschafft. Alles was jetzt noch anliegt, kann am morgigen Eröffnungstag erledigt werden.

Wir beschließen, noch eine Flasche Wein zu kappen und platzen im neu adoptieren Wintergarten mit Aussicht auf den gepflegten Lustgarten. Chanette und Thomas gesellen sich wenig später auch noch zu uns.

Der prächtig restaurierte Mittelsaal hat eindeutig was! Er strahlt eine unglaublich gemütliche Atmosphäre aus und lädt zum Verweilen ein!

Kurz vor zehn klingelt Roland bei Caro durch und lässt mir überraschenderweise schöne Grüße von Markus ausrichten. Ich bin ganz aus dem Häuschen, da ich nicht mehr damit gerechnet hätte!

Nun, ich könnte seine übermittelten Grüße als Friedensangebot sehen oder vielleicht sogar als Einladung? Aber wofür? Soll ich meine geschundenen Knochen vor sein Haus hieven, als Überraschung sozusagen?

Auf der anderen Seite: Wer weiß, wann er dort aufzukreuzen gedachte! Dann stehe ich vielleicht stundenlang vor seiner verschlossenen Tür - und morgen ist definitiv ein anstrengender Tag, für den ich ausgeruht und fit sein muss! Ach, was soll's! Ich werde mich diskret von der Party verabschieden und kurz die Lage checken. Jetzt, wo er so einsichtig war und den ersten Schritt in die wegweisende Richtung gemacht hat. Außerdem habe ich mir nach diesem harten Tag wirklich eine kleine oder sogar größere Belohnung verdient. Speziell dieser Gedanke inspiriert mich gewaltig!

Um kurz nach elf lange ich vor Markus' Domizil an. Ich habe mir zuvor ein schnelles Rundumservice gegönnt, bin geduscht, eingecremt und trage weiße Spitzenunterwäsche. Er scheint schon zu Hause zu sein, denn vom Erdgeschoss fällt ein schwacher Lichtstrahl auf den Gehweg. Ich gehe zielsicher auf den Erker zu, und gerade als der Türklopfer in Reichweite ist, höre ich hinter der Türe unverkennbar eine Frau zirpen. Die Stimme weicht jedoch gleich wieder der Stille. Vermutlich ist Madam gerade mal schnell über den Flur gehuscht und vergnügt sich mit Markus im rückwärtigen Teil des Hauses.

Mir stockt das Herz: Ich bin wirklich zu dämlich! Nun versinkt auch noch die letzte mickrige Lichtquelle und die Finsternis breitet sich rasend schnell im gesamten Haus aus. Ich spitze meine Lauscher zwar gehörig, kann aber trotzdem nichts mehr vernehmen. Zornig stapfe ich zurück!

Ich bin wirklich so was von bescheuert! Ich habe diese *ups and downs* so was von satt! Ich stehe nicht sonderlich auf Hochschaubahnen, insbesondere in diesem Fall nicht! Ich bin fuchsteufelswild. Natürlich in erster Linie auf Markus, der mir gerade noch vor einer Stunde freundliche Grüße übermitteln hat lassen, und gerade mit einer anderen Frau zusammen ist! Und am allermeisten ärgere ich mich über mich selbst. Ich bin doch sonst nicht so blind und dumm und einfältig! Ich habe mich und mein Herz ansonsten auch immer sehr gut im Griff!

Offenbar habe ich meine Intuition vollends verloren. Ausgerechnet ich, die Leidensgenossinnen bei derartigen Problemen stets den richtigen Weg weisen konnte! Dabei finde ich im Moment kaum den Weg zu meiner eigenen Wohnung, dermaßen schwer ist mir ums Herz!

Ich hasse es, verliebt zu sein (verblüffend lange konnte ich mich von diesem bescheuerten Gefühlszirkus fernhalten), da man sich immer so wahnsinnig schwer mit dem Entlieben tut!

Ich hasse dieses rumorende Gefühl in der Magengegend!

Ich hasse dieses permanente Unglücklichsein!

Ich hasse diese nicht zu kontrollierenden Begleitumstände!

Ich hasse Markus dafür, dass er mir das antut!

Und … ich hasse Markus im Allgemeinen!

Dieses Jahr verläuft auf privater Ebene einfach nur beschissen. Mein Jahreshoroskop war alles andere als zutreffend, die ersten drei Monate mal ausgenommen. In Francesco war ich auch verliebt, gewiss, aber das mit Markus geht merkwürdigerweise viel tiefer! Leider! Dabei verkörpert er so gar nicht mein Ideal von einem Typ, ganz im Gegenteil: Er ist sogar mein Anti-Traummann!

Mein Pensum der Liebelei habe ich damit für die kommenden Jahre wieder abgeschlossen. Ich war ohnehin seit Jahren nicht mehr verliebt und habe demnach dieses Jahr den Bogen bei weitem überspannt! Nun wird es bestimmt wieder ruhiger und gelassener im Leben der Amelie Parker. Keine unerwünschten Gefühlregungen und vor allem keine unerwünschten Männer mehr! Schluss! Aus! Punkt! Basta!

Morgen ist unser großer Tag. Ich darf mich nicht so gehen und hängen lassen! Es kann doch nicht sein, dass ein Mann einen dermaßen negativen Gemütszustand auslösen kann. Das will und darf ich nicht zulassen! Ich habe doch bislang eine Persönlichkeit dargestellt, die gut in der Welt zurechtkommt, ihren Weg beharrlich verfolgt, unabhängig ist, sich jederzeit behaupten kann und sich ihre Männer nicht der Liebe, sondern des Reizes wegen ausgesucht hat. (Ob die beiden in Markus' Haus mittlerweile schon bei der Sache sind? Ein frustrierender Gedanke!)

Nein, ich werde mich nicht von meinen Gefühlen fehlleiten oder gar unterkriegen lassen, und ich werde die gesamte Nacht nicht mehr an das schlimme M-Wort denken! Guter Plan.

Vollmondnacht

Das ist Dein Tag ... dieser Tag, der Blumen und Lichter,
das ist Dein Tag ... der Dich mag, denkt heute an Dich!
Fühl' Dich befreit, wie von Liebe getragen,
das ist Dein Tag ... dieser Tag, den Du nie vergisst!

Das ist Dein Tag ... dieser Tag, der großen Gefühle,
Du blickst zurück, auf das Stück, das hinter Dir liegt,
Du siehst nach vorn, und Du stellst neue Fragen,
heut' an dem Tag ... diesem Tag, den Du nie vergisst!
(Udo Jürgens)

Mein Plan war wirklich raffiniert, aber ich konnte trotzdem die ganze Nacht kein Auge zutun, und deswegen sitze ich nun, wie ferngesteuert, beim *Early-Morning-Meeting* und lausche den Anweisungen für diesen wichtigen Tag. Die geladenen Gäste sollen um 18 Uhr bei uns eintreffen. Bis dahin muss die Organisation komplett stehen, wofür wir positiv gestimmt sind und deshalb blicken alle optimistisch drein, abgesehen von mir, was aber an meinem Schlafmangel liegt. Mein Wille ist nach wie vor eisern!

Nike geht's noch immer gut! Es gibt allerdings keinerlei Anzeichen dafür, dass sie endlich Mutter werden möchte. Worauf wartet die noch? Auf die Erhöhung des Kindergelds? Unsere Dreiergruppe drückt beim Verlassen der Wohnung Riccardo und Raffael die Klinke in die Hand und ein Küsschen auf die Wangen. Damit sind wir schon am Weg in den Pavillon.

Ausgerechnet an diesem wichtigen Tag bin ich leicht konfus unterwegs, richtig tollpatschig sogar, stoße Sachen um und drei Gläser sind Opfer meiner unabsichtlichen Schneise der Zerstörung geworden. Ich bin leicht zittrig und habe das Gefühl, dass mein Kreislauf instabil ist. Da ich Letzteres als Ursache meiner Konfusion ansehe, gehe ich dagegen mit einem Schluck Brause, einer Cola und jeder Menge Kaffee vor. Nach zwei Stunden bin ich körperlich wieder topfit und kann alle mir aufgetragenen Arbeiten in Angriff nehmen und nach und nach erledigen.

Um die Mittagszeit klopft ein Blumenbote mit einem wunderschönen Strauß roter Rosen an die Pforten des Pavillons, und zu meiner Überraschung wird er von Caro an meine Wenigkeit verwiesen. Ich nehme das Bukett aufgeregt entgegen. Diese Geste der Anerkennung von Francesco peppt mich wieder auf. Ich verliere meine Nase in den einladend geöffneten Blüten und mache mich sogleich auf die Suche nach einer Vase. Die Blumen machen sich fabelhaft am Klavier, wo sie alle Neuankömmlinge würdig begrüßen werden. Francesco ist ein wahrer Schatz! Er denkt an mich, obwohl er bedauerlicherweise nicht zum Empfang kommen kann.

»Die sind aber wirklich schön!«, gibt Caro voller Bewunderung zurück und streift mit ihrem Blick den üppigen Rosenstrauß. »Von wem sind sie?«

»Blöde Frage! Von wem werde ich wohl Blumen bekommen?«

Caro kann mir leider keine Antwort darauf geben, denn da kommt der Blumenbote schon wieder mit einem Rosenbukett an, welches genauso zauberhaft ist wie meines. Ich bin überrascht! Schickt der charmante Francesco jetzt allen meinen Freundinnen Blumen? Und ich dachte mir, ich sei etwas Besonderes.

Der ankommende Strauß ergeht an die Adresse von Caro. Sie bedankt sich artig bei dem Boten und wiegt die Blumen liebevoll wie ein Kleinkind im Arm. Nachdem sie die stacheligen Gefährten nach einer Karte untersucht und diese auch entdeckt hat, zeichnet sich ein verträumtes Lächeln auf ihren Lippen ab.

»Von Roland!«, gesteht sie mir glückselig. »Er schreibt mir, dass er mich liebt und mir für den heutigen Tag alles erdenklich Gute wünscht!«

»Das ist aber sehr süß von ihm! Ob mir Francesco auch ein Kärtchen beigefügt hat?«, frage ich laut und mache mich schon auf die Suche.

»Wieso glaubst du eigentlich, dass die Stängel von Francesco sind?«, will sie wissen. »Ich bin ja der Meinung, dass er, zumindest seit jenem verhängnisvollen Tag im Hotel Maindling, Rosen gehörig aus dem Weg gehen sollte.«

»Wo steckt denn nur die Karte?«

»Nimm die, bis du eine Bessere gefunden hast«, erwidert Caro und zieht ein Grußkärtchen aus dem üppigen Strauß hervor.

»Danke!«, sage ich und entfalte sogleich den Inhalt, wobei ich bei den ersten Worten schon merklich zusammenzucke. »Die sind nicht von Francesco! Die sind von diesem Oberlump!«, entfährt es mir aufgebracht. »Was glaubt der eigentlich! Ich habe keine Lust mehr auf irgendwelche Spielchen!«, fauche ich die Blumen der Liebe an und drücke sie sofort einer verblüfften Caro in die Hand. Danach gehe ich zornerfüllt wieder an die Arbeit zurück.

»Willst du mir nicht endlich sagen, was jetzt schon wieder mit dir los ist?«, fragt sie besorgt nach.

»Nein, ich will momentan nicht darüber sprechen! Lass uns diesen Tag hinter uns bringen. Das hat absolute Priorität für mich, und sonst nichts!«, entgegne ich mit fester Stimme und Caro weiß, dass ich demzufolge keinerlei Widerspruch mehr akzeptiere.

»Ich stell' meine Blumen auch rasch ins Wasser! Lassen wir deinen Strauß hier stehen?«

»Mach mit ihnen, was auch immer dir beliebt«, merke ich kühl an und damit ist das Thema endgültig vom Tisch.

So ein Idiot! Befriedigt sich gestern Abend mit irgendeiner Geliebten und heute möchte er mir Blumen schenken! Soll er die Stängel doch seiner Puppe schicken, die sich für die Mühen der letzten Nacht bestimmt welche verdient hat!

Um kurz vor vier schaut Nike mit ihren nervösen Geburtshelfern im Schlepptau, die mit unzähligen Baldrian-Dragees bewaffnet sind, im Pavillon vorbei. Sie ist schon für den Empfang angekleidet und kontrolliert nochmals die Gästeliste. Caro, Elvira und ich übertragen alle noch anstehenden Arbeiten auf Raffael und Riccardo, und sind damit schon auf dem Sprung. Wir wollen nur eilends nach Hause fahren und uns entsprechend kultivieren. Dieses Vorhaben sollte keinen längeren Zeitrahmen in Anspruch nehmen. Maximal eine Stunde war dafür eingeplant.

Um kurz vor 18 Uhr ist alles für den Empfang bereit. Nun gilt es diese wichtige Feuertaufe zu bestehen. Die Allee wird eindrucksvoll von brennenden Fackeln gesäumt, welche den Gästen einladend den Weg zum neu renovierten *Nike's* weisen. Im Freien ist es zwar kühl, aber der Himmel ist dafür wolkenlos. Somit darf uns der Vollmond am späteren Abend auch noch unbürokratisch zur Hand gehen und die Kulisse unseres fabelhaften Lustgartens mit seinem göttlichen Schein verzaubern.

Das frohlockende Buffet ist im prächtigen Südflügel aufgebaut und der köstliche Duft von asiatisch süß-sauer und herkömmlichen Gewürzen verbreitet sich auf der gesamten Ebene. Im Mittelsaal stehen zusätzliche Lümmeltische parat und ein Pianist trällert gerade Frank-Sinatra-Melodien. Prächtige Rosen zieren den Flügel und auf der anderen Seite des Eingangsbereiches wartet Nike ungeduldig auf die Gäste, die nun nach und nach eintrudeln und von hilfsbereiten Parkplatzwächtern ordnungsgemäß eingewiesen werden.

Das Team des lokalen Fernsehens ist schon seit dem späten Nachmittag am Werken, und wir hoffen inständig, dass unsere Gäste nicht über irgendwelche ungesicherten Kabelstränge stolpern.

Hinter der Bar warten Riccardo und Raffael, und neben Nike hat Joachim, eine der Aushilfen, mit einem Getränketablett Aufstellung bezogen. Alle Servicemitarbeiter tragen unsere schicken Uniformen, bestehend aus einem schwarzen Hemd, welches dezent mit „Nike's" beschriftet ist, einer dazu passenden knallroten Krawatte, einer schwarzen Hose, einer ebenso schwarzen, bodenlangen Schürze, und der Clou: Sie tragen dazu kombiniert knallrote Sportschuhe der Marke Nike! Unsere Küchenbrigade darf zu Werbezwecken natürlich gleichfalls die bequemen Sportschuhe tragen.

Zwei Stunden später ist die Party voll im Gang. Die Presseleute von den Salzburger Nachrichten, der Krone, dem Kurier, dem Standart, der Süddeutschen Zeitung und dem Abendblatt drücken sich die Klinke in die

Hand, was uns zusehends erfreut, den Publicity können wir gut gebrauchen. Beinahe alle sind unserer Einlandung nachgekommen und sind restlos begeistert vom *Pavillon Neu* und seinem anmutigen Lustgarten. Wir führen die Gäste herum, posieren für Fotos, geben Interviews und führen Smalltalk mit Jedermann, wobei wir ständig Glückwünsche entgegennehmen dürfen. Das warme und kalte Buffet wird ebenso in den Himmel gelobt, wie die raffinierte Süßspeisenecke. Chanette und Thomas posieren gelegentlich für ein Magazin und schwatzen freundlich mit der Kundschaft. Riccardo mixt exzellente Cocktails und Raffael leistet Nike Schützenhilfe, indem er sie überall hin mit einem Barhocker zum Verschnaufen verfolgt (vor der Damentoilette hat er denn doch halt gemacht, aber auch nur deshalb, weil ich Nike aufs „Stille Örtchen" begleitet habe). Alex streift ebenfalls unermüdlich herum, und ich muss sagen, zu zweit geben unsere schwangeren Freundinnen ein entzückendes Paar ab.

Nachdem am Parkplatz großteils alles erledigt scheint, stoßen Roland, Stefan und Klaus ebenfalls zu der illustren Gesellschaft.

Drei Stunden nach Beginn des Empfangs rufen wir eilends ein internes Meeting in der Küche aus. Nachdem Chanette, Thomas, Elvira, Caro, Nike, Alex und ich versammelt sind, knallt der Champagnerkorken und wir stoßen kurz freudetrunken auf den gelungenen Einstand an, bevor wir uns wieder ins Getümmel werfen. Die Anspannung weicht allmählich der Gelassenheit oder vielleicht sogar der Müdigkeit. Mit dem heutigen Abend haben wir eindeutig die Weichen für eine erfolgversprechende Zukunft gelegt! Jawohl, Prost!

Die Zeit verstreicht, aber der Atmosphäre tut dies keinerlei Abbruch. Die ersten Gäste verlassen das berauschende Fest erst gegen elf.

»Hallo, schöne Frau«, flüstert mir plötzlich eine sehr vertraute Stimme ins Ohr und mein Herz jubelt.

»Francesco!«, pruste ich glücklich heraus und drehe mich blitzschnell um, damit ich ihn in die Arme schließen kann.

»Du dachtest doch nicht, dass ich mir deinen großen Tag entgehen lassen würde, oder?«, fragt er mich und drückt mir auch schon einen Schmatz auf.

»Wie ich sehe, bist du in Begleitung gekommen«, bemerke ich und löse mich von ihm. »Hallo, Selma! Schön, dich wiederzusehen!«

»Unser Wiedersehen ist schneller erfolgt als geplant, was?«, gibt sie zurück und drückt mir auch ein Küsschen auf die Wange. »Tolle Party, und so eindrucksvoll! Ich bin restlos begeistert! Gratulation!«

»Vielen Dank euch beiden. Leider kommt ihr etwas spät. Vor zwei Stunden war noch die Hölle los!«

»Das dachten wir, deswegen sind wir auch erst jetzt gekommen. Vorher hättest du ohnehin keine Zeit für uns gehabt«, merkt Francesco an und nimmt dabei Selmas Hand.

Ich bin über diese vertraute Gestik nicht verwirrt, sondern freue mich für die beiden. Merkwürdig! Damit habe ich das Thema Francesco wohl endgültig abgeschlossen. Aber mir kommt gerade ein anderer Gedanke: Wenn Selma und Roland hier sind, wird dann ihr Mittelsmann nicht auch irgendwann hier auftauchen? Hoffentlich nicht! Ob Caro ihn eingeladen hat? Diese offene Frage beunruhigt mich, denn eigentlich will ich diesen Idioten nicht mehr sehen. Ich lasse meinen Adlerblick trotzdem unauffällig in der Gegend umherstreifen.

»Seid wann bist du denn da?«, will ich von Francesco wissen, damit ich meine Gedanken in eine andere Richtung führen kann. »Oder seid ihr gar zusammen angereist?«

»Dir kann man echt nichts vormachen«, gesteht Francesco ein. »Ich war die letzten Wochen oft in London, und da Selma Immobilienmaklerin ist, noch dazu die beste«, wirft er schnell ein und widmet ihr einen zärtlichen Blick, »habe ich, dank ihrer Hilfe, nun endlich ein geeignetes Objekt aufgetan.«

»Du bist Immobilienmaklerin? Das wusste ich nicht«, stelle ich fest.

»Ja, bin ich!«, entgegnet sie und blickt mich aus ihren stahlblauen Augen eindringlich an. »Er ist nicht hier«, erwidert sie freundlich. »Du kannst dein Radar wieder einfahren und dich entspannen!«

»Aha!«, entfährt es mir und ich fühle mich gerade ein wenig ertappt.

Ich werde seinetwegen bald irre, soviel ist sicher!

»Und, seit wann seid ihr nun definitiv wieder im Land?«, frage ich nochmals, aber die Antwort muss warten, denn das Notrufsignal meines Handys macht sich plötzlich bemerkbar.

In meiner Nähe geht auch Caros Gerät ab und dadurch kann ich sie gleich ausfindig machen. Wir blicken einander erschrocken an und ich wähle hektisch Nikes Nummer.

»Wo bist du?«, schreie ich aufgeregt ins Handy. »Raffael, bist du da dran? Wo bist du? Beruhige dich doch! Ich kann dich nicht verstehen, was ist passiert? Aha, wir kommen! Ja, mache ich!«, versichere ich ihm und habe damit schon aufgelegt.

Ich zerre Caro hinter mir her, und während wir Richtung Nordflügel laufen, erstatte ich ihr Bericht. »Nikes Fruchtblase ist anscheinend geplatzt! Raffael ist einem Anfall nahe. Sie wollte sich gerade ein wenig im Büro ausrasten und da ist es offenbar geschehen.«

Wir stürmen ins Büro. Riccardo und Raffael umzingeln die auf dem Stuhl sitzende Nike. Elvira und Alex sind auch schon zur Stelle, ebenso wie Francesco, Selma, Stefan, Roland und Klaus.

»Es ist soweit!«, brüllt uns Nike an.

»Ich rufe gleich einen Krankenwagen«, versuche ich sie zu beruhigen und will schon die Nummer anwählen, als mich Francesco zur Seite nimmt.

»Hör mal, Vinzenz steht vor der Tür. Sie wäre mit meinem Wagen schneller im Krankenhaus, meinst du nicht auch?«

»Dein Raumschiff gibt einen fantastischen Krankentransporter ab, das wissen wir aus Erfahrung! Gute Idee«, gebe ich zu und bin erleichtert.

Während Francesco Vinzenz zum Haupteingang bestellt, hieven wir Nike hoch, und Raffael und Riccardo schleppen sie gemeinsam hinaus. Im Mittelsaal ziehen wir alle Blicke auf uns. Chanette und Thomas erfassen die Situation sofort und versichern uns, dass wir beruhigt mitfahren könnten, sie würden die Stellung bestmöglich halten und tapfer durchhalten. Außerdem könnten sie mit der tatkräftigen Unterstützung der Aushilfen rechnen und viele Gäste wären ja ohnehin schon am Sprung. Francesco, Selma, Roland, Stefan und Klaus haben sofort ihre Hilfe zugesichert und wollen während unserer Abwesenheit nach dem Rechten sehen.

Caro, Elvira und ich nicken uns einvernehmlich zu. Wir nehmen das Angebot unserer Freunde gerne an. Als wir Nike endlich in den Wagen verfrachtet haben, kommt uns Stefan aufgeregt entgegen gerannt. Er lässt uns wissen, dass es Alex nun plötzlich auch nicht mehr so gut ergehe, und bat uns, sie gleich sicherheitshalber mit ins Krankenhaus zu nehmen, was natürlich kein Thema war.

Auweia … Stefan hatte Recht: Alex wirkt ziemlich blass, als sie auf den Treppen des Pavillons aufkreuzt. Wir setzen sie gleich neben Nike, Riccardo sitzt vorne bei Vinzenz, und Raffael zwängt sich bei uns hinten hinein. Stefan will logischerweise auch noch mitkommen, also lasse ich ihm den Vortritt auf der Bank und nehme notgedrungen auf seinem Schoss Platz. Dann brausen wir auch schon los. Im Inneren der Limousine geht es zu wie in einem Taubenschlag. Alle sprechen durcheinander und niemand scheint Ruhe bewahren zu können. Eigentlich hätte ich mir ein solches Verhalten zumindest von Stefan erwartet, aber auch ihn kann man momentan komplett vergessen, so aufgelöst ist er! Raffael scheint noch am ruhigsten, was äußerst beunruhigend ist! Wahrscheinlich hat er im Laufe des Abends wieder einmal die Dosis der Baldrian-Dragees gehörig überzogen! Er sitzt zwischen zwei riesigen Bäuchen und starrt auf seine Armbanduhr, um die Intervalle von Nikes Wehen zu messen. Die Fahrt dauert quälend lange, obwohl Vinzenz die erlaubte Höchstgeschwindigkeit genauso ignoriert wie diverse Verkehrszeichen und Busmarkierungen. Zehn elendig lange Minuten später schießt das Raumschiff in die Auffahrt des Landeskrankenhauses und dockt direkt vor dem Eingang an. Der Pförtner und die ankommenden Ärzte und Schwestern staunen nicht schlecht, als sie sehen, wie viel Platz eine solche Limousine doch zu bieten hat. Unsere beiden Ladies werden eilends in Rollstühle verfrachtet und zur Geburtenstation geschoben.

Auf der Station scheint wahrhaft Feuer am Dach zu sein! Ich sehe unzählige Schwestern, Ärzte und Hebammen von einem Raum zum nächsten hetzen. Mein Blick fällt auf viele nervös wirkende Personen, die wohl ebenso wie wir auf die Ankunft eines neuen Erdenbürgers warten. Ich bin unglaublich zappelig, und Elvira und Caro wirken auch nicht gerade entspannt. Nach dem ersten Check nuschelt eine ältere Hebamme etwas von einem geöffneten Muttermund bei Nike und von der ebenfalls bevorstehenden Geburt bei Alex, wobei ich das Gefühl habe, dass sie Alex etwas umfassender und eindringlicher untersucht hat. Wir blicken uns fragend um, doch niemand scheint Notiz von uns zu nehmen.

»Vollmond! Da wollen sie alle gleichzeitig raus«, klärt uns eine vorbeihuschende Schwester auf, ehe sie wieder in einem der Räume verschwindet.

Riccardo und Raffael haben uns, nachdem wir sie massiv terrorisiert haben, freiwillig die restlichen Beruhigungspillen ausgehändigt und wir schlucken vorsorglich gleich ein paar der Wunderdinger. Bei Raffael haben sie ja anscheinend wirklich genützt, und ansonsten gilt eben das Motto: Helfen's nicht, dann schaden's nicht!

Nike und Alex sind leider in separaten Räumen untergebracht, weshalb wir immerzu hin und her sprinten. Wir erkundigen uns mal da, mal dort nach dem Stand der Dinge, wobei uns die drei werdenden Familienoberhäupter bestmöglich auf dem Laufenden halten. Als sich mein Handy meldet, laufe ich ins Freie hinaus, nehme Francescos Anruf entgegen und berichte ihm rasch alle bisherigen Neuigkeiten.

Als ich wieder zurückkomme, bietet sich mir ein anderes Bild. Irgendetwas scheint bei Alex nicht nach Wunsch zu verlaufen! Stefan kommt wenig später aufgelöst auf den Gang geeilt und berichtet uns, dass sich die Nabelschnur gefährlich um den Hals des Babys gelegt habe und deswegen ein Kaiserschnitt von Nöten sei. Alex würde einen Kreuzstich verabreicht bekommen und danach sollte alles relativ schnell gehen. Während wir versuchen, Stefan einigermaßen zu beruhigen, schießt Riccardo aus Nikes' Zimmer und schildert uns, dass die Wehen nun in immer kürzer werdenden Abständen kommen, Nike sich aber nirgendwo richtig wohl fühle und mittlerweile schon in einer riesigen Badewanne Entspannung gesucht, aber leider nicht gefunden habe, und nun einen gigantischen Hüpfball quäle! Auf die Frage, wie es denn Raffael dabei ergehe, bedeutet uns Riccardo, dass sein Zweithelfer völlig voll gedröhnt wirke, aber wenigstens Herr der Lage und somit ruhig wäre. Mit diesem

Statement verabschiedet er sich auch schon wieder von uns Nervenbündeln. Stefan schleicht ebenfalls zurück zu Alex und lässt damit drei komplett verunsicherte Frauen am Gang zurück.

Die Zeit vergeht und vergeht, aber die Hektik auf der Station wird nicht weniger! Nach wenigen Minuten ertönt bereits ein kräftiger Schrei aus Alex' Zimmer. Dem Baby ergeht es offensichtlich sehr gut, denn das Gebrüll hört und hört nicht auf! Aber wie wird wohl Alex die Geburt verkraftet haben? Die erste Schwester, die sich aus dem Raum stielt, nickt uns zuversichtlich zu.

»Beiden geht's bestens!«, versichert sie uns.

»Und? Mädchen oder «

»Junge!«, merke sie noch lächelnd an, während sie die nächste Tür anvisiert.

Stefan taucht wenig später glückstrahlend und gefasst im Türrahmen auf, bestätigt die Aussagen der Schwester und entschwindet damit wieder unserem Blickfeld.

Die eine Tür schließt sich und jene nebenan wird ungestüm aufgerissen. Raffael tritt an uns heran und schildert gelassen, dass Riccardo gerade am Boden liege und mit Riechsalz aufgepäppelt werden müsse. Ansonsten gehe die Geburt jedoch ziemlich zäh über die Bühne. Nike habe offensichtlich große Schmerzen, aber die Hebamme spreche ihr immer wieder Mut zu. Mit dieser vorläufigen Ausführung verschwindet er erneut hinter der Tür.

Wir warten und warten, und unsere Ungeduld wächst und wächst! Wären wir Raucher, dann hätten wir mittlerweile garantiert drei Päckchen vernichtet. Wir raffen eilends unsere Münzen zusammen und entleeren den Automaten mit den Schokoriegeln. Die Minuten verstreichen und ich kaue derweilen schon nervös an meiner Nagelhaut herum. Dass das alles so immens lange dauern muss

(Sollte ich irgendwann das dringend Bedürfnis nach einem Baby verspüren und deswegen zu einer Samenbank eilen und mich befruchten lassen, möge die Geburt bitte rasch, unblutig und ohne jegliche Schmerzen vonstattengehen – danke!)

Überall scheint man schon die ersten quengeligen Atemzüge und Schreie der bereits angekommenen Sprösslinge vernehmen zu können, überall, außer aus jenem Zimmer, vor welchem wir auf glühenden Kohlen sitzen und warten! Diese beschissenen Dragees zeigen auch keine Wirkung! Ich laufe schon eine Straße in den scheußlich grünen Krankenhausfußboden der Gyn-Abteilung, und meine Nagelhaut hält den massiven Kauangriffen bald auch nicht mehr stand. Noch ein paar Stunden mehr und ich brauche eine Hauttransplantation.

Wir lenken uns ab, indem wir abwechselnd zur Tür hinaus schleichen und bei Francesco durchklingeln, der zusammen mit Selma, Klaus und Roland die Stellung im Pavillon hält.

Um kurz nach vier ist es dann schließlich soweit. Endlich trifft die positive Nachricht bei uns ein: Nike hat ein kerngesundes Mädchen zur Welt gebracht! Juhu!

Wir gratulieren Alex, die natürlich schläfrig, aber überglücklich wirkt. Danach begeben wir uns auf die Säuglingsstation, wo uns Stefan mit einem kleinen, sehr lauten Wicht bekannt macht. Tja, das Bürschchen hat gut entwickelte Lungen, soviel ist gewiss!

Danach schleichen wir noch zu Nike. Raffael hat geholfen, das kleine Fräulein zu baden, und präsentiert nun den frisch gebackenen Tanten ein winziges, süßes, schlafendes Bündel, welches in einem rosa Strampelhöschen friedlich schlummert. (Daran kann man mal wieder sehen, wie brav und artig Mädchen sind - im Gegensatz zu den Jungs! Dieses Verhalten ist tatsächlich angeboren! Hier ist der eindeutige Beweis!)

Nike wirkt ebenso erledigt wie Alex und wir wollen sie zu dieser frühen Stunde nicht mehr allzu sehr belagern.

»Und, wie soll unsere Schönheit heißen?«, fragt Elvira leise und streicht behutsam über die Wange des Babys.

»Na, wie schon?«, flüstert uns Nike zu. »Wenn ich die griechische Siegesgöttin verkörpere, dann wird meine süße Maus eben ihre römische Repräsentantin darstellen!«

»Victoria?«, fragen wir gemeinsam.

»Ganz genau!«, pflichtet uns Nike bei.

»Eine sehr gute Wahl«, merke ich an. »Absolut passend! Victoria wird unser persönliches Maskottchen, dann kann überhaupt nichts mehr schief gehen.«

»Ruh dich jetzt etwas aus«, sagt Caro und drückt Nike dabei noch ein liebevolles Küsschen auf. »Riccardo und Raffael werden ohnehin hier bleiben, und wir kommen in ein paar Stunden wieder, okay?«

»Ja, gute Idee! Das war heute ein Fest, was?«, fragt Nike noch stolz nach.

»Das war es!«, bestätige ich ihr sanftmütig. »Und die Hauptattraktionen liegen hier auf der Geburtenstation! Tschüß Nike, bis bald! Tschüß, kleine Victoria!«

Rosenkavalier

Ich weiß, was ich will...
Ich will Dich fühlen, wenn der Morgen erwacht,
mit Dir den Tag verbringen bis in die Nacht,
und glaube, nirgends ist ein Ende in Sicht ... nein, für uns nicht!

Ich weiß, was ich will...
ich will die Leidenschaft mit der Du mich liebst,
die sanfte Zärtlichkeit wie Du sie mir gibst,
die Illusion, Du lebst allein nur für mich ... die brauche ich.

Ich weiß, was ich will...
Ich will, dass endlich etwas Neues beginnt,
dass wir wie ein Gedanke ein Körper sind,
dass ist mein Ziel, sag' mit nur eins ... will ich zuviel!

Ich weiß, was ich will...
Dir alles zeigen, was ich jemals geseh'n,
was Du auch immer tust, verzeih'n und versteh'n,
was ich noch nie vorher im Leben getan ... fang' ich jetzt an.

Ich weiß, was ich will...
Ich will Dich nie mehr aus den Augen verlier'n
will Deine Hände sanft und weich auf mir spür'n,
glauben daran, dass es auch so ... weiter gehen kann.

Ich weiß, was ich will...
Ich will Dich ganz und gar, und immer um mich,
was uns im Wege steht, das ändere ich,
ich hab' noch nie im Leben Berge versetzt ... ich tu' es jetzt ...

(Udo Jürgens)

Vinzenz holt uns um halb fünf Uhr morgens vor der Klinik ab. Ich bin zwar erschöpft, aber irgendwie fühle ich mich doch auf eine gewisse Art und Weise aufgedreht und topfit. Eine etwas eigenartige Kombination, ich weiß! Wir klettern in die Limousine und erreichen wenig später die Allee zum Pavillon. Ein paar Fackeln weisen uns noch den Weg, aber die meisten sind schon abgebrannt. Die Beleuchtung des Pavillons wurde zwar auf Sparflamme gestellt, trotzdem wirkt er noch immer eindrucksvoll. Die restliche Brigade, der harte, treue Kern unserer Zunft, erwartet uns bereits ungeduldig auf dem Treppenabsatz. Wir lassen unseren Emotionen freien Lauf und tauschen rasch unsere Erlebnisse mit den beherzten Hütern des Pavillons aus. Daraufhin wird jedoch an die frühe morgendliche Stunde gedacht und eilends zum Aufbruch geblasen. Die ausführliche Story der aufregenden Nacht wollen wir unseren Helfern beim Frühstück im Pavillon, zu dem sie alle geladen sind, auftischen. Da wir bereits etwas getrunken haben, schlägt Francesco kurzerhand vor, uns in seiner Benzinkutsche mitzunehmen. Elvira, Klaus, Chanette und Thomas zwängen sich nach dieser freundlichen Einladung bereits ins wartende Taxi. Irgendjemand muss noch nach dem Rechten sehen, die Lichter ausmachen und die Tore abschließen, und da ich gleich um die Ecke wohne, biete ich mich dafür an. Nach getaner Arbeit wolle ich einfach zu Fuß nach Hause spazieren, und nachdem ich noch eilends angefügt habe, dass ich ja einen zweifachen Selbstverteidigungskurs absolviert hätte, gewährt man mir großzügiger Weise meinen Wunsch.

Francesco und Selma verabschieden mich im Vorhof und wünschen mir nebenbei eine interessante Nacht, was immer dies bedeuten mag (ich meine, man wünscht doch jemandem eine ruhige, eine angenehme, eine gute, oder, im besten Fall, eine heiße Nacht. Aber eine interessante? Was sollte ich darunter verstehen?).

Caro und Roland wollen mir rasch noch etwas immens Wichtiges, was angeblich nicht bis morgen warten kann, zeigen und geleiten mich in die Patisserie. Sie schwafeln etwas von einem exklusiven Dessert, welches mir Chanette extra zubereitet hatte, und auch nachdem ich ihnen eindeutig zu verstehen gebe, dass ich im Krankenhaus genug Schokoriegel verdrückt habe und mein Zuckerspiegel damit hoch genug sei, geben die beiden Dickköpfe nicht klein bei. Sie zerren mich förmlich in die schummrige Süßspeisenküche.

Dann geht alles ganz schnell: Ich werde plötzlich in den Raum hineingeschoben, die Tür fällt hinter mir ins Schloss und ein Schlüssel wird herumgedreht. Ich bin komplett perplex! Ja, spinnen denn nun alle!

»Hey, was soll denn das? Hört mal, es ist jetzt fünf Uhr morgens! Ich habe die letzte Nacht ohnehin kein Auge zugetan und bin heute schon den ganzen Tag wach! Ich finde das nicht mehr spaßig, ganz ehrlich! Hallo? Caro? Roland?«

Spinner! Soll ich hier Wache schieben, oder was?

Ich kann nichts mehr hören, außer dass Vinzenz gerade startet und wegfährt. Er bringt sicherlich zuerst die Bagage heim und danach kommt er wieder und befreit mich aus den Fängen der Patisserie. Aber warum dieses Schauspiel? Ich könnte ja schreien, aber der Pavillon ist neu isoliert und im Umkreis von vielen Metern befindet sich nur braches Land, und dieses wird mich aus meiner misslichen Lage wohl kaum befreien können. Ich verstehe die Welt nicht mehr!

Aber da ich schon mal hier bin und offensichtlich Zeit zur Verfügung habe … wo ist eigentlich das phänomenale Dessert von Chanette? Schokolade beruhigt schließlich die Nerven, und ich glaube, ich kann keinen klaren Gedanken mehr fassen. Denn das, was hier soeben vorgefallen ist, kann nur eine Illusion sein, ein Fantasiegebilde, welches man sich aufbaut, wenn man zu wenig Schlaf abbekommt und als Ersatz dafür jede Menge Kaffee und Baldrian-Dragees verzehrt hat.

Schokolade! Wo ist nur dieses verdammt Dessert? Verflucht, hier ist's wirklich ganz schön dämmrig. Heute geht mir schon zum zweiten Mal durch den Kopf, wie hilfreich es ab und an wäre, ein Raucher zu sein. Dann hätte ich jetzt vermutlich ein Streichholz oder ein Feuerzeug bei der Hand, aber so ...

»Autsch! Verdammt!« Ich renne gegen die vermaledeite Kante der Anrichte.

»So fluchen Sie doch nicht so laut und unbeherrscht!«, meldet sich plötzlich eine Stimme aus der Dunkelheit und ich erleide dabei fast einen Herzinfarkt.

Mein Herz rast aber auch aus einem anderen Grund: Die Stimme gehört eindeutig Markus!

»Was machst du hier? Ist das wieder eines deiner blöden Spielchen? Ich hab's satt, hörst du mich!«, fauche ich in die Richtung, aus der ich die Stimme zu hören glaubte. »Und mach' jetzt endlich das verdammte Licht an, sonst fang' ich an zu schreien!«

»Tja, hier gibt's heute offensichtlich kein elektrisches Licht mehr, tut mir leid! Aber -«, unterbricht er sich selbst und entzündet ein paar Kerzen, die er zuvor auf der Anrichte drapiert hat, »ich habe eine Flasche Champagner, zwei Gläser, Kerzenschein, ein Dessert und dich!«

Nachdem er alle Kerzen entfacht hat, beäuge ich ihn skeptisch. Er sieht einfach unverschämt gut aus (das liegt bestimmt ausschließlich am Licht)! Er trägt, ich kann's kaum fassen, sein Haar offen! Sein Hemd ist auch nicht bis oben hin zugeknöpft. Stattdessen hat er gleich drei Knöpfe auf einmal offenstehen lassen. Nebenbei hat er noch zwei Stühle in die Patisserie geschleppt und vor der Anrichte aufgestellt.

Ich hab's! Markus hat einen eineiigen Zwillingsbruder, den er nun vorgeschickt hat. So muss es sein!

Ich mustere ihn weiterhin, ohne dass ich den Abstand zwischen uns verringere. Ich schleiche wie eine hungrige Raubkatze um ihn herum. In Jeans sieht sein Hintern leider auch ganz passabel aus! Ich muss zusehen, dass ich hier schnellstens heraus komme.

»Hilfe!«, rufe ich anfangs zaghaft. »Hilfe!«, schreie ich, aber außer dem kurzen Echo scheint meine offenkundige Bestürzung niemanden zu interessieren. Ich fürchte, dass keine einzige Menschenseele willens ist, mich aus dieser prekären Situation zu befreien!

Markus stiehlt sich rasch an mich heran, umfasst mit seinen kräftigen Armen meine Körpermitte und drückt mir einen Kuss auf, den ich sofort demonstrativ mit meinem Handrücken abwische.

»Hilfe!«, rufe ich benommen noch einmal.

»Du hast also im Selbstverteidigungskurs doch nichts gelernt!«, haucht er mir leise ins Ohr und küsst energisch meinen Nacken. »Ich hätte mich nicht so rar machen sollen. Das war ein schrecklicher Fehler, wie ich gestehen muss. Verzeih mir!«

»Feuer! ... Feuer! ... Feuer!«, stoße ich in der Hoffnung aus, dass er schleunigst von mir ablässt.

Ich will seinen trainierten Body von mir wegschieben, aber je mehr Druck ich erzeuge, desto näher kommt er mir. Er duftet heute schon wieder betörend gut!

»Feuer!«, brülle ich wie eine aufgebrachte Löwin.

»Nun, geht doch!«, merkt er zufrieden an und lässt genauso plötzlich, wie er seine Hände um mich geschlungen hat, wieder von mir ab.

»Was willst du? Was soll das Ganze hier?«, frage ich ihn eisig.

»Ich will dich!«, verkündet er mit fester Stimme, geht zurück und hantiert mit der Champagnerflasche. »Ich will dich so, wie du bist, ohne Wenn und Aber! Ich will das Gesamtpaket Amelie! Ich war lange Zeit auf der Suche nach einer ebenbürtigen, geerdeten Partnerin für mich, und das bist eindeutig du! Ich hab' nur etwas Zeit gebraucht, um das zu kapieren. Hörst du mir noch zu?«

»Ja, ich höre dir zu«, entgegne ich distanziert, »und ich frage mich bei diesen ganzen wunderbaren Worten, die du da so überzeugt von dir gibst, wann du mit der Wahrheit herausrückst!«

»Wovon sprichst du?«

»Ich werde dir jetzt was sagen. Ich will das Wort Treue nicht schon wieder neu definieren müssen! Ich hab's satt, ich will nicht von einem Mann, der mir Liebe vorgaukelt, rund um die Uhr beschissen werden, hast du das kapiert? Ist das angekommen?«, fahre ich ihn an und trete bei den letzten Wortfetzen näher an ihn heran, damit er den Zorn in meinen Augen auch wahrnehmen kann.

»Ich habe mich für meine damalige Dummheit schon entschuldigt und es war aufrichtig gemeint! Es war ein einmaliger Ausrutscher und er wird nicht wieder vorkommen. Außerdem hast du zu jenem Zeitpunkt selbst zugegeben, dass wir kein Paar darstellen«, erklärt er mir gelassen.

Dieser Idiot ist wirklich der Meinung, dass ich komplett auf der Nudelsuppe dahergeschwommen bin!

»Ich spreche nicht von deinen Abenteuern im August, ich spreche von deiner letzten Nacht!«

»Ich habe nicht den blassesten Schimmer, worauf du anspielst.«

»Ich spreche von deiner letzten, heißen Nacht! Na, dämmert da was? Davon spreche ich!«, zische ich ihn herrisch an. »Oder wolltest du's noch mal wissen, bevor dir der Keuschheitsgürtel angelegt wird! Mir nette, liebe Grüße übermitteln und dann doch mit einer anderen nach Hause gehen! Du bist eben auch nur einer von jenen Kerlen, deren Hirn automatisch in die Hose rutscht, wenn sie eine begehrliche Frau mit langen Beinen sehen. Aber mach dir nichts draus, da bist du bei Gott nicht der Einzige!«

»Das mit dem Übermitteln der Grüße ist schnell erklärt, denn das haben wir beide Caro und Roland zu verdanken. Unsere Freunde sind nämlich schon seit Juni darum bemüht, uns zusammenzubringen! Tja, so wie wir beide Pläne geschmiedet haben, um die beiden zu verkuppeln, genauso haben sie den Versuch gestartet, uns zu verkuppeln. Und sie haben den Anfang gemacht, indem sie uns ständig per Telefon Grüße ausrichten haben lassen. Sie dachten wohl, dass das eine gute Idee wäre, um in Kontakt zu bleiben«, gibt er zurück, um vom eigentlichen Thema abzulenken.

»Wenn es sich tatsächlich so verhalten hätte, wie du hier behauptest, dann hätte mich Caro bestimmt in den verrückten Plan eingeweiht, also schmink' dir dieses Geschwätz, das du dir bestimmt nur aus den Fingern saugst, ab!«

»Freunde reagieren oftmals anders, als man es eigentlich von ihnen erwarten würde. Roland hat mich auch lange Zeit im Dunklen über diesen echt bescheuerten Plan gelassen!«

»Also gut, belassen wir's einfach dabei. Wir sind uns demnach einig, dass dieser Plan, so es wirklich einen gegeben hat, äußerst bescheiden war! Und jetzt lenk' bloß nicht mehr vom Thema ab, Freundchen!«

»Ich habe dir am Donnerstag, als die Diplomübergabe stattgefunden hat, Grüße übermittelt, und ich habe dir gestern auch welche ausrichten lassen, aber das war's von meiner Seite«, merkt er noch an.

»Jetzt sind wir wieder beim gestrigen Abend angelangt, sehr schön!«, gebe ich angriffslustig zurück. »Ich wollte dich nämlich gestern noch überraschen und bin bei dir zu Hause gewesen, und ich habe euch gehört, also bestreite es nicht! Ich habe dich und dein Betthäschen anschaulich vernommen!«

»Warum machst du dir die Mühe, bis vor meine Tür zu gehen, wenn du dann nicht anläutest?«, fragt er nach. »Du hättest mich wunderbar bloßstellen können! Du hättest mich in flagranti erwischt! Also, wieso bist du abgehauen?«, will er zornig wissen.

»Mir hat das, was ich gehört habe, gereicht!«, schreie ich ihn aufgebracht an. »Da brauche ich nicht noch zu klopfen und um Einlass zu bitten! Das hättest du gerne gehabt, dann hättest du mich so richtig schön demütigen können, nicht wahr? Das hätte dir gefallen! Dann hättest du tolle Luftsprünge machen können!«

»Nimm und trink! Du bist komplett am Holzweg, weißt du? Aber ich muss gestehen, dass mich deine Reaktion ein kleines bisschen anmacht!«, gesteht er und drückt mir ein Glas Champagner in die Hand, welches ich ohne zögern ex austrinke. »Du bist eifersüchtig, gut zu wissen! Das heißt also, dass ich dir nicht gleichgültig bin und dir somit etwas bedeute!«

»Bilde dir nichts drauf ein, ich entwöhne mich nämlich gerade von dir!«, gebe ich salopp zurück und reiche ihm mein leeres Glas, damit er nochmals nachschenken kann.

»Habe ich dir eigentlich schon gesagt, dass ich gestern bis drei Uhr morgens im Dienst war?«, merkt er an und setzt sich gelassen auf einen der Stühle.

»Natürlich warst du mit deinem kleiner Freund im Dienst - im Dienst der befriedigenden Sache!«

»Ich habe gearbeitet, Frau Parker!«, wiederholt er energisch. »Hättest du bei mir zu Hause angeklopft, dann hätten dir vermutlich Selma oder Francesco die Tür geöffnet.«

»Lass gefälligst die beiden aus dem Spiel! Wer Francesco kennt der weiß, dass er immer mit Vinzenz unterwegs ist. Und dass sein Wagen nicht zu übersehen ist, steht doch wohl außer Zweifel, oder? Und ich kann mich wirklich nicht entsinnen, eine Limousine vor deinem Haus gesehen zu haben!«

»Da Francesco bei Selma genächtigt hat, hat er Vinzenz ins Hotel zurückgeschickt«, erklärt er mir ruhig. »Ich bin um keine Antwort verlegen, los, stell die nächste!«

»Aber… wieso sollte sich seit August etwas zwischen uns verändert haben?«

»Ich habe mich verändert! Ich weiß endlich, was ich vom Leben erwarte! Ich will eine starke, gleichberechtigte Partnerin an meiner Seite, eine, die mir treu ist und mich aufrichtig liebt!«, gibt er ernst zurück, drückt mir dabei erneut das Glas in die Hand und sieht mich mit seinen stahlblauen Augen unvermindert an. »Und du bist die Frau, die das alles verkörpert, das weiß ich nun! Und, was hältst du davon?«

»Ich glaube, du weißt, dass ich dich ein bisschen … also ein kleines bisschen mag!«, würge ich ganz leise hervor. »Du bist auch ein nettes, kompaktes Gesamtwerk, das ich nicht umkrempeln oder in irgendeine Richtung manipulieren möchte. Ich hab' dich so kennengelernt und ich würde dich sogar mit all den unendlich vielen Macken annehmen, aber -«

»Aber was?«

»Du hast was von einem unbändigen Mustang und müsstest dringend etwas gezähmt und, nun ja, etwas zugeritten gehören!«, entgegne ich ernsthaft und blicke ihn auffordernd an.

»Na, dann fang am besten gleich damit an!«, feuert er mich an.

»Das stellt eine unumgängliche Lebensaufgabe dar, mein lieber Herr Handler«, seufze ich erschöpft.

»Dann verlier' doch keine Zeit mehr! Am besten, du nimmst dich dieser persönlichen Angelegenheit ohne Umschweife an.«

»Nein, ein Gelübde muss ich dir auch noch abverlangen. So einfach wickelst du mich nicht um den Finger!«, erwidere ich, nehme gemächlich auf seinem Schoss Platz und vergrabe meine Finger in seiner Mähne.

»Wenn du mir so auf die Pelle rückst, dann kann ich nicht mehr denken und würde dir alles schwören! Außerdem habe ich noch was für dich!«, flüstert er mir zu.

»Eine Überraschung?«

»Ja!«

»Lass mich raten: Ein zu meinem Teufelsslip passender BH?«

»Nein!«

»Kondome mit Engelchen darauf?«

»Gute Idee, aber dennoch falsch!«

»Du trägst heute eine Boxershorts?«

»Heiß!«, entgegnet er und versucht dabei etwas aus seiner Hosentasche zu ziehen.

Ich erkenne das als Zeichen und ziehe seinen Kopf heran, um ihm einen Kuss abspenstig zu machen.

»Nichts übereilen, Fräulein!«, sagt er bestimmend.

»Entschuldigung. Es ist mir für einen kurzen Moment entfallen, dass du ja ein Kontrollfreak bist und keinen Sinn fürs Chaos hast.«

»Du gefällst mir! Ich mache dir eine Liebeserklärung und bitte dich, mit mir eine Verbindung einzugehen. Ganz offiziell, damit wir uns da richtig verstehen. Und das soll kein Wagnis sein! Wir beide zusammen, wenn das nicht Chaos pur bedeutet, dann weiß ich auch nicht!«

»Ja, in diesem Fall gebe ich dir absolut recht! Unser Vorhaben ist ein wahres Risiko und erfordert unendlich viel Courage!«

»Also, von welchem Gelöbnis hast du vorher gesprochen? Was verlangst du für deinen Körper?«, fragt er und in seiner Stimme schwingt ungebrochene Wolllust mit.

»Ich verlange Treue und Aufrichtigkeit von dir, und -«

»Ja, damit kann ich leben, was noch?«

»Und ich verlange, dass du das, was du im August am Ufer des Weihers versäumt hast zu tun, nächstes Jahr mit Zinsen und Zinseszinsen nachholst!«

»Ist gebongt«, gibt er leise zurück. Daraufhin benetzt er meine entflammten Lippen mit einem feuchten Kuss und lässt danach wieder etwas widerwillig von mir ab. »Wir könnten ja, wenn es dir recht ist, bis zum Sommer etwas üben. Nur damit ich nicht vergesse, was du mir noch alles abverlangen willst.«

»Sehr gute Idee!«, pflichte ich ihm bei und wetze aufgeregt auf seinem Schoss herum. »Und ich verlange, dass du keine Spielchen mehr mit mir spielst und Garfield auf eine gute Hundeschule schickst, damit er nicht mehr jeder Frau auf den Allerwertesten springt!«

»Also Garfield züchtigen, ja, das soll mir auch recht sein!«

»Und keine Spielchen mehr!«

»Ja, ja! Ist schon gut. Damit kann ich leben«, entgegnet er leise und befüllt nochmals die Gläser. »Bitte stell' dieses Herumzappeln ab, damit ich mich noch etwas auf die Sache konzentrieren kann«, ermahnt er mich und ich gebe seinem Begehr widerwillig nach. »Gut. Vielen Dank! So kommen wir schneller weiter, und jetzt zu meinen Bedingungen!«

»Ach, du hast auch welche?«, merke ich spitzzüngig an und spiele wieder verträumt mit seinem Haar. »Na, dann lass mal die Katze aus dem Sack! Du hast meine untrügliche Aufmerksamkeit«, versichere ich ihm und gleite dabei mit meiner Hand gemächlich, aber zielsicher Richtung Hosentor, was ihn scheinbar schon wieder etwas aus dem Konzept bringt.

»Zurück zu meinen Bedingungen«, stößt er hervor und ist dabei sichtlich um Contenance bemüht.

Ich habe einstweilen mein Glas abgestellt und fummle an seiner Jeans herum. Gürtelschnalle und Knopf haben schon W.O. gegeben, nun noch der Reißverschluss ... o la la! … was haben wir denn hier? Eine schicke Garfield-Boxershorts! Sehr nett und so überaus einladend.

»Darf ich dich nur kurz unterbrechen?«, frage ich höflich nach. »Du kannst deine Rede gleich wieder fortsetzen!«

»Ich bin ohnehin etwas abgelenkt. Also bitte, was willst du wissen?«

»Nur damit ich mich drauf einstellen kann«, erkläre ich ihm sachlich. »Trägst du heute zwei Lagen Unterhosen oder gehst du auch da voll auf Risiko?«

»Risiko!«

»Oh! Ich erkenne dich ja kaum mehr wieder!«, flüstere ich sinnlich in sein Ohr und beginne auch schon, es zu liebkosen.

Er räuspert sich verlegen und wirkt nun doch etwas angespannt, während meine Hand unbeirrbar herauszufinden versucht, ob er denn die Wahrheit gesprochen hat.

»Zurück zu meinen Bedingungen«, keucht er hervor und schnappt nach meiner Hand. »Ich versuche dir, etwas sehr Wichtiges, etwas Lebenswichtiges, mitzuteilen! Also bitte, hab' noch eine Minute Geduld.«

»Eine Minute! Nicht länger!«, gebe ich forsch zurück und blicke ihn direkt an.

Er erkennt die Zeichen und die gegen ihn tickende Zeit, stellt sein Glas ab, begrapscht flugs meine Sitzfläche und hievt unsere beiden Körper in die Höhe, um meinen Luxushintern im Anschluss an Aktion *Scharf* gekonnt auf die Anrichte zu wuchten. Sein Körper ist geschickt zwischen meinen Beinen eingekeilt, sein Garfieldhöschen blinzelt dabei verführerisch zwischen den blauen Jeansstofflaken hervor und er durchstöbert indessen schon wieder seine Hosentasche.

»Dreißig Sekunden!«, mache ich ihn gebieterisch auf das Ablaufen des Zeitlimits aufmerksam. »Ticktack!«

»Meine Bedingungen haben etwas mit der Überraschung zu tun. Also bitte, schließ' deine Augen!«, sagt er mit erstaunlich fester Stimme und da ich Überraschungen liebe (jedenfalls die erfreulichen), erweise ich ihm diesen Gefallen.

»Vierzig Sekunden!«, werfe ich ein.

Er hantiert derweil umständlich hinter meinem Rücken, drückt einen Knopf und die Patisserie wird augenblicklich von gedämpften, musikalischen Klängen heimgesucht.

»So, Augen auf!«, ersucht er mich und nimmt dabei galant meine rechte Hand.

Ich sehe ihm gespannt in die Augen, und seine Augen funkeln freudig zurück. Nachdem geklärt ist, dass wir uns noch immer beide amüsieren, wende ich meinen Blick ab und will mich auf die Suche nach meiner versprochenen und angedrohten Überraschung machen, als ich sie schon entdeckt habe.

Mir stockt der Atem: Markus wird mich irgendwann einmal ins Grab bringen (hoffentlich später als früher), soviel ist gewiss! Ich starre wortlos auf seine Hand.

»Ich liebe dich!«, beginnt Markus mit fester Stimme. »Willst du mich lieben, mir treu ergeben sein und immer zu mir halten, solange wir es miteinander aushalten?«

»Du meinst es tatsächlich ernst!«, pruste ich hervor und betrachte noch immer eingehend den herrlichen Ring, der wie ein Findelkind in einer kleinen Schatulle schlummert und hofft, von seiner zukünftigen Besitzerin adoptiert zu werden.

»Ich mache keine halben Sachen mehr! Ganz oder gar nicht, lautet die Devise!«, erwidert Markus energisch. »Ich bin sehr darum bemüht, den *Moment des Augenblicks* nicht zu zerstören.«

»Ich hoffe ja nicht, dass du unter Drogen stehst«, versuche ich die Lage etwas zu entspannen, »da ich dein Geschenk nämlich annehmen werde. Du weißt, was das bedeutet, oder?«, frage ich ihn, und ohne seine Antwort abzuwarten, fahre ich fort: »Das ist unwiderruflich das Zeichen, dass du mir ein Eheversprechen innerhalb eines Jahres schuldig bist!«

»Wozu ein ganzes Jahr warten«, flüstert er mir zu, nimmt den schlichten, aber wunderschönen, weißgoldenen Ring aus der Schatulle und streift ihn mir über den Ringfinger.

Das funkelnde Zeichen unserer Verbundenheit sitzt einfach perfekt und ein einzelner Diamant schimmert verheißungsvoll zu mir hoch. Danach nimmt Markus meine Hand und haucht, sozusagen als inoffizielle Besiegelung, einen zarten Kuss darauf.

»Ich liebe dich, Amelie!«

»Ich liebe dich auch!«, gebe ich leise zurück, bevor wir uns in einem leidenschaftlichen Kuss verlieren und uns endlich dem Moment des Augenblicks hingeben!

Wie lange hatte ich diese spezielle Wortkombination schon nicht mehr ausgesprochen? Hatte ich sie jemals gesagt und dabei auch ernst gemeint? Vielleicht war es mir im Teenegeralter, in der Sturm- und Drang-Phase einmal herausgerutscht. Aber für bare Münze habe ich den Satz damals bestimmt nicht genommen!

Ich spreche ja leider oftmals vieles leichtsinnig aus, aber nicht die berühmten drei Worte! Diese Worte sind mir schon seit einer Ewigkeit nicht mehr entwichen, aber „Ich liebe dich" ist gar nicht so schwer zu sagen, wenn man davon überzeugt ist!

Wach sein im Traum, Wirklichkeit spüren ... Hautnah!
Weinen vor Glück, Grenzen berühren ... Hautnah!

Schmerz, der mich treibt,
Regen, der mich durchnässt,
Glut, die mich wärmt,
Licht, das mich hoffen lässt.

Träumen am Tag, Zärtlichkeit trinken ... Hautnah!
Und in der Nacht, lächelnd versinken ... Hautnah!

Ziel, das mich lockt,
Burgen aus weichem Sand,
Zeit, die mir bleibt,
Wasser in meiner Hand.

Hautnah ... jede Stunde erleben.
Hautnah ... sich Gefühlen ergeben.
Hautnah ... ohne Abstand zum Leben.
Hautnah ... sich verlier'n an dem Augenblick.

(Udo Jürgens)

Epilog

Das Wetter könnte besser nicht sein! Unsere Freunde sind im Garten und hinter ihnen ragt die herrschaftliche Kulisse von Hohensalzburg auf. Die letzten Sonnenstrahlen des Tages kitzeln ihre Türme und Erker, und mir scheint, als ob sie unsere fröhliche Gesellschaft zufrieden anlächeln würden.

»Amelie, bitte sei so freundlich und nimm Victorias Lieblingsball mit, ja? Er müsste irgendwo in ihrem Zimmer sein«, ersucht mich Nike.

Ich nicke ihr zu und mache mich auf den Weg.

Victor und Victoria sind bereits neun Monate alt, die Krabbelphase liegt erfolgreich hinter ihnen und nun machen sie schon ihre ersten schwankenden Gehversuche. Mutter Kunigunde ist heute bereits den ganzen Tag mit den beiden Rackern beschäftigt. Diese Nacht wird sie bestimmt gut und selig schlafen.

Stefan, Roland, Klaus, Francesco und mein Geburtstagskind tragen wieder einmal ihre kessen „*Hände weg von fremdem Eigentum*"- Schürzen und hantieren am Grill.

Ich bin glücklicherweise nur für die Saucen zuständig und fürchte, dass sie wieder viel zu scharf geraten sind. Aber man kann nicht alles im Leben unter Kontrolle haben und ich habe die Küche, die Kochbücher, die Gewürze und die Zutaten nach wie vor nicht unter meiner Kandare. Aber Markus wird trotzdem nicht müde zu behaupten, dass ich mit jedem gescheiterten Kochversuch besser werde und die Gerichte, die ich hervorzaubere, nicht mehr ganz so schlimm schmecken würden wie zu Beginn meiner Kochkarriere. (Eigentlich ist das Ganze nur ein Trick von mir, denn Markus kocht viel besser als ich. Sein Essen kann man aufrichtig genießen. Wieso sollte ich mich großartig abplagen und mich mit Dingen abschinden, die ohnehin nicht von mir behandelt werden wollen! Wenn einer von uns beiden etwas beherrscht, genügt es doch! So können wir uns wunderbar ergänzen und unser ohnehin schon chaotisches Leben nicht schwerer, sondern erheblich leichter gestalten.)

Alex und Elvira zaubern einstweilen an den Salaten herum, und Caro und Selma verköstigen die Bowle.

In den letzten Monaten hat sich rund um unsere Clique alles verändert.

Selma ist mittlerweile mit Francesco zusammengezogen. Sie hausen dabei in einem architektonisch sehr hochwertigen Loft, welches direkt an der Themse liegt.

Francesco hat die Leitung des Münchner Firmensitzes seinem Cousin Alberto übertragen und kümmert sich jetzt ausschließlich um die Londoner Niederlassung.

Selma hat sich, da sie Salzburg ohnehin nur mehr äußerst sporadisch mit ihrem Besuch beehrt, dazu durchgerungen, ihre Wohnung im *Handlerschen Domizil* zu vermieten und musste sich gottlob nicht allzu lange um verlässliche Mieter umsehen!

Den zweiten Stock bewohnen seit geraumer Zeit Nike und Victoria. In Victorias Kinderzimmer steht mittlerweile eine wunderschöne, alte Kinderwiege, die ihre Mutter im Nachlass ihrer Schwester Katharina in der Garage entdeckt hatte. Dieses prächtige, runderneuerte Familienerbstück schaukelt Victoria immer wieder in den seligen Schlaf.

Im Dachgeschoss leben jetzt Victorias stolze Ersatzväter Raffael und Riccardo, die Mutter Kunigunde für die Dauer des Wochenendes auch noch untergebracht haben.

Und ich? Nun, ich bin bei Markus und Garfield eingezogen und stetig darum bemüht, das Chaos in Markus' Leben so gering wie möglich zu halten.

Das *Handlersche Domizil* ist damit trotzdem noch nicht ausgelastet, denn heute werden Francesco und Selma ebenfalls bei uns nächtigen. Für die beiden steht das Gästezimmer im ersten Stock mit dem begrünten Balkon bereit.

Alex und Stefan sind mittlerweile ein Ehepaar und Victor junior ist demzufolge kein uneheliches Kind mehr!

Und heute begeht Markus seinen fünfunddreißigsten Geburtstag. Die ganze Horde ist zu der Party gekommen.

Ich war den gesamten Vormittag damit beschäftigt, den Garten mit diversen Dekostücken auszustaffieren, Lichterketten zu montieren und Bänke und Tische aufzustellen, während mir Caro und Elvira den Rücken im Pavillon freigehalten haben.

Die Geschäfte laufen wirklich gut! Wir können zum Glück einen kontinuierlichen Anstieg verbuchen. Thomas hat sich mit seiner hervorragenden Küche mittlerweile eine Haube erarbeitet und Chanette ist erst kürzlich zur besten Konditorin der Stadt erkoren worden. Die Presse schaut erfreulicherweise in regelmäßigen Abständen bei uns vorbei. Somit bleiben wir immer präsent und, was das Wichtigste ist, die Zahlen stimmen und geben uns bezüglich unserer damaligen Entscheidung jedes Monat aufs Neue recht.

Ich bin jetzt zwar in Victorias Bleibe, kann ihren Lieblingsball aber nirgendwo entdecken.

Dafür erblicke ich hinter einem unscheinbaren Leintuch etwas ganz anderes: Einen gerahmten Bilderrahmen, der eine kunterbunte Kollage von uns allen aufweist. Hier lachen Nike, Caro, Roland, Elvira, Klaus, Francesco, Selma, Markus, Victor & Victoria, Raffael, Riccardo, Alex, Stefan und meine Wenigkeit um die Wette in die Kamera. Das hier ist eindeutig als Vermählungspräsent gedacht, denn oben in der linken Ecke ziert unverkennbar das baldige Hochzeitsdatum von Amelie Parker und Markus Handler das Bild!

Mist! Jetzt habe ich Nike die Überraschung verdorben! Was hat sie denn da in die Mitte der Kollage noch eingearbeitet? Ein Schriftstück! Es weist merkwürdigerweise meine Handschrift auf! Ich gehe verstohlen noch näher heran und erkenne es als jenes Jahreshoroskop wieder, das ich vor gut eineinhalb Jahren, als Gedächtnisstütze sozusagen, niedergeschrieben und aufbewahrt habe.

Jene Tage, die Sie mit Ihrem Singledasein zugebracht haben,
neigen sich dem Ende entgegen.
Gleich zu Jahresbeginn können Sie einen guten Start hinlegen.
Spannungen und Enttäuschungen gibt es im Februar,
aber diese Phase gilt es zügig zu durchleben.
Danach findet der Lebenspartner (Krebs oder Skorpion),
der die Liebe zu Ihrem Haus stehen hat,
endlich den Weg zu Ihrem Herzen!
Gesundheitlich läuft, zumindest wenn Sie gewisse
Grundregeln beherzigen, alles nach Wunsch.
Beruflich festigen Sie Ihre momentane Stelle!

»Amelie, wo bleibst du denn?«, ruft mir Nike vom Garten aus zu und ich hieve meinen Oberkörper rasch aus dem Fenster.

»Ich kann den Ball nicht finden! Tut mir leid!«

»Dann hab' ich ihn wahrscheinlich im Auto vergessen! Ich werde gleich mal nachsehen!«, antwortet mir Nike.

»Nun komm schon runter, heiße Braut!«, neckt mich mein Verlobter und schielt lüstern zu mir hoch.

»Behalt du lieber schön deine Schürze um und schau zu, dass du dir nicht deine Finger am Grill verbrennst«, gebe ich kess zurück und mache mich, nachdem ich das Leintuch wieder einigermaßen gut drapiert habe, beschwingt und vor mich hinsummend auf den Weg nach unten.

Am Flur treffe ich auf Nike.

»Alles wartet bereits auf dich!«, merkt sie an. »Ich komme sofort nach und schau' nur noch schnell nach dem Ball.«

Während sie die Tür öffnet, schießt unser rotes Kuschelmonster bereits an unseren Beinen vorbei und visiert zielstrebig den ersten Baum in der Gasse an.

»Garfield! Bleibst du wohl hier! Sitz! Lieg! Bleib stehen! Verdammt!«, schreit ihm Nike hinterher und hechtet ihm damit schon nach.

Tja, gewisse Dinge ändern sich eben nie und Garfield zählt dabei zu den beständigsten dieser gewissen Dinge. So sehr sich Markus auch um seine Erziehung bemüht, so sehr scheitert er bislang daran. Ich habe diesbezüglich eine Theorie entwickelt: Garfield steckt im falschen Körper! So einfach ist sein Verhalten zu erklären. Er ist eigentlich eine sture, egoistische und nicht zu bändigende Katze, nur ist seine Seele blöderweise in einem Hundekörper gefangen!

»Garfield! Komm sofort zurück! Bei Fuß! Ich habe keine Lust, hinter dir herzujagen, hörst du!«

Da Garfield aber immer zum selben Ritual übergeht, macht sich Nike keine allzu großen Sorgen. Unser verfressenes Gemeinschaftshündchen will dabei nur die drei Bäume, die an das Grundstück angrenzen, mit seinem unwiderstehlichen Duft markieren. Nach Erledigung dieser offenbar wichtigen Aufgabe, kommt das rote Ungetier schon wieder postwendend zurückgesaust, da es auf eine Dose Hundsfutter hofft.

Während Nike auf den Rücksitz krabbelt und dort tatsächlich den Lieblingsball ihrer Tochter entdeckt, schlendert ein Spaziergänger gemächlich auf dem Trottoir daher. Garfield kann es noch immer nicht lassen: Er springt dem armen, unvorbereiteten Menschen von rücklings auf den Hintern und wedelt dabei aufgeregt mit seiner Rute.

»Hey, du Frechdachs!«, entgegnet eine überaus männliche Stimme und Nike richtet sich sofort auf.

»O Garfield! Was machst du denn nun wieder für Sachen!«, mahnt sie den vermeintlichen Höllenhund zur Vernunft.

»Also, du bist Garfield!«, stellt der Mann fest und klopft dabei bewusst seine Hose ab. »Und ... Sie sind?«, fragt er höflich und blickt dabei Nike unvermindert in die Augen. Sie ist daraufhin völlig hin und weg, ja, sie ist so perplex, dass sie keinen einzigen normalen Gedanken mehr fassen kann.

»Äh ... Entschuldigen Sie, ich bin Frederike! Also meine Freunde nennen mich Nike! Ich bin ... einfach Nike!«, stottert sie umständlich herum und streckt dem Fremden reaktionsschnell ihre Hand zum Gruß entgegen.

»Meine Freunde nennen mich Philipp, einfach Philipp«, antwortet er und schüttelt ihr beherzt die Hand. »Nette Party?«, will er noch wissen und linst dabei auf Nikes Partyhütchen.

»Ja, tolle Party. Aber sie fängt eigentlich erst an!«, klärt ihn Nike auf und befingert dabei unbewusst ihren Hut. »Oh, ihre Hose!«, erwidert sie und deutet dabei etwas beschämt auf Garfields Pfotenabdrücke, welche unübersehbar Philipps helle Leinenhose zieren. »Verzeihung, das ist mir sehr unangenehm! Das macht er leider gelegentlich ... das heißt, zu jeder sich bietenden Gelegenheit!«, gibt Nike zu und um ihren Mund findet sich ein verzücktes Lächeln ein. »Was haben Sie denn heute noch vor? Ich hoffe nicht, dass Sie noch zu einem bedeutenden Geschäftsessen oder zu irgendeiner wichtigen Besprechung müssen.«

»Nein«, entgegnet Philipp ruhig und schmunzelt dabei seine etwas konfus wirkende Gesprächspartnerin an. »Ich gehe hier lediglich ein wenig spazieren und hoffe dabei, dass sich ein rotes, springfreudiges, vierbeiniges Kerlchen an meiner Hose zu schaffen macht und sie gleich mit unzähligen Pfotenabdrücken übersät. Weiters hoffe ich, dass ich zur Wiedergutmachung von einer bezaubernden Frau zu einer tollen Party eingeladen werde.«

»Na, dann muss heute Ihr Glückstag sein!«

Danksagung

Ich möchte mich an dieser Stelle bei meinen Freunden Ulrike, Heidrun (Gudrun – Nike!!!), Andrea und Hermine für die Unterstützung bedanken! Einen besonderen Gruß widme ich der besten Pâtissière des Landes, unserer Jessy.

Ebenso darf ich hier Gerlinde und einen großen Teil der Reha-Weyer-Belegschaft erwähnen, die mich immerzu ermutigt haben, doch endlich den zweiten Teil in Angriff zu nehmen. Here it is, meine Lieben!

Und selbstverständlich ergeht ein großes Lob an meinen unbestechlichen Lektor Mister Rainier, der mir allzeit mit guten Ratschlägen zur Seite steht. Mein Dank ist diesbezüglich mit Worten nicht aufzuwiegen.

Ein großes Lob möchte ich meiner Familie aussprechen, die mich wieder beharrlich bestärkt und unterstützt hat.

Erneut erwähnenswert sind natürlich wieder jene weisen Menschen, deren Zitate ich mir zu Nutze gemacht habe.

Ach ja, und natürlich auch einen herzlichen Dank an Udo Jürgens, dessen Texte mich wieder aufs Neue inspiriert haben. (Ich bin nach wie vor ein großer Bewunderer!)

Und verzeihen Sie mir, wenn ich beispielsweise einen coolen Kommissar mit schulterlangen Haaren, im Sinne der Gleichberechtigung, durch die beiden Bücher rauschen ließ!

Die Handlung dieses Romans und eventuell auftretende Ähnlichkeiten mit lebenden Personen sind selbstverständlich - wie immer - völlig frei erfunden!

Inhalt: